OBRAS DA AUTORA PUBLICADAS PELA EDITORA RECORD

A profetisa
Solo sagrado
Esta terra dourada
A vidente

BARBARA WOOD

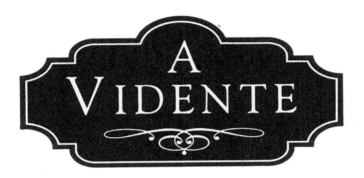
A Vidente

Tradução de
MARILUCE PESSOA

1ª edição

EDITORA RECORD
RIO DE JANEIRO • SÃO PAULO
2015

CIP-BRASIL. CATALOGAÇÃO NA FONTE
SINDICATO NACIONAL DOS EDITORES DE LIVROS, RJ

W853v   Wood, Barbara, 1947-
         A vidente / Barbara Wood; tradução de Mariluce Pessoa. – 1. ed. – Rio de Janeiro: Record, 2015.

         ISBN 978-85-01-40073-4

         1. Ficção inglesa. I. Pessoa, Mariluce. II. Título.

                                    CDD: 813
14-15038   CDU: 821.111-3

Título original:
THE DIVINING

Copyright © 2012 Barbara Wood
Publicado mediante acordo com Lennart Sane Agency AB.

Texto revisado segundo o novo Acordo Ortográfico da Língua Portuguesa.

Todos os direitos reservados. Proibida a reprodução, no todo ou em parte, através de quaisquer meios. Os direitos morais da autora foram assegurados.

Imagens de capa: Ensuper/Shutterstock (árvore) | Petrenko Andriy/Shutterstock (mulher)

Direitos exclusivos de publicação em língua portuguesa somente para o Brasil adquiridos pela
EDITORA RECORD LTDA.
Rua Argentina, 171 – Rio de Janeiro, RJ – 20921-380 – Tel.: 2585-2000,
que se reserva a propriedade literária desta tradução.

Impresso no Brasil

ISBN 978-85-01-40073-4

Seja um leitor preferencial Record.
Cadastre-se e receba informações sobre nossos lançamentos e nossas promoções.

Atendimento e venda direta ao leitor:
mdireto@record.com.br ou (21) 2585-2002.

Para meu marido Walt, com amor.

LIVRO UM
ROMA, 54 da Era Cristã

1

    Ela veio à procura de respostas.

    Aos 19 anos, Ulrika acordou naquela manhã com a sensação de que havia algo errado. O sentimento cresceu enquanto ela tomava banho e se vestia, e suas escravas prendiam seus cabelos, calçavam-lhe as sandálias e serviam um desjejum de mingau de aveia e leite de cabra. Ao perceber que a inquietação não desaparecia, ela decidiu visitar a Rua dos Videntes, onde videntes e místicos, astrólogos e adivinhos prometiam soluções para os mistérios da vida.

    Agora, enquanto era transportada pelas ruas barulhentas de Roma numa cadeira cortinada, ela se perguntava o que lhe causara tamanha perturbação. No dia anterior, tudo estava bem. Ela visitara os amigos, folheara livros nas livrarias, ocupara-se com seu tear — um dia típico de uma moça de sua classe e nível de instrução. Mas então teve aquele sonho estranho...

    Pouco depois da meia-noite, Ulrika sonhou que tinha levantado da cama, ido até a janela, pulado para fora e aterrissado descalça na neve. No sonho, havia ao seu redor pinheiros altos em vez das fruteiras por trás de sua casa, uma floresta no lugar do pomar, e as nuvens sussurravam ao encobrirem a face de uma lua de inverno. Ela viu pegadas — enormes marcas de patas na neve, que seguiam em direção ao interior da floresta. Ulrika as seguiu, sentindo o luar roçar seus ombros nus, e deparou-se com um lobo grande e peludo, de olhos dourados. Sentou-se na neve, e ele veio deitar-se a seu lado, pondo a cabeça em seu colo. A noite estava clara como os olhos do lobo que a fitavam, e ela sentia, sob as costelas dele, as poderosas batidas do coração. Os olhos dourados piscavam e pareciam dizer: aqui há confiança, aqui há amor, aqui há um lar.

    Ulrika havia acordado desorientada. E então se perguntara: "Por que sonhei com um lobo? Wulf* era o nome do meu pai. Ele morreu há muitos anos, na distante Pérsia."

---

*Em inglês, "wolf" significa "lobo", trocadilho que se perde no português. (*N. do T.*)

Seria o sonho um sinal? Mas um sinal de quê?

Seus escravos pararam, e Ulrika desceu da cadeira, uma moça alta de vestido de seda longo, rosa pálido, com uma estola da mesma cor que lhe cobria a cabeça e os ombros na modéstia própria das donzelas, ocultando-lhe os cabelos castanho-claros e um pescoço gracioso. Ela se conduzia com um porte digno e confiante, que ocultava sua crescente ansiedade.

A Rua dos Videntes era uma ruela obscurecida pela sombra de prédios populares totalmente habitados. As tendas e barracas dos médiuns, magos, videntes e adivinhos pareciam promissoras, pintadas em cores vivas, ornamentadas com objetos cintilantes, cada um mais brilhante do que o outro. Os negócios floresciam para os fornecedores de talismãs de boa sorte, objetos mágicos e amuletos.

Quando Ulrika entrou no beco, ansiosa por saber o significado do sonho com o lobo, os mascates a chamavam de suas tendas e barracas, anunciando ser os "genuínos caldeus", ter canais diretos para o futuro, possuir o Terceiro Olho. Ela dirigiu-se primeiro ao leitor de pássaros, que mantinha caixas de pombos em cujas vísceras ele lia o futuro por alguns centavos. Com as mãos cobertas de sangue, o homem garantiu que Ulrika encontraria um marido até o final do ano. Em seguida, ela foi para a barraca do leitor de fumaça, que declarou que o incenso previa cinco filhos saudáveis para Ulrika.

Ela seguiu em frente até que, tendo percorrido três quartos da ruela repleta de gente, chegou a uma pessoa de aparência humilde, sentada apenas sobre um tapete puído, sem abrigo, sem barraca e sem tenda. A vidente estava de pernas cruzadas e usava uma túnica branca longa que já vira melhores dias; as mãos longas e magras sobre os joelhos ossudos. A cabeça baixa revelava cabelos pretos retintos no topo, divididos ao meio e caídos sobre os ombros e as costas. Ulrika não sabia por que escolheria uma adivinha tão pobre — talvez, de alguma maneira, achasse que ela estivesse mais interessada na verdade do que no dinheiro —, mas parou diante da mulher estranha e esperou.

Após um instante, a vidente ergueu a cabeça, e Ulrika sobressaltou-se com o aspecto incomum do rosto, que era longo e fino, apenas pele amarelada e ossos, emoldurado por cabelos pretos escorridos. Os olhos negros e fúnebres, por baixo das sobrancelhas muito arqueadas, voltaram-se para Ulrika. Seu aspecto quase não era humano, e sua idade era imprevisível. Teria 20 ou 80 anos? Um gato malhado marrom e preto dormia enroscado ao lado da vidente. Ulrika reconheceu a raça, um Mau Egípcio, considerada a mais antiga, possivelmente a progenitora da qual todos os gatos teriam se originado.

Ulrika voltou a atenção para os olhos negros rasos de água da vidente, repletos de tristeza e sabedoria.

— Você tem uma pergunta — disse a mulher num latim perfeito, seu olhar penetrante vindo de órbitas profundas.

Os sons da rua diminuíram. Ulrika estava presa aos olhos negros egípcios, enquanto o gato marrom cochilava, alheio a tudo.

— Você quer me perguntar sobre um lobo — prosseguiu a egípcia, numa voz que soava mais antiga do que o Nilo.

— Foi um sonho que tive, Grande Sábia. Será um sinal?

— Um sinal de quê? Faça a sua pergunta.

— Eu não sei a que lugar pertenço, Grande Sábia. Minha mãe é romana, meu pai, germano. Eu nasci na Pérsia e passei a maior parte da minha vida indo de um lugar a outro com a minha mãe, pois ela seguia sua busca pessoal. Em todos os lugares em que estive, me sentia uma estranha. Não saber qual é o meu lugar, Grande Sábia, me faz pensar que jamais saberei quem eu sou. Teria sido o sonho com o lobo um sinal de que pertenço à Renânia, junto à família do meu pai? Seria a hora de eu deixar Roma?

— Há sinais em toda a sua volta, filha. Os deuses nos guiam em toda parte, a todo instante.

— A senhora fala por enigmas, Grande Sábia. Pode pelo menos me dizer qual é o meu futuro?

— Surgirá um homem — alertou a vidente — que lhe oferecerá uma chave. Aceite-a.

— Uma chave? Para quê?

— Você saberá quando chegar a hora...

2

Quando entrou no jardim, além do muro alto no monte Esquilino, Ulrika levou a mão ao peito e sentiu, por baixo do tecido de seda de seu vestido, a Cruz Solar, um amuleto que usava desde criança. Sentiu sua forma reconfortante, sua firmeza protetora contra o peito, e tentou dizer a si mesma que tudo ficaria bem. Mas a inquietação com que despertara naquela manhã permanecera com ela durante o dia; então, naquele momento, quando um sol vermelho-alaranjado começava a declinar por trás dos monumentos de mármore de Roma, Ulrika mal conseguia respirar. Ela queria que tudo voltasse ao normal. Até mesmo as coisas que a incomodaram apenas um dia antes, ela aceitaria de bom grado naquele fim de tarde. A questão, por exemplo, de que todos esperavam que ela se casasse com Drusus Fidelius.

Ulrika não queria ser desobediente. Roma educava suas filhas para serem esposas e mães. Todas as suas amigas estavam casadas ou noivas (exceto a pobre e desfigurada Cassia, cujo lábio leporino lhe garantia a condição de mulher solteira por toda a vida). Nenhuma outra aspiração era considerada. Uma moça sozinha, sem a proteção de um homem, era uma raridade. Mesmo as viúvas eram cuidadas pelos homens da família. Ulrika confiara à sua melhor amiga o desejo de *não* se casar, nem com Drusus Fidelius, nem com nenhum outro homem, e sua amiga declarara: "Mas nenhuma moça *escolhe* permanecer solteira! Ulrika, o que você *faria*?" Ulrika não tinha outra resposta senão dizer que sempre tivera a vaga impressão de que deveria fazer algo diferente. Mas o quê, ela não sabia. Sua mãe a treinara nos ensinamentos básicos da arte da cura, na preparação e no uso de remédios, no conhecimento da anatomia humana e no diagnóstico de doenças, mas ela não queria seguir a profissão da mãe, não queria ser uma curandeira.

Enquanto se encontrava no jardim e observava os convidados chegarem para o jantar, ela pensou: "Os homens romanos saúdam as mulheres de sua família com um beijo na face, não por afeição, mas para ver se detectam cheiro de álcool nas irmãs ou nas filhas — eles são tão controladores." Na Germânia, porém, Ulrika ouvira dizer que as mulheres eram tratadas com muito mais respeito e igualdade pelos homens de lá.

Ela desabrochara como mulher entre as propriedades rurais, as ruas e os templos de Roma. Conhecera cidades populosas e barulhentas e uma vida de luxo numa ótima casa no monte Esquilino. Mas e as florestas alpinas envoltas em névoa e mistério? Ulrika devorara todos os livros que havia sobre o povo de seu pai, os germanos — absorvera sua cultura e seus costumes, suas crenças e história. Aprendera até a falar a língua deles.

"Com que finalidade?", ela se perguntava enquanto observava os convidados que chegavam ao pátio da casa de tia Paulina. Ela reconhecia todos, damas de vestidos vaporosos, cavalheiros de túnicas longas e belas togas. Teria tudo aquilo servido como preparação para viajar à terra a que pertencia de verdade? Não seria uma viagem fácil. Seu pai, Wulf, morrera muito tempo atrás, antes de ela nascer. E, se havia deixado parentes, Ulrika não tinha como saber quem eles eram, nem como encontrá-los. Sabia apenas que ele fora um príncipe e herói do seu povo da floresta e que deixara para ela uma linhagem de chefes de tribos e videntes renanos.

Uma brisa soprava no jardim, sacudindo galhos e folhas e o fino tecido de linho do vestido longo de Ulrika. Ela seguia a última moda, que exigia um vestido sobreposto a outro até a altura dos joelhos, bem como xales múltiplos, todos variando em comprimento e tons de azul, que iam do azul-celeste profundo ao tom do céu matinal. Seus cabelos compridos estavam trançados e presos atrás da cabeça, escondidos sob um véu açafrão, conhecido como *palla*, que cobria seus braços e caía até abaixo da cintura. Pulseiras e brincos de ouro completavam sua indumentária.

Ela sentiu um calafrio. "Se estou destinada a partir, quando e como eu iria?"

— Aí está você, minha querida.

Ulrika virou-se e viu sua mãe entrar no jardim. Aos 40 anos, Selene era elegante e graciosa. Sua silhueta delgada estava envolta por camadas de fino linho em tons de vermelho e laranja; e seus cabelos castanho-escuros, presos num coque e ocultos sob um véu escarlate.

— Paulina disse que eu a encontraria aqui — afirmou Selene ao se aproximar da filha com os braços estendidos.

A senhora Paulina era uma viúva de família nobre, e aquela era a sua casa. Ulrika chamava-a de tia Paulina, pois ela era a melhor amiga de sua mãe, uma mulher com acesso aos mais altos círculos de Roma. Paulina convidava apenas os cidadãos da elite à sua mesa, e a mãe de Ulrika, Selene, por ser médica *e* amiga íntima do imperador Cláudio, era um deles.

Ulrika deu o braço à mãe. Ao se aproximarem da casa, defrontaram-se com três homens de porte militar formal debatendo sobre um ponto estratégico de batalha. Eles usavam túnicas brancas longas e, por cima, togas com uma barra roxa. Vendo as duas mulheres, os homens interromperam a conversa e se apresentaram. Quando um deles, belíssimo com dentes brancos num rosto bronzeado, se identificou como Gaius Vatinius, Ulrika percebeu o incômodo da mãe.

— *Comandante* Vatinius? — perguntou Selene. — Será que já ouvi falar do senhor?

Um dos homens riu.

— Se não ouviu, cara senhora, então arruinou o dia dele! Vatinius ficaria arrasado em saber que há uma linda mulher em Roma que não o conhece.

Ao notar a tensão na voz de sua mãe, Ulrika olhou com mais atenção para o homem a quem Selene se dirigira como "Comandante". Ele era alto, em seus 40 e poucos anos, tinha olhos profundos e um nariz afilado. Sua beleza era magistral, como se tivesse sido esculpido no mármore, e seu jeito, arrogante como o sorriso presunçoso que esboçava.

— Por acaso, o senhor é... — Ulrika ouviu sua mãe perguntar numa voz quase ofegante — ...o mesmo Gaius Vatinius que lutou alguns anos atrás no Reno?

O sorriso dele se alargou.

— Então a senhora *ouviu* falar de mim.

Gaius Vatinius olhou em seguida para Ulrika. Seus olhos a examinaram de cima a baixo, devagar, deixando-a pouco à vontade. No momento seguinte, um escravo anunciou o jantar, e os três homens pediram licença e dirigiram-se a casa.

Ulrika voltou-se para sua mãe e viu que ela estava pálida.

— Gaius Vatinius deixou a senhora perturbada, minha mãe. Quem é ele?

Selene evitou o olhar da filha ao dizer:

— Ele comandou as legiões do Reno numa certa ocasião. Isso foi há muitos anos, antes de você nascer. Vamos entrar.

Quatro mesas de banquete haviam sido postas, cada uma delas cercada em três lados por sofás. A atribuição de lugares seguiu um rígido protocolo, com os convidados de honra recostados na extremidade esquerda de cada sofá. O quarto lado da mesa era aberto, para permitir as idas e vindas dos escravos que serviam a comida e a bebida. Faisões assados adornados com penas dominavam as mesas, rodeados por uma variedade de pratos dos quais os convidados deveriam se servir. A conversa das 36 pessoas encheu a sala de jantar enquanto elas tomavam seus lugares, quase abafando a apresentação musical do solista que tocava flauta de Pã.

Quando Ulrika estava prestes a acomodar-se em seu lugar num sofá, ao lado de um advogado chamado Maximus, ela olhou para Gaius Vatinius e parou ao ver algo estranho.

Sentado no chão, ao lado do comandante, havia um cachorro grande.

Ulrika franziu o cenho. Por que razão um convidado levaria seu cachorro a um jantar? Ela olhou ao redor para os outros convidados, que estavam rindo e servindo-se de vinho e iguarias. Ninguém mais havia achado estranho?

Ulrika voltou seu olhar para o cão. Ficou boquiaberta. A respiração parou em seu tórax. Não, não era um cão. Um lobo! Grande, cinzento e peludo, com olhos expressivos e orelhas pontudas, como aquele em seu sonho. E ele olhava direto para ela enquanto Gaius Vatinius conversava com seus companheiros de jantar.

Ulrika não conseguia tirar a vista da bela criatura.

Mas, enquanto ficou parada ali olhando, o lobo foi desaparecendo devagar até sumir completamente. Ulrika piscou os olhos. O animal não saíra de sua postura sentada. Não havia deixado a sala de jantar. Simplesmente desvanecera, bem diante de seus olhos.

Ulrika sentiu o chão ceder sob seus pés. Aproximou-se do sofá e se deixou cair nele. Sua garganta ficou apertada de medo. Agora ela compreendia por que a aflição a perseguira durante todo o dia.

A doença voltara.

3

Ulrika supunha que a doença secreta que anuviara sua infância, e sobre a qual ela não contara a ninguém, nem mesmo à sua mãe, havia desaparecido quando completara 12 anos.

Ela não se lembrava da primeira vez que vira algo que as outras crianças não viam, ou que sonhara com um acontecimento antes de ele ocorrer, ou esbarrara numa mão e sentira o sofrimento emocional da pessoa. *Quando tinha 8 anos, num açougue com sua mãe, o açougueiro procurando um cutelo enquanto os fregueses esperavam impacientes, Ulrika dizendo: "Caiu embaixo de uma mesa lá nos fundos", o açougueiro desaparecendo numa sala nos fundos da loja e voltando com o cutelo e com um olhar estranho no rosto.* Ulrika recebera esses olhares estranhos o bastante para saber que as coisas que ela via ou sentia, em sonhos ou em visões, não eram normais. Como se considerava uma forasteira em todas as cidades em que morou com a mãe por pouco tempo, Ulrika aprendera a segurar a língua e deixar as pessoas procurarem seus cutelos desaparecidos por conta própria.

E então, finalmente, num dia de verão sete anos antes, Ulrika e a mãe faziam um piquenique no campo. No calor daquele dia, entre o zunido das abelhas e o perfume inebriante das flores, a menina viu uma moça surgir de repente dentre as árvores, seus longos cabelos esvoaçantes, a boca aberta num grito silencioso, os braços manchados de sangue.

— Mãe, aquela moça está fugindo de quê? — perguntara Ulrika, pensando que deveriam ir em seu auxílio. — As mãos dela estão ensanguentadas.

— Que mulher? — respondera Selene, olhando à sua volta.

Quando a mulher sumiu de seu campo de visão, Ulrika percebeu chocada que aquela havia sido uma de suas visões secretas, porém mais vívida e real do que qualquer uma que ela jamais tivera.

— Ninguém, mãe, já desapareceu.

Desde então, Ulrika não tivera nenhuma alucinação, nenhum estranho sonho premonitório sobre lugares fantásticos, nenhuma sensação das emoções de outras pessoas, nenhum conhecimento do lugar onde objetos perdidos poderiam ser achados. Ulrika entrara na puberdade e finalmente se tornara igual às outras moças, normal e saudável. Porém agora, no jantar na casa da tia Paulina, acabara de ter uma daquelas visões.

Ulrika foi arrancada de seus pensamentos pela voz de Gaius Vatinius.

— Os germanos precisam ser contidos — dizia ele a seus companheiros de mesa. — Assinamos tratados de paz com os bárbaros durante o reinado de Tibério, e agora eles estão rompendo esses tratados. Acabarei com essa agitação de uma vez por todas.

Os convidados na sala de jantar da senhora Paulina, reclinados em sofás, apoiavam-se sobre o braço esquerdo e serviam-se com a mão direita. O lugar de honra à mesa de Ulrika foi concedido ao Comandante Vatinius. Sua mãe, agindo como anfitriã, encontrava-se no sofá à esquerda dele. Ulrika estava do outro lado. Entre eles havia um casal, Maximus e Juno; um contador aposentado, chamado Horatius; e uma viúva idosa, chamada senhora Aurelia. Eles serviram-se de cogumelos fritos em alho e cebola, anchovas crocantes e pardais carnudos recheados de pinhões.

Quando viu que Ulrika o fitava, o Comandante Gaius Vatinius, solteirão durante toda a vida, ficou em silêncio e passou a encará-la. Não podia deixar de apreciar aquela beleza incomum — pele de marfim e cabelos castanhos cor de mel. Olhos azuis também eram uma raridade entre as damas de Roma. Um rápido olhar para a mão esquerda da moça lhe dizia que era solteira, o que o surpreendeu, uma vez que achou que ela já passara da idade.

Ele sorriu de forma encantadora e disse:

— Estou deixando-a entediada com essa conversa militar.

— De maneira alguma, Comandante — respondeu Ulrika. — Sempre me interessei pela Renânia.

A senhora Aurelia comentou de mau humor:

— Por que eles não sossegam e se tornam civilizados? Olhe o que fizemos pelo restante do mundo. Nossos aquedutos, nossas estradas.

Vatinius virou-se para a mulher idosa.

— O que deixa os bárbaros muito irritados é que, quatro anos atrás, o imperador Cláudio elevou um povoamento no Reno da posição de forte a colônia, denominando-a Colônia Agripina em homenagem à sua esposa, Agripina, que havia nascido lá. Foi então que começaram, de verdade, os levantes. Aparentemente a romanização de um antigo território germânico mexeu com os brios de um antiquado patriotismo tribal e do orgulho racial.

17

Vatinius acenou com a mão alongada, coberta de anéis.

— Cláudio me concedeu o honroso dever de garantir que Colônia seja defendida a todo custo.

Ulrika pegou seu vinho, mas não conseguiu bebê-lo. O lobo... e agora uma conversa sobre a retomada da luta na Germânia.

— Os bárbaros mantiveram a paz por um bom tempo — interveio Maximus, o rico e gordo advogado. Ele ergueu a mão, e seu escravo pessoal deu um passo à frente para limpar seus dedos gordurosos. — Ouvi dizer que as tribos estão sendo incitadas por certo líder rebelde. Sabe quem ele é?

Uma sombra escura atravessou o belo rosto de Vatinius.

— Não sabemos quem ele é, nem mesmo o nome dele. Nunca o vimos. De acordo com a nossa inteligência, ele apareceu do nada, de repente, e agora está conduzindo as tribos germânicas em novas rebeliões. Eles atacam quando menos esperamos e, em seguida, desaparecem na floresta.

Vatinius tomou um pouco de seu vinho, fez uma pausa enquanto um escravo limpava seus lábios e depois acrescentou, confiante:

— Mas eu vou encontrar esse líder rebelde, e quando encontrá-lo farei dele um exemplo com uma execução pública como advertência para outros que venham a alimentar ideias rebeldes.

Ulrika questionou:

— O que o faz ter tanta certeza de que será bem-sucedido? Já li que os germanos são astutos, Comandante Vatinius. O que o senhor poderia ter em mente que o deixa tão certo da vitória?

— Um plano que não poderá falhar — respondeu ele, com um sorriso confiante. — Porque gira em torno do elemento surpresa.

O coração de Ulrika disparou. Ela serviu-se de uma azeitona com a mão trêmula e continuou:

— Imagino que a essa altura os germanos conheçam todas as formas de estratégia que as legiões usam, até mesmo aquelas que pretendem surpreender.

— Este plano será diferente.

— Como assim?

Ele abanou a bela cabeça.

— Você não entenderia.

Mas ela persistiu:

— Assuntos militares não me entediam, Comandante. Li as memórias de Júlio César. Por exemplo, pretende usar engenhos militares em sua campanha?

Ele olhou para ela por um momento, apreciando-lhe os cabelos castanhos cor de mel, o rosto delicadamente oval, a expressão franca — a moça não era nem recatada nem tímida! — e, então, envaidecido pelo interesse dela em seu plano e impressionado com sua capacidade de entendê-lo, Vatinius não pôde se conter:

— É exatamente isso que os bárbaros esperam. Por isso, tenho um plano diferente em mente. Desta vez, combaterei o fogo com fogo.

Ela lhe lançou um olhar intrigado.

— O imperador Cláudio me deu total liberdade nesta campanha. Tenho autoridade para convocar tantos legionários quantos forem necessários, solicitar as armas de cerco de que eu precisar. E isto é o que os bárbaros verão. Catapultas e torres móveis, tropas montadas e unidades de infantaria. Tudo muito organizado e muito romano. O que eles não verão... — Ele pausou para tomar um pouco de seu vinho e para prender a atenção da bela moça por mais um momento — ...são as unidades de guerrilha, treinadas e conduzidas pelos próprios bárbaros, distribuídas pelas florestas *atrás* deles.

Ulrika fitou Gaius Vatinius e sentiu um punho frio lhe apertar o coração. Então ele ia usar as estratégias de guerra dos próprios germanos contra eles.

Ela baixou a vista e olhou para as mãos, onde sentia o pulso bater forte nas pontas dos dedos. E pensou: *"Será uma carnificina."*

4

Ulrika não conseguiu dormir.

Ela pôs o manto de lã sobre a camisola e saiu do quarto. A casa estava escura e silenciosa, mas ela sabia que sua mãe não estaria dormindo. Era nessa hora calma do dia que Selene escrevia em seu diário, estudava os textos médicos e manipulava remédios caseiros. E, quando Ulrika bateu à porta do quarto da mãe, viu que ela não ficou nem um pouco surpresa com sua visita.

— Achei que você viria — afirmou Selene, fechando a porta depois que a filha entrou. O carvão queimava em um braseiro, e duas cadeiras com apoio para os pés estavam postas ao lado do fogo.

Ulrika havia deixado o jantar festivo de tia Paulina ansiosa e preocupada, mas sentia-se um pouco reconfortada nesse pequeno quarto onde sua mãe misturava as poções curativas, os elixires, os remédios em pó e os unguentos. Era um quarto repleto de rolos de pergaminho, textos antigos, folhas de papiro — todos contendo encantamentos, orações, feitiços e palavras de magia para curar os doentes. Afinal, era o que a mãe de Ulrika fazia: curar os doentes.

E agora, pela primeira vez, Ulrika queria contar à mãe suas visões, seus sonhos e premonições da infância, relatar a visão do lobo durante o jantar naquela noite e lhe perguntar que significado teria, que cura existiria ali para *sua* doença.

Em vez disso, quando sentou, ela disse:

— Mãe, hoje à noite, no jantar, a senhora quase não comeu. Estava pálida e não conversou. E a maneira como olhou para o Comandante Vatinius... Por que ficou tão abalada?

Selene sentou-se na cadeira em frente e, apanhando um atiçador preto comprido, avivou o fogo no braseiro.

— Foi Gaius Vatinius quem queimou o vilarejo de seu pai muito tempo atrás e o levou amarrado em correntes. Durante os anos em que Wulf e eu estivemos juntos, ele falava em voltar para a Germânia e se vingar de Gaius Vatinius.

Selene deu um suspiro cansado. Ela sabia que esse dia estava para chegar e temia esse momento. E, agora que ele chegara, sentiu a coragem abandoná-la. Ela lembrava-se do dia quando Ulrika tinha 9 anos e entrou correndo em casa chorando porque um menino malvado da vizinhança a chamara de bastarda. "Ele disse que os bastardos não têm pai e que eu não tenho pai." Selene a consolara dizendo: "Não dê ouvidos aos outros. Eles não sabem o que dizem. Você tem, *sim*, um pai, mas ele morreu e agora está com a Deusa."

Ulrika começara a fazer perguntas então, e Selene lhe contara o que sabia sobre o povo de Wulf, a Árvore do Mundo, a Terra dos Gigantes de Gelo e a Terra Média, onde Odin vivia. Selene disse a Ulrika que ela recebera esse nome em homenagem à avó germânica, a vidente de sua tribo, cujo nome, Wulf dissera, era Ulrika, que significava "poder do lobo". Selene também dissera a Ulrika que seu pai era um príncipe da tribo dele, um filho do herói Armínio. (Mas Selene não lhe dissera que Wulf havia sido uma criança nascida do amor, que era um filho *secreto* de Armínio. Afinal, que benefício isso poderia trazer?)

Depois disso, Ulrika havia criado um pai imaginário, inventando jogos com colheres de pau que representavam pinheiros e uma trincheira no jardim que, cheia de água, formava um perfeito rio Reno. Ulrika inventava histórias para si mesma sobre o príncipe Wulf e de como, depois de muitas aventuras, batalhas e romances, ele sempre conseguia a vitória. "Mamãe, me diga de novo como era o meu pai", Ulrika pedia, e Selene descrevia o guerreiro Wulf de cabelos louros compridos e um belo corpo musculoso. Quando a menina completou 12 anos e deixou de lado as bonecas e os jogos imaginários, ela se voltou para os livros, devorando cada tomo e cada texto sobre a Germânia para conhecer a verdade e os fatos a respeito do povo de seu pai e sua terra.

Ulrika agora examinava o rosto da mãe iluminado pelo fulgor das brasas.

— Existe mais alguma coisa, não existe, mãe? Existe algo que você não me contou.

Selene olhou diretamente para a filha e, por um longo tempo, fitou aquela criança que havia sido cercada de magia e mistério desde o momento de sua concepção na distante Pérsia. Selene pensou novamente no dom que ela suspeitava que Ulrika tivesse herdado de sua ascendência germânica... uma forma de clarividência que Selene observara na filha quando criança. A pequena Ulrika sabia onde os objetos poderiam ser achados, preparava-se para acontecimentos inesperados como se soubesse que eles estavam por vir, falava sobre a tristeza de outras pessoas quando nem mesmo ela própria percebia essa tristeza. Selene sabia que Ulrika mantivera esse seu dom em segredo e respeitara isso, esperando que algum dia lhe pedisse uma explicação e falasse sobre seu dom com as percepções especiais. Selene achou que esse diálogo houvesse finalmente chegado sete anos antes, num dia em que fizeram um piquenique no campo e Ulrika lhe disse que estava vendo uma mulher assustada correr pela floresta. Mas não havia mulher nenhuma. Selene sabia que era mais uma das visões sobrenaturais de Ulrika. E então, curiosamente, o dom da menina pareceu desaparecer após aquele dia, como se, ao atingir a idade adulta, ela tivesse soterrado por completo sua tenra sensibilidade perceptiva.

Dando outro suspiro, Selene admitiu:

— É algo que eu deveria ter-lhe dito há muito tempo. Tive intenção de dizer. Eu achava que não podia lhe explicar quando você era criança, então dizia a mim mesma: quando Ulrika estiver mais velha. Mas o momento certo nunca chegou. Ulrika, eu lhe disse que seu pai foi morto num acidente de caça antes de você nascer, na época em que ele e eu vivíamos na Pérsia. Isso foi uma mentira. Ele deixou a Pérsia. Wulf voltou para a Germânia.

Ulrika olhou para a mãe enquanto sons distantes ressoavam na noite — rodas rangendo na rua deserta além do muro alto da residência, o ruído dos cascos de cavalos trotando no calçamento, o canto solitário de uma ave noturna.

— Ele partiu por insistência minha — continuou Selene calmamente. — Estávamos na Pérsia fazia muito pouco tempo quando soubemos que Gaius Vatinius tinha estado lá antes de nós. Disseram-nos que ele estava a caminho da Renânia. Insisti com seu pai para que ele fosse e se apressasse para chegar lá primeiro, enquanto eu ficava na Pérsia.

— E ele foi? Sabendo que a senhora estava grávida?

— Ele não sabia que eu estava esperando um filho. Eu não disse a ele. Sabia que ele teria ficado comigo, porque seu pai era um homem honrado. E, depois que o bebê nascesse, eu sabia que ele não nos deixaria mais. Eu não tinha o direito de interferir na vida dele, Ulrika.

— Não tinha o direito! A senhora era a esposa dele!

Selene abanou a cabeça.

— Não era. Nunca nos casamos.

Ulrika fitou a mãe.

— Wulf já era casado — confessou Selene em voz baixa, sem olhar a filha nos olhos. — Ele tinha uma esposa e um filho na Germânia. Ah, Ulrika, seu pai e eu não estávamos destinados a passar o resto de nossas vidas juntos. A Renânia era o destino dele, e você sabe que eu estava em minha busca pessoal. Tínhamos que seguir por caminhos diferentes.

— Ele deixou a Pérsia — falou Ulrika devagar — sem saber que a senhora estava grávida. Ele não sabia da minha existência.

— Não.

De repente, Ulrika foi tomada por um sentimento de espanto.

— E até hoje ele não sabe nada sobre mim! Meu pai não sabe que eu existo!

— Ele não está vivo, Ulrika.

— Como sabe disso?

— Porque, se seu pai tivesse chegado à Germânia, ele teria encontrado Gaius Vatinius e levado a cabo a sua vingança.

Os olhos de Ulrika encheram-se de horror. Ela disse calmamente:

— E Gaius Vatinius está vivo. O que só pode significar que meu pai esteja morto.

Selene estendeu o braço para pegar a mão da filha, mas Ulrika se retraiu.

— A senhora não tinha o direito de me esconder isso — protestou ela. — Todos esses anos foram uma mentira!

— Foi para o seu próprio bem, Ulrika. Na infância você não teria capacidade de entender. Você não teria entendido por que eu deixei seu pai ir embora.

— Eu já não sou criança há muito tempo, mãe — retrucou Ulrika com a voz embargada. — A senhora podia ter-me dito isso antes, em vez de me deixar descobrir desta forma. — Ulrika levantou-se. — A senhora me privou de ter um pai. E hoje à noite, mãe, a senhora ficou lá enquanto eu compartilhava pão com aquele monstro.

— Ulrika...

Mas ela já havia deixado o recinto e ido embora.

5

Ulrika olhava para o teto enquanto ouvia o ruído distante do tráfego nas ruas da cidade. Sua cabeça latejava. Ela chorou um pouco e então começou a pensar. Agora, que estava ali deitada, forçando a vista para enxergar na escuridão, tentava entender seus sentimentos. Estava cheia de remorso pela terrível maneira como tratara sua mãe, saindo da maneira que saiu, desrespeitando-a.

"A primeira coisa que vou fazer amanhã cedo é pedir desculpas a ela. E talvez possamos conversar sobre meu pai, talvez isso ajude a sanar essa desavença que não deveria ter acontecido entre nós."

"Pai..."

Como sua mãe podia ter tanta certeza de que ele estava morto? Como podia Gaius Vatinius ser uma prova disso? Somente porque o general estava vivo não significava que Wulf não conseguira chegar à Renânia.

Ulrika levantou-se da cama e foi até a janela, onde inspirou o perfume da primavera no ar da noite. O chão estava branco, estendendo-se à distância na subida do monte como um cobertor de neve — pétalas das fruteiras em flor, flores cor-de-rosa e laranja, caíam como flocos de neve, esbranquiçadas sob a luz do luar.

Ela pensou na Renânia coberta de neve, imaginou o pai guerreiro como sua mãe tantas vezes o descrevera — alto, musculoso, com um porte ameaçador e imponente. Se ele havia deixado a Pérsia vinte anos antes, como dissera sua mãe, então teria chegado à Germânia após os tratados de paz terem sido assinados, e a região se encontrava num período de estabilidade, não mais em guerra com Roma. Wulf provavelmente se estabelecera, como muitos de seus compatriotas, no trabalho e na agricultura. Foi apenas por causa de um decreto recente de Cláudio que a posição de Colônia foi elevada e que as florestas nos arredores da colônia foram derrubadas para um assentamento, que velhas feridas foram reabertas, antigos ódios reacesos e a luta reiniciada.

Seria isso possível? Poderia seu pai estar entre aqueles guerreiros? *Seria ele talvez o novo herói que conduzia seu povo à rebelião?*

Agora ela compreendia o significado de seu sonho com o lobo. Fora de fato um sinal de que ela deveria ir para a Renânia.

Quando Ulrika era mais jovem e estudava tudo o que podia sobre o povo de seu pai, sua mãe fora a uma das muitas livrarias de Roma e comprara o último mapa da Germânia. Juntas, mãe e filha haviam analisado as características topográficas e, com base no que Wulf descrevera para Selene sobre sua terra, detalhando cada curva dos tributários que alimentavam o Reno, elas conseguiram identificar o lugar onde o clã dele vivia. Lá, Wulf dissera, sua mãe era a guardiã do clã de um antigo local sagrado.

Selene marcara-o com tinta: o bosque sagrado da Deusa das Lágrimas Vermelhas e Douradas, explicando à filha: "Dizem que Freya amava tanto o marido que, quando ele partia em longas viagens, ela chorava lágrimas vermelhas e douradas."

Dirigindo-se depressa ao baú de mogno que ficava aos pés de sua cama, Ulrika ajoelhou-se e levantou a pesada tampa para procurar o mapa em meio aos lençóis de cama, às suas roupas de criança e às lembranças preciosas de uma vida itinerante. Encontrou-o e desenrolou-o com mãos trêmulas. Lá estava o local, ainda marcado, que indicava onde vivia o clã de Wulf.

Ela levou o mapa de encontro ao peito, sentindo a coragem de repente inundar suas veias, e um novo objetivo na vida. E urgência também. Gaius Vatinius estava reunindo suas tropas naquele exato momento. Eles iniciariam sua marcha para o norte no dia seguinte.

Ulrika pegou seu robe. "Preciso dizer à minha mãe. Preciso me desculpar pela maneira egoísta como me portei, pedir desculpas por meu desrespeito, e então pedir sua ajuda para planejar minha viagem."

Mas Ulrika encontrou o quarto de sua mãe escuro e silencioso e não quis acordá-la. Selene trabalhava por longos dias, ajudando outras pessoas de forma incansável.

Ela voltaria pela manhã.

6

Ulrika foi acordada por suas escravas, que lhe trouxeram o desjejum e a água quente para o banho. Mas estava ansiosa para se desculpar com a mãe e comunicar a maravilhosa notícia.

"Vou precisar de dinheiro", pensou ao se aproximar da porta fechada. "Levarei apenas alguns escravos comigo para que eu possa viajar com rapidez. Minha mãe saberá o melhor caminho a tomar, o mais rápido. Gaius Vatinius está partindo hoje com uma legião de sessenta centúrias — seis mil homens. Preciso chegar à Germânia antes deles. Preciso encontrar o acampamento secreto de meu pai, avisá-los..."

— Sinto muito, senhora — disse Erasmus, o mais antigo mordomo, ao abrir a porta do quarto de Selene. — Sua mãe não está aqui. Ela foi chamada antes do amanhecer numa missão urgente. Um parto difícil... Deve ficar fora por dois dias.

Dois dias! Ulrika apertou as mãos. Ela não se arriscaria a esperar nem mesmo um dia.

— Sabe para onde ela foi? Para a casa de quem?

Mas o homem idoso não sabia para que lugar na cidade sua senhora havia ido.

Ulrika tentou pensar. Roma era grande, a população da cidade, enorme. Sua mãe poderia estar em qualquer lugar no infindável labirinto de ruas e becos.

Voltando depressa para seu quarto, Ulrika alterou seus planos, pensando: "Posso fazer isso sozinha. Minha mãe entenderá. Quantas vezes deixamos uma cidade ou vilarejo de repente e na calada da noite? Quantas vezes permanecemos em viagens por causa da busca pessoal de minha mãe?"

Ulrika pegou uma folha de papiro em branco em sua escrivaninha, umedeceu um bolo de tinta, amoleceu-o com a ponta de uma caneta de junco, pensou por um momento e depois escreveu: "Mãe, estou deixando

Roma. Acredito que meu pai ainda esteja vivo e preciso avisá-lo dos planos de Gaius Vatinius de emboscar os guerreiros dele. Quero ajudar na luta. E então quero conhecer o povo dele, *meu* povo."

Ulrika parou para escutar a casa tomar vida à medida que os escravos assumiam suas tarefas, vozes se tornando audíveis, o velho tom chiado de Erasmus dando as ordens. Ela viu as cortinas nas janelas oscilarem sob a brisa da primavera, e se arrepiou de excitamento, de orgulho e de um recém-descoberto propósito de vida. Pensou no povo que ia conhecer naquelas florestas mágicas com que muitas vezes sonhara. E, surpresa, percebeu que havia algo mais em sua busca; mais razões para que se apressasse à procura da terra natal de seu pai — isso dizia respeito à sua doença secreta, às visões, aos sonhos e ao conhecimento de coisas que a haviam assustado na infância e que pareciam ter retornado. Talvez essa fosse a razão para a visão do lobo na noite anterior, talvez a resposta para a sua doença — e a cura — fosse encontrada em meio ao povo guerreiro de seu pai, nas florestas nebulosas do extremo norte.

Ela retomou a escrita. "Vivi sem um pai por 19 anos. Quero compensar esse tempo perdido. E quero dar algo em troca ao homem que me deu a vida. Eu amo a senhora, minha mãe. A senhora me protegeu quando eu era nova e ainda muito frágil. Disse que eu era um presente da Deusa, a criança-milagre que lhe foi concedida em seu exílio solitário, e, como tal, a senhora de alguma forma sabia que eu nunca fui totalmente sua, que a Deusa me chamaria algum dia para uma tarefa especial. Creio que o chamado se fez ouvir. Creio que logo descobrirei o lugar a que pertenço e, ao tomar conhecimento disso, entenderei quem eu sou.

Querida mãe, sempre a amarei e honrarei, e rezo para que algum dia voltemos a nos reunir. E, para onde quer que meu caminho me leve, mãe, qualquer que seja meu destino, eu a guardarei em meu coração."

Ela cobriu a tinta com pó, para secá-la e firmá-la, e, enquanto enrolava o papiro e selava o rolo com cera vermelha, uma lágrima caiu de seu olho sobre o papel. Ela olhou para a pequena mancha de água que se espalhou e depois parou, dispondo-se numa pequena forma curiosa que se assemelhava a uma estrela.

No átrio, encontrou Erasmus supervisionando a limpeza do mármore do pequeno chafariz dos pássaros. Ulrika só confiava nele para entregar a carta à sua mãe.

— Sim, sim, senhora — assentiu Erasmus, balançando a cabeça calva enquanto enfiava o rolo de papiro em um dos muitos bolsos secretos de sua veste colorida. — Assim que minha senhora voltar, entrego a carta a ela.

Enquanto Ulrika organizava seu pacote de viagem, seus pensamentos giravam. Como iria chegar ao extremo norte? Colônia era quase no topo do mundo. Ela deveria levar escravos ou ir sozinha? Por um breve instante, pensou em pedir o conselho da tia Paulina, ou de sua melhor amiga. Mas logo descartou a ideia, sabendo que elas tentariam dissuadi-la daquela missão.

Sua roupa mais resistente foi colocada no pacote, com artigos de toalete, dinheiro e um manto extra. Então pegou algumas coisas do estoque médico de sua mãe: frascos de remédios, sacos de ervas, fermento de pão, ataduras, um escalpelo e fios de sutura.

Partiu sem se despedir e caminhou resoluta para o Foro, onde comprou comida e um odre para água no mercado.

Ao seguir em direção à estrada principal, que passava em meio aos muros da cidade e conduzia ao norte pelo interior, Ulrika caminhava rapidamente, rezando para que a Deusa permanecesse com ela, para que a Grande Mãe lhe desse forças para abandonar a única família que conhecia, seu único mundo, e para enfrentar um destino desconhecido com coragem e convicção.

7

Sebastianus Gallus andava ansiosamente de um lado para o outro enquanto aguardava o comando de seu intérprete dos astros. Eles *precisavam* deixar Roma naquele dia.

O próspero líder da caravana, um homem jovem de ombros largos, cabelos cor de bronze e barba bem-aparada, parou diante de sua tenda para observar seu velho amigo.

O grego corpulento se encontrava sentado a uma mesa baixa sob o sol da manhã, inclinado sobre mapas e cartas celestes, as ferramentas de seu ofício de astrologia nas mãos gordas. Timonides servira à família Gallus durante toda a sua vida, até onde Sebastianus se lembrava, e o rico comerciante nunca dava um passo sem primeiro consultar o astrólogo. Naquela manhã, entretanto, algo estava errado, e Sebastianus parecia preocupado.

Timonides era um homem de peso e entusiasmo, tendo sido sempre robusto, sem um dia de doença. Recentemente, porém, vinha sendo acometido de um mal que estava afetando sua capacidade de fazer horóscopos precisos. Sebastianus levara o velho Timonides aos melhores médicos em Roma, mas todos abanaram a cabeça e disseram que não havia nada a ser feito; Timonides estava fadado a viver sofrendo o resto da vida.

Enquanto esperava que o pobre Timonides, o rosto pálido de agonia, fizesse seu horóscopo do dia, Sebastianus mexia na grande pulseira de ouro no braço direito e olhava através da nuvem de fumaça de cem fogueiras matinais. A área de reunião da caravana norte-sul encontrava-se além dos muros da cidade na Via Flaminia.

Essa estação terminal ao norte, onde Sebastianus Gallus temporariamente se instalara num pequeno complexo de tendas, mercadorias e trabalhadores, estava em polvorosa com a intensa atividade das caravanas que ali se reuniam, vindas de todos os cantos da terra com produtos novos ou preparando-se para seguir viagem a destinos longínquos. No caso do jovem

Gallus, sua própria caravana — que consistia em carruagens, carroças, cavalos, mulas e escravos — atrasara a partida para as terras ao norte do rio Reno na Germânia Inferior, onde os assentamentos aguardavam novas remessas de vinho espanhol, cereal egípcio, tecidos italianos e produtos de luxo sortidos que Sebastianus adquirira de comerciantes que chegaram do Egito, da África e da Índia.

Eles deveriam ter partido dois dias antes, mas Sebastianus não se atrevia a deixar seu acampamento particular sem que Timonides dissesse que os astros tinham dado permissão. Sebastianus acreditava piamente que os deuses revelavam suas mensagens através dos céus, e que era necessário apenas que o homem observasse a leitura celeste das estrelas, dos planetas, da lua e dos cometas para saber que caminho tomar. Mas ele não previra que seu intérprete dos astros fosse impedido por uma doença misteriosa, deixando Gallus ver — sem ação — outros comerciantes e mercadores levantarem acampamento e partirem para o norte, o leste ou o oeste.

— Aqui, senhorita! Esse homem vai enganá-la, enquanto eu sou um homem honesto! Levarei a senhorita para onde quiser ir!

Sebastianus virou-se na direção das palavras rosnadas, reconhecendo a voz de trombeta de Hashim al Adnan, um árabe de pele escura que fez uma pequena fortuna transportando papiro egípcio para fabricantes de livros no norte. Ele se encontrava embaixo do toldo listrado de sua própria tenda, e parecia estar tentando roubar uma freguesa de um companheiro, líder de uma caravana, um sírio bojudo chamado Kaptah, o Nono (por ser o nono de uma família de 15 filhos). Kaptah estava cercado de ânforas cheias de azeite de oliva, pronto para seguir em direção ao norte para os assentamentos alpinos, e fez um gesto rude para Hashim. Voltou-se, então, para a potencial cliente, dizendo:

— Esse homem é um porco, cara dama. Ele vai roubar seu último centavo e abandoná-la nas montanhas para os corvos arrancarem seus olhos. Eu sou o homem mais honesto daqui, pode perguntar a qualquer um.

As caravanas de comércio aceitavam viajantes independentes desde que eles pagassem bem e tomassem conta de si próprios. A proteção das grandes caravanas era a maneira mais segura de se viajar, quer a negócio, quer em visitas a familiares ou a passeio. O próprio Sebastianus havia aceitado naquela manhã um grupo de irmãos que ia a Massília para um casamento. Eles tinham sua própria carruagem e pagaram uma soma extraordinária por uma escolta segura.

Sebastianus estudou o objeto de disputa entre o árabe e o sírio: uma moça. Jovem, ele deduziu, observando-lhe o corpo esguio e elegante. E rica, a julgar pelo tecido do vestido, e o *palla* em volta de sua cabeça. Entretanto, parecia não haver escravos pessoais fazendo-lhe companhia, nem guarda-costas. Mais curioso ainda, ela levava a bagagem sobre os ombros, bem como um odre com água e uma sacola com comida. Uma moça viajando sozinha? Certamente não iria para longe, talvez para o vilarejo vizinho.

Enquanto os gananciosos comerciantes a disputavam como cães disputam um osso, Sebastianus voltou o pensamento para as suas preocupações e para a razão de sua urgência em seguir viagem. Isso não tinha nada a ver com seu comércio regular ao longo do Reno. Sebastianus Gallus estava numa corrida para alcançar o extremo da terra, onde se dizia que os barcos ultrapassavam as bordas e os cavalos penetravam a galope névoas espumantes, sem jamais serem vistos novamente.

Sebastianus estava numa competição para conquistar o ambicionado *diploma* imperial e escoltar uma caravana para a longínqua China. E o que o deixava ansioso naquela manhã primaveril repleta de barulhos, fumaça e sol brilhante era que ele competia com quatro outros comerciantes, homens que conhecia pessoalmente como cidadãos bons e íntegros, que exerciam um comércio honesto e mereciam a rota da China tanto quanto ele. Mas o imperador Cláudio iria conceder o *diploma* a um homem apenas.

Cada comerciante deveria completar sua rota regular de comércio enquanto ao mesmo tempo deveria realizar um feito extraordinário. Sebastianus sabia que seus quatro concorrentes conseguiriam se destacar aos olhos de Cláudio. Badru, o egípcio, chegara ao sul da África levando roupas baratas e quinquilharias para trocar por cascos de tartaruga e marfim, e Sebastianus sabia que Badru tinha a oportunidade de trazer um animal selvagem raro para a arena. Sahir, o hindu, estava a caminho do sudeste em busca de perfume e incenso, e era provável que achasse livros de valor inestimável para o imperador. Adon, o fenício, seguia para a Espanha com pimenta e cravo e, sem dúvida, conseguiria uma boa safra de vinho do gosto específico de Cláudio. Por fim, Gaspar, o persa, cuja rota mercantil o levara para o interior dos Montes Zagros, certamente encontraria uma fabulosa e rara flor com propriedades afrodisíacas poderosas (todos sabiam como Cláudio desejava desesperadamente agradar sua jovem esposa, Agripina). Mas Sebastianus Gallus, o espanhol, seguia sua rota usual para o norte a fim de comercializar âmbar e estanho, sal e pele. O que *ele* poderia encontrar na Renânia que atraísse o olhar do imperador Cláudio e o persuadisse a conceder a Gallus o cobiçado *diploma*?

O que o preocupava mais eram os rumores de que as legiões romanas, sob o comando de Gaius Vatinius, marchavam para o norte com o intuito de convocar bárbaros renegados para uma grande batalha. Embora a guerra pudesse ser boa para os negócios, neste caso poderia prejudicar as chances de Sebastianus conquistar o *diploma*.

Ele olhou com impaciência para Timonides, que tentava aplicar um transferidor de cobre ao mapa zodiacal, porém sem muito sucesso. Sebastianus perguntava a si mesmo se não deveria procurar os serviços de outro astrólogo. O tempo lhe escapava por entre os dedos!

Gallus estava ansioso para obter uma reputação. Seu pai, avô e tios haviam cavado novas rotas de comércio, distinguindo-se, adicionando prestígio à já notável e respeitável família Gallus. Agora Sebastianus queria se tornar célebre conquistando a rota chinesa para o imperador Cláudio. Essa era a última fronteira desconhecida, a última chance de buscar uma nova rota e, ao mesmo tempo, alcançar o feito de ser o primeiro homem do oeste a chegar ao palácio imperial na China.

— Eu levarei a senhorita até Colônia! Esse homem não vai além de Lugdunum; e será abandonada lá! Eu tenho uma ótima carruagem, com apenas três outros passageiros!

Ao ouvir o rosnado de Hashim, Sebastianus se virou, surpreso. A moça estava indo até a distante Colônia?

Ele observava como Kaptah se empenhava no trabalho com seu ábaco, um instrumento portátil de cálculo, feito de cobre e contas, usado por comerciantes, engenheiros, banqueiros e coletores de impostos. O sírio corpulento calculava o valor da passagem da moça por milha e comida, acrescentando taxas extras aqui e ali pela água, pelo uso de um jumento, até por um lugar ao redor da fogueira noturna.

— Um roubo! — gritou Hashim, seu rosto moreno enrubescendo. — Cara senhorita, comigo não precisará andar montada num jumento, terá uma carroça, e por isso cobrarei somente um preço um pouco mais alto.

Confusa, a moça olhava de um para o outro, e, quando eles perceberam que ela se voltou para a direita e viu a fileira de tendas e agrupamentos reunidos sob uma placa empoeirada que dizia GERMÂNIA INFERIOR, ambos começaram imediatamente a falar, declarando que todos os outros comerciantes que se dirigiam ao norte lhe tirariam cada centavo que tivesse e depois a venderiam para os bárbaros como escrava.

Vendo que a moça estava à mercê daqueles dois abutres, os quais Gallus conhecia muito bem, ambos inescrupulosos até os ossos, ele se pronunciou:

— Meus irmãos! — disse de maneira agradável, dando um passo à frente. — Sempre notei que quanto mais vocês gritam, maiores são suas mentiras.

Ele se voltou para a moça e, antes que pudesse dizer qualquer outra palavra, teve um choque. Quando ela se voltou para Gallus, ele viu, sob o modesto véu, cabelos claros e olhos azuis. Ela segurava uma ponta de seu véu sobre o queixo, como as moças romanas aprendiam a fazer, nunca cobrindo o rosto por completo, porém mostrando-se prontas a fazê-lo caso a situação exigisse. Sebastianus fitou aquele rosto oval, de um delicado queixo afilado, sobrancelhas arqueadas e nariz pequeno. Porém o que mais atraiu sua atenção foram os olhos.

Ele ficou momentaneamente sem fala ao se lembrar da ocasião em que visitou a Gruta Azul de Capri. Os olhos da moça eram da cor daquela lagoa.

— Esses homens não são confiáveis — alertou ele com um sorriso, lançando um olhar de admoestação aos dois comerciantes quando eles começaram a protestar. — São trapaceiros, amigáveis, mas igualmente trapaceiros. Se quiser, posso ajudá-la a encontrar um comerciante honesto que a levará de maneira segura para onde está querendo ir. Qual é seu destino? — perguntou, pensando que certamente teria escutado errado.

Porém ela respondeu:

— Colônia.

O homem ouviu um tom confiante, uma voz forte, então olhou ao redor de novo à procura dos companheiros dela. Talvez eles ainda estivessem por chegar, mais provavelmente porque estariam trazendo muita bagagem para a moça rica.

— Quantos são em seu grupo? — perguntou ele.

Ulrika olhou de frente para o estranho que viera em seu auxílio. Ele era bem mais alto do que ela, e o sol matinal realçava as mechas cor de bronze de seus cabelos. O homem tinha feições marcantes, um nariz reto e afilado, e uma barba tão aparada que quase não passava de uma sombra em seu queixo. Ulrika suspeitava de que ele não fosse romano, porque seu latim apresentava um leve sotaque, como se não fosse seu idioma materno. Então ela viu em seu largo tórax, suspensa numa tira de couro, contra o tecido branco da túnica que ia até os joelhos, uma concha de vieira do tamanho da mão dela. Ela a reconheceu como a de um molusco notório por se proliferar ao longo do litoral noroeste da Espanha, e ouvira dizer que os galegos a usavam para lembrar-lhes o seu país e demonstrar o orgulho que tinham de sua raça e herança cultural.

Ulrika fez breves conjecturas a respeito daquele espanhol. Seu cenho parecia permanentemente franzido, como se um problema estivesse em sua mente fazia muito tempo sem ter sido resolvido. Não era um homem em paz consigo mesmo, ela pensou, nem com o mundo. E lhe assomavam impressões: embora sorrisse com facilidade, demonstrava raiva, porém, de quem ou de quê, ela não sabia; seu olhar era franco, mas ele parecia circunspecto; e, apesar de sua expressão relaxada, ele se continha, como se temesse perder o controle. Teria algo — ou alguém — o magoado muito tempo atrás?

— Apenas eu — respondeu, recuando um pouco para deixar um espaço entre ela e aquele homem e virando-se para olhar as fileiras de acampamentos. Quando saíra de casa pela manhã com tamanha determinação para chegar à Renânia, não calculara a dificuldade em encontrar um grupo com quem viajar. Em quem poderia confiar?

— Está viajando para Colônia sozinha? — perguntou surpreso o galego.
— Mas é um lugar tão hostil para uma moça sozinha visitar.

Ela o olhou nos olhos novamente, perguntando-se onde havia visto íris tão verdes.

— Eu tenho família lá.

Ele cerrou ainda mais o cenho.

— Mesmo assim — insistiu. — Uma moça viajando sozinha.

— Viajar não é novidade para mim. Eu nasci na Pérsia e, desde os 3 anos, quando deixei essa cidade distante, tenho viajado pelo mundo. Já estive em Jerusalém e em Alexandria. Já atravessei inclusive o Grande Verde num navio.

— Pode até ser — replicou ele —, mas o mundo verá apenas uma mulher vulnerável sem proteção. Precisa encontrar uma família que esteja indo para o norte e que a aceite junto a eles, ou um grupo de mulheres. Infelizmente, a minha caravana consiste apenas em homens, e eu não posso me responsabilizar por sua segurança o tempo todo. — Ele sorriu. — Meu nome é Sebastianus Gallus e vou ajudar a senhorita a encontrar um guia honesto para levá-la até Colônia. Conheço quase todos os homens das caravanas mercantis, os honestos e os vigaristas.

— Eu sou Ulrika — apresentou-se ela —, e agradeço a sua generosa ajuda.

Quando Hashim e Kaptah, que haviam assistido à conversa por curiosidade, começaram a protestar por Sebastianus estar roubando sua cliente, ele lhes lançou um olhar que os silenciou. Ao afastar-se dali com a moça, os dois comerciantes acusando-se mutuamente de terem causado a perda de uma passageira lucrativa, ele olhou para trás, para seu acampamento, onde Timonides ainda gemia com as mãos na cabeça.

Ao acompanhar o olhar de Gallus, Ulrika viu o homem corpulento com um anel de cabelos brancos em torno da cabeça calva.

— O que há de errado com ele? — indagou ela.

— Não sabemos. Ele é meu astrólogo e não está conseguindo fazer um horóscopo.

Ulrika hesitou. Ela estava apressada para fazer sua viagem para o norte, mas o homem estava claramente angustiado.

— Talvez eu possa ajudar.

À MEDIDA QUE OS MAPAS CELESTES se embaralhavam diante de seus olhos embaçados, Timonides achou que ia se debulhar em lágrimas. Nunca sentira tamanho desespero, tamanha tristeza. Os astros eram sua vida, sua alma, e as mensagens contidas neles lhe eram mais preciosas do que seu próprio sangue. Ele dedicara a vida inteira aos céus e à interpretação dos segredos neles escritos, mas agora estava naquela situação! Incapaz de distinguir Cassiopeia de Leão!

Erguendo a cabeça, na esperança de se livrar da dor, mas sentindo-a apenas agravar-se, Timonides viu seu mestre caminhar em sua direção, e ele parecia estar acompanhado de uma moça.

Momentaneamente o homem esqueceu o sofrimento enquanto observava Sebastianus pegar os pacotes de viagem, os odres de água e os sacos de comida da moça e colocá-los sobre os próprios ombros, deixando-a livre para segurar o véu num sinal de modéstia — uma habilidade comum às mulheres romanas que sempre fascinava Timonides.

"Moça estranha", ele pensou à medida que se aproximavam. Pelo drapeado e a cor do vestido e do *palla*, ela era uma aristocrata. Entretanto, levava sua própria bagagem. Sem dúvida ia visitar a família, talvez comparecer a um nascimento, pois era isso que mais motivava as mulheres a viajar. Para sua surpresa, ela afastou-se de Sebastianus e se aproximou dele.

— É uma dor de dente, senhor?

Ele fitou aqueles olhos azul-celestes, emoldurados por cabelos da cor de cervo novo. Grande Zeus, onde seu mestre encontrara essa moça?

— Dos dentes que me restam, senhorita — disse Timonides —, nenhum me faz sofrer, graças aos deuses. O que me incomoda, moça, é o meu queixo.

— Eu sou Ulrika — apresentou-se ela gentilmente. — Posso dar uma olhada? — Para surpresa do homem, ela sentou à sua frente, estendeu o braço e, com dedos suaves, apalpou com delicadeza seu queixo e pescoço. — A dor é maior quando o senhor come?

— É isso mesmo — assentiu ele, espantado.

Timonides era gordo por uma razão. Enquanto a astrologia era o foco de sua vida espiritual e religiosa, a comida era o centro de sua vida mortal. Ele vivia para comer. Do café da manhã de bolos de trigo e mel até seu jantar tarde da noite de carne de porco frita em óleo com cogumelos, seu dia consistia em mastigar, engolir e encher a barriga, numa festa contínua de texturas e sabores. Quando não estava comendo, estava lembrando-se de sua última refeição e antecipando a seguinte. Timonides abriria mão de mulheres antes de desistir de comida. E agora, ficar incapacitado de comer! Será que valeria a pena continuar vivendo?

— Creio que posso ajudá-lo — declarou a moça com voz suave, porém confiante.

— Eu duvido! — retrucou ele sofrendo. — Meu mestre me levou a um médico na cidade, que enrolou meu pescoço e queixo com um cataplasma de mostarda, e o resultado foi uma erupção na pele. O segundo médico prescreveu vinho de sementes de papoula que me fez dormir pesado. O terceiro extraiu meus molares traseiros. Agora, chega de médicos!

Ele estava em guarda enquanto ela continuava sua suave investigação, mas ele tinha que admitir que o toque dela era gentil e leve, não como o dos médicos de mão pesada que haviam examinado sua boca aberta a ponto de ele achar que seu maxilar ia se deslocar.

Quando o dedo de Ulrika tocou um ponto sensível abaixo de seu queixo e ele gritou, ela fez um sinal afirmativo com a cabeça e pediu a Sebastianus que trouxesse algo doce ou azedo para Timonides comer. Sebastianus entrou numa tenda e voltou com uma pequena fruta amarela, entregando-a a Ulrika, que a reconheceu como uma fruta cara, importada da Índia. Em vez de descascá-la, ela enfiou o limão inteiro na boca do velho grego e disse:

— Morda.

Ele obedeceu sob protesto. A moça por acaso não sabia que o limão era um remédio, e não um alimento? E, enquanto ele lutava para não cuspir a fruta azeda, os dedos de Ulrika foram imediatamente para o ponto embaixo do queixo dele, massageando e pressionando sem dó.

Sebastianus observava, fascinado, jorrarem saliva e espuma da boca de seu astrólogo, enquanto as pontas daqueles dedos manipulavam e examinavam até que, depois de um momento de agonia, a moça comandou:

— Agora pode cuspir o limão.

Timonides não precisou ouvir isso outra vez. Cuspiu saliva e a polpa do limão na mão da moça.

— Era isto aqui a causa de seu sofrimento — declarou ela, mostrando-lhe uma pequena partícula na palma de sua mão. — Um cálculo minúsculo se formou nas glândulas salivares e precisava do fluxo de saliva para ser expulso.

— Grande Zeus! — exclamou Timonides enquanto esfregava o maxilar.

— Vai ficar um pouco sensível por um tempo — prosseguiu ela enquanto se levantava com graciosidade da cadeira —, mas isso vai desaparecer, e o senhor não vai mais sentir dor. — Ela delicadamente enxugou a mão na bainha do vestido.

— Que tipo de pagamento a senhorita deseja? — perguntou Sebastianus, espantado com o que acabara de presenciar. Como ela aprendera a fazer aquilo?

— Pagamento nenhum — respondeu ela. — Só me apresente a um comerciante honesto que me leve para Colônia o mais rápido possível.

Sebastianus pegou os pacotes e sacos e disse:

— Eu sei exatamente quem. — Ele fez uma pausa e disse a Timonides: — Eu suponho que agora seja capaz de fazer uma leitura precisa, não é?

— Sem dúvida, mestre, logo que colocar algum sustento no estômago.

Sebastianus fez um breve aceno com a cabeça e liderou o caminho em meio à multidão barulhenta enquanto Timonides observava seu mestre e a moça estranha desaparecerem entre as pessoas.

ENTRE DUAS TENDAS NO ACAMPAMENTO de Gallus, um ensopado borbulhava num pote de ferro sobre o fogo. Ao lado, o cheiro de pão assado exalava de um forno construído com pedras portáteis. Sobre as pedras quentes, ovos frescos eram fritos no azeite de oliva.

Um homem robusto, usando uma túnica cinza manchada, mexia o pote com uma colher de madeira. Tinha um rosto redondo e achatado, os olhos repuxados e um sorriso de criança. Quando viu Timonides se aproximar, seu semblante se iluminou.

— Boas-novas, filho! — estrondou Timonides. — Estou curado! Pelos deuses, posso comer novamente. Faça um prato para mim com esse ensopado, estou faminto.

Nestor era o cozinheiro-chefe da caravana de Gallus; preparava a comida para o círculo íntimo de Sebastianus, que incluía um contador, um criado pessoal, um secretário, dois assistentes para ajudar a conduzir a caravana e Timonides, o astrólogo. Nestor, meio bronco, nunca aprendera a ler e, portanto, nunca seguira uma receita. Mas tinha um talento inato para preparar as refeições por instinto e sabia exatamente o tempero e a quantidade exatos para cada prato.

— Pois não, papai — respondeu ele com um risinho. Nestor tinha 30 anos e era o filho único de Timonides.

Enquanto o grego sentava-se para comer a deliciosa refeição, ansioso por saborear cada bocado, ele passou a mão pelo maxilar, agora sem dor nenhuma, e pensou na moça de dedos habilidosos e na maneira rápida e fácil como o tirara do pior inferno imaginável. Um inferno que ele rezava para nunca mais visitar...

Ele ficou paralisado. Com o pão nas mãos, pronto para comer o ensopado de porco e cogumelos, Timonides olhou para o bando de comerciantes e trabalhadores, mercadores e viajantes, e um terrível pensamento lhe veio à mente.

Timonides, o astrólogo, mantinha seu ofício com seriedade. Antes de fazer um horóscopo, ele sempre se banhava, meditava, vestia túnicas limpas e purificava tanto o físico quanto o espírito. Acreditava piamente que a preparação de horóscopos era um ato tão sagrado e solene como qualquer outro ritual, e que os astrólogos eram tão sagrados e respeitáveis quanto os sacerdotes dos templos. Os deuses usavam os astros para enviar mensagens aos mortais, e a interpretação dessas mensagens era uma tarefa séria e sublime.

Ao contrário de muitos videntes e adivinhos, nunca lhe ocorrera usar seus talentos em benefício próprio. Timonides tinha comida e acomodação e um lugar seguro na família de Gallus. Contentava-se com isso, sabendo que se dedicava a um ofício sagrado. O mundo estava cheio de visionários que usavam sua arte para lucrar, e muitos tinham uma boa vida à custa de mentiras. Mas esses charlatães, ele tinha certeza, iriam queimar no fogo do Inferno por toda a eternidade. Não Timonides, o astrólogo, que guardava em seu coração um desejo forte e secreto.

E aí se encontrava a trágica ironia de Timonides, o intérprete dos astros. Destinado para sempre a ler a sorte de outras pessoas, o astrólogo nunca fazia seu próprio horóscopo. Afinal, não sabia a data de seu nascimento, onde havia nascido, nem quem eram seus pais. Fora encontrado num dos vários montes de lixo de Roma, onde bebês indesejados eram deixados para morrer. Às vezes eles eram adotados para se tornarem escravos, ou por alguma mulher estéril desesperada por um filho. A maioria perecia, uma vez que as pessoas supunham que esses bebês indesejados fossem defeituosos ou amaldiçoados. Porém uma viúva no bairro grego de Roma havia achado o recém-nascido em meio à carne podre e esterco de cavalo e, por compaixão, levara-o para casa.

E, assim, o astrólogo cresceu sem saber o próprio signo, seus planetas e casas, onde sua lua e seu sol deveriam estar. Portanto, era o desejo de toda uma vida e a mais cara esperança que um dia, de alguma forma, os deuses revelassem a seu humilde servo a posição dos astros no instante de seu nascimento. Com esse propósito, Timonides se mantivera íntegro na prática da astrologia. Jamais havia feito um horóscopo errado, nem distorcido o significado que via nos astros para uma leitura mais favorável.

Até aquele momento.

Porque o terrível pensamento que lhe viera à mente foi: "O que fazer se a pedra aparecesse outra vez?"

Então ele sentiu um golpe no peito como se um jumento lhe tivesse dado um coice. Seria possível que suas glândulas salivares produzissem outro cálculo? Será que voltaria a sentir dor?

Terei que me privar da minha preciosa comida?

E então ele pensou: "Preciso manter a moça a meu lado."

Timonides, o honesto e puro astrólogo, imediatamente se encheu de terror.

"Grande Zeus", ele pensou, a mente disparada pela trilha aberta pela blasfêmia e o sacrilégio. Precisava garantir que a moça viajasse com eles. Mas sabia que não havia meio de persuadir seu mestre a levar uma moça sozinha numa caravana constituída de homens e nenhuma outra mulher. Só havia uma solução: Timonides, o astrólogo sagrado, deveria falsificar o horóscopo de Sebastianus.

Como nunca era uma boa ideia tomar decisões de estômago vazio, ele colocou no pão uma colherada de carne de porco e molho, levou a comida à boca e mastigou com um prazer celestial. À medida que mais e mais ensopado lhe passava pelos lábios e descia pela garganta — suas papilas gustativas despertando para o sabor do alho e da cebola, lembrando-lhe a sensação de não conseguir, enchendo-o de terror de ser acometido dessa privação outra vez —, Timonides, o astrólogo, pensou: "Ora, seria apenas uma pequena inverdade. Não uma mentira de fato, mais como uma ficção. E não direi exatamente que isso estava escrito nos astros, meramente sugerirei e deixarei meu mestre tirar as conclusões vitais."

Timonides acompanhou o ensopado com cerveja, que havia sido mantida em palha molhada, e, enquanto estalava a língua e fazia sinal para que Nestor lhe servisse uma segunda tigela, disse a si mesmo que ele pediria apenas um pequeno favor aos deuses. Em todos aqueles anos de serviço aos céus e às estrelas, jamais pedira algo em troca, jamais usara a astrologia em proveito próprio. Certamente eles não se importariam com uma pequena transgressão egoísta de um velho que havia sido firmemente leal.

À medida que mais carne de porco gordurosa e cebolas picantes despertavam seu paladar, lembrando-lhe as delícias culinárias que estavam por vir, Timonides, o astrólogo, começava a sentir-se bem com o que teria de fazer.

SEBASTIANUS E ULRIKA VOLTARAM ao acampamento depois de terem encontrado um guia confiável para levá-la a Colônia, um homem que tinha famílias em sua caravana. Mas Timonides, agora descansado e bastante alegre, os saudou e, com os mapas na mão, declarou:

— Mestre, a mensagem é espantosa, mas clara. Esta moça, Ulrika, deve viajar conosco.

Timonides falou ligeiro, temeroso de ser traído pela voz. Ao mostrar seus cálculos a Sebastianus, ele disse:

— Mestre, o senhor sabe que seu signo solar é Libra, e o lunar, Capricórnio.

Ele continuou a encher o ar com palavras como casa e aspecto, elíptico e ascendente, conjunções e crescente, explicando a localização dos cinco planetas em relação ao sol e à lua, e como tudo isso afetava não somente Sebastianus Gallus, mas a caravana, a moça chamada Ulrika e o resultado da disputa pelo *diploma* imperial.

Sebastianus franziu o cenho sobre a folha de papiro coberta de números, mas não tinha razão para duvidar do resultado daqueles cálculos. Timonides usava um pequeno instrumento aferido para determinar o ângulo de intercessão entre os planos do horizonte e a eclíptica, e seu bem mais precioso era uma roda zodiacal, feita de ouro finamente batido, com símbolos e graus impressos no metal. Dizia-se que pertencera ao próprio Alexandre. Esses instrumentos deixavam pouca margem para erros na leitura dos horóscopos.

Ainda assim, essa leitura veio como uma surpresa.

— O que essa moça tem a ver conosco?

Timonides não olhou Sebastianus nos olhos; em vez disso, dirigiu-se a Ulrika.

— Isso faz sentido, mestre. Eu estava incapacitado de fazer boas leituras por causa do meu sofrimento e da fome. Os deuses nos enviaram essa moça para acabar com a minha dor e encher o meu estômago de novo. Agora vou poder servi-los uma vez mais. Ela está aqui por uma razão, mestre, e qual seja só os deuses sabem.

Sebastianus não tinha argumentos contra essa lógica. Não podia negar que a moça fora capaz de efetuar uma cura que os médicos de Roma não conseguiram, então talvez ela fosse uma boa aquisição para a caravana. Mas como viajaria? Onde dormiria? Como ele poderia ficar de olho em todos os seus homens?

— Mas eu estou com pressa — protestou Ulrika. — Preciso fazer uma viagem rápida, e a sua caravana é grande demais, vai demorar muito tempo.

— Acontece — atalhou Timonides — que meu mestre também tem pressa e precisa chegar à Germânia Inferior o mais rápido possível, e por isso vamos viajar num passo firme.

Timonides viu como seu mestre hesitou e então acrescentou:

— Mestre, o senhor sabe que nas próximas cidades uma família se juntará a nós, ou um grupo de mulheres. Sempre se juntam. A senhorita ficará desacompanhada por muito pouco tempo.

Sebastianus considerou isso e então, como nunca havia questionado os astros, disse por fim:

— Muito bem.

Como Timonides sabia que ele faria.

E assim ficou resolvido! A moça iria com eles, e Timonides estaria livre da dor provocada pelas glândulas salivares. Ele lutou para esconder sua alegria.

Eles chegaram a um acordo. Com a ponta do véu lhe cobrindo os dedos, Ulrika apertou a mão de Sebastianus e, naquele instante, uma visão surpreendente lhe inundou a mente: uma explosão de pequenas luzes brilhantes riscando o céu negro e acalmando-se numa precipitação de chuviscos dourados sobre um enorme vale coberto de grama. A imagem era tão forte e tão vívida que a deixou atônita por um instante.

No momento seguinte, sua mente foi tomada pela visão de uma paisagem magnífica de cadeias de montanhas verdejantes, uma costa rochosa e ventos que sopravam do mar. Ela sabia que era uma terra chamada Galiza, embora nunca houvesse estado lá. Sabia que era a terra querida daquele homem, com densas florestas vicejantes, que terminavam num litoral ermo e acidentado, lugar que o povo dele chamava Terra dos Mil Rios — e, no entanto, a Galiza causava grande dor a esse homem. "Ele sente saudades", ela pensou, "porém jamais poderá voltar para lá." Sebastianus Gallus era um homem sem país.

Quando Gallus pegou a bagagem de Ulrika, e ela o seguiu até uma fileira de carruagens cobertas, o coração da moça disparou na expectativa de, por fim, encontrar seu pai. Mas um pensamento gélido lhe despertou calafrios. Se sua doença tivesse de fato retornado, que outras sensações e visões assustadoras a esperavam nessa viagem para o desconhecido?

LIVRO DOIS
GERMÂNIA

8

— 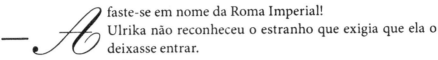faste-se em nome da Roma Imperial!
Ulrika não reconheceu o estranho que exigia que ela o deixasse entrar.
— Quem são vocês?
— Agentes de Cláudio César. Você está escondendo alguém aí.
— Não estou escondendo ninguém. Somos uma simples caravana mercantil, levando grãos para os assentamentos do norte. Deve ir falar com Sebastianus Gallus, que é o líder desta caravana. É fácil identificá-lo. Ele é alto, tem cabelos acobreados, uma voz autoritária profunda e um porte que o faz ser notado. É solteiro, embora eu não entenda por quê, pois é muito atraente. Um belo homem, na verdade...

Ulrika abriu os olhos no escuro e viu que estava na cama. Onde estaria ela? Com quem estivera falando?

Foi outro sonho...

Ela prendeu a respiração e prestou atenção; ouviu então, além da parede de tecido de sua pequena tenda, cavalos galopando pelo acampamento. Homens gritando. Mulheres assustadas.

Ulrika franziu o cenho. O dia mal amanhecera. Eles só iriam levantar acampamento dentro de duas horas.

Enrolando seu xale no pescoço, seus cabelos soltos sobre os ombros, ela deixou a tenda e olhou através da névoa intensa e da fumaça. Figuras lúgubres marchavam em meio ao acampamento, brandindo espadas e vociferando ordens. Legionários romanos, despertando as pessoas de seus sonos, desorganizando o café da manhã, interrompendo orações.

Enquanto Ulrika observava a comoção na tênue luz matinal, Timonides surgiu vindo do lado da tenda.

— O que está acontecendo? — perguntou o astrólogo de boca cheia. Ele segurava uma costeleta de cordeiro gordurosa já faltando o pedaço de uma dentada; sua túnica estava manchada na frente, onde o mel havia escorrido dos bolinhos de trigo. Era a primeira das diversas refeições diárias do grego corpulento que redescobrira o prazer de comer.

— Não sei — murmurou Ulrika.

Timonides franziu o nariz enquanto observava os legionários de capa vermelha atravessarem o acampamento lotado de pessoas, entrarem nas tendas e nas carruagens cobertas, chutando os feixes de feno, enfiando as espadas nos barris e nos fardos de mercadoria.

— Parece que eles estão procurando alguma coisa — observou ele enquanto enfiava os dentes na costeleta picante.

Ou *alguém*, pensou Ulrika.

— Onde está seu mestre? — indagou ela enquanto olhava os legionários puxarem bruscamente as pessoas das tendas, aproximando as tochas de seus rostos, para examiná-las e, em seguida, empurrá-las.

— Sebastianus voltará logo. Moça, volte para dentro. Com seus cabelos claros e esse símbolo que usa no pescoço...

Ulrika levou a mão ao peito, onde carregava a Cruz de Odin germânica. Ela virou-se e olhou para o Reno — um rio prateado, largo e plácido, que na névoa da manhã parecia irreal. Embarcações navais romanas patrulhavam as águas, grandes navios conduzidos por velas ou remos ritmados, uma lembrança constante da Roma imperial e sua poderosa presença nestas terras do norte. Do outro lado do rio, florestas verde-escuras que guardavam segredos antigos estendiam-se até a linha do horizonte.

Ulrika voltou o pensamento para o acampamento e os intrusos. A caravana de Sebastianus Gallus havia parado, juntamente a outras menores e a grupos de homens de negócio e viajantes, num posto militar chamado Forte Bonna, a um dia de viagem ao sul de Colônia, cidade natal da imperatriz Agripina, e a causa de uma nova deflagração de guerra na região. Desde que deixara Lugdunum na Gália e seguira a estrada a leste, que contornava os contrafortes alpinos, o clima na caravana era de nervosismo e ansiedade. Lugdunum era um grande centro mercantil da Europa, uma cidade cosmopolita de torres de mármore, muros de fortalezas e estradas que se distanciavam como os aros de uma roda de carruagem. E ao longo dessas estradas viajavam homens que traziam notícias de lutas no leste, rumores e relatos não confirmados, mas nenhum deles informava com certeza o que estava acontecendo — iria acontecer ou já havia acontecido — na Germânia Inferior.

Agora, após dias de crescente apreensão, eles haviam parado a 24 quilômetros do destino de Ulrika. O coração dela disparou. Onde estaria Gaius

Vatinius e suas legiões? Todos diziam que ele conduzia suas tropas diretamente através dos Alpes, uma rota mais perigosa do que a que as caravanas tomavam, porém mais direta — milhares de homens indo em direção ao norte como uma maré fatídica, levando cavalos, armas e máquinas de guerra para o interior das florestas primitivas do povo de Ulrika. A que distância estariam as legiões? Quanto tempo lhe restava para encontrar seu pai e avisá-lo?

Enquanto mantinha o olho nos soldados, suas armaduras tilintando ao invadirem a privacidade das pessoas, estrondando o chão com suas sandálias grossas de cravos nas solas, Ulrika se perguntava onde estaria Sebastianus. Ela olhou para a tenda dele. Estava escura e deserta como sempre. Uma vez mais, ele não dormira na própria cama.

Para onde será que ele vai todas as noites?

Ao seguirem a movimentada rota mercantil de Roma a Massília, de Lugdunum ao Reno, Ulrika via Sebastianus interagir com mercadores, comerciantes e viajantes, convidando-os a compartilhar o fogo e uma refeição. A troca e o comércio eram conduzidos a cada ponto de parada, com o uso do ábaco, a contagem de moedas, as cestas e os pacotes de mercadoria trocando de mãos, e Gallus supervisionando tudo. Quando os negócios eram concluídos, ele tomava banho em sua tenda, vestia túnica e manto limpos e deixava o acampamento, geralmente levando presentes, e se dirigia ao vilarejo ou à cidade e retornava na manhã seguinte.

Embora Ulrika tivesse curiosidade de saber o que ele fazia longe do acampamento — embora fizesse várias conjecturas a respeito do dono da caravana —, de uma coisa ela sabia: sua paixão pelos astros.

Ulrika descobrira que Sebastianus Gallus não era um homem religioso no sentido tradicional do termo. Ele não erigia um pequeno altar sempre que acampavam, nem oferecia um sacrifício de comida e vinho aos deuses. Em vez disso, consultava os astros, usando Timonides e sua carta celeste.

Ulrika pensou sobre a pulseira de ouro no pulso de Sebastianus. Era uma peça belíssima, finamente confeccionada com desenhos intricados. A característica surpreendente era uma pedra tosca no centro, nem agradável aos olhos, nem parecendo ter algum valor — algo comum, facilmente encontrado em qualquer rua. Ela se perguntava sobre seu significado.

Enquanto observava os legionários se deslocarem pelo acampamento, vindo em sua direção, com Timonides nervoso, parado a seu lado, Ulrika pensava sobre o povo local que a caravana havia encontrado ao longo da rota, germanos que não eram escravos, como Ulrika costumava ver, mas homens e mulheres livres que trabalhavam nas próprias fazendas, envolvidos em artes e ofícios culturais e que vinham até a caravana para negociar. Ela olhava para eles, admirada por ver aquela raça em seu próprio ambiente de florestas e cadeias de montanhas, vales verdes e nebulosos. Mulheres de saias longas e blusas, cabelos penteados em tranças; homens de perneiras e túnicas, cabelos longos e quase todos barbados, lembrando a Ulrika que o termo "bárbaro" literalmente significava "barbado", mas que nos últimos anos passara a significar "pessoas não civilizadas".

Ela tremia ao pensar que estava próxima ao território de seu pai. Deixava-a cheia de orgulho saber que, não longe dali, 45 anos antes, três legiões comandadas por Quintílio Varo haviam sido derrotadas pelo herói germânico Armínio, avô de Ulrika! Mas a tristeza também a dominava — ter deixado a mãe sem uma despedida adequada. O medo também tomava conta de seu coração, medo de que sua doença da infância não tivesse cura, de que a atormentasse para sempre com sonhos que eram verdadeiros e vívidos demais para serem meros sonhos.

Quando dois legionários caminharam em direção à sua tenda, ela ficou de prontidão.

Ulrika conhecia o clima político daquele lugar. Sob a *pax romana* do império, diversas tribos germânicas importantes trabalhavam em paz com Roma e pareciam não ter problema com a presença dos fortes e tropas imperiais em seu território ancestral. Tão pacífica era essa região, na verdade, que Cláudio precisou retirar as tropas ociosas do Reno e lhes dar algo o que fazer: invadir a Britânia. Mas então surgiu um novo problema: um guerreiro germano anônimo estava inflamando as tribos e unindo-as contra Roma pela primeira vez em quarenta anos.

E Ulrika tinha certeza de que era seu pai.

Quando os dois legionários se aproximaram, ela fechou o xale em torno dos ombros e se empertigou para enfrentá-los à altura. Não permitiria que eles dessem uma busca em sua tenda. Ulrika não tinha nada a esconder, mas era uma questão de princípio.

No extremo oposto do acampamento, nos limites da clareira onde se iniciava a floresta ocidental, um centurião de rosto curtido coçava os testículos enquanto observava a ação com um olhar cansado. Veterano de 25 anos nas campanhas estrangeiras, o soldado de meia-idade aguardava ansioso o dia em que seria reformado e se retiraria com a corpulenta esposa para um vinhedo no sul da Itália, onde esperava passar o resto de seus dias à toa, sob a luz do sol, contando histórias de guerra a seus netos. Aquela busca por bárbaros insurgentes — numa caravana mercantil! — era infrutífera. A seu ver, todo o avanço militar ao norte dos Alpes era inócuo. A Germânia era grande demais, e seu povo, muito orgulhoso para ser conquistado. Mas o centurião nunca questionava ordens. Fazia o que lhe mandavam e recebia seu pagamento mensal.

Ele ficou tenso. Seu olhar treinado lhe disse que surgira um problema.

— O que está havendo aqui? — explodiu Sebastianus Gallus, galopando por entre as árvores. Pulou de sua égua e caminhou a passos largos até o centurião. — O que é que esses soldados estão fazendo aqui?

— Estamos à procura de rebeldes, senhor — esclareceu o oficial, reconhecendo o homem jovem de cabelos acobreados, que usava uma fina túnica branca e um belo manto azul, como alguém de posição e importância.

Sebastianus franziu o cenho ao observar a cena caótica. Levaria uma hora para restabelecer a ordem e outra mais para levantar acampamento e seguir adiante com a caravana. Ele tinha de chegar a Colônia antes do anoitecer.

— Quem deu ordens? — perguntou ele asperamente. — E por que eu não fui informado?

— O general Vatinius, senhor — respondeu o centurião, fatigado, lembrando-se do vinhedo e dos dias quentes na Itália. — Ele ordenou uma busca surpresa, a melhor para achar os fugitivos. Sem aviso prévio, sem chance de fuga.

— Não estamos escondendo ninguém aqui — retrucou Sebastianus e foi embora.

Seu mau humor em parte era devido a essa repentina sublevação de seu acampamento. Ele passara a noite numa fazenda da vizinhança, hóspede de um fazendeiro romano que conhecia fazia anos, mas não dormira bem. Era por causa da moça, Ulrika. No dia anterior, ela anunciara sua intenção de deixar a companhia da caravana no momento em que chegassem a Colônia e de seguir sozinha à procura do povo de seu pai. Sebastianus não esperava por isso. Ele estava pensando que iria ajudá-la a reunir um grupo composto de guias germânicos locais, guarda-costas e escravos. Uma escolta tão segura quanto ele conseguisse encontrar.

Mas ir *sozinha*? Será que estava maluca? Seria ela tão ignorante dos riscos que correria?

Ele desejou nunca ter concordado em levá-la como passageira. Mas Timonides insistira em dizer que os astros mostravam o caminho dela alinhado com o dele. E a cada horóscopo diário, lá estava ela, ainda entrelaçada ao destino de Sebastianus. "Quando nossos caminhos vão seguir direções opostas?", ele havia perguntado no acampamento fora de Lugdunum. Timonides apenas dera de ombros e dissera: "Os deuses nos indicarão."

Embora tivesse se preocupado que uma moça sozinha em sua caravana pudesse ser um problema, Ulrika não deu o menor trabalho. Ela se manteve isolada, em silêncio, lendo, fazendo caminhadas — sempre modestamente envolta no *palla* que cobria seus cabelos presos e braços nus. Ela viajou sem reclamações numa carruagem fechada, conduzida por dois cavalos; uma viagem cheia de solavancos que sempre provocava resmungos dos passageiros quando desciam no fim do dia. Porém Ulrika nunca dizia nada enquanto buscava um lugar ao lado da fogueira, e os escravos de Sebastianus erguiam uma tenda para sua privacidade.

De certa forma, ela fora até uma boa aquisição. Sebastianus a observara curar as pessoas. Era apenas uma moça, com seu jeito tranquilo e calmo, e uma curiosa caixa repleta de magia medicinal. Escutava o problema das pessoas e dizia: "Isso está além de minha capacidade", ou então, "Eu posso ajudar".

Ela dissera que havia aprendido a arte da cura com a mãe, mas Sebastianus achava que seu talento ia além de um mero aprendizado, pois aqueles a quem ajudara declaravam que, de alguma maneira, ela sabia exatamente o que lhes afligia, sabia até mesmo sem que eles fossem capazes de descrever seus males com precisão.

À medida que caminhava por seu acampamento desordenado, acalmando as pessoas, garantindo-lhes que os soldados logo iriam embora, ele a viu, através da fumaça e da névoa, na outra extremidade da área, ao lado de sua pequena tenda, falando com Timonides. Sebastianus ficou surpreso ao ver os cabelos longos da moça, soltos sobre os ombros e caindo-lhe nas costas. Ela, em geral, prendia os cabelos castanhos num coque em estilo grego e os ocultava sob o véu.

Ele ficou ainda mais surpreso ao sentir uma pontada de desejo sexual.

Afastando a moça de seus pensamentos — eles se separariam no dia seguinte, afinal —, ele atravessou o acampamento a passos largos, transmitindo confiança a seus escravos e trabalhadores e àqueles que viajavam sob sua proteção, parando para ajeitar os fardos de feno, para acalmar nervos em frangalhos, e restabelecer a ordem à medida que seguia. Mas sua mente estava desenfreada. Em geral, levava sessenta dias para chegar ao Forte Bonna, mas ele chegara no tempo recorde de 45 dias. Forçara o passo para cobrir a distância e não realizara o extenso comércio habitual nas pequenas e grandes cidades que eles haviam visitado. Por seus cálculos, se conseguisse desempenhar suas tarefas rapidamente em Colônia, talvez estivesse de volta a Roma com sua caravana em 42 dias, com uma excelente chance de chegar primeiro do que os outros quatro comerciantes ao término da viagem, que era o Palácio Imperial e uma audiência com o imperador Cláudio.

Infelizmente, apenas chegar lá em primeiro lugar não era suficiente. Sebastianus ainda tinha de encontrar uma forma de se distinguir diante do imperador. O que ele poderia levar de volta para Roma como presente que o distinguisse de Badru, Sahir, Adon e Gaspar, que certamente levariam esplêndidos troféus para Cláudio?

Enquanto Sebastianus supervisionava o acampamento, avaliando os prejuízos e os ânimos, ele viu dois legionários aproximarem-se da tenda de Ulrika, onde ela se manteve firme, altiva e orgulhosa. Ele atravessou rapidamente e, ao se aproximar, ouviu-a dizer:

— Não há ninguém nesta tenda.

— Desculpe, moça, mas nós temos que ver, nós mesmos.

Ulrika não saiu do lugar.

— Eu não abrigo criminosos.

— Afaste-se.

Ela ergueu o queixo.

— A mando de quem vocês agem?

— O general Vatinius lhe satisfaz? Agora se afaste...

As mãos dela, cruzadas, soltaram-se.

— *Quem*, você disse? General Vatinius? Mas ele está a quilômetros daqui, ao sul...

— O Comandante está em Colônia, com as legiões dele.

Ulrika perdeu o fôlego.

— Vatinius está *aqui*? Já?

Sebastianus viu o rosto da moça empalidecer. Antes que ele pudesse falar, Ulrika o surpreendeu afastando-se e dizendo aos soldados:

— Podem procurar. Não vão achar nada.

Enquanto os legionários davam uma busca rápida no interior da tenda, Ulrika torcia as mãos. Sebastianus nunca a vira tão agitada.

— A senhorita está preocupada com a família do seu pai — comentou ele, desejando poder oferecer-lhe mais. Sebastianus sabia de poucos detalhes das legiões recém-instaladas em Colônia. Ouvira relatos conflitantes, informações baseadas mais na imaginação e ilusão do que nos fatos.

Os olhos de Ulrika cruzaram com os dele, e ele viu medo ali.

— Preciso avisá-los — sussurrou ela.

— Avisá-los...?

Os legionários saíram da tenda, e Ulrika, sem mais nenhuma palavra, entrou. Sebastianus ficou ali por um instante, espantado, então deu meia-volta e chamou Timonides.

Logo que timonides viu seu mestre entrar no acampamento e parar para falar com o centurião, ele deixou de lado sua costeleta de cordeiro ainda inacabada e correu para a tenda que compartilhava com o filho, Nestor, para se preparar para a leitura astral da manhã. Era a primeira coisa que seu mestre procurava assim que retornava ao acampamento, antes mesmo do desjejum. Quando Sebastianus o chamasse, Timonides estaria pronto com o horóscopo.

Assim que se debruçou sobre os mapas, usando seus instrumentos à luz da lâmpada, anotando equações num pedaço de papiro, Timonides sentiu o peso da culpa pelas leituras falsas que inventara nas últimas semanas. Mas queria manter a moça com eles, caso seu maxilar lhe causasse problema de novo, ou tivesse qualquer outra doença. Tentou aliviar sua consciência lembrando-se de que, em todos aqueles anos de serviço aos deuses e aos astros, ele nunca pedira nada em retorno. Certamente eles não se importariam de lhe conceder uma pequena recompensa pelo serviço fiel, porém o sentimento de culpa...

Timonides ficou paralisado. Algo estava errado.

Ele leu suas anotações novamente, regulou o transferidor, certificou-se dos graus, das casas e dos ascendentes. E sentiu seu sangue congelar. Grande Zeus. Não havia dúvida. No dia anterior, o horóscopo de seu mestre fora claro e sem nenhum acontecimento, como um dia de verão. Mas, agora, inesperadamente...

Uma catástrofe estava por vir. Algo grande e assustador, que não se manifestara nos últimos dias. Timonides lambeu os lábios. Por que agora? O que havia mudado? Teria a ver com os soldados revistando o acampamento?

Ou seria minha punição por falsificar as leituras?

O astrólogo começou a suar. Sabia que, quando relatasse essa sua nova leitura, Sebastianus exigiria uma explicação do motivo por que seu horóscopo havia mudado tão abruptamente. Se Timonides lhe contasse a verdade, que mentira ainda em Roma sobre a necessidade de trazer a moça, que punição Sebastianus lhe daria? Timonides não estava preocupado consigo próprio — era um homem idoso e vivera uma boa vida e aceitaria qualquer punição dentro do razoável. Era com Nestor que ele se preocupava. Para o bem de seu filho, ele deveria se manter nas boas graças de seu mestre. Atarracado e de cara redonda, um temperamento de anjos e a inocência dos pombos, Nestor ficaria indefeso sozinho.

Timonides lutou com sua consciência e indecisão.

No dia em que o recém-nascido foi colocado em seus braços, o olhar de repugnância no rosto da parteira, as irmãs e os primos todos declarando que seria melhor para a criança ser abandonada exposta num monte de lixo... Timonides quase concordou, até sentir aquele corpinho macio, os ossos miudinhos, a extrema impotência daquela criatura. Seu coração virara-se de cabeça para baixo naquele momento, e Timonides percebeu que não poderia fazer com a criança o que haviam feito com ele. E então ficou com o filho que veio tardiamente para o grego e sua mulher, uma surpresa, na verdade, uma vez que Damaris achava que já havia passado da idade de ter filhos. E quando Damaris morreu, Nestor tendo apenas 10 anos, Timonides prometera a si mesmo uma vez mais tomar conta do menino a qualquer custo.

Agora, vinte anos depois, Timonides estava sendo posto à prova. E não havia dúvida. Ele não poderia contar a verdade a seu mestre... que uma grande catástrofe se apresentava diante deles porque seu fiel astrólogo cometera o sacrilégio de falsificar os horóscopos. Pelo bem de Nestor, Timonides deveria se poupar com mais uma mentira.

Esfregando a barriga e desejando que não tivesse mergulhado suas costeletas de cordeiro em tanto molho de alho, Timonides saiu na manhã fumacenta para levar sua leitura.

Ele encontrou Sebastianus sentado a uma mesa na frente da tenda onde o comerciante rico nunca dormia, um rolo de pergaminho contendo os registros financeiros abertos diante de si, o sempre presente ábaco na mão. O jovem galego cheirava a sabonete. Ele vestia uma túnica branca limpa, tinha a barba curta recém-aparada, as mãos e os pés bem esfregados e asseados. Timonides sabia que Sebastianus, de manto azul, fechado no pescoço, estava pronto para levantar acampamento e fazer a última perna da viagem.

— Os astros têm uma nova mensagem hoje, mestre. Algo grandioso está prestes a lhe acontecer.

As sobrancelhas acobreadas se arquearam.

— Grandioso? O que isso significa? Nada disso foi previsto na leitura de ontem à noite.

— As coisas mudaram — disse Timonides, evitando seus olhos.

— Mudaram? — Sebastianus pensou sobre isso. — Os soldados — falou. Então se voltou na direção da tenda de Ulrika, onde podia ver a silhueta da moça movendo-se em seu interior, e um novo pensamento estranho lhe assomou à mente.

Os soldados...

Algo sobre os soldados e a moça chamada Ulrika. "Preciso avisar o meu povo", ela dissera.

O que quisera dizer com isso? Avisá-los de quê? Ele pensava que ela estava simplesmente indo para casa. Foi tudo que ela lhe contara.

Mas... nas últimas semanas, uma palavra aqui, um comentário ali. "A terra do meu povo circunda um vale sagrado oculto abarcado por dois pequenos rios que formam meias-luas. No coração desse vale encontra-se um bosque sagrado de carvalhos, onde se diz que a deusa Freya chorou lágrimas vermelho-douradas." E, em outra ocasião, com orgulho: "Minha tribo é de guerreiros."

Agora, lembrando-se da reação dela diante da notícia de que o comandante Vatinius estava em Colônia, Sebastianus se perguntava: "Seria o povo *dela* que estava por trás desse novo levante? Seriam *eles* os rebeldes que Vatinius fora designado para conquistar de uma vez por todas?"

E estariam esses insurgentes naquele momento acampados no vale oculto que Ulrika mencionara?

Sebastianus ficou de pé, considerando cuidadosamente as palavras seguintes à medida que novos pensamentos se formavam em sua mente.

— Meu velho amigo — dirigiu-se então a Timonides —, essa coisa grandiosa que você disse se encontrar em meu caminho... estaria eu prestes a conhecer alguém importante?

Timonides hesitou. Sobre o que, em nome do Grande Zeus, seu mestre estava falando? O velho grego não tinha a menor ideia, mas percebeu um súbito olhar de esperança, até de entusiasmo nos olhos de seu mestre, então Timonides concordou:

— Sim, sim, é isso! — Emendou um ansioso meneio de cabeça, detestando-se pela mentira, o sacrilégio. Mas ele não tinha escolha. E, se os deuses lhe dessem uma morte fulminante naquele momento, ele não os culparia. — Você vai conhecer alguém muito importante que mudará a sua vida.

Sebastianus sentiu o sangue lhe ferver de repente nas veias com a empolgação. Só poderia ser Gaius Vatinius, o comandante de seis legiões! Pois quem seria mais importante nessa região do que ele? "E eu tenho uma informação preciosa para ele. Sei onde os bárbaros insurgentes estão estabelecidos!"

Com isso, Sebastianus sabia, o general Vatinius teria uma vitória garantida. E o imperador Cláudio concederia um generoso prêmio ao homem que lhe trouxesse essa informação. O *diploma* imperial para a China.

"Irei para o norte imediatamente e darei ao general a informação de um vale oculto abarcado por dois rios em forma de meia-lua..."

ULRIKA APRESSOU-SE EM PRENDER OS CABELOS com fitas e pegou seus pacotes de viagem. Decidiu que não esperaria para chegar a Colônia. Deveria partir naquele instante. Vatinius já estava ali, e somente ela sabia da armadilha secreta que ele planejara para seu povo.

Ela tirou a camisola e escolheu para a viagem um vestido prático, de algodão branco com um *palla* combinando. À medida que se vestia, pensava nos inúmeros pequenos barcos que observara no Reno, comerciantes locais que subiam e desciam o rio vendendo suas mercadorias às vistas das galeras romanas. Ulrika falava o dialeto e tinha moedas suficientes, ela sabia, para subornar um deles para transportá-la ao outro lado.

Ao embrulhar pão e queijo em panos, ela pensou em Sebastianus Gallus. Deveria comunicar-lhe que estava abandonando a caravana naquela manhã. Mas então achou que ele poderia não deixá-la partir, ou até designar um guarda para garantir que permanecesse em segurança sob seus cuidados até que ele a levasse a Colônia, como haviam combinado.

Despedindo-se dele mentalmente, duvidando de que voltaria a vê-lo, Ulrika deixou a tenda e dirigiu-se ao Reno.

9

Ela estava perdida.

Ulrika caminhava havia vários dias, seguindo o mapa, tentando lembrar-se dos detalhes que sua mãe lhe ensinara muito tempo atrás — tantos rios pequenos com o formato de meias-luas! —, e agora ela estava no interior da floresta, ao leste do Reno, sem a mínima ideia de onde se encontrava.

Quando Ulrika desceu até o Reno, conseguiu subornar um barqueiro que a levou até a outra margem. Durante a travessia, ela lhe perguntou se ele tinha notícias de Vatinius e suas legiões, mas o homem falou depressa, com um sotaque pouco familiar, de modo que ela conseguiu entender apenas parte da conversa.

Mas de uma coisa tomou conhecimento: uma grande batalha estava prestes a ser deflagrada.

Mas em que lugar?

Ela examinou cuidadosamente a floresta banhada de sol, onde pinheiros e carvalhos lançavam suas sombras carregadas, os pássaros cantavam nos galhos acima, e o silêncio era rompido por um ocasional graveto que se quebrava, lembrando a Ulrika que criaturas a observavam. Criaturas famintas...

Onde estava? À medida que se dirigira ao leste, distanciando-se do rio, deixando para trás a civilização, encontrara cada vez menos pessoas, até que agora estava sozinha na floresta densa, armada apenas com uma adaga e força interior. Sabia que estava indo em direção ao nordeste, mas não tinha ideia para onde precisamente. Ao contrário da cidade de Roma, não havia sinais naquela região bravia.

Temia ter de passar outra noite naquele terreno hostil. Embora o solstício de verão estivesse a apenas duas semanas de distância e os dias estivessem esquentando, as noites eram frias. Ulrika dormira em depressões do terreno cheias de folhas, entre troncos de madeira e sob a proteção de pedras grandes, envolta em seu *palla* e rezando para que no dia seguinte encontrasse o pai. A comida acabara-se. Seu vestido estava rasgado; as sandálias, estragadas. E agora ela atravessava cansada uma floresta que parecia a mesma dos dias anteriores.

A cada raiz nodosa que a fazia tropeçar, cada arbusto espinhento que prendia sua saia, cada arrulho de coruja e cada sombra ameaçadora, Ulrika sentia-se à beira do pranto. Ela imaginara que, na terra de seus antepassados, se sentiria em casa. Após anos sem saber a que lugar pertencia, sentindo-se uma forasteira até mesmo na casa onde vivia com sua mãe, em Roma, Ulrika tinha convicção de que a Germânia lhe daria a sensação de segurança, de familiaridade e de conforto. Em vez disso, aquela floresta selvagem e imprevisível a assustava.

Ela estava estarrecida com a própria ingenuidade. Como podia ter achado que seria tão simples encontrar seu pai, quando todos os espiões e agentes experimentados que constituíam a rede de informação de César não conseguiam?

Parou para encostar-se a uma árvore e tomar fôlego. O sol estava a pino. Quantas horas de dia claro lhe restavam para encontrar um lugar seguro para passar a noite? Deveria retornar? Seria capaz de encontrar o caminho de volta?

O mapa comprado de um cartógrafo em Lugdunum que anunciava suas mercadorias de uma banca no mercado, garantindo "os detalhes geográficos mais recentes e precisos", foi inútil. Rios e riachos indicados no mapa não existiam, enquanto aqueles nos quais Ulrika bebera água não estavam de forma alguma desenhados. Quanto ao vale entre dois rios que se assemelhavam a meias-luas — ela podia já ter passado por ele sem saber.

Agora, arrependia-se de ter deixado o acampamento da caravana furtivamente; deveria pelo menos ter dito a Timonides para onde estava indo. Em vez disso, ao preparar a bagagem e ficar pronta para viajar, certificara-se de que ninguém a visse dirigindo-se à margem do rio. Estariam Sebastianus Gallus e o astrólogo grego preocupados com ela naquele momento? Ou teria Gallus suposto que ela fora em busca da família? Estaria Sebastianus Gallus em Colônia naquele momento, descansando para a viagem de volta a Roma?

Estaria ele sequer pensando em mim?

Ulrika não se surpreendia de o galego surgir em seus pensamentos naquele lugar, naquele instante, porque sonhava com ele todas as noites desde que deixara o acampamento.

Lembrando-se de sua missão e de que o tempo encurtava-se perigosamente, parou para ouvir a floresta e imaginou milhares de soldados aprontando as máquinas de guerra, os oficiais cavalgando de um lado para o outro gritando os comandos, a infantaria e a cavalaria sendo dispostas em colunas e linhas. Ela sabia que a batalha começaria com a liberação das armas de mísseis — dardos, bestas e lanças.

Retomou então seu caminho. Um vento gelado soprava pela floresta. A tira de uma sandália se rompeu e de repente Ulrika estava descalça. Ela sentiu dor na sola do pé direito, o que a fez gritar. Os pacotes de viagem pesavam em seus ombros, e suas pernas estavam fracas. Jamais sentira tanta fome. Uma voz do passado, a de tia Paulina, sussurrava: "Uma dama nunca raspa seu prato. É sempre próprio de uma dama deixar um pouco de comida."

Tia Paulina era como uma segunda mãe para Ulrika, porque sua própria mãe, Selene, vivia muito ocupada com a prática da cura e com seus vários pacientes. "Uma moça romana bem-educada", dizia tia Paulina, "nunca expõe o cabelo em público. Nunca fica agitada. Nunca fala quando não é a sua vez. Trabalha quieta em seu tear todas as tardes. É sempre simpática e delicada, e espera casar-se e ter filhos."

Enquanto Ulrika tropeçava no chão irregular da floresta, galhos ásperos e pedras cortando seu pé, ela pensou: "Será esta a minha punição por violar as regras?"

O vento mudou, soprando as folhas e os galhos, mas dessa vez trazendo para a floresta o cheiro de fumaça. Ulrika parou e ergueu o rosto. Sim! Havia fogueiras por perto! Talvez um fogo com comida num pote, carne girando num espeto. Porém mais importante ainda: gente...

Enquanto tropeçava em meio às árvores, ela escutou vozes. Atravessou então os pinheiros e chegou a um enorme prado verde. Procurou cabanas, sinais de vida e viu um homem deitado no capim alto. Aproximou-se dele com precaução. O homem estava esparramado numa posição estranha.

Ela abaixou-se devagar e tocou nele. Estava rígido e frio.

Ulrika tirou a mão rapidamente. Olhou à sua volta no prado.

E então ela viu...

Outro corpo.

E mais outro...

Ulrika levantou a vista para a extremidade do prado, onde avistou o início da terra preta — uma paisagem chocante de árvores disformes, algumas ainda emitindo pequenas nuvens de fumaça. A terra fora incendiada, marca dos romanos vitoriosos, cuja política era cortar e queimar as árvores depois de uma batalha.

Começando a sentir o corpo dormente, ela continuou pelo prado, onde encontrou mais cadáveres, até que chegou a um prado que estava coberto de centenas de mortos, talvez milhares.

Prosseguiu em meio ao fedor, às moscas, aos cadáveres mutilados e intumescidos, cabeças em meio a corpos decapitados, uma coleção grotesca de membros e órgãos internos. Viu olhos esbugalhados e línguas estiradas como se irritados por serem vistos naquela condição. Os corvos bicavam alguns rostos e fugiam, assustados, com línguas inchadas em suas garras. Grasnavam e disputavam testículos expostos, rasgando e devorando a carne macia. Os lobos chupavam os ossos.

Nauseada, ela cambaleava entre os mortos. Soluçava ao ver homens empalados nas árvores, os braços decepados, e o sangue, que fluíra aos borbotões, agora preto e congelado. Ela ouviu gemidos. Alguns ainda estavam vivos!

Seguiu o som dos lamentos e chegou a um guerreiro germano deitado numa posição antinatural. As pernas dele estavam retorcidas de uma forma impossível, como se o torso tivesse saído do lugar. A metade superior do corpo estava virada para cima, e as pernas, quase ao contrário. Seus olhos estavam abertos. Ulrika não conseguiu se mover. Ficou sobre o guerreiro agonizante, paralisada, sem respirar, seu olhar arregalado de choque e horror.

Os lábios do moribundo se abriram. O queixo barbado se mexeu. Ele sussurrou algo. Queria que ela o matasse, para acabar com seu sofrimento.

Desembainhando sua adaga e segurando-a com firmeza em ambas as mãos, Ulrika ergueu a arma acima da cabeça e, com um grito estrangulado, enfiou a lâmina no peito dele. Os olhos dele permaneceram abertos, mas ela viu a luz desaparecendo deles e o homem parar de respirar.

Soluçando, cega pelas lágrimas, Ulrika afastou-se e olhou para o campo de batalha à sua volta. Para os *milhares* de mortos. Estaria seu pai entre eles?

Ela procurava desesperadamente pelo herói chamado Wulf. Mas via somente corpos decompostos pregados a árvores. Restos mortais de mulheres que haviam sido estupradas — mulheres que haviam se juntado aos maridos e filhos na batalha e sofrido terríveis destinos.

Ulrika ficou paralisada. Havia entendido mal o barqueiro que atravessara com ela o Reno. Ele não informara sobre uma batalha que estava prestes a ocorrer, mas sobre uma que já havia ocorrido. Vatinius não havia apenas chegado a Colônia com suas legiões! Ele já havia travado uma batalha — e vencido.

"Eu poderia ter salvado todos eles! Cheguei tarde demais!"

Ela soluçava, as lágrimas lhe escorrendo pelo rosto enquanto seguia cambaleante entre as vítimas do massacre.

— Sinto muito — sussurrava ela para os guerreiros mortos. — Sinto muitíssimo. Por favor, me perdoem.

O sol se punha por trás dos altos pinheiros, lançando o campo de batalha numa sombra fúnebre. Ulrika mergulhou num silêncio lúgubre. Virou-se num movimento circular lento, seus olhos varrendo os corpos, e sentiu um frio invadir seus ossos. Era a morte, ela pensou, chegando para roubar-lhe a alma.

O silêncio foi repentinamente quebrado por um ruído alto. Ulrika deu meia-volta. Seus olhos esbugalharam-se ao perceber um movimento na floresta. Ela ficou petrificada, enquanto os vultos se mexiam entre os pinheiros. Um suor frio inundou suas escápulas. Os fantasmas dos mortos!

Finalmente, aparições brancas surgiram em silêncio por entre as árvores — figuras altas de cabelos longos esvoaçantes. Ulrika sentiu o coração lhe subir à garganta e foi tomada pelo terror. Quando as figuras apareceram na clareira, vindas das árvores, os olhos dela abriram-se ainda mais. Não eram fantasmas, eram mulheres. Caminhando em silêncio por entre os cadáveres, curvando-se, recolhendo, gesticulando para o céu. O que elas estavam fazendo?

Ulrika ficou observando duas belíssimas mulheres pararem numa postura estranha, olharem para ela e depois, empertigando-se, caminharem em sua direção — mulheres altas e robustas, de membros longos, saias compridas e blusas coloridas, tranças louras grossas caindo sobre seios fartos. Ulrika sabia quem elas eram: "mulheres da vitória", ou "mulheres guerreiras". No dialeto local, elas eram Valquírias, mensageiras do deus Odin que escolhiam os heróis mortos em batalha e os levavam para o Valhala para beberem mulso por toda a eternidade.

Quando as duas se aproximaram, pisando sobre diversos membros amputados, curvando-se para tocar nas testas frias, murmurando, cantando docemente, caminhando entre os mortos e sussurrando — o quê? —, suas imagens se transformaram até que Ulrika percebeu que elas não eram absolutamente jovens e robustas, e sim mulheres idosas, suas cabeças coroadas com tranças grisalhas, seus corpos envelhecidos vestidos com túnicas cinturadas e saias compridas e xales rústicos envolvendo-lhes os ombros magros. Entretanto, apesar da idade avançada, elas caminhavam de costas eretas e ombros tesos. Os anos as haviam envelhecido, ela pensou, mas o orgulho as mantivera fortes.

Quando a primeira se aproximou, Ulrika viu que em torno do topo de sua cabeça havia um belíssimo diadema de prata retorcida, entrelaçada a folhas e caules de prata, que se unia sobre a testa da mulher idosa, apoiando uma minúscula coruja de prata sobre duas folhas de carvalho de prata, uma pedra da lua pálida entre as folhas, semelhante a um ovo, como se a coruja o estivesse chocando.

As duas mulheres pararam para examiná-la dos pés à cabeça. Quando a segunda viu a Cruz de Odin no peito de Ulrika, ela apontou e murmurou, enquanto a outra contraía os lábios enrugados. Olhos azuis leitosos se fixaram em Ulrika embaixo de sobrancelhas grisalhas.

— Está perdida, filha?

Era um dialeto que Ulrika entendia.

— Estou procurando por... — Ulrika mal conseguia respirar.

— Você não devia estar aqui — disse a mulher gentilmente —, entre os mortos.

— Eu preciso encontrar...

A mulher idosa tinha as maçãs do rosto e o queixo angulares, um nariz aquilino delgado, fazendo Ulrika pensar que, na juventude, provavelmente ela fora belíssima. Mas agora a carne jovem não existia mais, restando-lhe ossos e tendões, porém o ar de fortaleza permanecia o mesmo. Ela estendeu o braço e pôs a mão sobre o ombro de Ulrika.

— Você está cansada. Venha, filha. Afaste-se de toda essa morte.

— Eu estou procurando por meu pai. Ele é Wulf, o filho de Armínio.

A mulher idosa abanou a cabeça com tristeza.

— Wulf está morto. Toda a família dele pereceu. Vamos agora, você precisa comer e descansar.

— Morto! Não, a senhora está enganada. Eu estou procurando por ele. Ele não pode estar morto.

Mas as mulheres viraram-se e foram abrindo o caminho, erguendo as saias à medida que passavam por sobre os cadáveres, permitindo assim que Ulrika visse suas botas de couro forradas de pele. Ela seguia sem uma palavra, mantendo o passo atrás das duas, carregando seus pacotes de viagem, seu peso, sua dor enquanto caminhava pelo chão ensopado de sangue com um pé de sandália e o outro descalço.

Na extremidade do prado, elas chegaram a uma área de terra preta em que os romanos haviam ateado fogo quando se retiraram com os cativos e as armas saqueadas das vítimas. Nas imediações, Ulrika sabia, os legionários teriam dado a seus mortos um enterro decente, em covas coletivas, com orações e oferendas aos deuses.

Ao acompanhar as duas mulheres idosas pelo terreno devastado, onde nem mesmo uma folha de grama sobrevivera, ela percebeu que haviam entrado no que sobrara de um vilarejo. Tudo o que havia após o fogo ateado pelos romanos eram as fundações carbonizadas do que fora um dia casas construídas com toras firmes. Os olhos de Ulrika ardiam com a fumaça ao passar por lugares onde as brasas ainda ardiam e a palha e a madeira queimavam.

Árvores que antes eram magníficos pinheiros e carvalhos estavam reduzidas a tocos pretos, retorcidos e grotescos. O fedor era insuportável.

A mulher com o diadema de prata em torno da cabeça parou em frente do que parecia ser uma pilha de capim e gravetos, mas que se revelou um abrigo rústico.

— Aí dentro temos comida e bebida.

Ulrika abaixou-se para entrar na cabana, que era escura por dentro. Mas, quando seus olhos se ajustaram, ela viu um chão de barro com peles de animais, odres com água, cestas de palha com legumes e frutas.

Agradecida, aceitou o que suspeitava ser restos de alimento e, embora estivesse faminta, comeu com parcimônia e depois bebeu da água que lhe foi oferecida.

— Quem são as senhoras? — perguntou ela às duas mulheres que a observavam.

— Somos as zeladoras do bosque sagrado. Já fazemos isso há várias gerações, desde que a deusa Freya chorou lágrimas vermelho-douradas entre os carvalhos antigos. Você precisa dormir agora — falou a idosa —, enquanto retomamos a tarefa de enterrar nossos filhos e maridos.

— Está bem — concordou Ulrika exausta, deitando-se num cobertor feito de uma espessa pele de urso. — Estou muito cansada...

Ela não sabia quanto tempo havia dormido, mas quando acordou estava escuro e as duas zeladoras do bosque sagrado acendiam tochas e misturavam algo numa panela quente. Ao tentar sentar-se, sentindo cada osso e cada músculo, viu a mulher com a coruja e a pedra da lua se aproximando.

— Tome — disse ela com um sorriso. — Caldo de cogumelo. Vai lhe dar forças.

Ulrika esfregou os olhos, visto que, mais uma vez, as duas mulheres pareciam ter rejuvenescido. Sob a luz bruxuleante da tocha, sua pele enrugada se tornou sedosa, seus olhos leitosos se iluminaram, os cabelos grisalhos estavam milagrosamente negros.

— Por que você veio para cá? — indagou a mulher com a pedra da lua. Até então, sua companheira não falara.

Ulrika pestanejou. Elas estavam velhas outra vez.

— Eu vim para avisar o povo do meu pai da iminente invasão. Mas cheguei tarde demais.

Olhos anciãos cheios de sabedoria fixaram-se no rosto de Ulrika e permaneceram lá por um longo momento, enquanto, do lado de fora, os pássaros noturnos cantavam e o vento soprava. Finalmente, a zeladora do bosque disse:

— Não foi por isso que você veio para cá. Esse não era o seu propósito. Você foi trazida para cá para um destino diferente, filha. — Ela apontou para a cruz de madeira que Ulrika trazia pendurada ao pescoço. — Você está usando o símbolo sagrado de Odin. Você é a serva dos deuses, está cumprindo as ordens deles.

— Por que eles me escolheriam para ser sua serva?

— Porque, filha, você herdou um dom especial. — Ela fez uma pausa. — Você tem um dom especial, não tem?

A anciã esperou, enquanto sua companheira permanecia num silêncio observador.

A tigela de caldo parou nos lábios de Ulrika. Ela levou-a ao colo e questionou:

— Que dom especial?

A mulher estendeu o braço longo e magro, e Ulrika viu, por um instante, a pele sedosa e os músculos fortes. Ao tocar sua testa, sussurrou:

— Chama-se Clarividência.

A fumaça da tocha crepitante pareceu intensificar-se. A mente de Ulrika girou por um momento e então ela disse:

— Quer dizer minhas visões? Mas isso é uma doença.

A mulher fez um meneio negativo de cabeça, lançando reflexos platinados dos cabelos grisalhos.

— É um dom, filha. Você tem medo das visões. Não deve ter. Deve aceitá-las, porque elas vêm dos deuses e são, portanto, sagradas.

— Como sabe disso?

— Você disse que é filha de Wulf. A Clarividência está na linhagem dele.

— Mas as minhas visões não fazem sentido. Nem consigo controlá-las. Elas são como sonhos aleatórios que vêm e vão e estão além da interpretação. Que tipo de dom é esse?

— Você aprenderá a controlá-las e a interpretá-las.

— Com que propósito? Não tenho vontade nenhuma de conhecer o futuro.

— Esse não é o propósito de suas visões.

— Então qual é? — Ulrika colocou a tigela de lado. — Que bem essas visões sem sentido poderão me trazer?

— Elas não são para você, filha. Você precisa usar o seu dom para ajudar os outros, não você mesma.

Ulrika massageou as têmporas.

— Ainda não consigo entender.

— Seu dom foi passado para você de uma longa linhagem de mulheres que o possuem. Mas ele é ainda jovem e indisciplinado, o que torna suas visões sem sentido. Você precisa domesticar o seu dom, controlá-lo. Aprenda a usá-lo para ajudar os outros.

— Mas o que é a Clarividência?

— Isso você vai entender quando aprender disciplina.

— Quem vai me ensinar essa disciplina?

— Ela deve vir de seu interior. Mas haverá mestres. Você vai conhecê-los. Somente quando deixá-los para trás, vai saber quem eles eram. É por isso que deve abrir a mente e o coração para todos aqueles que encontrar no caminho de sua vida. Durma novamente, filha. Descanse. Amanhã você vai retornar para o lugar a que pertence. Amanhã você inicia uma jornada nova e especial.

Sob o conforto das peles de urso macias, no aconchego da cabana da floresta, Ulrika fechou os olhos e mergulhou num sono profundo e bem-vindo.

Ao acordar e ver a luz do sol penetrando através dos galhos e gravetos acima, sua memória da noite anterior voltou. Ao se banhar num riacho próximo e se fortalecer com um desjejum parcimonioso de cogumelos e frutos dos carvalhos, Ulrika pensou no significado das palavras misteriosas que ouvira.

Quando estava pronta para partir, a zeladora mais antiga do bosque preparou para Ulrika um suprimento de nozes e frutas, um odre com água e botas novas para seus pés.

— Não vá pelo caminho do campo de batalha — recomendou a mulher. — Diretamente ao sul daqui, você encontrará outro riacho. Siga na direção em que ele corre e chegará ao rio que seu povo chama de Reno. Estará a salvo no caminho, filha, pois os espíritos do rio a protegerão.

Por precaução, a zeladora do bosque levou a mão a uma bolsa de couro em seu cinto e retirou de lá um punhado de pedras curiosas, planas e de formas variadas, cada uma com um símbolo desenhado. A mulher lançou aquelas pedras no chão e estudou os símbolos por um longo tempo enquanto o canto dos pássaros enchia o ar. Ela franziu o cenho, as sobrancelhas grisalhas se unindo, depois se endireitou e disse:

— As runas dizem que você se desviou do seu caminho de destino. Você deve retomar o início dele e segui-lo novamente. Desta vez, você permanecerá em seu verdadeiro destino.

Ulrika olhou para as pedras planas abaixo.

— Onde é o início?

— No lugar onde você foi concebida, pois foi lá que sua vida começou.

— Mas isso foi na Pérsia, que é uma terra vasta! Como vou achar esse lugar?

— É para onde você deve ir. Lá, encontrará o seu destino.

Com a mente inundada por pensamentos confusos, Ulrika agradeceu às duas mulheres e seguiu para o sul.

Enquanto a observavam partir, a outra mulher, que não havia falado, apoiou a mão nodosa no braço da primeira e perguntou:

— Irmã, como pode ficar tão calma diante disso?

— Não estou calma, Hilde. Eu queria abraçá-la, mas tive que me conter, para o bem dela.

— Wulf sabia que ela estava vindo?

— Wulf nem sequer sabe que ela existe.

Ao ver Ulrika desaparecer em meio às árvores queimadas, a segunda das duas anciãs insistiu:

— Mas por que mentiu para ela? Por que não dizer a verdade?

Ela não podia, porque a verdade era um grande segredo: após as mortes da esposa e do filho único de Armínio, o herói germânico nunca voltou a se casar. Mas, quando Armínio sofria amargamente com a perda, ele encontrou consolo no bosque sagrado dedicado à Deusa das Lágrimas Vermelho-Douradas, onde a bela e jovem sacerdotisa o tomou nos braços. Wulf foi o resultado dessa união secreta.

— Você não podia pelo menos ter dito que o pai dela estava vivo? — indagou Hilde gentilmente.

Os olhos leitosos encheram-se de lágrimas.

— A minha neta tem diante de si um grande e estranho destino, e, se ela soubesse que o pai estava vivo, ficaria aqui e sairia à procura dele e nunca realizaria esse destino. Ao acreditar que ele está morto, ela seguirá o caminho correto.

— Ela voltará para nós?

— Talvez um dia, se os deuses quiserem — respondeu a mais idosa das videntes da tribo dos cherusci, ela própria chamada Ulrika, e cujo nome a neta recebera em sua homenagem.

10

Caiu a noite, e a floresta se tornou ameaçadora.

Ulrika seguia o riacho como a mulher idosa instruíra, mas parecia não levar a lugar nenhum. A que distância estaria do rio?

Sua bagagem ficava pesada à medida que o riozinho serpenteava sem rumo através da densa floresta de pinheiros e carvalhos, descendo um vale estreito repleto de pequenas cavernas antigas. Ulrika sentia os olhos das criaturas silvestres medindo seu progresso enquanto ela tropeçava, seu pé direito descalço, em terreno espinhento.

Crack!

Ela parou, prendeu a respiração para escutar.

Crack!

Uma pisada. Forte demais para um animal.

Um farfalhar sob os arbustos. Algo — ou alguém — a seguia.

Ela examinou a floresta, os olhos bem abertos à pouca luz do dia. Sombras assumiam formas assustadoras e pareciam se mover. O sussurro do riacho foi abafado pelos outros sons que se intensificavam — o grito de um falcão, o vento no topo das árvores, outro estalido nos arbustos.

Querendo saber se conseguiria escapar de quem quer que a estivesse seguindo, Ulrika virou-se na direção dos sons, viu silhuetas se movendo e percebeu que eram homens. Quando o primeiro surgiu na pequena clareira ao lado do rio, e Ulrika viu que ele era alto e barbado, de túnica cintada e perneiras de couro, quando viu as tatuagens tribais e cabelos longos enrolados, ela procurou desesperadamente um lugar para se esconder.

Outros quatro surgiram do meio dos carvalhos e pinheiros, espadas em punho e expressão raivosa no rosto. Um deles tinha uma crosta de sangue no braço, outro mancava de uma perna ferida. À medida que se aproximavam, brandindo as espadas manchadas de sangue, Ulrika percebeu o olhar enlouquecido em seus olhos. Ela pensou na sua adaga, guardada fora de alcance em um de seus fardos.

Ela recuou um passo. Os estranhos trocavam palavras que ela não entendia. Mas entendia suas intenções. O desejo de matar queimava nos olhos daqueles sobreviventes de uma derrota humilhante.

Recuou mais um passo e sentiu a inclinação do terreno ao começar a descer até a margem do rio. O sol deixara a floresta; a penumbra cercava Ulrika e os cinco guerreiros. Eles aproximaram-se sorrateiros. Ela sentiu o cheiro de suor deles. Viu cicatrizes, antigas e novas. As barbas louras e longas, cabelos revoltos. Os rostos manchados de sangue e sujeira.

Então ela viu o homem que estava por trás, um gigante de peito volumoso e cabelos ruivos, distanciando-se dos outros e dando a volta para abordá-la pelas costas. Ele olhou com malícia para Ulrika, com um sorriso forçado mostrando o dente que faltava. Agarrando a alça de um de seus pacotes de viagem, ela o retirou do ombro e o jogou com toda a sua força. O guerreiro riu ao pegar o pacote e jogá-lo para longe.

Ulrika experimentou um segundo, lançando-o contra seus agressores, mas esse também foi arrancado dela e jogado longe. Ela tentou dar um passo para o lado, mas um terceiro homem lhe bloqueou o caminho. Eles a cercaram. Ulrika não podia se defender contra todos eles.

O líder ergueu sua espada, sorrindo como seus camaradas, em seu olhar não mais o desejo de matar, e sim outro tipo de desejo. O homem que estava por trás agarrou Ulrika pelos cabelos, pois metade deles se soltara durante sua caminhada pela floresta. Ela gritou. Ele a puxou para si. Ela sentiu braços fortes cingindo-lhe a cintura. Ulrika chutou, tentou morder. O líder a agarrou pelos tornozelos. Ela amaldiçoou sua fraqueza. Tardes inteiras sentada com o tear, folheando livros em livrarias...

Eles a arrastaram para o chão e a prenderam ali. O líder curvou-se sobre ela, sorrindo enquanto lhe puxava o vestido. Ele abaixou-se e então olhou para ela, surpreso. Ulrika olhou para o rosto dele com cicatrizes e seus olhos se cruzaram por um instante antes de ele cair sobre ela, sufocando-a com seu peso. De repente, os outros ficaram de prontidão, gritando. Empurrando o homem inconsciente, Ulrika sentou-se e viu Sebastianus Gallus, de túnica branca e manto azul, surgir voando da floresta, brandindo uma espada. Ela olhava atônita enquanto os quatro guerreiros se lançavam contra ele, suas espadas enfrentando a dele.

Ulrika ficou de pé de um salto e procurou algo que pudesse usar como arma. Viu a adaga nas costas do homem morto, que Gallus havia atirado ao se aproximar. Ela a arrancou e procurou um alvo, mas os homens se moviam com muita rapidez.

Enquanto o metal batia contra o metal, o galego levou uma das mãos ao fecho em seu pescoço, tirou o manto dos ombros e jogou-o sobre as cabeças dos agressores de Ulrika. Um deles foi enrolado pelo manto e caiu de costas. Os outros três continuaram a lutar, atacando de todos os lados, e o espanhol destramente resistindo a cada ataque de espada dos bárbaros.

Pegando a adaga de Gallus, Ulrika deu um grito e avançou em cima do homem ruivo, enfiando a arma na parte macia de seu ombro. Ele berrou e se desequilibrou. Ulrika conseguiu arrancar a adaga, pular para o lado e atingir outro guerreiro.

Com o ruído do metal soando em seus ouvidos enquanto se lançava contra os homens, os atingia e gritava, levada pela fúria, tristeza e autorrecriminação, seus olhos rasos de lágrimas, Ulrika vislumbrava Sebastianus Gallus lutar contra os bárbaros. Ela viu braços grossos e musculosos, ombros largos e costas fortes enquanto ele lançava repetidas vezes sua enorme espada, fazendo os adversários girarem e cambalearem sob o impacto de seus golpes.

Embora eles estivessem em maior número, Gallus conseguia manter-se firme, arremetendo contra os agressores, brandindo a espada, esquivando-se, enfrentando cada golpe até derrubar um deles e depois outro. Com apenas um homem de pé, e Gallus incansável atacando e forçando o recuo do bárbaro, os demais se levantaram e fugiram correndo, praguejando ao desaparecerem floresta adentro.

Ofegante, Sebastianus viu-os ir embora, depois enxugou a testa e olhou para Ulrika.

— Você está bem?

Ela olhou para ele.

— Estou — respondeu ela. Estaria ele realmente ali, ou seria uma visão? *Por que* ele estava ali? Como a teria encontrado? Gallus arfava, seu tórax expandindo-se, os músculos forçando o tecido da túnica. Seus aparados cabelos cor de bronze e sua barba brilhavam com o suor do combate. Ulrika ficou sem fala ao olhar para ele. A espada de Sebastianus era gigantesca, porém ele a manejava com facilidade.

— Eles vão voltar — disse o galego enquanto pegava seu manto no chão e apanhava os pacotes de Ulrika. Ele olhou a seu redor para a floresta escura. O sol se pusera, a noite se aproximava. — Eu me perdi do meu grupo. Não vou conseguir encontrá-lo no escuro. Aquelas cavernas parecem seguras por agora.

Ulrika se manteve em silêncio enquanto caminhava ao lado dele. Estava estarrecida e chocada. A julgar por suas tatuagens tribais, os agressores eram cherusci, compatriotas de seu pai. E, no entanto, seu salvador lhe era um completo estranho, com quem ela não tinha conexão, que surgira do nada, surpreendendo-a com sua força e poder — um homem que se sentava com seu ábaco, contando sacos de grãos.

— Aqui — indicou Sebastianus quando chegaram a uma caverna cercada de árvores cortadas e pés de amora-preta. A abertura era pequena, quase invisível, com espaço apenas para eles escorregaram para dentro. — Eles não nos acharão aqui.

Mas Ulrika hesitou.

— Não, esta aqui não — protestou.

— Por que não? Esta é bem protegida. E podemos camuflar a entrada. — Sebastianus olhou para trás em direção à floresta. Eles precisavam encontrar um esconderijo rapidamente. Ao se dirigir à entrada da caverna, Ulrika insistiu:

— Não, eles nos encontrarão aí.

Ela virou-se e examinou a floresta escura e ouviu o riacho correndo nas imediações. No lusco-fusco ela viu à frente, no outro lado de um grupo de carvalhos, uma caverna maior, com uma ampla abertura e sem vegetação rasteira à volta.

— Ali — disse ela, apontando. — Ficaremos a salvo ali.

Sebastianus olhou para ela, surpreso.

— Ali eles nos acharão com certeza!

Mas Ulrika saiu veloz à frente, branca como um fantasma em meio à escuridão. Sebastianus correu atrás da moça. Ela desapareceu dentro da caverna, e ele não teve escolha senão acompanhá-la.

Lá dentro, viu que a caverna era profunda e ampla, sem nenhuma outra abertura e sem formações rochosas onde pudessem se esconder. Era como se estivessem em meio a um prado! Antes que ele conseguisse protestar, escutaram vozes — fortes, raivosas, aos gritos. Os bárbaros haviam retornado e, pelo ruído, trazido amigos.

Sebastianus colocou os pacotes de viagem no chão e pegou sua espada, pronto para lutar. Mas Ulrika parecia despreocupada, olhando devagar ao redor da caverna profunda e escura, girando num círculo, observando o teto, até estar defronte da entrada e de Sebastianus.

— Estaremos a salvo aqui — repetiu ela.

Praguejando em voz baixa, Sebastianus segurou Ulrika pelo pulso e puxou-a para longe da entrada, colocando-a de encontro à parede fria enquanto tentava ver os bárbaros.

Mas Ulrika não prestou atenção ao progresso dos germanos enquanto eles caminhavam a passos fortes pela floresta, aproximando-se da caverna. Em vez disso, ela se viu admirando os braços musculosos e ombros largos de Sebastianus. Sua túnica estava ensopada de suor em consequência da luta, o tecido grudado às suas costas definindo-lhe a musculatura firme. Sua respiração ficou presa na garganta.

Mas então ela viu um rasgo na roupa, a mancha vermelha espalhando-se pelo braço esquerdo de Sebastianus. Ele estava ferido! Ulrika colocou a mão sobre o ferimento e pressionou suavemente. Sebastianus se encolheu e depois disse:

— Psiu.

Eles observaram os bárbaros entrarem nas cavernas vizinhas, procurarem atrás das rochas, passarem as espadas pelo arbusto denso, praguejando, se perguntando para onde os romanos haviam ido. Para surpresa de Sebastianus, nem sequer dirigiram o olhar à caverna onde ele e Ulrika estavam escondidos, não se aproximaram, embora devam tê-la visto. Ele esperou com a respiração presa enquanto os guerreiros germanos continuaram pelo interior da floresta, pisando sobre galhos e folhas até que suas passadas e vozes não eram mais ouvidas.

Ele voltou-se para Ulrika, seu rosto a poucos centímetros de distância do dela.

— Como você sabia que eles fariam isso? — perguntou ele baixinho.

Mas ela afastou-se e abriu um de seus pacotes de viagem. Sebastianus a observava enquanto ela procurava algo em meio a seus pertences e pegava um pequeno frasco tampado e um rolo de algodão. O vestido de Ulrika estava rasgado e sujo, seu *palla* imprestável, e seus longos cabelos castanho-claros lhe caíam sobre um ombro e ainda permaneciam enrolados de forma comovente do outro lado da cabeça. Sua aparência era trágica, mas orgulhosa, ele pensou. A curva de seu corpo delgado, os movimentos graciosos de suas mãos — tudo nela era fluido, elegante.

Sebastianus desviou o olhar e se concentrou em observar a floresta.

Embora os guerreiros germanos tivessem seguido seu caminho e não pudessem mais ser ouvidos, Sebastianus permanecia atento à entrada da caverna, espada em punho. Ulrika aproximou-se e, levantando a manga rasgada da túnica dele, gentilmente espalhou um bálsamo em seu ferimento. Sebastianus achava ser um corte leve e o teria deixado secar e criar uma casca por si só, mas ela o limpou, aplicou mais bálsamo e finalmente lhe enrolou o braço com tiras de tecido de algodão. Tratamento feito com perícia, ele notou, lembrando-se do que ela lhe dissera sobre sua mãe ser uma curandeira.

Quando terminou o procedimento, ela levantou a vista e seus olhos cruzaram com os dele, e, por um instante, ambos perderam o fôlego na escuridão da caverna. Sebastianus sentiu as sombras moverem-se e mudarem de lugar à volta deles, como se transformações cósmicas houvessem sucedido, e ele lembrou-se de que estava desgarrado de seu grupo, separado de seu astrólogo. Naquela noite, pela primeira vez em muito tempo, Sebastianus dormiria sem seu horóscopo noturno.

O pensamento o abalou. Assim como a proximidade da moça. Ela estava muito perto dele. Podia sentir a suave respiração em seu pescoço. Olhou para o lábio inferior dela, úmido e sensual.

Ele recuou um passo, puxou sobre o braço a manga ensanguentada, murmurou um obrigado e teve vontade de perguntar novamente como ela sabia que os bárbaros não os procurariam naquela caverna. Mas foi detido pelos olhos azuis da moça. Viu vestígios de poeira em suas bochechas. Lembrou-se de como ela lutou contra seus agressores.

— A noite já caiu — falou ele. — Precisamos de uma fogueira.

Cansada, Ulrika sentou no chão sujo e frio e ficou observando Sebastianus atritar uma pederneira e atear fogo a uma pilha de folhas secas. Ele havia coletado pedras e as colocara em círculo para uma fogueira e agora adicionava gravetos e pedaços de madeira.

— Obrigada — agradeceu Ulrika.

— Por quê? — Ele estava concentrado em colocar os gravetos. A moça tomava-lhe a mente de tal maneira que ele se sentia pouco à vontade. Sebastianus sabia que não era apenas pela proximidade. Suspeitava de que, se estivessem a quilômetros de distância, ele ainda não conseguiria afastá-la de seus pensamentos. Além da beleza da moça, de sua graça e feminilidade, havia nela uma força curiosa — a maneira como voara em cima dos bárbaros com uma adaga e como controlara as emoções quando alcançaram um esconderijo seguro. Naquele instante, observava-o em silêncio com aqueles atraentes olhos azuis.

— Por salvar a minha vida — respondeu ela.

— Enquanto viajar na minha caravana, você estará sob minha proteção. É meu dever garantir que você chegue em segurança a seu destino. Quando desapareceu do meu acampamento, organizei um grupo de homens para procurá-la. — Ele não olhou para ela quando acrescentou: — Fiquei furioso quando soube que você tinha ido embora. Tive que mandar a caravana seguir enquanto organizava um grupo de busca.

Quando Ulrika sentiu um calafrio e se envolveu com os braços, Sebastianus abriu o fecho de seu manto e colocou-o sobre os ombros dela, cobrindo-a bem. Sob a luz bruxuleante do fogo, Ulrika viu o broche de estanho que fechava o manto na altura do pescoço. Era um belo desenho gaulês.

Sebastianus notou o interesse da moça no broche.

— Recebi de presente de uma viúva em Lugdunum. Um vizinho andava lhe fazendo investidas, e ela não tinha familiares homens para protegê-la. Então eu fiz uma visita ao homem. Ele não a aborrecerá mais.

A conversa dele lembrava a Ulrika algo que Timonides lhe dissera nas proximidades da cidade de Massília, onde Sebastianus fora passar a noite, levando presentes. "Meu mestre tem amigos por todo o império. Ele ampara as pessoas desprotegidas. Basta saber que um determinado homem ou mulher está sob a proteção de Sebastianus Gallus, o comerciante, para que essa pessoa esteja a salvo."

Ulrika havia perguntado o que essas pessoas davam a Sebastianus em troca, e Timonides dissera: "A amizade delas."

Quando Ulrika tocou o adereço de metal, ela teve uma breve visão da viúva que dera aquele presente a Sebastianus — uma mulher bonita, deixada por um marido que bebia em excesso —, e Ulrika teve a convicção de que o astrólogo grego não mentira quando dissera que tudo o que Sebastianus esperava em troca era a amizade das pessoas, pois ela percebeu que nada além disso existira entre Gallus e a viúva.

— Como me encontrou? — indagou ela.

Sebastianus mexeu no fogo com uma vareta verde.

— Eu me separei do meu grupo e encontrei uma mulher idosa, que me disse que uma moça romana havia passado por ali fazia pouco tempo, uma moça sozinha. A mulher me indicou a beira do riacho. Por que você abandonou a caravana? Por que não esperou chegarmos a Colônia?

— Eu queria avisar o povo de meu pai.

Sebastianus finalmente ergueu a vista, a luz do fogo refletida em seus olhos verdes.

— Avisá-los de quê?

— Gaius Vatinius tinha um plano que garantiria a vitória. — Ela contou sobre o jantar da casa de Paulina, a estratégia secreta da qual Vatinius se gabara. — Mas eu cheguei tarde demais.

Sebastianus prestava atenção àquela extraordinária história enquanto em silêncio alimentava o fogo, brilhante e caloroso. Ele olhou através das chamas e viu como Ulrika estava pálida sob a luz das brasas, como tremia, não do frio, mas do choque. Ela vira um campo de batalha repleto de corpos. Viajara uma grande distância para se reunir ao pai, que não conhecera, e descobrira que ele estava morto.

— Você é muito corajosa.

— Eu sou muito imprudente. Podia ter morrido. Podia ter causado a sua morte. Desculpe.

— Pelo menos, você nos trouxe para a segurança desta caverna. Você sabia que aqueles homens não entrariam aqui. Como sabia?

Ela abanou a cabeça sem dizer nada e olhou para as mãos.

— Eu tenho comida — anunciou ele, pegando seu embrulho de viagem. — Você deve estar com fome.

Como Ulrika não respondeu, ele virou-se para ela e a viu de costas para ele e para o fogo, seus olhos investigando a escuridão no fundo da caverna.

— O que houve?

— Eu pensei — começou ela, mas em seguida virou-se abanando a cabeça.

Sebastianus pegou um pão de grãos e um queijo forte, cortou-o em pedaços com sua faca e ofereceu-os a Ulrika. Enquanto ela comia delicadamente, olhando para as chamas, ele notou que o olhar dela dirigia-se às vezes à entrada da caverna, além da qual se encontrava uma floresta escura e assustadora. Ele sabia que Ulrika não estava preocupada com os seus perseguidores. A expressão em seus grandes olhos azuis era de assombração, como se visse imagens que não estavam presentes ali.

"Ela está de volta ao campo de batalha", ele pensou, "procurando pelo pai..."

— O que vai fazer agora? — questionou ele. — Ficar aqui e procurar pelos sobreviventes da família de seu pai?

— Não sei o que vou fazer agora. Quando deixei Roma, eu tinha certeza de que encontraria as respostas aqui. Mas agora estou mais confusa do que nunca. — Ela pensou por um momento, fitando-o com olhos úmidos. *Você deve retornar para o início do seu caminho.* — Eu não sei se há alguma coisa, ou alguém, aqui na Renânia para mim. Mas, se eu voltar para Roma, vão querer que eu me case. — Ela mordeu o pão e o mastigou. — Você é casado, Sebastianus Gallus?

Ele fez que não com a cabeça.

— Nunca fico num lugar tempo suficiente para ser um bom marido e pai. Tenho uma casa em Roma, mas quase nunca estou lá. Às vezes minhas viagens me mantêm afastado durante anos. Que mulher iria querer esse tipo de marido?

Em seguida, ele ficou em silêncio e se viu cativo de um par de francos olhos azuis. Ele olhava para Ulrika através das chamas douradas da fogueira e sentia desejos incomuns surgirem em seu íntimo.

Libertando-se da magia dos olhos dela, Sebastianus pigarreou, olhou para as mãos e depois examinou o sombrio ambiente.

— Esta caverna evoca lembranças da minha infância na Galiza, quando eu tinha 13 anos. Havia um homem, Malachi, dono do maior vinhedo na área. Ele era gordo e rico, e meu irmão Lucius e eu ouvíamos nosso pai dizer que Malachi era cruel com os escravos e os animais. Nós não gostávamos disso. Então Lucius e eu nos enfiávamos no vinhedo dele e comíamos as uvas até ele nos enxotar com um chicote. Certa noite, entramos lá e roubamos cachos de uva madura, levamos para a cidade e vendemos tudo. Quando Malachi fez queixa a nosso pai, ele nos deu a maior surra de nossas vidas. Isso significava vingança. Nosso plano envolvia uma caverna bem parecida com esta.

Ulrika mantinha os olhos em Sebastianus enquanto ele falava.

— Eu e Lucius cavamos um buraco na entrada da caverna e enchemos de esterco de porco. Aí passamos correndo pela casa de Malachi, nos certificando de que ele nos ouvia, falando sobre um tesouro que havíamos descoberto na caverna. Como ele era ganancioso, pelo menos era o que achávamos, sabíamos que não resistiria à vontade de nos seguir. Eu e meu irmão entrávamos e saíamos da caverna carregando sacos, sabendo que Malachi estava nos observando. Então falamos alto, dizendo que o tesouro que tínhamos já era suficiente e que devíamos ir para casa.

Sebastianus riu baixinho.

— Eu e Lucius nos achávamos muito espertos. Não sabíamos, é claro, que Malachi estava nos observando. Quando estávamos de olho na entrada da caverna, ele apareceu por trás de nós dois e gritou: "Buu!" Eu e Lucius pulamos, gritamos e corremos direto para a caverna, e aí caímos no buraco de esterco. Minha mãe nos esfregou com sabão durante uma semana para tirar o fedor de nossos corpos. E meu pai ainda nos deu mais uma surra. Na ocasião, nós dois não rimos, mas anos mais tarde ríamos a valer.

Sebastianus abanou a cabeça.

— Eu estava sempre aprontando, e Lucius, que era mais novo, me seguia. Os vizinhos nos chamavam de "aqueles Gallus endiabrados". Meu pai estava sempre se desculpando pelas peças que pregávamos. Mas, secretamente, nos admirava. Quando achava que não estávamos olhando, ele ria de uma maneira engraçada.

— Conte-me sobre sua família — pediu Ulrika, que achava consolo no som da voz dele.

— Somos comerciantes há gerações. Está no nosso sangue. Meus ancestrais percorreram toda a Ibéria, levando produtos para as várias tribos que viviam lá fazia milênios. Quando os romanos atravessaram os Pireneus e chegaram à nossa terra, dois séculos atrás, minha família não lutou contra eles, como outras pessoas de meu povo fizeram. Em vez disso, ela viu ali uma oportunidade de expandir o comércio. Meus antepassados fizeram contratos com os invasores romanos e começaram a procurar rotas para terras distantes, seguindo as novas estradas construídas pelos legionários romanos. Quando Júlio César conquistou a Ibéria por completo, minha família adotou nomes romanos e hábitos romanos, aprendemos a falar latim e a cultivar amizades entre eles, e, quando nos ofereceram a cidadania romana, aceitamos. Meu lar ancestral, a Galiza, fica na parte noroeste extrema da Hispânia. Tenho terras lá, e uma casa.

"Minhas três irmãs moram lá com os maridos e os filhos. Não os vejo há cinco anos, mas escrevo para eles regularmente, e mando dinheiro para casa, embora eles estejam bem de vida. Sinto muita falta de casa e da minha família."

— Minha mãe é a única família que eu conheço — disse Ulrika, imaginando uma casa na Galiza cheia de crianças. — Nunca tivemos um lar; estávamos sempre nos mudando por causa da busca pessoal dela. Fomos para Roma sete anos atrás, mas nunca me senti em casa lá. Nunca realmente soube a que lugar pertenço. Eu pensei que talvez aqui... — Ela suspirou. — Deve ser muito bom ter um lar ancestral, saber que os laços consanguíneos ainda existem, que sempre se pode voltar para lá um dia.

— Um dia... — repetiu Sebastianus, com os olhos cravados no fogo.

Esse era o problema. Sebastianus Gallus era um homem que desejava percorrer dois caminhos ao mesmo tempo: queria permanecer solteiro e livre para explorar o mundo, abrir novas rotas mercantis. Mas também desejava ir para casa, se estabelecer, casar e constituir uma família. Não podia fazer as duas coisas, então seguia seu caminho de comércio com o coração dividido.

— Minha próxima viagem, se os deuses permitirem — disse ele —, será à China. Se o imperador Cláudio me conceder o *diploma*.

"E se", acrescentou ele em silêncio, "eu descobrir um meio de me destacar mais do que Badru, Gaspar, Adon e Sahir."

Sebastianus seguia ao encontro de Gaius Vatinius, para informar ao general o local do acampamento oculto dos rebeldes, quando foi detido por uma dor na consciência. Embora a informação que ele levava ao comandante romano fosse de valor inestimável e certamente lhe garantisse a concessão do *diploma* por Cláudio, Sebastianus pensou subitamente: os insurgentes poderiam pertencer à família da moça. E ele não podia traí-la. Ela confiara nele, aceitara ficar sob seus cuidados, e Sebastianus sempre se orgulhava de ser um homem honrado. Então retornou, decidindo que deveria conquistar o *diploma* por outros meios.

— Você não pode ir à China sem ele? — perguntou ela. — Os comerciantes já não percorrem essa rota?

— Nenhum comerciante romano viajou para um lugar tão distante como a China. O caminho é longo e cheio de perigo. As caravanas são constantemente atacadas por bandidos e tribos montanhesas. Um *diploma* da corte imperial de Roma garante certo grau de segurança, mas somente até a Pérsia. A partir daí, pouco se sabe a respeito dessa terra lendária distante.

Pio! Pio!

Ulrika virou-se para a entrada, seus olhos esbugalhando-se.

Sebastianus mexia no fogo.

— É só uma coruja — comentou ele calmamente. "Ou", pensou, "é um sinal secreto." E imaginou os bárbaros usando a calada da noite para planejar um ataque à caverna. Manteve sua espada à mão.

Ulrika virou-se então para perscrutar através da escuridão o fundo da caverna.

— O que foi? — perguntou ele.

— Achei ter ouvido...

— Não existe nada ali — interrompeu ele, examinando o abismo negro muito além do brilho do fogo e sentindo às costas a escuridão da floresta com as miríades de sons e sussurros.

Ulrika levantou-se devagar, o corpo rígido ao se inclinar em direção àquele breu.

Sebastianus estendeu a mão e lhe tocou o braço, para tranquilizá-la. Ela gritou e se mexeu sobressaltada.

— Sou eu — falou ele.

Os olhos de Ulrika fixaram-se na concha de vieira no peito dele, um molusco creme, com seu padrão de pregas radiantes em forma de leque.

— O que isso significa? — indagou ela ao se sentar.

Sebastianus olhou para a concha pendurada num cordão de couro e explicou:

— Existe um altar muito antigo próximo à minha cidade. Ninguém sabe quem o construiu, nem quando, nem mesmo para qual deus foi originalmente dedicado. Desde a chegada dos romanos, alguém esculpiu a palavra "Júpiter" na pedra, mas eu creio que o altar foi originalmente oferecido a uma deusa, porque é decorado com centenas de conchas de vieira, que, como todos sabem, é o símbolo sagrado das deusas Ishtar e Mari. Durante muitos anos, vieram peregrinos de todas as partes, e cada um acrescentava uma concha de vieira. Dessa forma, o altar ficou grande e bonito.

Sebastianus orgulhava-se de ser um descendente da distante ancestral que havia construído o altar. Na verdade, ele pegara sua concha de vieira diretamente do altar em vez de tê-la apanhado na praia, como fizeram as outras pessoas. A concha em torno de seu pescoço era muito antiga, e era possível que fosse uma das originais, colocada ali por sua ancestral, e por essa razão era dotada de um grande poder.

— Infelizmente —acrescentou ele, melancólico —, as estradas para esse altar distante foram tomadas por todo tipo de bandido que ataca os peregrinos desprevenidos. Hoje em dia, as visitas são raras. Eu temo que o altar venha a ser esquecido algum dia.

— Ele significa muito para você? — perguntou Ulrika.

Ele pensou um pouco, pesando sua resposta.

— Eu estava orando lá numa noite, dez anos atrás, e...

Ele hesitou.

"Lucius", ela pensou, olhando-o firme nos olhos.

As chamas tremeluziam e crepitavam. A escuridão da floresta pairava sobre a entrada da caverna, uma lembrança permanente dos perigos lá fora. Atrás de si, Ulrika sentiu a escuridão do ventre da caverna, vazio e faminto. Viu como o fogo ressaltava o tom de bronze dos cabelos de Sebastianus.

— Dez anos atrás — prosseguiu ele em voz baixa, seus olhos verdes refletindo a luz à medida que ele revivia a lembrança —, eu deveria acompanhar um carregamento de vinho para Chipre com uma frota de nossos navios mercantes. Meu irmão Lucius deveria levar uma caravana para a Hispânia. Mas ele sabia do meu desejo de ir à China e sabia também que eu havia recém-adquirido novos mapas para o Oriente, e que precisava estudá-los, planejar a minha rota, me reunir com comerciantes que haviam chegado, fazia pouco tempo, de reinos que se encontravam na rota chinesa. Então Lucius se ofereceu para trocar de lugar comigo. Nosso pai não teria aprovado, mas na ocasião ele estava em Roma e não teria sabido da troca. Por isso, Lucius acompanhou os navios para Chipre. Ele morreu durante uma tempestade no mar.

Sebastianus tocou a pulseira de ouro em seu pulso.

— Eu estava no altar das conchas de vieira — continuou ele — na noite em que uma chuva de estrelas caiu do céu. Um rio de fragmentos cobriu o campo, a maioria pedaços de gelo e pedra não maiores do que um grão de areia. Mas naquela noite, quando uma chuva de estrelas riscou o céu, eu vi uma estrela cair na terra e corri para os morros para encontrá-la. — Ele tocou a pequena pedra cinza em sua pulseira de ouro. — A princípio, a crosta estava quente, mas esfriou, e eu a mantive como um troféu, um fragmento verdadeiro de uma estrela.

A expressão no rosto de Sebastianus ficou sombria, seu olhar voltou-se para o interior quando disse:

— Então chegou a carta me informando que Lucius havia morrido, e, quando o autor da carta especificou a data exata, o décimo dia do mês nomeado em honra a Júlio César, e percebi que tinha sido no mesmo dia em que achei a pedra da estrela, tive a convicção de que era um sinal de meu irmão. Mas percebi também que eu havia enviado meu irmão para uma morte que deveria ter sido a minha, então fiz uma promessa naquele dia, sobre a concha sagrada, de nunca tirar esta pulseira em memória do meu irmão.

— Eu sinto muito — falou Ulrika. — Essa é uma história triste. — Ela de repente sentou-se ereta. — Ouviu isso?

— Ouvi o quê?

Ulrika prestou atenção. Além da entrada da caverna, a floresta se encontrava numa escuridão profunda, sem nem mesmo o brilho da lua para abrandar a noite. Ela virou-se e olhou em direção ao fundo da caverna, também mergulhada na escuridão. — Não estamos sozinhos — sussurrou ela. — Tem alguém aqui.

Sebastianus abanou a cabeça.

— É impossível. Não existe nenhuma outra entrada.

— Tem alguém no fundo da caverna. Tenho certeza.

Depois de enrolar uma trepadeira na ponta de um graveto para fazer uma tocha, Sebastianus levantou-se e foi em direção ao fundo da caverna, e Ulrika o seguiu. Mas a luz iluminava apenas muros de pedra frios e um chão de terra, com um teto tão baixo que eles tiveram de baixar a cabeça. Quando chegaram à outra extremidade, não encontraram saída nenhuma; não havia como um intruso entrar ali.

— Está vendo? — insistiu Sebastianus. — Não há ninguém aqui.

— Olhe! — sussurrou Ulrika, apontando.

Ele virou-se e, ao erguer a tocha, viu o muro de pedra de repente adquirir vida. Estava coberto de pinturas vívidas, e, ao examinar as figuras em tons de vermelho, amarelo e marrom, Sebastianus identificou bisões, cervos e lobos. Havia também pequenas figuras de homens portando lanças, perseguindo animais, caçando-os. Todos desenhados de forma natural. Sebastianus nunca vira nada igual.

— Alguém foi enterrado aqui — murmurou Ulrika. — Era um homem santo... Há muito tempo.

Sebastianus virou-se para ela e viu o rosto de Ulrika projetado em sombras estranhas. Os olhos dela estavam bem abertos e varriam a escuridão, como se procurassem aquele ancião sagrado, como se a jovem esperasse encontrá-lo ali, dando as boas-vindas aos dois intrusos.

— É por isso que estamos a salvo aqui — acrescentou Ulrika baixinho. — É por isso que aqueles homens lá fora não entram aqui. Este é um lugar sagrado, e, para eles, é um tabu pisar neste solo.

— Como você sabia disso?

— Eu acho... — começou ela. — Você se lembra da mulher idosa que lhe disse a direção que eu tinha seguido? Ela me levou para a cabana dela por certo tempo e disse que eu tenho um dom.

— Que tipo de dom?

— Tenho visões e sonhos. Eu achava que era uma doença, mas ela me disse que era um poder concedido pelos deuses e que eu devo usá-lo para ajudar as pessoas.

Sebastianus assentiu com a cabeça.

— Minha mãe acreditava nesses poderes. Ela chamava isso de o Olho Invisível. — Ele prestou atenção aos cabelos castanho-claros, caídos sobre um ombro, mas ainda presos do outro lado, as manchas de poeira nas bochechas e no queixo dela, o vestido rasgado que denotava decepção e tristeza. E subitamente o desejo de tomá-la nos braços, abraçá-la, protegê-la e fazer amor com ela o invadiu.

— Está tarde. Você precisa dormir.

Enquanto ele a conduzia de volta ao fogo reconfortante, ambos tentavam ignorar a floresta lá fora, domínio sinistro de fantasmas, corujas e rebeldes bárbaros à espreita do incauto passante. Ulrika devolveu o manto de Sebastianus, afirmando que o dela seria suficiente, agora que o fogo aquecera a caverna, e depois se acomodou ao lado das chamas avermelhadas, deitando-se e cobrindo-se com seu manto.

Logo em seguida, imagens assustadoras invadiram sua mente sonolenta. O vale coberto de vítimas da traição romana. Seu pai, morto pela espada imperial. Teria ele lutado até o fim? Teria sido preciso dez soldados para finalmente dobrar o grande Wulf? Em seu sonho, Ulrika chorou até achar que seu coração se partiria.

Ela então percebeu que não mais dormia perto do fogo, e sim que fora até o fundo da caverna e estava sozinha sob o teto de pedra abobadado.

No instante seguinte, Ulrika viu diante de si pés calçados com sandálias. Ela ergueu o corpo e se deparou com um velho à sua frente, vestido com uma pele de urso e portando uma lança. Seus cabelos e barba eram brancos e longos. Ele falou:

— Sou o xamã da nossa tribo. Somos o Clã dos Wolf. Fiz essas pinturas há séculos. Elas contam a história do nosso povo. *Seu* povo. Você se esqueceu de quem é, de seus antigos nomes, de seu propósito e destino. Não cabe a você, Ulrika, membro dos cherusci, ficar a um tear, reclinar-se em sofás de seda e ter escravos para servi-la. Sangue milenar corre em suas veias. Sinta-o. Você sabe em seu âmago, sabe em cada fibra de seu ser, quem você é. Sabe, também, que os deuses a escolheram para um propósito especial. Você recebeu um dom, que deve usar para o bem da espécie humana. Mas primeiro precisa retornar para o início do seu caminho.

— Início do meu caminho — sussurrou Ulrika. — Não sei onde é isso.

— Sua mãe lhe contou a história há muito tempo. Você não se esqueceu. O nome do lugar permanece latente bem no fundo de sua alma. Pense, Ulrika!

Ela lutou com seus pensamentos. Sim, sua mãe lhe contara sobre sua viagem com Wulf pela Pérsia. Mas havia muitos nomes de lugares...

— Mergulhe fundo naquele lugar pelo qual você raramente se aventura, Ulrika, na parte de sua alma que permanece adormecida, repositório de lembranças preciosas. Sua mãe e seu pai pararam para descansar num lugar chamado...

— Eu me lembro — disse Ulrika maravilhada. — Eles ficaram perto das piscinas cristalinas de Shalamandar.

— É para lá que você deve ir...

O velho era corcunda e enrugado, só pele e ossos, mas ao ficar ao lado de Ulrika, contra o pano de fundo dos bisões e cervos pintados, seus membros ganharam vigor, seus músculos avolumaram-se sob a pele murcha, e ele ficou mais alto. Seus cabelos passaram de brancos para cor de bronze, o frágil maxilar se estufou e cresceu nele uma barba curta.

Sebastianus!

Ele usava apenas uma roupa enrolada nos quadris. Ela viu o ferimento no braço dele, que ela limpara e enfaixara, uma lesão nos músculos que brandiram a pesada espada quando ele apareceu para socorrê-la. Ele brilhava de suor.

Qual seria a relação que *ele* tinha com aquela caverna e com o xamã que dormia ali?

Sebastianus preenchia o refúgio de pedra com sua força masculina. Ulrika jamais conhecera um homem tão forte, tão *másculo*. O corpo dela esquentou, ficou febril. Ela se levantou para ficar de pé diante dele, para encarar aquele homem poderoso.

Ele falou com a voz do velho xamã:

— Você não deve dar as costas ao chamado dos deuses. Você é corajosa, Ulrika. Você não negará o seu destino.

— Mas eu não sei como encontrar as piscinas cristalinas de Shalamandar. E é uma viagem muito longa e arriscada.

— Grandes destinos não se apresentam facilmente.

Sebastianus estendeu o braço e soltou o outro lado dos cabelos dela, desfazendo o coque grego completamente. A seu toque, a pele de Ulrika pegou fogo. Ela nunca sentira tamanho desejo. Mas sentiu também algo mais, um poder que nunca sentira antes, como se estivesse despertando, acordando de um sono antigo e profundo.

Ele a tomou nos braços e, então, puxando-a para si, pressionou seus lábios contra os dela. Os braços de Ulrika enlaçaram o pescoço de Sebastianus. Ela o abraçou, correspondendo a seu beijo, desfrutando da firmeza do corpo dele, de seu poder e força masculinos.

E então ele começou a desaparecer, deixando os braços dela vazios e frios.

Não me deixe...

À LUZ DO FOGO, SEBASTIANUS observava Ulrika dormir. Era um sono irrequieto, as pálpebras moviam-se, e ela emitia pequenos sons guturais. Com que estaria sonhando, ele se perguntou. Ela era de alguma forma encantada, tocada por uma magia especial. A aceitação de Ulrika de seu dom não o surpreendeu. Mas a que lugar no mundo pertenceria aquela criatura tão especial?

Quando ela começou a tremer violentamente, ele tirou o manto, deitou-se ao lado dela, cobrindo-a com o espesso tecido azul, e tomou-a em seus braços. Uma mão de Ulrika dirigiu-se ao pescoço dele, e Sebastianus lutou contra o desejo. Ela estava dormindo, vulnerável, e ele era seu protetor. Jamais trairia aquela confiança.

Ele acariciou os cabelos dela e sussurrou palavras de conforto, e poucos instantes depois ela se acalmou e o tremor desapareceu. Enquanto observava os olhos fechados de Ulrika, seus longos cílios caídos sobre a pele alva, ele pensou no maravilhoso presente que ela lhe dera sem saber — um bem inestimável que seria oferecido a Cláudio César quando Sebastianus voltasse para Roma e que lhe garantiria a concessão do *diploma* para a viagem à China.

Com esses pensamentos empolgantes, Sebastianus adormeceu abraçado à moça encantada, protegendo-a com sua força e calor. Pouco tempo depois ele suspirou profundamente, seu tórax largo expandindo-se, e, quando exalou, emitiu um gemido baixo.

Ulrika abriu os olhos e sentiu os pelos curtos da barba de Sebastianus em sua testa. Quando percebeu os braços fortes dele envolvendo-a, sentiu o cheiro masculino e viu que estava dormindo abraçada por um homem, ela deixou escapar um suspiro.

Ulrika crescera na companhia de mulheres. Não tinha irmãos, tios, nem primos. Morara sempre em ambientes femininos. Nunca homem algum tocara nela, jamais dormira com um, nem sentira seu calor e sua força. Ela prendeu a respiração, tomada então pelo poder daquele homem que a envolvera em seus braços musculosos, e, ao colocar as mãos nos ombros de Sebastianus, sentiu sua firmeza. Recostou o rosto em seu peito, deliciando-se com a batida ritmada do coração dele.

Ela lembrou-se do sonho que acabara de ter. O que significaria? O que teria esse galego a ver com um curandeiro de mil anos? Cheia de perguntas, Ulrika viu suas dúvidas começarem a se desvanecer. Começou a perceber que não fora para a Renânia sozinha; ao contrário, fora levada até lá.

Fui chamada para cá a fim de conhecer a verdadeira natureza do que eu considerava uma doença. Não ignorarei meu chamado. Minha mãe me dirá onde encontrar as piscinas cristalinas de Shalamandar, e, de lá, começarei meu verdadeiro caminho.

Ela tocou no braço de Sebastianus com as pontas dos dedos, e a firmeza sob sua túnica a reconfortou. Sebastianus Gallus fazia Ulrika sentir-se protegida e segura como jamais se sentira. Isso a deixou emocionada. E depois a tranquilizou, fazendo-a em seguida retornar a um sono tranquilo.

Ulrika foi acordada por vozes e pelos raios brilhantes do sol que penetravam na caverna. Viu-se sozinha ao lado de uma fogueira fria.

Levantou-se, ajustou o vestido, o *palla* e os cabelos, dirigiu-se à entrada da caverna e viu Sebastianus parado entre as árvores verdejantes e a relva, brilhando como ouro sob o sol matinal, falando calmamente com Timonides, Nestor e um séquito de escravos e soldados.

Quando ele se virou e olhou para Ulrika, ela sorriu. Sabia agora o que deveria fazer. Não se negaria a aceitar o dom concedido pelos deuses e não mais o consideraria uma doença. Tomara uma decisão, estava determinada a sair em busca do significado e do propósito de suas visões. Ao fazê-lo, esperava encontrar o significado e o propósito de sua vida e, por fim, o lugar a que pertencia.

LIVRO TRÊS
ITÁLIA

11

*E*nquanto Nestor seguia a moça de cabelos dourados em meio ao burburinho do mercado, seu olfato aguçado captou, entre os muitos odores no ar, o cheiro de carneiro assando na brasa.

Ele virou a cabeça avantajada de um lado para o outro e, quando viu o enorme pernil girando no espeto, temperado e coberto com uma crosta dourada, apressou-se para a barraca onde ele assava e deduziu, de imediato, que a carne estaria perfeitamente rosada no centro, a gordura amarelada e no ponto de derreter na língua, a pele crocante e fácil de ser removida.

Ele o levaria para casa e daria a seu pai.

O homem que assava a carne, um armênio gorducho, com um nariz grande e cachos caindo em cascata sobre os ombros, lançou um olhar desconfiado a Nestor.

— O que quer? — perguntou bruscamente.

Nestor sorriu e estendeu o braço a fim de pegar o pernil de carneiro que assava no fogo.

— Ei! — gritou o armênio, atraindo a atenção da esposa e dos filhos, que se ocupavam com outros fregueses, trocando carne e cerveja por moedas, ao balcão de madeira.

Antes que o homem batesse em Nestor com um pedaço de pau, uma voz meiga disse:

— Não, Nestor, você não pode pegar isso. — E ele sentiu uma mão sobre seu braço, delicadamente afastando-o da barraca.

Era a moça de cabelos dourados. Seu nome era Reeka, e ela era bondosa com ele. Outras pessoas o destratavam e diziam que ele não deveria ter nascido. Algumas batiam nele com varas e o machucavam. Mas Reeka era sempre gentil e sorria para ele.

Então ele virou-se e a seguiu, o carneiro assado esquecido.

Ulrika pediu desculpas ao armênio e guiou Nestor de volta à direção em que seguiam, rumo ao templo de Minerva. Ela não se importava de tomar conta de Nestor enquanto Timonides ia aos banhos públicos na cidade. Cuidar do filho era um trabalho de tempo integral, e Ulrika sabia que, de vez em quando, o astrólogo gostava de ficar um tempo sozinho.

Nestor requeria cuidados, porque não entendia o conceito de compra ou de troca do mercado. Achava que tudo estava ali para quem quisesse pegar. Precisava também ser vigiado, porque tinha tendência a assustar as pessoas. Ulrika sabia que aquele homem simplório não mataria uma mosca, mas ele era grande e pesado, e caminhava com um meneio do corpo que lhe dava uma aparência agressiva. E, embora Timonides tentasse manter o filho limpo, Nestor vivia derramando coisas sobre si mesmo e limpando as mãos na túnica, o que dava a impressão de que ele não tinha muito controle — outra razão para as pessoas o temerem.

Mas Ulrika sabia que a maior razão pela qual se evitava Nestor era seu rosto redondo, com olhos pequeninos e oblíquos, e seu permanente sorriso. Esses traços incomodavam as pessoas, porque faziam-nas lembrar que a natureza era perversa e que, somente pela graça dos deuses, elas e seus filhos haviam nascido normais.

No entanto, tomar conta de Nestor era uma tarefa fácil e agradável. Ele nunca discutia, nem desobedecia. Estava sempre de boa vontade e parecia conhecer apenas duas emoções: felicidade e tristeza, a primeira prevalecendo sobre a última.

E o surpreendente dom que possuía não cessava de maravilhar Ulrika. Uma única prova de um molho novo, uma colherada de uma sopa desconhecida, e Nestor era capaz de, ao voltar para o acampamento, recriar o prato até o último grão de sal.

— Chegamos — disse ela a seus companheiros, duas assistentes e um guarda-costas. Haviam chegado ao templo de Minerva.

Após deixar Forte Bonna, a caravana de Gallus havia continuado até Colônia, onde Sebastianus realizou seu comércio e o intercâmbio de suas mercadorias com os comerciantes locais, trocando bens trazidos do Egito e da Espanha por produtos germanos em demanda em Roma na ocasião — mulso, joias de prata e âmbar, couros e peles de animais. Os viajantes que haviam feito sua jornada com a caravana despediram-se de Sebastianus, enquanto outros compraram seus lugares para a viagem de volta ao sul.

Ele encurtara sua permanência ali, uma vez que ambos, ele e Ulrika, estavam ansiosos para voltarem a Roma. Naquele momento, a caravana estava acampada fora de Pisa, a 250 quilômetros ao norte de seu destino.

Enquanto Sebastianus fazia uma parada por um bom tempo para entregar mercadorias e passageiros, e pegar novos viajantes e suprimentos, Ulrika aproveitou a oportunidade para visitar um templo local, famoso por abrigar uma deusa poderosa.

Ali, no lugar de veneração a Minerva, Ulrika esperava encontrar uma orientação. A mulher idosa na Renânia lhe dissera que ela deveria ensinar disciplina a si mesma. Mas como isso poderia ser alcançado sem ajuda?

A perspectiva de descobrir seu verdadeiro destino, de saber enfim a que lugar pertencia, deixava Ulrika cheia de empolgação. Infelizmente, procurar seu destino significava que ela e Sebastianus deveriam seguir caminhos diferentes.

Quanto mais se aproximavam de Roma, mais ele consultava os mapas do misterioso e extremo Oriente. Onde exatamente *era* a China? Sua ansiedade para iniciar essa viagem crescia com o passar das horas. Ulrika sabia que Sebastianus recebera informação de que dois dos competidores pelo *diploma* estavam naquele momento à sua frente na disputa! Adon, o fenício, distava apenas uma viagem por mar de Roma e levava consigo um raro animal denominado "grifo" para o imperador, e Gaspar, o persa, estava retornando dos Montes Zagros com um par de gêmeas ligadas pelos quadris desde o nascimento, que, segundo se dizia, podiam proporcionar prazer a vários homens simultaneamente. Prêmios tentadores para Cláudio. No entanto, Sebastianus garantira a Ulrika que tinha confiança de que sua oferta agradaria ainda mais ao imperador.

Ao pensar em Sebastianus, Ulrika sentiu o coração se voltar para ele assim como uma flor se volta para o sol. Ela sabia que estava se apaixonando por aquele belo homem que surgira da floresta num voo, como o herói de um mito, brandindo sua enorme espada e matando, um a um, seus agressores selvagens. Essa imagem, gravada em seu cérebro, era tão vívida como se ele estivesse naquele momento lutando contra inimigos, sua espada assoviando no ar ao protegê-la com sua força e poder.

Mas ela sabia que aquele amor era um luxo que jamais poderia se permitir. Sebastianus seguiria para o final da terra, enquanto ela estava em seu caminho pessoal.

Quando ela, Nestor e os outros companheiros subiram os degraus do templo, Ulrika pensou sobre os diversos santuários e lugares sagrados que visitara desde que haviam deixado Colônia, para acender incenso, oferecer sacrifício e pedir a cada um dos deuses que a iluminasse. Se seu dom viera dos deuses, ela refletiu, então eram eles que deveriam instruí-la sobre o que fazer em seguida.

Ela comprou uma ave branca pequena de um vendedor de pombos na escadaria do templo, dando-lhe uma moeda de cobre e recebendo a garantia de que o pássaro era perfeito, sem nenhum defeito. Ao pegar a pequena gaiola do vendedor, Ulrika viu um rapaz parado ao lado dele — um jovem que não estava ali um minuto atrás. Ela esperou, prestou atenção e então a visão desapareceu.

Isso a deixou frustrada. Tivera diversas visões e percepções auditivas como aquela durante a viagem de volta a Roma, mas eram todas aleatórias e sem significado. Talvez, pensou esperançosa quando chegaram à porta principal, no topo da escada de mármore — talvez a compassiva Minerva lhe mostrasse o caminho.

Eles se dirigiram ao interior pouco iluminado e viram um grande santuário estender-se diante de si: um hall circular adornado com colunas brancas, um chão de mármore brilhante, com lâmpadas penduradas no teto, e, no lado oposto, a própria deusa, de tamanho maior do que o natural, sentada num trono. Sacerdotes acendiam incensos e entoavam cânticos enquanto os cidadãos faziam suas oferendas de pombos e cordeiros.

Ao entrar, Ulrika parou para acalmar a mente, abrir seu coração a qualquer mensagem que a deusa viesse a lhe enviar, e seus companheiros pararam também, olhando à sua volta para as magníficas paredes de mármore e teto abobadado e imaginando que a deusa da poesia e da música, da cura e da tecelagem — mas acima de tudo a deusa da sabedoria — deveria, de fato, ser muito influente.

Um sacerdote imponente, de túnica branca e exalando um cheiro de óleos e incenso, aproximou-se.

— Como pode a Deusa ajudá-los, caros visitantes?

A voz dele era suavemente feminina, seus olhos bondosos e sorridentes.

— Eu vim em busca de orientação para um problema pessoal — respondeu Ulrika e entregou a ele a pomba engaiolada.

— Veio ao lugar certo, cara senhorita, pois Minerva é a Deusa da Proximidade, e ela está próxima à senhorita agora, pronta para ouvir a sua oração. Venha por aqui.

Quando ele se virou, um molho de chaves tilintou em seu cinto, e Ulrika se perguntou se a profecia da vidente egípcia estaria prestes a se realizar.

Mas o sacerdote nem lhe ofereceu uma chave, nem abriu uma porta, ao conduzir Ulrika e seus companheiros a um nicho silencioso onde havia a figura de Minerva desenhada em mosaico sobre um altar. Para surpresa de Ulrika, o sacerdote abriu a gaiola e deixou a pomba voar. Ela esperava que ele sacrificasse a ave, como a maioria dos deuses exigia. Em vez disso, eles a viram bater asas e circular e depois sair do templo em busca da luz solar.

O sacerdote sorriu.

— Esse é um bom sinal. Os pombos são mensageiros dos deuses. Minerva escutou sua oração.

— Como eu posso escutar a resposta dela?

O sacerdote subiu ao altar, onde naquele instante Ulrika viu uma fileira de pergaminhos, cada um com uma fita de cor diferente.

— Escolha — orientou ele.

Ela apontou para um que estava amarrado com uma fita azul.

Ele o abriu e leu em voz alta, suavemente: "Seus pulmões estão acelerados. É como se eles estivessem numa competição de carruagens." Então, para surpresa de Ulrika, ele enrolou o pergaminho, amarrou-o novamente com a fita e o colocou sobre o altar.

— É só isso? — perguntou Ulrika.

— A Deusa ouviu sua oração e guiou a sua mão. Essa é a resposta dela.

— Mas o que significa?

— Os deuses nos falam em sua própria língua. Às vezes a interpretação nos escapa e não nos vem imediatamente. — Ele fez uma breve reverência e continuou: — A bênção de Minerva. — E deixou o lugar.

Eles desceram os degraus e entraram de novo no movimentado mercado, os companheiros de Ulrika pensando na próxima refeição do meio-dia, Ulrika quebrando a cabeça com a enigmática mensagem da deusa, e Nestor com olhos fixos num pote que continha objetos redondos e brilhantes que ele pensava que gostaria de levar para casa.

Ulrika não viu o mendigo cego agachado à sombra do templo de Minerva, nem percebeu Nestor se abaixar e pegar um punhado de moedas que cidadãos generosos haviam jogado na tigela do pedinte.

Aconteceu muito rapidamente. O homem ficou de pé de um salto, gritando:

— Como se atreve a roubar de um deficiente? E um cego ainda por cima!

E antes que ela pudesse reagir, o cego ergueu o cajado, que o ajudava a evitar ir de encontro aos prédios, e desceu-o na cabeça de Nestor com um estalo.

Nestor caiu. Começou a chorar. A dor era maior do que ele podia suportar. Por que o homem o espancara? Mas naquele momento Reeka se fez presente, segurando o cajado do homem quando ele estava prestes a lançá-lo de novo, interrompendo o movimento, protegendo Nestor do agressor e dizendo ao homem:

— Ele tem a mente de uma criança, não bata de novo. E quem é você para acusar alguém de roubo, quando é o primeiro a roubar dos bondosos cidadãos, fingindo ser cego?

Em seguida, ela ajoelhou-se e disse palavras tranquilizadoras a Nestor, tocando-lhe na cabeça no lugar onde doía, onde o sangue escorria. E, sob o toque suave de Reeka, a dor desapareceu. A fragrância dos cabelos e da roupa dela penetrou-lhe o nariz e inundou sua cabeça da maneira como acontecia com os aromas de comida. Ele sentiu-se melhor. Suas lágrimas e medos amainaram ao ouvir a voz gentil e sentir o toque carinhoso da moça.

Ele queria que ela o tomasse em seus braços e nunca mais o soltasse. Nestor, que conhecia apenas duas emoções na vida, sentiu então uma terceira entrar em seu coração como um girassol radiante.

Estava apaixonado.

SEBASTIANUS ESTAVA NO ACAMPAMENTO da caravana, realizando trocas com um comerciante de vinho, quando viu Ulrika e seu grupo retornarem. A cabeça de Nestor estava enfaixada, e a própria Ulrika parecia perturbada.

Sebastianus foi ao encontro deles.

— O que aconteceu?

Enquanto Ulrika lhe contava o incidente, ele via o sol da tarde reluzir nos olhos azuis da moça. Ele notou como os longos cabelos cor de mel pareciam escapar de forma provocadora de seu *palla*, e como o azul de seu macio vestido de linho ressaltava a cor de seus olhos. Percebia o subir e descer dos seios dela enquanto ela falava de um só fôlego sobre os falsos deficientes, a honestidade dos inocentes e a enigmática mensagem de Minerva.

Sebastianus sabia que poderia facilmente se apaixonar por Ulrika. Ele a desejava. Queria fazer amor com ela. Mas não estava livre para isso. Em Roma eles se despediriam.

— Ei! — Ouviram-se vozes vindas da multidão. Eles viram Timonides aproximar-se, ansioso. — Más notícias, mestre! — gritou o astrólogo.

— O que foi?

— Foi o imperador Cláudio — explicou Timonides, ofegante, ao se aproximar. — Ele está morto.

— Morto! — exclamou Ulrika.

— Assassinado, segundo boatos. Mas, mestre, estão dizendo que proclamaram Lúcio Domício Enobarbo como sucessor, e que ele está destruindo sistematicamente todos os que tinham uma ligação direta com Cláudio. Não pode voltar para Roma, mestre! Passou agora a ser inimigo do Estado!

12

Ao se aproximarem da cidade de Roma, após dias ouvindo falar sobre caos e levantes na cidade, os membros da caravana de Sebastianus estavam calados e apreensivos, sem saber o que encontrariam pela frente.

Eles haviam atravessado o campo tranquilo, que parecia não ter sido afetado pelas notícias políticas. As casas dos fazendeiros e as residências dos ricos, abrigadas nos montes verdejantes entre pastos e vinhedos, permaneciam sossegadas e serenas como sempre foram havia séculos. Mas Sebastianus não fora às cidadezinhas nem aos vilarejos à noite como costumava fazer, não abandonara a caravana um só instante, nem recebera convidados, e sim permanecera junto a seus passageiros e trabalhadores, fazendo-se presente, acalmando os nervos à flor da pele e garantindo aos que viajavam com ele que tudo estava sob controle. Horóscopos feitos ao meio-dia e à tarde foram acrescentados às leituras matinais e noturnas, mantendo Timonides ocupado com mapas e instrumentos enquanto os pensamentos preocupados de Ulrika voltavam-se para sua mãe e seus amigos — todos aliados do imperador assassinado.

E já então se aproximavam de seu destino, Sebastianus à frente em sua égua, e Ulrika seguindo-o numa carroça fechada privativa.

Embora Roma fosse um lugar perigoso para eles, não havia dúvida de que teriam de ir para lá. Ulrika precisava voltar o mais rápido possível para a casa da mãe, para se certificar de que Selene e seus amigos estavam em segurança. Sebastianus se preocupava com sua casa em Roma e com seus empregados.

Porém o que considerava mais importante era o *diploma* para a China. Estaria o novo imperador sequer interessado?

Sebastianus conseguira obter informações ao longo do caminho sobre o sucessor de Cláudio, um jovem de 16 anos cujo nome de batismo era

Domício Enobarbo, mas que, segundo boatos, mudara o nome, após a sucessão, para Nero Cláudio César Augusto Germânico. As pessoas diziam que o jovem Nero declarara uma nova era para Roma e que tinha ambições de expandir a diplomacia e o comércio. Isso dava a Sebastianus um vislumbre de esperança, se conseguisse evitar ser preso por seu vago relacionamento com Cláudio (Sebastianus encontrara-se com o falecido imperador apenas uma vez e muito brevemente). O que sabia que deveria fazer era, de alguma forma, aproximar-se do imperador, que certamente estaria cercado de um exército de guardas, tutores, protetores, sem esquecer sua poderosa mãe, Agripina, que era também a viúva de Cláudio. Sebastianus precisava fazer o ambicioso jovem tomar conhecimento de seus planos de abrir uma nova rota comercial para a China e estabelecer relações diplomáticas com nações estrangeiras ao longo do caminho, expandindo assim o Império Romano além da visão de Nero.

Mas como chegar perto de Nero o suficiente para explicar tudo isso?

Trotando num jumento ao lado de Sebastianus, Timonides também estava cheio de preocupações. Pensava na catástrofe que se revelara nos astros de seu mestre quando ainda em Forte Bonna e que continuava a sombrear as leituras diárias do horóscopo dele. O inominável desastre se encontraria logo adiante na estranhamente tranquila cidade de Roma? Teria ele, Timonides, o astrólogo honesto de outrora, sido responsável por aquilo com seus horóscopos falsos? E se o novo imperador mandasse executar Sebastianus? O que seria de Timonides e de Nestor? Eles não tinham dinheiro, Timonides era idoso, e Nestor, um simplório. Pensar neles dois mendigando nas ruas fez seu sangue gelar nas veias.

"Isso é tudo culpa minha", lamentou ele em seu íntimo, desprezando os grupos que haviam se juntado a eles, odiando os muros da cidade, irritado com o imperador Cláudio por ter morrido e furioso consigo mesmo por ter induzido Sebastianus a levar Ulrika com eles. "Pelos deuses", clamava o velho e endurecido coração de Timonides, o astrólogo. "Juro por tudo que é sagrado, pela alma de minha querida Damaris, que jamais falsificarei um horóscopo sagrado nem blasfemarei em nome dos astros! Por favor, permitam que eu e meu filho atravessemos esse momento sombrio, e eu servirei aos deuses e aos céus com a maior honra e respeito e jamais direi outra mentira enquanto viver!"

Chegaram ao final da jornada e, certificando-se de que a caravana estava em lugar seguro, Sebastianus e Ulrika, Timonides e Nestor, e mais alguns escravos e guardas seguiram a pé e juntaram-se à multidão que tentava entrar na cidade. Com suas respeitáveis credenciais e seu passe de comerciante, Sebastianus recebeu permissão para entrar pelo portão menor para pedestres, onde os membros de seu grupo foram examinados e questionados e tiveram seus pacotes de viagem inspecionados. Admoestados a ir direto para suas residências, e a lugar nenhum mais, uma vez que o toque de recolher era estritamente controlado durante a lei marcial, eles receberam permissão de passar.

Para surpresa deles, a cidade não virara um caos, nem se encontrava abalada por uma rebelião civil, e sim estava sinistramente tranquila ao anoitecer, e o toque de recolher noturno foi marcado pelo som de trombetas. Chegaram ao Monte Esquilino quando as estrelas começavam a surgir. Ao subirem a ruazinha calçada, Ulrika viu moradias sem movimento por trás de muros altos. Havia mais silêncio do que era comum para uma noite fresca como aquela. Para seu alívio, porém, mais à frente e à esquerda, ela viu a casa de tia Paulina iluminada com tochas e lamparinas e ouviu vozes e risos, música elevando-se no céu crepuscular. Viu, além da residência de tia Paulina, a casa em que vivia com sua mãe. Estava escura e silenciosa, mas isso era comum, pois Selene frequentemente passava as noites com a melhor amiga, em geral dormindo lá. Durante essas épocas perigosas, até que o novo imperador acalmasse os nervos das pessoas e garantisse à população que a vida seguiria como antes, fazia sentido que sua mãe buscasse a segurança da casa de Paulina.

Ulrika agradeceu a Sebastianus e lhe garantiu que estaria bem.

Ele insistiu em entrar com ela, mas Ulrika lembrou a Sebastianus que ele tinha a sua casa e seus empregados para se preocupar e que não deveria perder tempo. "Você e eu não podemos ir além daqui", sussurrou para ele em seu coração, guardando seu belo semblante, seus cabelos cor de bronze à luz da tocha, sua altura e sua força. Eles tinham estado na companhia um do outro durante seis meses, haviam compartilhado a comida e o fogo, e dormido juntos numa caverna mágica. Mas ele estava destinado a ir para a distante China, e o caminho de Ulrika estava fadado a seguir outra direção.

Dizendo a si mesmo que deveria simplesmente despedir-se e ir embora, Sebastianus virou-se para Ulrika, pôs as mãos sobre seus braços, aproximou-se mais ainda para olhar fundo nos olhos dela. Ele queria nadar naquele azul convidativo, refrescar-se na gruta que era a íris de seus olhos.

Inclinou a cabeça e roçou os lábios na face dela. Ulrika prendeu a respiração. Seu coração lhe subiu até a garganta. Ela queria virar o rosto e levar sua boca à dele. Em vez disso, as lágrimas encheram seus olhos e escorreram por seu rosto. Elas, também, Sebastianus beijou — beijos alvoroçados que pareciam borboletas esvoaçantes. Eles fizeram sua pele queimar e seu corpo desejar o toque dele.

— Que os deuses estejam com você, Ulrika — murmurou ele ao ouvido dela, relutante em deixá-la partir —, e que os astros a guiem para a felicidade! Se algum dia precisar de mim, basta mandar dizer.

Após dar adeus a Timonides e a Nestor, que chorou como uma criança ao vê-la partir, e de observá-los descer a ruela íngreme, Ulrika voltou-se para o portão no muro alto. Ao perceber que estava trancado, ela puxou a corda do sino e, quando um escravo atendeu, disse:

— Por favor, diga à senhora Paulina que Ulrika está aqui.

Ele franziu o nariz.

— Quem é Paulina?

Ulrika arregalou os olhos.

— Sua senhora, claro.

E então, percebendo que não reconhecia aquele escravo, olhou para dentro da casa e viu pessoas no átrio, rindo e bebendo. Não havia um rosto familiar entre elas.

— De quem é esta casa?

— Pertence ao senador Públio agora. — E o escravo bateu o portão na cara dela.

Ulrika ficou em estado de choque. A casa de tia Paulina fora confiscada? Onde estariam Paulina e seus serviçais? Ulrika olhou mais para cima na rua, para a sua própria casa escura e abandonada.

Onde estaria sua mãe?

Ela correu para sua casa e teve um segundo choque: uma placa no portão avisava que a residência fora confiscada pelo governo imperial e que a invasão daquela propriedade seria considerada crime. Ulrika quebrou os lacres e entrou.

O jardim estava abandonado, com mato alto e sujeira. As fontes estavam sem água, e os bancos de mármore, cobertos de folhas secas. Ulrika atravessou um átrio e uma sala de recepções desertos, os corredores vazios, e entrou em quartos silenciosos. Nos fundos, as cozinhas, a lavanderia e as dependências dos escravos estavam abandonadas e no breu.

Ao voltar para o átrio, Ulrika supervisionou a casa escura num crescente temor. Teria sua mãe sido levada pelos guardas imperiais? Estaria ela então presa? Ou pior: teria sido executada?

Ulrika foi à procura de uma lamparina. Ao encontrar uma, ainda cheia de óleo, e uma pederneira, acendeu o fogo e voltou para o átrio, onde tentou refletir. Deveria ficar ali, na esperança de que sua mãe voltasse, ou os soldados retornariam? Ela quebrara o lacre do portão, o que em si era um crime. Agora violava novamente ordens imperiais...

Quando ouviu um ruído de passos, seguiu às pressas e ficou surpresa ao ver Erasmus, o antigo mordomo, passando por um corredor cheio de colunas com seus pacotes de viagem.

— Erasmus!

Ele assustou-se.

— Hein? Será um fantasma? Ah, senhorita! — exclamou ele quando apurou a vista. — Graças aos deuses está viva. Mas não pode ficar aqui. Fui mandado para arrumar a casa para os novos moradores, e agora eu também preciso ir embora.

— Onde está a minha mãe?

— Foi embora — respondeu ele com voz estridente. — Ela e todos os outros deixaram Roma poucos dias atrás. Saíram às pressas. Sabiam que a cidade não era mais segura para eles.

— Mas para *onde* eles foram? — perguntou Ulrika.

Erasmus ergueu os ombros magros.

— A senhora deixou uma carta para eu lhe entregar caso a senhorita voltasse. — Ele colocou a mão em um dos muitos bolsos secretos de sua túnica colorida e retirou de lá um pergaminho amarrado com um laço vermelho. Ao sair apressado, ele parou e colocou a mão dentro da túnica, pegou um segundo pergaminho e falou: — Eu tenho outra aqui. Adeus. Tenha cuidado, senhorita, pois estes são tempos perigosos para os amigos de Cláudio, e que ele encontre a paz no outro mundo!

Ulrika olhou para as duas cartas enroladas, reconheceu o selo de cera na de sua mãe, mas ficou intrigada com a outra. Quem mais lhe teria deixado uma carta? Ela virou o rolo à procura de um selo e viu uma mancha de água seca no pergaminho. Parecia que alguém havia chorado e derramado ali uma lágrima, deixando uma mancha no formato de estrela...

Ela ficou paralisada. Era sua própria carta, escrita meses atrás!

— Espere! — pediu ela, apressando-se atrás do homem idoso. — Por que me devolveu esta carta?

Mas ele já havia ido. A rua estava deserta.

Ulrika olhou para sua carta novamente e, ao ver que não fora aberta, lembrou-se de que o velho a retirara do mesmo bolso em que a colocara no dia em que ela deixou Roma.

Minha mãe nunca recebeu a minha carta.

Ulrika sentou-se e leu à luz da lamparina a carta de sua mãe.

"Minha querida filha, estou escrevendo às pressas, porque estamos sendo forçados a fugir. Não sei para onde estou indo. Toda a família está comigo. Não sei se meus inimigos políticos se voltarão contra você. Roma não é mais um lugar seguro para você. Talvez, pela graça da Deusa, nos encontremos algum dia. Rezo também, querida filha, que veio para mim como fruto do amor e quando eu mais precisava, que encontre o que está procurando. Sinto por você ter achado que deveria deixar Roma sem se despedir de mim, sem deixar uma palavra. Mas compreendo. Por favor, não esqueça sua metade romana e não desprezo seu sangue romano, porque eu sou uma parte de você, assim como o seu pai, Wulf."

Soprava uma brisa noturna, o luar iluminava as folhas secas que farfalhavam sobre as pedras do calçamento, e Ulrika pensava: "Fui à procura do meu pai e, ao fazer isso, perdi a minha mãe."

Então Ulrika se lembrou da última vez que vira a mãe, da briga que tiveram, de como deu meia-volta e saiu enquanto sua mãe ainda falava. "Essa é a última lembrança que minha mãe tem de mim!" Pois Selene não havia lido o pedido de desculpas e as palavras de carinho.

Ulrika deixou escapar um soluço, e seus olhos encheram-se de lágrimas, que caíram na carta de sua mãe, molhando a tinta preta e borrando palavras que diziam: "Não desprezo sua metade romana."

Enquanto olhava as folhas secas deslizarem pelo chão de pedra do átrio, sendo levadas pela brisa fresca da noite, Ulrika tentava calcular o que deveria fazer em seguida. Tentar procurar os antigos amigos? Pensou em Sebastianus, perguntando-se por um instante se deveria ir lhe pedir ajuda, mas então concluiu que, com a ligação que tinha com Paulina e aquela casa que fora tomada pelo governo, estaria colocando-o em risco.

Uma coisa era certa: ela não podia ficar ali.

Ao se levantar do banco, Ulrika ouviu o som de pisadas. Virou-se e viu a silhueta de um homem à luz da lua.

Sebastianus.

Ele foi até o átrio.

— Não fiquei tranquilo ao deixar você. Precisava saber se você estava bem. Quando o escravo no portão de Paulina disse que uma mulher estranha tinha tentado entrar na casa do senador Públio, percebi que alguma coisa estava errada.

— Foram todos embora, Sebastianus — sussurrou ela. — Minha mãe, minha família. Todos se foram. Estou sozinha.

Ele a tomou nos braços, acariciando-lhe os cabelos, sentindo o calor do hálito dela em seu pescoço.

— Você não está sozinha, Ulrika — declarou ele, afastando-se. — Você vai vir comigo para casa.

— VAMOS TODOS SER MORTOS EM NOSSAS CAMAS!

Primo segurou a lavadeira histérica pelo braço e vociferou:

— Cale essa boca, mulher, ou vai piorar as coisas. — Apertou o braço dela com força, com sua mão pesada e áspera, e mandou que seguisse seu caminho.

"Sangue sagrado de Mitra", blasfemou Primo em silêncio ao cuspir no chão. Não se podia contar com as mulheres nas horas de emergência.

E naquela noite havia a pior de todas as possíveis emergências. Espalhava-se na rua que os soldados do novo imperador estavam assassinando de forma sistemática todos os que tivessem qualquer ligação com Cláudio César, inclusive o dono de uma caravana mercantil chamado Sebastianus Gallus, que estivera com Cláudio apenas uma vez muito rapidamente, mas cujo nome estava na lista daqueles a serem admitidos no Palácio Imperial.

Primo retomou sua inspeção, andando pesadamente pelos cômodos da casa de Gallus como uma máquina de guerra, virando a cabeça de um lado para o outro ao supervisionar a atividade que sempre marcava o retorno de seu senhor.

Primo era um homem grande e feio, cujo nariz fora quebrado tantas vezes que já não parecia mais um nariz, e ele teria sido condenado a uma vida de mendicância nas ruas se não fosse por Sebastianus Gallus, cuja casa ele agora administrava com a disciplina e a precisão do soldado dedicado que fora um dia. Sem a sua firme presença, Primo sabia, aquela casa nos limites da cidade teria caído aos pedaços dias antes. Mesmo agora, quase não havia serviçais suficientes para manter a cozinha, os jardins, a lavanderia e os cuidados com os animais, pois vários escravos haviam fugido à noite. Uma atmosfera cheia de tensão permeava todos os cômodos, iluminados à luz de lamparinas, enquanto os escravos preparavam a casa para o retorno de seu senhor — todos sob o olhar atento daquele homem grande e feio, veterano de muitas campanhas estrangeiras e sobrevivente de tantos combates que muito pouco o deixava abalado.

Mas ele *não* gostava dos gritos estridentes de uma lavadeira histérica!

Ao percorrer cômodo por cômodo, marcando sua presença, instilando obediência nos escravos com sua aparência — ainda usava o peitoral, a túnica curta e as sandálias militares de seus dias de soldado —, ele não podia explicar, se alguém lhe tivesse perguntado, de onde vinha seu ódio às mulheres. Poderia ter dito simplesmente: "Elas são criaturas tolas, inúteis."

Ou talvez pudesse admitir que vinha da vergonha que sentia da própria mãe, uma prostituta da zona portuária que recebia os marinheiros enquanto o filho ficava encolhido num canto fingindo não ouvir os sons animalescos provenientes da cama dela. Ela fora espancada até a morte por um cliente quando Primo tinha 12 anos, e ele conseguira sobreviver nas ruas de Roma sozinho até atingir a idade de alistamento militar.

Ou possivelmente seu desprezo pelas mulheres se originasse do fato de ele nunca ter perdoado a mãe ignorante por ter dado a seu filho único o nome de Fidus, que significa "fiel", sem perceber, em seu estado de embriaguez permanente, que esse nome sujeitaria seu filho a uma vida de zombaria e ridículo, uma vez que o apelido para Fidus era Fido, nome popular entre os cachorros de estimação em Roma. Tão humilhante era esse nome — seus amigos latiam sempre que ele estava por perto — que, quando se alistou como legionário, ele disse que se chamava Primo, para soar importante, e assim ele se tornara Primo desde então.

Mas a verdade — se Primo realmente examinasse seu coração mesquinho — era que não odiava a mãe nem as mulheres. Efetivamente, aquele que proclamava desprezar as mulheres, de fato, as amava.

Se ao menos elas correspondessem a seu amor.

Embora tivesse havido uma, fazia muito tempo, que não apenas demonstrara carinho por ele, como também salvara sua vida...

— Primo! Primo! — chamou um jovem escravo correndo até o átrio, onde uma dúzia de tochas acesas afastava a escuridão da noite. — A caravana chegou! O senhor está de volta!

Primo atravessou apressado o átrio, passou pelo jardim da frente e saiu pelo portão de entrada para a ruela ladeada pelas paredes altas das residências particulares. Ao tentar enxergar no escuro — havia poucas lâmpadas na rua naquele setor da cidade —, ele lembrou-se do dia, oito anos antes, em que caminhava pela mesma rua, indo de portão em portão, batendo à procura de trabalho, porque era um soldado recém-reformado do serviço militar e precisava de emprego para suplementar sua magra pensão.

Ele servira bem seu imperador e o império, até que, após 25 anos de serviço regulamentar, foi dispensado e se viu sozinho e na rua com muito pouco para se sustentar. Primo se recusou a fazer o que a maioria dos soldados fazia — contar histórias nas tabernas em troca de cerveja —, e então procurou um emprego honesto.

Mas o que ele tinha para oferecer? Muitos legionários recebiam treinamentos além das habilidades comuns a um recruta — eram soldados "especializados", que desempenhavam papéis secundários e se tornavam engenheiros, artilheiros, instrutores de armas e manobras, carpinteiros e auxiliares de saúde. Esses homens, quando se reformavam do serviço militar, tinham profissões que podiam seguir.

Não Primo, que fora um soldado comum da infantaria. Tudo que ele podia oferecer era força e vigor, que possuía em abundância, uma vez que a vida no exército desenvolvera seu corpo já robusto. Durante a marcha em terreno hostil, um soldado da infantaria carregava um escudo, um capacete, dois dardos, uma espada curta, uma adaga, um par de sandálias pesadas, equipamentos para a marcha, comida para 14 dias, um odre com água, utensílios de cozinha, estacas para construção de paliçadas e uma pá ou cesta de vime. Assim, não havia nada que Primo, o veterano do exército, não conseguisse levantar com facilidade.

Entretanto, ao procurar trabalho honesto, muitos portões foram fechados na sua cara, até que chegou à casa do comerciante Sebastianus Gallus e encontrou ali uma desordem assustadora. O escravo ao portão era mal-humorado e rude, e o mordomo da casa usava uma túnica manchada. Restos de comida espalhavam-se pelo chão, risos estridentes vinham das cozinhas e da lavanderia, os animais circulavam livremente pelos cômodos principais. Ao saber quem era o dono da casa, que estava ausente numa caravana, Primo alugou um cavalo e foi ao seu encontro. Então Sebastianus Gallus, ouvindo o terrível relato do estado de sua residência, deixou a caravana e voltou com Primo, pegando o mordomo e os serviçais de surpresa e constatando que eles só mantinham a casa em ordem quando sabiam que seu senhor estava para chegar. Primo assegurou que ele manteria as coisas em ordem enquanto Sebastianus estivesse ausente e foi contratado na hora. Assumira a função de Mordomo Principal, mas desde então se tornara guarda-costas, cocheiro e supervisor da manutenção geral da casa.

Ao avistar o grupo subindo a rua e ouvir Timonides reclamar em voz alta sobre algo, Primo coçou as costas e cuspiu no chão. Não gostava de Timonides nem de seu filho simplório. O astrólogo grego era presunçoso com seus mapas e instrumentos. Como a maioria dos soldados, Primo não sabia ler, nem somar, e por isso desprezava os homens de uma educação superior. Timonides o irritava ainda mais com suas declarações de que havia ordem no universo, de que tudo acontecia por uma razão e de que o homem podia controlar seu destino por meio da leitura dos astros. Primo acreditava no contrário. Nada acontecia por uma razão, o universo era um caos, e não havia meio de se controlar o destino. Tudo na vida era aleatório e acidental. E quanto à vida após a morte, pregada por Timonides, não tinha nada a ver com *esta* vida, então por que um homem se preocuparia com isso?

Primo franziu o cenho quando viu uma mulher com eles.

Ele sabia o que as mulheres pensavam quando olhavam para ele: um bruto feio, com cicatrizes demais no rosto para ter algum encanto. Somente se ele pagasse uma quantia generosa uma mulher lhe permitiria acesso a seu corpo. Às vezes pensava se não seria mais fácil para a vaidade de um homem jurar o celibato, especialmente em nome de um deus, do que as repetidas rejeições femininas — era com certeza mais fácil para seu bolso!

Quando deixou o portão para receber seu senhor, Primo viu surgirem soldados na outra extremidade da rua, as armaduras tilintando, as botas ressoando nas pedras do calçamento. Seus olhos se arregalaram. Ele percebeu pela insígnia do escorpião em seus peitorais metálicos que eles eram da guarda pretoriana, um grupo de elite militar que operava diretamente sob as ordens do imperador. Primo ficou ainda mais impressionado com o porte ostensivo de armas daqueles homens, que desafiavam a antiga tradição de que os soldados eram proibidos de andar armados dentro dos limites da cidade.

Aquele não era um bom sinal.

O capitão da guarda, homem baixo e magro, de rosto fino e com o capacete romano de oficial com plumas vermelhas, aproximou-se a passos largos e perguntou:

— Você é Sebastianus Gallus?

Sebastianus manteve a serenidade enquanto caminhava em sua direção e respondeu:

— Sim, sou eu.

— Tem que nos acompanhar, por ordem do imperador.

Sebastianus assentiu com a cabeça e virou-se para Primo. Mas, enquanto dava ordens a seu mordomo para que assumisse o comando do restante de seu grupo, os pretorianos começaram a cercá-los, sem fazer perguntas e usando suas lanças como aguilhões.

Sebastianus protestou.

— Deixem que eles vão embora. Eles não fizeram nada.

Mas suas palavras caíram em ouvidos surdos. E foram todos levados: Sebastianus e Ulrika, Timonides e Nestor, bem como Primo, que, como veterano das legiões, instintivamente entrou em forma com os guardas ao ouvir as palavras: "Por ordem do imperador."

Eles foram levados numa carroça para o Monte Palatino, onde, segundo a lenda, uma loba amamentou os bebês Rômulo e Remo, fundadores de Roma, atribuindo ao local um grande poder místico. Ali, com vista para o Fórum e o Circo Máximo, o Palácio Imperial assomava de forma majestosa, suas paredes de mármore branco, seus terraços, colunas e fontes brilhando em contraste com o céu noturno, iluminados por incontáveis lamparinas e tochas, como se o novo imperador tentasse ordenar até mesmo o recolher da noite.

À medida que a carroça passava com um ruído surdo sob os enormes arcos e estátuas colossais, Timonides recriminava-se em silêncio pela terrível sina que estavam prestes a sofrer. Todos aqueles horóscopos falsificados! Teria ele realmente achado que ficaria impune?

Primo, de pé na carroça balançante como se sobrevivendo a uma tempestade no mar, pensou com ar sombrio nas batalhas a que sobrevivera só para terminar sofrendo a morte de um covarde.

Sebastianus segurava Ulrika, seu braço firme em torno da cintura dela, enquanto pensava no que poderia dizer, ou a quem poderia subornar para conseguir a libertação de seus amigos; pois, se Nero pretendia punir os amigos de Cláudio, então somente ele, Sebastianus Gallus, deveria ser responsabilizado. Obviamente essa moça, um astrólogo idoso e seu filho simplório e o mordomo de sua casa não tinham nada a ver com isso.

Porém Sebastianus ouvira falar no que os imperadores faziam para garantir a total lealdade de seus súditos: não deixavam vivo um único amigo daqueles que o antecederam. Seria Nero de alguma forma diferente de Tibério, de Calígula e de Cláudio, seus predecessores?

Numa rua estreita, iluminada por tochas presas a arandelas, a carroça parou e os detidos foram obrigados a descer. Cercados pelo grupo de elite, Sebastianus e seus companheiros foram conduzidos por uma porta sem identificação ou proteção, e forçados a seguir por um longo corredor escuro, a subir uma escada íngreme e a continuar por halls estreitos; o som de suas passadas ressoando nas paredes de mármore, suas sombras alongando-se e encolhendo-se sob uma luz bruxuleante. Sebastianus viu medo nos rostos de seus companheiros e procurou palavras de conforto.

Ao serem levados por um corredor mais largo, onde então os criados passavam com pratos de comida e jarras de bebida, eles ouviram um burburinho, e quando o capitão da guarda afastou uma cortina pesada e revelou um salão de audiência iluminado, Sebastianus e seus companheiros piscaram surpresos.

O salão de recepção imperial era enorme, com uma floresta de colunas, estátuas gigantescas adornadas em ouro e pedras preciosas, além de um piso de mármore que brilhava como vidro; estava repleto de pessoas trajando togas romanas, uniformes militares e vestes estrangeiras, andando entre a multidão de maneira confusa. Sebastianus e seus companheiros olhavam espantados para os visitantes que aguardavam uma audiência: estadistas e senadores, funcionários públicos e dignitários estrangeiros, embaixadores e príncipes. Havia emissários portando os bastões com asas dos mensageiros indo e vindo de um lado para o outro; secretários fazendo anotações estenográficas em tabletes de cera e em papiro; cortesãos bajuladores fazendo reverências e forçando passagem; escravos e criados — todos produzindo um alarido que subia até o teto alto, onde deslumbrantes mosaicos em ouro e prata proclamavam a riqueza e a majestade dos Césares.

Quando Sebastianus percebeu onde estavam, que aquele era o lugar onde Cláudio recebia os visitantes e os dignitários estrangeiros, que de fato aquele era o salão do trono imperial (embora o trono e o novo César não pudessem ser vistos em meio à multidão), ele perguntou ao capitão pretoriano:

— Por que fomos trazidos à presença do imperador?

Pelo que ele sabia, os inimigos de Cláudio foram simplesmente detidos e levados para a prisão ou executados. A nenhum fora concedida uma audiência com o novo César.

O capitão não respondeu, mas manteve seus olhos pequenos fixos no outro lado do enorme salão, como se aguardasse um sinal.

Parado ao lado de seu mestre e momentaneamente esquecendo seu medo, Timonides olhava para os pratos de comida que passavam à sua frente, sua boca salivando, enquanto se perguntava para quem seria aquilo tudo e por que parecia que pratos intocados estavam sendo levados de volta para a cozinha. A seu lado, Nestor dava risinhos diante daquela gente pitoresca, dos sons engraçados dos diferentes idiomas e dialetos, da maneira cômica como os homens gesticulavam e discutiam, contavam histórias, expressavam opiniões.

Primo, um veterano de guerras estrangeiras, observava a cena com olhos cansados. Ele sabia que os embaixadores estavam ali para assinar ou quebrar contratos, que os emissários tinham ido para fazer ou quebrar promessas, que os homens iriam pedir favores, lisonjear ou bajular o imperador e que nada do que aqueles homens pretensiosos realizassem ali naquele dia valeria alguma coisa nem mesmo em cem anos.

Ao lado de Sebastianus, Ulrika observava e aguardava com apreensão. Ela também se perguntava por que eles foram trazidos à presença do imperador.

E então ela viu, parada entre dois dignitários de túnicas e ornatos na cabeça característicos do Império Parta, uma mulher familiar. Sua boca estava aberta num grito silencioso, e seus braços e mãos, ensanguentados. Em estado de choque, Ulrika percebeu que era a aparição que vira no campo quando tinha 12 anos. "Por que está aqui?" Ela perguntou em silêncio ao fantasma. "Por que está assombrando *este* lugar?"

Ao perceber que seu coração disparara e que estava ofegante, Ulrika pôs uma mão sobre o peito e tentou acalmar-se. Suas visões não eram mais algo a temer, mas a ser controlado. Então, primeiro ela precisava superar o medo...

A respiração parou em seu peito.

Seus pulmões estão acelerados...

A estranha mensagem de Minerva! Teria algum significado, afinal? Enquanto seus companheiros se mexiam irrequietos, aguardando serem chamados, Ulrika se concentrou na respiração e procurou desacelerá-la, acalmando-se, suprimindo o medo. Enquanto fazia isso, ouviu um leve sussurro — um murmúrio suave logo abaixo do alarido que havia no salão de mármore. Ela olhou à sua volta — haveria outras aparições? O que estariam tentando lhe dizer? Então o sussurro silenciou, e a mulher assustada desapareceu gradualmente diante de seus olhos.

Mas Ulrika estava agitada. Ela conseguira certo controle de seu dom. Isso foi o que a Deusa lhe dissera. Ulrika deveria estar consciente de sua respiração antes de poder controlar a Clarividência. Minerva fora sua primeira mestra!

O capitão pretoriano deu sinal de vida naquele momento e gritou uma ordem a seus guardas, e os seis recém-chegados foram impelidos para a frente.

Ninguém abriu caminho quando eles tentaram atravessar aquela multidão de homens e umas poucas mulheres, que pareciam aborrecidos, impacientes, irritados ou esperançosos enquanto aguardavam a sua vez de estar diante do novo imperador.

Mas, enquanto se aproximavam, Sebastianus e seus amigos não conseguiram uma visão clara do jovem Nero, por ele estar cercado de conselheiros, vestidos com togas de bordas roxas ou trajes militares, todos inclinados em direção ao trono como galinhas chocadeiras, cacarejando conselhos ao ouvido imperial.

A personagem que todos avistavam, e que se distinguia alta e poderosa ao lado do trono branco de mármore, era a imperatriz Agripina, uma bela mulher em seus 40 anos, conhecida por ser implacável, ambiciosa, violenta e dominadora. Dizia-se também que sua arcada dentária superior direita tinha um canino duplo, sinal de prosperidade.

Agripina usava um vestido longo roxo e por cima um *palla* cor de açafrão com as bordas em ouro, e seus cabelos formavam centenas de pequenos cachos no topo da cabeça. Dizia-se também que ela tomava demorados banhos de leite de cabra e aplicava diariamente sobre o rosto uma mistura de claras de ovo e farinha de trigo para ressaltar a graciosa alvura de sua pele. Como era bisneta do imperador Augusto, sobrinha-neta e neta adotiva do imperador Tibério, bem como irmã do imperador Calígula, sobrinha e quarta esposa do imperador Cláudio e, finalmente, mãe do recém-empossado imperador Nero, Agripina conferia a seu filho uma linhagem ilustre.

Ninguém duvidava, nem por um momento, de que ela envenenara o marido, Cláudio, para que Nero pudesse reivindicar o trono. Mas onde estava a prova? A criadagem imperial comentava os esforços heroicos da imperatriz à mesa do jantar para salvar o marido intoxicado, ajoelhando-se a seu lado, mantendo sua boca aberta à força para poder enfiar uma pena de ave para induzir o vômito. E Cláudio, de fato, vomitou, o que deveria ter expelido o veneno ingerido (de cogumelos, segundo boatos), mas morreu assim mesmo. Ninguém podia culpar a imperatriz, uma vez que ela tentou salvar a vida dele, embora se comentasse que a pena fora mergulhada em toxina obtida de um peixe raro, ocasionando o *segundo* envenenamento que matara o imperador.

Naquele instante, a imperatriz se inclinou para a frente, seus dedos longos como tenazes segurando os ombros do filho, murmurou algo, e o bando de conselheiros se dissolveu. Quando os homens se afastaram, Sebastianus e seus amigos viram um jovem no trono branco de mármore, de túnica branca, usando por cima uma toga branca de bordas roxas, e com uma coroa de louros sobre a testa. O rapaz de 16 anos tinha feições regulares, uma leve penugem de barba no queixo e olhos surpreendentemente azuis. Seu pescoço era de uma espessura incomum para um moço tão jovem e lhe conferia uma aparência atlética que, não fosse por aquele detalhe, ele não teria.

— A reputação da família Gallus é bem conhecida, Sebastianus — disse o jovem César sem preâmbulos. — Você, seu pai e seu avô prestaram bons serviços a Roma e ao povo desta cidade. E ficamos sabendo que você deseja abrir uma rota diplomática para a China.

— É verdade, Majestade — confirmou Sebastianus, piscando surpreso. Ele não esperava por *isso*. — Meu desejo é que os homens da China conheçam o poder e a grandeza de Roma. Desejo também expandir a rede de amigos de César e de seus aliados.

— Outros homens também querem a mesma coisa. Por que devo escolher você entre todos?

Sebastianus olhou para Ulrika. Pensando na ideia que lhe viera à mente sobre algo que Ulrika dissera na noite que eles passaram na caverna, e sabendo que a ideia o distinguiria totalmente de seus concorrentes, ele afirmou:

— Porque, Majestade, somente eu posso garantir que chegarei ao Extremo Oriente. Enquanto outros certamente fracassarão, eu serei bem-sucedido.

E prometo que retornarei não apenas com novos amigos de Roma, e seus tratados, mas também com tesouros além da imaginação.

Nero inclinou a cabeça para trás e olhou com um ar de superioridade para o suplicante, um maneirismo que fez Sebastianus supor que ele praticara aquilo em frente ao espelho.

— Diga-me, Gallus, como você pode garantir isso, quando nenhum outro comerciante pode?

— Eu voltei recentemente da Germânia Inferior, onde conduzo comércio regular em Colônia, e lá aprendi um segredo especial.

— E qual seria esse segredo? — perguntou Nero, e Agripina, os conselheiros imperiais e os que estavam mais próximos ouviram com interesse.

O coração de Sebastianus se acelerou. Aquele era o momento com o qual sonhara durante toda a vida.

— Ouvimos dizer, Majestade, que o Comandante Gaius Vatinius empregou medidas enganosas para dar a seus soldados uma vantagem tática. Ele operou com a inteligente estratégia de que as coisas nem sempre são o que parecem. Quando soube disso, vi como essas táticas poderiam ser empregadas ao longo da rota da caravana. Por exemplo, os salteadores que atacam as caravanas ficam cegos de avidez e tendem a ver somente o que *esperam* ver. Eles sabem que os comerciantes passam mais tempo à mesa de jantar do que na prática de exercícios, então os ladrões que espreitam as caravanas esperam assaltar homens fracos. E é por isso que missões como essas fracassam. Mas neste caso, usando a estratégia do general Vatinius, minha caravana será diferente. Esses bandidos não saberão que nossas túnicas, nossos turbantes e barbas disfarçam lutadores treinados. O que os salteadores não esperam é o elemento-surpresa.

Nero contraiu os lábios quando um dos conselheiros, um homem de vestes militares, se inclinou para murmurar ao seu ouvido.

— Continue, Sebastianus Gallus — instruiu o jovem imperador após um instante.

— Além disso, Majestade, quando os salteadores atacarem a minha caravana, não apenas eles descobrirão que estão lutando com soldados, como também vão se ver atacados pelas costas. Outra tática que aprendi com o general Vatinius.

O conselheiro militar murmurou algo mais a Nero, que disse:

— Estratégia inteligente, Sebastianus Gallus. Mas como vai conseguir criar uma unidade de luta?

— Posso pedir que o meu mordomo se aproxime, Majestade? Ele não é um escravo, e sim um homem livre, veterano das legiões de elite de Roma.

Quando Primo deu um passo à frente, um olhar de admiração e espanto em seu rosto desfigurado, Sebastianus continuou:

— O que o meu homem de confiança me contou sobre estratégias de guerra, e sobre como vencer, se resume a três regras essenciais: atacar antes de ser atacado, declarar guerra no território do inimigo para que sua perda seja ainda maior, e usar o elemento-surpresa, pois esta é a arma mais mortal. Essas regras garantem a vitória, grande César, e Primo é um mestre nas três.

— Você espera mesmo que um único homem faça tudo isso? — indagou Nero com um ar de desdém.

Sebastianus não se sentiu ofendido.

— Embora Primo seja reformado do exército, ele ainda mantém as conexões militares, amigos que ainda servem ao império, de modo que tem entrada em todas as guarnições, nos fortes e nos quartéis. Além disso, Primo conhece muitos legionários reformados que estariam mais do que dispostos a lutar novamente por Roma. E ainda há mais — acrescentou Sebastianus, em preparação ao assunto: — Quando eu estiver nas rotas para o Oriente, mandarei espiões à frente, homens vestidos como o povo do local, para se misturarem às pessoas, conversarem nas tabernas e nas beiras das estradas, e se informarem sobre o que puderem sobre os ataques planejados. E então enviarei soldados à frente para se esconderem e se aproximarem de surpresa de todos os salteadores que estiverem à espreita.

— Diga-me uma coisa, Gallus — insistiu Nero, com seu ar de superioridade. — Como soube das estratégias secretas do general Vatinius? O comandante Vatinius fez uma entrada triunfal em Roma após sua vitória na Germânia, e como prêmio recebeu o comando das legiões na Britânia, onde no momento está aplicando as suas estratégias novamente. Mas como *você* descobriu o segredo dele?

Sebastianus sentiu vários olhos sobre ele, inclusive os de Ulrika, bem abertos, azuis e questionadores.

— Em Colônia, todos falam sobre essas estratégias, Majestade — respondeu Sebastianus —, pois foi assim que a batalha foi vencida. Elas não são mais um segredo.

Agripina inclinou-se para a frente e disse algo ao ouvido do filho. Com isso, os conselheiros do imperador aproximaram-se e se organizou uma conferência, com vários movimentos de cabeças grisalhas, ora concordando, ora discordando.

Quando os conselheiros de Nero encerraram a conferência, os homens idosos de togas afastaram-se do jovem de 16 anos, cuja voz adolescente ainda falhava, e César declarou:

— Muito bem, Sebastianus Gallus, é nosso desejo que você leve o *diploma* imperial para a China, a fim de realizar uma missão internacional com o governante do país. Ao longo do caminho, faça alianças com os monarcas e os chefes de tribos, oferecendo-lhes nossa proteção em troca de pequenos favores. Enviaremos presentes para esses governantes, a fim de demonstrar a generosidade romana, e em troca você trará exemplos dos recursos desses povos. Enviaremos também homens treinados em diplomacia estrangeira, que estabelecerão conexões políticas pelo caminho. É nosso desejo que, algum dia, as águias romanas protejam o mundo inteiro.

Nero bocejou então, e o capitão dos pretorianos rapidamente deu um passo à frente. Fazendo um sinal para seus guardas, ele reuniu os cinco e os escoltou para que se afastassem do trono. Mas não os acompanhou para muito longe. O capitão e seus guardas logo se retiraram, desaparecendo por trás de uma tapeçaria que escondia uma porta, e deixaram Sebastianus e seu grupo no tumultuado hall em total silêncio.

Finalmente, Sebastianus falou, e seu tom de voz denotava incredulidade quando contou a seus companheiros:

— Parece que ganhei a rota da China! Timonides, precisamos dos mapas astrais mais detalhados e precisos. Quero saber qual é o dia mais propício para a partida.

— É para já, mestre. Mas posso sentir em meus velhos ossos que a leitura será muito favorável. Depois da vitória de hoje à noite, como poderia ser diferente?

Timonides mal continha sua alegria. Não apenas não aconteceu a catástrofe que ele previra, como uma dádiva maravilhosa fora concedida a seu mestre!

China! Timonides ouvira grandes histórias sobre a comida naquele país, as iguarias, as raras delícias! Uma especialidade chamada arroz, macia e sutil, para ser misturada com carne ou legumes, fritos ou cozidos e temperados a gosto. E a Babilônia não se encontrava ao longo da rota? Ouvira também falar de um prato especial que consistia em barbatanas de peixe crocantes mergulhadas em óleo de gergelim e enroladas em pão. Seu estômago volumoso roncou. Mal podia esperar pelo início da viagem.

Saiu então às pressas levando Nestor pelo braço e prometeu que daquele dia em diante levaria uma vida exemplar. Não falsificaria mais horóscopos, não mentiria jamais sobre a leitura dos astros em benefício próprio.

Sebastianus disse a seu mordomo:

— Primo, você precisa começar a recrutar homens imediatamente, pois partiremos de barco para Antioquia o mais rápido possível.

— Sim, mestre — respondeu o antigo veterano com uma animação incomum.

Uma missão militar! Missão que envolvia estratégia e a arte da guerra. Seu rosto se iluminou de tal forma que quase fez desaparecer sua feiura, e sua mente de soldado despertou da sonolência, começando a buscar nomes, planos, estratégias, listas de suprimentos de que precisaria. Deu meia-volta e saiu.

Por fim, Sebastianus virou-se para Ulrika:

— Eu tenho uma enorme dívida com você — declarou, olhando para ela por um longo tempo, alheio à multidão se movimentando em torno deles, ciente apenas da proximidade dela. Ele queria que todas aquelas pessoas, aquele salão colossal, toda a cidade de Roma desaparecessem e os deixassem a sós. — Como posso lhe agradecer?

Ulrika mal podia respirar ao erguer a vista e olhar para ele. Sebastianus estava tão perto, seus olhos fixos nos dela, sua voz se sobrepondo a todo o burburinho, pois os ricos tons saídos de sua boca eram tudo o que ela ouvia. Ninguém mais existia, o mundo estava em silêncio e distante. Ela queria cair em seus braços, pressionar o corpo contra o dele, sentir o seu calor e sua força revigorante.

— Não precisa me agradecer — sussurrou ela, pensando: "Não quero me separar deste homem." — Mas vou lhe pedir um favor. Agora há pouco, você disse ao seu mordomo que estariam partindo para Antioquia. A minha mãe morou lá quando criança; foi criada na casa de Mera, a curandeira, até os 16 anos. Talvez ela tenha ido para lá com a minha família quando fugiram de Roma. Não consigo imaginar nenhum outro lugar para onde teriam ido. Preciso saber se ela está em segurança. E ela é a única pessoa que pode me dizer onde encontrar as piscinas cristalinas de Shalamandar.

Sebastianus sentiu-se aliviado. Temia que aqueles fossem os últimos momentos com ela, que eles tivessem de se despedir ali, naquele extraordinário salão.

— Levarei você a Antioquia com todo o prazer — garantiu.

Enquanto eles ficavam em silêncio, olhando-se nos olhos, pensando nas semanas e meses seguintes em que passariam juntos, pois Antioquia era distante — enquanto Sebastianus pensava empolgado na nova aventura que estava prestes a enfrentar e no reino mágico que se encontrava no final de uma estrada desconhecida, e enquanto Ulrika pensava em Antioquia, a terceira maior cidade do mundo e lar de muitos deuses, muitos templos e bosques sagrados, onde as respostas podiam ser encontradas —, nenhum dos dois viu a imperatriz Agripina dar ordens secretas a um escravo, que passou a seguir Primo em meio à multidão e o deteve à porta, para então o escoltar de volta ao trono, onde foi admitido por uma entrada escondida atrás de uma tapeçaria.

Em uma sala particular, onde chamas tremeluziam em lamparinas douradas, Primo, o leal soldado, ouviu palavras que o deixaram pálido e fizeram-no desejar nunca ter nascido. Pela primeira vez, em uma vida dedicada ao dever e à obediência às ordens sem questionamentos, Primo, o veterano, considerou fugir e certificar-se de jamais ser encontrado.

— Entendeu as ordens? — perguntou asperamente a imperatriz Agripina.

— Sim, senhora — respondeu ele, com tristeza, ao tomar conhecimento de que seu amado senhor, Sebastianus Gallus, estava no momento comemorando uma vitória vã. O que Primo, o amigo leal, descobriu foi que o novo imperador não era um benfeitor generoso, mas um inimigo muito perigoso e implacável.

LIVRO QUATRO
SÍRIA

13

Quando Ulrika viu a aparição por trás do dono da hospedaria enquanto ele limpava o balcão manchado, sem perceber a visita sobrenatural, ela pôs de lado seu copo de vinho morno, recostou-se na cadeira, fechou os ouvidos para as vozes suaves ao seu redor e se concentrou em desacelerar a respiração.

Nas semanas seguintes à descoberta que fizera na sala de audiências de Nero, de que controlar a respiração a ajudava a dominar suas visões, Ulrika passou a praticar o que considerava "respiração consciente". Foram necessárias várias tentativas — duas mais em Roma, três no navio ao atravessar o Grande Verde e uma na noite anterior, numa rua em Antioquia — para aprender que não apenas deveria respirar lentamente, mas num ritmo cadenciado, inspirando pelo nariz e expirando pela boca.

E então, naquela noite chuvosa, ela inalou os aromas da estalagem — os odores de cerveja choca, de cordeiro assado, da fumaça da lareira, onde as chamas crepitavam e afastavam o frio do inverno — e, enquanto se voltava para si mesma e acalmava a mente, lançou uma voz silenciosa pela sala fumacenta, através dos éteres sobrenaturais, e perguntou: "Quem é você? O que quer de mim?"

Ulrika ainda não sabia o que era a Clarividência, a natureza de seu dom especial. Mas, como suas visões consistiam principalmente em pessoas — de todas as idades e de todas as posições sociais —, ela supunha ser capaz de falar com os mortos. Supunha também que eles, sentindo que este ser humano seria um condutor ao mundo deles, buscariam entrar em contato com seus entes queridos através dela.

Ela observava o rapaz, de cabelos longos e com uma túnica simples, enquanto ele olhava para o dono da hospedaria com olhos comoventes. Um filho, talvez? "Diga-me a sua mensagem", ela expressou em silêncio, mas o jovem pareceu não notá-la e, como nas visões anteriores, por fim desapareceu.

Ulrika suspirou frustrada. Embora fosse capaz de manter as visões por mais tempo e, de alguma forma, fazê-las parecer mais sólidas e detalhadas, ainda assim elas desapareciam. Descobrira também, para sua decepção, que, enquanto havia feito progresso com as visões quando elas surgiam, não conseguia fazê-las vir a ela e ainda não tinha controle de quando nem onde elas se materializariam.

Na Renânia, a zeladora dos bosques sagrados lhe dissera que ela não conheceria seus mestres até que olhasse para trás. Ulrika via apenas Minerva. E a vidente egípcia lhe dissera que aceitasse uma chave, quando esta lhe fosse oferecida. Os quartos no andar de cima da hospedaria tinham portas com tranca, mas o dono não lhes oferecera nenhuma. Quem seria seu próximo mestre? E quando receberia uma chave — para quê?

Enquanto Timonides e Nestor, que compartilhavam a mesa com ela, consumiam sua refeição de peixe oleoso e alhos-porós cozidos, alheios à momentânea ausência de Ulrika daquele momento, ela voltou sua atenção para a entrada da taberna, onde a porta fechada mantinha o frio e a chuva distantes.

Onde estaria Sebastianus? Naquele dia, ele fora cedo à cidade. Teria se perdido?

A hospedaria era localizada ao norte do Bairro Judeu em Antioquia, numa ruazinha estreita e ladeirosa, chamada de Rua do Mago Verde por razões desconhecidas por todos, uma vez que nenhum mago morava ali, e não havia árvores, nem arbustos, nem folhagens de espécie alguma. E era um labirinto, onde um homem poderia facilmente perder a direção. Como já era quase meia-noite, o tempo lá fora, inclemente, Ulrika temia que ele tivesse se perdido, ou pior.

Ela tentou se despreocupar, mas a hospedaria estava vazia e coberta de sombras. Ninguém atravessara a porta da frente na última hora, e uns poucos hóspedes permaneciam naquela atmosfera fumacenta. Dois carpinteiros muito embriagados reclamavam da falta de trabalho, recostados sobre o balcão com canecas de cerveja nas mãos, e três mesas acomodavam hóspedes que dormitavam num estado de embriaguez. O dono era um homem corpulento alegre, que estava bêbado de tanto provar sua própria mercadoria.

Ulrika sentiu o coração disparar e os batimentos se acelerarem. Havia descoberto que, em sua respiração consciente, não apenas conseguia manter maior controle sobre suas visões, mas que passara a se beneficiar de uma tranquilidade interior maior. Ela então desacelerou a respiração, lembrando-se de que Sebastianus deixava a estalagem todas as manhãs e sempre conseguia achar o caminho de volta através de ruelas sinuosas e superpopulosas. A caravana para a China seria a maior que ele jamais conduzira e, por isso, tinha muito o que organizar e administrar.

E, uma vez mais, Ulrika se impressionava com a rede de amigos e conexões de Sebastianus. Mesmo naquela cidade tão distante de Roma, ele parecia conhecer muitos homens que lhe deviam favores ou que simplesmente se dispunham a ajudar.

Entretanto, o sujeito que ele saíra para procurar naquela noite não tinha nada a ver com a caravana. Ele estava ajudando Ulrika em sua busca. Ela não havia encontrado sua mãe em Antioquia. Decidira, então, verificar se alguém naquela cidade portuária ouvira falar das piscinas cristalinas de Shalamandar. Sebastianus havia indagado e conseguido informação a respeito de um eremita que vivia nos ermos de Daphne, fora de Antioquia, um estrangeiro chamado Bessas que viera para aquela cidade síria muito tempo atrás e que, dizia-se, detinha conhecimento sobre lugares raros e esotéricos. Mas Ulrika fora avisada de que ninguém jamais conseguira obter essa informação do velho eremita. Nada havia funcionado, diziam todos. Subornos, argumentações, súplicas, nem mesmo ameaças.

Sebastianus dissera que *ele* conseguiria obter a informação do velho, e Ulrika acreditara nisso, pois Sebastianus Gallus podia ser um homem muito persuasivo. Ele estaria visitando o eremita naquele momento, e Ulrika rezava para que fosse bem-sucedido.

O relógio, num canto da taverna — uma urna de pedra marcada com as horas, da qual pingava água, abaixando o nível a cada hora —, naquele momento indicava que já passava da meia-noite.

Ao sentir um puxão em seu braço, Ulrika virou-se e viu Nestor oferecendo-lhe um belo pêssego. A moça agradeceu e mordeu a fruta suculenta. Desde o episódio com o falso pedinte cego em Pisa, Nestor a seguia como um cãozinho, sorrindo com adoração e dando-lhe presentinhos. Ulrika não se importava. A inocência infantil dele, no corpo de um adulto tão grande, e a ingenuidade de sua natureza a emocionavam.

Ela suspeitava de que Nestor tinha uma fraca percepção de tempo e distância, de que, muito provavelmente, o ataque que sofrera do mendigo parecia, para ele, ter ocorrido no dia anterior e naquela cidade. Por causa disso, ao contrário do que acontece com a maioria das pessoas, sua lembrança do fato jamais desapareceria, como também não desapareceria sua gratidão a ela, por tê-lo salvado.

Ela voltou-se para a entrada da hospedaria, onde esperava ver logo Sebastianus de volta, e sentiu o coração se abalar. Sebastianus passara a residir ali; ela o carregava em seu peito e em seus pensamentos dia e noite. Quando estava na presença dele, seu corpo se aquecia, e ela ansiava pelo toque dele. Jamais sentira tamanho desejo. Uma vez, quando partiram de Roma, houve uma tempestade durante a viagem, e Sebastianus a tomou nos braços e a confortou enquanto o navio sacudia impiedosamente em alto-mar. Ulrika achou que eles iriam se beijar, que fariam amor. Mas ele nunca deu esse passo crucial.

Ela vira a maneira como Sebastianus a olhava quando pensava que ela estava distraída e sabia que ele gostaria de seu toque. Ambos arranjavam desculpas para estar na companhia um do outro. Mas nenhum dos dois se atrevia a dizer palavras que não pudessem ser retiradas. Ela sabia que era porque eles não eram livres. Ambos eram comprometidos com destinos independentes.

Ao terminar o pêssego, uma fruta rara que era trazida da China havia muitos anos e por muitas caravanas audaciosas, ela viu a presença da fruta na hospedagem naquela noite em particular como um sinal de que Sebastianus estava no caminho certo.

Os olhos dela se voltaram uma vez mais para o relógio, e sua preocupação aumentou.

— Eu rezo para que meu mestre seja bem-sucedido — disse Timonides, quando também viu a hora e se perguntou onde estaria Sebastianus.

Teria ele conseguido achar o eremita Bessas? Teria descoberto a localização das piscinas cristalinas? Timonides não sabia que estratagema Sebastianus usaria, nem por que seu teimoso e jovem mestre achava que funcionaria quando outros haviam fracassado, mas esperava que Sebastianus fosse bem-sucedido.

— Se não — resmungou Timonides enquanto raspava o prato oleoso com um pedaço de pão, pegando cebolas fritas e os restinhos de peixe —, meu mestre devia arrancar a cabeça daquele patife e *escavar* de lá a informação!

O fogo crepitava e as fagulhas subiam. Nestor sorriu e, em seguida, deu uma risadinha. O queixo dele estava gordurento do jantar, sua túnica toda manchada, mas Timonides cuidaria dessas coisas mais tarde, como sempre fazia. Nestor impressionara o dono da hospedaria mais cedo reproduzindo uma das especialidades exclusivas do homem — um prato fino, feito com nozes picadas e mel. Ao longo dos anos, vários donos de hospedarias e donas de casa ricas haviam tentado comprar o filho de Timonides — com o talento que o rapaz tinha, eles poderiam roubar as receitas secretas de renomados *chefs* de Roma e servi-las em sua própria mesa. Porém Timonides jamais o **venderia**, e não era apenas porque ele próprio apreciava o talento especial de seu filho. Nestor era o centro do universo para o velho grego, e para Timonides o filho não era um idiota mas apenas um garoto muito meigo. Não importava que Nestor não tivesse ideia de onde eles estavam no momento, nem para onde iriam em seguida. Nem mesmo a viagem marítima o incomodou, pois ele ficara na balaustrada do navio, sorrindo para o mar. E, em breve, visitariam outros lugares diferentes que deleitariam o homem-criança.

Se ao menos eles partissem!

Timonides estava cansado de permanecer tanto tempo em Antioquia. E levara um mês para finalmente chegarem ali. Após obter uma embarcação de transporte para a mercadoria de Sebastianus e seus escravos, a viagem foi primeiro prorrogada por um sonho ruim que o capitão do navio teve na noite anterior à partida. O segundo atraso, quando já estavam prestes a partir, foi causado por um corvo visto em cima de um dos mastros — um terrível mau agouro para os navegantes. Mas, após uma semana de adiamentos como esses, o *Poseidon* finalmente zarpou e, com o bom tempo a seu favor, chegaram a Antioquia dez dias depois.

Porém um mês já se passara. Eles haviam celebrado o solstício de inverno. Céus cinzentos pairavam sobre a cidade, e a chuva caía o dia inteiro. Mesmo assim, não fora um mês passado no ócio. Primo, que se hospedara nos alojamentos da guarnição romana local, havia passado os últimos trinta dias recrutando e treinando homens para sua unidade militar especial, exercitando-os, armando-os e preparando-os para a perigosa viagem que os esperava, e especialmente ensinando-lhes as estratégias secretas e as táticas militares que iriam usar. Sebastianus, nesse ínterim, ocupara-se em organizar sua gigantesca caravana, comprando camelos e escravos, reunindo-se com comerciantes, adquirindo mercadorias, consultando os banqueiros — tudo o que dizia respeito ao comércio. Timonides, é claro, havia passado os dias no estudo dos corpos celestes, seus alinhamentos, suas casas, ascendentes e descendentes, prestando atenção especial à lua, às constelações e aos planetas. Aquela missão para a China não podia fracassar. Espalhava-se que Nero irritava-se facilmente e não gostava de decepções.

Quando o ribombar de trovões abalou a hospedaria centenária, Timonides olhou através da penumbra esfumaçada para Ulrika, que mantinha os olhos fixos na porta da rua.

"Ela era muito útil com sua caixa de remédios", ele pensou, lembrando-se de como na viagem saindo de Roma sofrera um enjoo tão forte no barco que não conseguia comer. Uma vez mais, Ulrika fora em seu auxílio, dando-lhe um tônico feito com uma rara e valiosa espécie de raiz chamada gengibre. Funcionara, e Timonides conseguiu voltar a comer, ficando então duplamente em dívida com ela!

Quando estavam em Óstia, aguardando a partida de barco, Ulrika surpreendera Timonides ao sugerir que ela poderia ajudar Nestor. Não sua mente, claro, pois isso não podia ser remediado. Mas Nestor nunca aprendera a falar adequadamente além de emitir algumas sílabas confusas. Timonides entendia o que o rapaz dizia, mas para todos os outros eram sons inarticulados. Ulrika supunha que Nestor tivesse o que se chamava de "língua presa". Sua própria mãe, ela disse, nascera com a língua presa, que foi solta quando completou 7 anos. Ela recomendou que Timonides levasse o filho a um médico habilidoso com o bisturi. Timonides ficou tentado, mas então pensou: "Será que eu quero mesmo que Nestor fale?" As pessoas já não zombavam dele o suficiente do jeito que era? E se, ao aprender a falar, Nestor perdesse seu dom para a culinária? Essas coisas eram conhecidas, consequências inesperadas da boa sorte, uma troca, por assim dizer, sendo os deuses dados a caprichos, como era sabido.

Não, o melhor seria deixar as coisas como estavam. Principalmente porque ele tinha assuntos prementes que exigiam sua atenção, em especial o problema da catástrofe que continuava a se revelar no futuro de seu mestre. A primeira vez que Timonides notou a possibilidade do surgimento de uma calamidade para Sebastianus, em Forte Bonna, meses antes, ficou alarmado. Mas, à medida que observava os astros e mapeava seus cursos, e à medida que observava o mau augúrio continuar a se insinuar no futuro — que parecia se deslocar no tempo como o próprio Sebastianus —, o pânico de Timonides se transformou numa disposição mais objetiva.

Não restava dúvida: algo terrível aguardava seu mestre, pairando como uma nuvem escura no horizonte, mantendo-se ao longe sempre, independentemente da velocidade com que se viajasse em direção a ela. Mas onde e quando a catástrofe aconteceria ninguém sabia. Timonides deixara de se culpar por isso e não inventara uma única mentira desde que partiram de Roma — permanecera em seu padrão nobre usual, demonstrara o maior respeito e admiração aos deuses e à astrologia, mantivera-se moral e fisicamente limpo e puro, e chegara àquela noite chuvosa sentindo-se espiritualmente imaculado e sem faltas.

Portanto, qualquer que fosse a catástrofe e quando quer que ela acontecesse, ninguém poderia culpar Timonides, o astrólogo, por isso.

QUANDO SEBASTIANUS SUBIU a rua estreita, inclinando-se sob a chuva e ansiando por um fogo quente e vinho temperado, ele pensou nas excepcionais séries de acontecimentos que o levaram àquele ainda mais notável momento.

No dia seguinte eles partiriam para a Babilônia! E depois da Babilônia... Ele devia sua boa sorte a Ulrika.

Sebastianus não estaria ali naquela noite, prestes a embarcar na aventura de uma vida, se Ulrika não tivesse lhe contado os extraordinários fatos da estratégia de batalha secreta de Gaius Vatinius. Embora o grifo de Adon e as gêmeas siamesas de Gaspar fossem muito mais interessantes para um rapaz de 16 anos, os experientes conselheiros de Nero viram mérito num chefe de caravana mercantil que pudesse garantir a passagem segura de mercadorias e embaixadores imperiais para o Extremo Oriente, expandindo, assim, o alcance do império.

E Sebastianus tinha certeza de que seria bem-sucedido. Primo vinha trabalhando com a unidade que ele próprio escolhera, treinando-a incansavelmente; uma pequena força bélica de mercenários, veteranos leais, gladiadores aposentados e peritos atiradores com arcos e flechas. Uma unidade a se temer.

Ele devia tudo a Ulrika, e agora tinha um presente para ela!

Sebastianus aproximou-se da estalagem, cuja placa balançava ao vento. Ninguém conseguia lê-la, pois as lamparinas haviam sido apagadas pela chuva. Mas a Hospedaria do Pavão Azul permanecera firme no lugar durante gerações, um farol acolhedor no inverno e um abrigo refrescante no verão, que oferecia comida e bebida ao viajante cansado, um local de encontro para aqueles que moravam na rua do Mago Verde. E lar temporário para Sebastianus e seus três companheiros.

Ulrika dormia no quarto ao lado do dele, no andar acima da hospedaria, e Timonides e Nestor compartilhavam um terceiro. Mas o sono não chegava a Sebastianus. Ele virava-se na cama, irrequieto, acordava de hora em hora e chutava o cobertor, apesar da noite de inverno. Sonhava com Ulrika, assim como ela ocupava seus pensamentos durante o dia. Diversas vezes, quando a tomou nos braços durante a tempestade ao mar, ou numa carruagem oscilante, ou ainda quando atravessavam um mercado lotado de pessoas, estivera bem próximo de revelar seus sentimentos. Porém ela ainda estava sob sua proteção enquanto chefe de uma caravana, e aquela era uma regra pessoal que Sebastianus jamais transgrediria.

"E como ela se sentiria em relação a *ele*?", ele se perguntava ao empurrar a pesada porta encharcada de chuva. Havia momentos em que Sebastianus a surpreendia olhando para ele. Em outras ocasiões, ela parecia se aproximar dele, ou tocar nele mais do que era necessário. Se ao menos pudesse abraçá-la uma vez, beijá-la, acariciá-la...

Sebastianus entrou na estalagem anunciando em voz alta sua grande novidade: Ele havia encontrado Bessas e apresentado ao velho eremita uma proposta irrecusável!

Timonides ficou de pé de um salto, ofegante ao fazer isso. Os outros hóspedes já haviam ido embora, o dono desaparecera em seus aposentos particulares, e Nestor subira para dormir. Somente o astrólogo e Ulrika permaneceram ali.

— Ele lhe disse como achar Shalamandar? — perguntou Timonides.

Ulrika levantou-se e foi até Sebastianus, tomando-o pelo braço, conduzindo-o para a lareira e tirando-lhe o manto encharcado dos ombros. Um copo de vinho morno o esperava, e ela colocou-o entre as mãos frias dele.

Sebastianus ficou em silêncio por um instante, preenchendo seus olhos com a visão daquela moça de cabelos claros, sua silhueta destacando-se em frente a um fogo que se extinguia. "Eu gostaria", disse Sebastianus em silêncio, "de poder lhe oferecer muito mais. Gostaria de poder encontrar sua mãe para você, ou explicar o dom que lhe foi concedido pelos deuses. Gostaria de tomá-la em meus braços e nunca mais soltá-la."

Em vez disso, ele deu um gole no vinho e falou:

— Bessas sabe, de fato, onde ficam Shalamandar e as piscinas cristalinas. Melhor ainda, ele nos indicará o caminho.

— E acredita nele? — indagou Timonides. — Ele não irá pegar o dinheiro e desaparecer?

Sebastianus sorriu ao olhar Ulrika nos olhos.

— Bessas é um homem santo, e as pessoas que vivem nos arredores de Daphne o reverenciam, levam comida e oferendas para ele e abençoam seu nome. Dizem que o eremita trouxe sorte para elas. E ele não pede dinheiro.

— Mas ele lhe disse como encontrar Shalamandar? — insistiu Timonides, irritado. Ele percebera esse amor florescer entre Sebastianus e Ulrika nas últimas semanas, e, sabendo que nada resultaria daquela união, desejava que seu mestre achasse uma cura para isso!

— Ele disse que nos conduzirá até lá — respondeu Sebastianus ao se voltar para o astrólogo. — Ofereci a Bessas o que ninguém mais havia considerado, o que todos os viajantes em terras estrangeiras desejam: uma passagem de volta para casa. Vamos partir para a Babilônia pela manhã!

TIMONIDES ACORDOU COM OS INTESTINOS REVOLTOS. Gemendo baixinho, levantou-se da cama e saiu andando descalço pelo chão de madeira, amaldiçoando-se por ter-se servido pela terceira vez de alhos-porós. A mulher do dono da hospedaria os havia cozido em muito óleo, e agora ele pagava por isso.

Uma tábua do assoalho rangeu. Ele parou e olhou para a outra cama, que era um saco cheio de palha no chão, forrada com cobertores de lã. Não queria acordar Nestor, que às vezes tinha dificuldade de voltar a dormir.

Timonides piscou os olhos na escuridão. A chuva cessara, e as estrelas estavam visíveis. A luz penetrava pelas frestas das venezianas e revelavam uma cama vazia. Onde estaria Nestor?

Concluindo que o filho saíra para fazer alguma necessidade, Timonides retomou seu caminho pelo pequeno quarto para procurar em seu saco de viagem um pó para indigestão que ele sempre levava consigo. Algumas pitadas num copo de água, e seus intestinos se acalmariam.

Ao ouvir o barulho da porta, ele murmurou:

— Volte para a cama, filho, eu estou bem. — Ele sabia que Nestor se preocupava com o pai.

Mas, em vez de resmungar "Sim, papai, boa noite", Nestor permaneceu parado à porta.

Timonides virou-se para repreendê-lo. Nestor sorria e, em sua mão direita ele segurava um saco firmemente.

— O que é isso agora, hein? — perguntou Timonides, olhando para o saco. — O que tem aí?

O sorriso de Nestor se alargou quando ele ergueu o saco.

— Reeka — respondeu, encantado.

Timonides foi até ele, praguejando contra o alho-poró, a mulher do dono da hospedaria, o inverno e a vida em geral.

— Um presente para Ulrika? A esta hora?

Ele estendeu a mão, perguntando-se em que o garoto havia se metido — Nestor tendia a trazer flores para Ulrika, ou pedrinhas coloridas —, e pegou o saco, pensando que continha um melão de algum tipo, pelo peso e pela forma.

Rezando para que seu filho não tivesse roubado aquilo, e para não ter de procurar o dono pela manhã e explicar as coisas, Timonides abriu o saco e olhou para dentro, franzindo o nariz, ajustando a vista à pouca luz ambiente.

— O que... — começou ele. Apertou os olhos. Aproximou mais o saco.
— Eu não...

E então...

Timonides gritou.

Deixou cair o saco, tropeçou para trás e caiu sobre as nádegas.

— Nestor! — gritou ele. -- Nestor! O que você fez?

O presente de Nestor era a cabeça de Bessas, o homem santo que todos em Antioquia reverenciavam.

14

Demorou muito tempo até Timonides conseguir se levantar. Então foi só o tempo de correr para a pequena janela, abrir as venezianas e pôr a cabeça para fora para vomitar na rua embaixo. Começou a sentir um suor frio e deixou o ar da noite revigorá-lo.

A cabeça de Bessas...

O que teria acontecido com Nestor?

Com a mente girando, Timonides fechou os olhos e tentou pensar. À medida que o suor lhe escorria pelo rosto e pingava do nariz — à medida que era acometido por onda após onda de náusea —, lembrava-se das palavras que dissera mais cedo em frente à lareira: "Meu mestre devia arrancar a cabeça daquele patife e *escavar* de lá a informação!"

Ali estava Nestor com aptidão para duas coisas: tomar as palavras literalmente e querer sempre agradar. Especialmente a Ulrika.

— Por todos os astros! — sussurrou, sentindo os alhos-porós revirarem em seu estômago e subirem pela garganta novamente. Ele vomitou mais duas vezes antes de pôr a cabeça para dentro, mas então ficou receoso de seu grito ter sido ouvido. No entanto, as paredes de tijolos de barro da hospedaria eram espessas. Se tivesse acordado outras pessoas, já teria sabido. A noite continuava em seu silêncio objetivo, e Timonides estava sozinho com um problema monstruoso nas mãos.

Um problema que crescia em dimensão e proporção à medida que diversos fatos começavam a ser assimilados: em primeiro lugar, o fato de Sebastianus ter dito que as pessoas acreditavam que Bessas havia trazido boa sorte para elas.

E não iriam aceitar pacificamente que homens santos fossem decapitados.

Conforme compreendia a dimensão do ato de Nestor, Timonides sentia seus ossos e músculos se dissolverem. Temia desmaiar. Mas precisava manter o coração forte e a mente lúcida. O que iria fazer?

"Eles virão atrás do meu filho..."

Pois era evidente que Nestor, que continuava ali sorrindo, alheio ao que havia feito, certamente não teria tido o cuidado de praticar seu terrível ato sem ser visto, nem teria encoberto seus rastros. Conhecendo o filho, ele poderia até ter mostrado seu "presente" a um passante! O clamor público já teria se iniciado, os guardas estariam percorrendo as ruas naquele exato minuto para levar Nestor à execução certeira.

As pernas de Timonides fraquejaram, e ele caiu no chão. Vão crucificar o meu filho...

ENQUANTO OBSERVAVA SEU PAI sentar-se no chão, Nestor pensava no presente que havia trazido e estava inteiramente satisfeito consigo mesmo. Não fizera aquilo pelo pai, e sim pela moça de cabelos brilhantes.

Nestor amava Reeka e faria qualquer coisa por ela; ela falava com ele tão carinhosamente, acalmava-o, dizia-lhe que tudo iria dar certo. Ele amava ouvir aquela voz. Era uma carícia a sua mente. Como o toque de uma mãe.

Ele deu uma risadinha quando olhou para o saco no chão. Com os mecanismos simples de sua mente, Nestor havia entendido que papai e tio Sebastianus estavam à procura de uma piscina. Eles esperavam levar Ulrika até lá para fazê-la feliz. Mas papai e tio Sebastianus pareciam estar tendo dificuldade em encontrar a piscina, e havia um homem que sabia onde ela ficava, mas não queria contar. Papai afirmou que ela podia ser arrancada do cérebro dele. Tio Sebastianus disse que o homem vivia numa cabana próxima à enorme estátua de Daphne. Nestor lembrava-se da estátua, porque era cômica, uma mulher com galhos de árvores que cresciam em seus cabelos. Papai precisava tirar a piscina do cérebro do homem, então ele estava ali!

Um presente para Reeka, a moça de cabelos brilhantes.

AO ERGUER A CABEÇA CANSADA, Timonides olhou para o filho, ainda à porta com um sorriso no rosto, e sentiu o coração partir-se num milhão de pedaços.

De repente, sentiu-se grande, pesado e estúpido, o astrólogo que podia ler as mensagens nos astros com tamanha precisão que poderia aconselhar uma pessoa a escolher feijão no lugar de lentilhas para o jantar — um homem que podia erguer o rosto para a abóbada escura da noite, identificar Vênus e dizer exatamente onde o astro estaria dentro de uma hora, um mês — um homem que poderia fechar os olhos e apontar diretamente para Marte, vermelho e distante, enquanto outros homens procurariam de olhos bem abertos e diriam: "Onde está?"

Um homem de precisão e controle, mas cuja vida havia se desmanchado numa miríade de fibras que constituíra sua trama.

"É isso", pensou ele, entregando-se, cansado. "Esta é a catástrofe que foi prevista. E é culpa minha. Eu fui responsável por isto. Usei os astros e minha profissão sagrada em benefício próprio. Quis manter a moça e seus poderes de cura ao meu lado, e ao fazer isso causei uma calamidade para mim mesmo e para a casa de meu mestre. Somente eu posso consertar isso."

E havia apenas um caminho. Timonides, o astrólogo, teria de mentir novamente.

"Minha punição", ele pensou, "por ter mentido na primeira vez." E a punição, ironicamente, era que ele estava fadado a continuar a mentir. Jamais poderia, pelo tempo que vivesse, dizer a Sebastianus a verdade do que acontecera naquela noite.

Erguendo o corpo pesado do chão, procurou um plano na noite fria. Eles teriam de deixar a cidade imediatamente e estar bem distante antes que o magistrado tivesse condições de identificar o assassino que matara Bessas, o santo eremita, a sangue-frio. *Será fácil convencer Sebastianus a partir com rapidez. Ele sempre obedece aos astros...*

Timonides resmungou ao lembrar-se subitamente de Ulrika. Não podia permitir que fosse com eles, pois Nestor continuaria a cometer crimes para agradar à moça.

"Direi que fiz o horóscopo dela e que descobri que sua mãe mora em Jerusalém."

Sebastianus perguntará sobre Bessas. Direi a ele que o eremita não é confiável.

Timonides disse a Nestor para ir dormir, garantindo-lhe que o presente dele era bom e que papai estava contente, e dirigiu-se ao seu pacote de viagem para pegar a caixa de mapas e seus instrumentos. O velho astrólogo sentiu o peso do mundo nos ombros. Ele não queria fazer isso — não queria mentir novamente, blasfemar, cometer um sacrilégio, enfurecer os deuses e fazer sua ira recair sobre sua cabeça. Mas não tinha escolha. Ele devia salvar o filho, mesmo à custa de sua própria alma imortal.

Ao cuidar de Nestor quando ele era um bebê, Timonides aprendera uma verdade primordial: não era o pai que criava o filho, mas o filho que criava o pai. E enquanto outros viam no menino um simplório, Timonides, o homem que acreditava na transmigração das almas, olhou para além das feições rústicas e pensou na alma migrante que assomava por trás delas. Talvez Nestor possuísse a alma reencarnada do maior filósofo que já existira.

De qualquer forma, filho precioso ou grande filósofo, não podia deixar que ele fosse executado.

Depois de acender uma lamparina, começou a preparar o horóscopo de seu mestre, na esperança de encontrar alguma verdade em meio à falsidade. Não realizou seu ritual de tomar banho, rezar e vestir roupas limpas, pois a mentira só o faria sujar-se novamente.

Entretanto, enquanto fazia seus cálculos, registrava os números, anotava os graus e os ângulos, observava os signos solares e as casas lunares enquanto Antioquia dormia e os astros circulavam acima, alheios ao astrólogo, que suava ao calcular suas equações e números na Hospedaria do Pavão Azul, ele viu surgir um novo e inesperado indicador.

Timonides ficou paralisado. Sussurrou uma imprecação. Esfregou o rosto suado. Pegou sua pena e recalculou.

Por fim, Timonides recostou-se na cadeira horrorizado. Não havia dúvida: os aspectos dos planetas que seguiam em trânsito para o planeta de nascimento de Sebastianus definitivamente indicavam uma nova direção para ele! Os deuses, por meio de seu preciso arranjo dos corpos celestes, eram visivelmente claros em sua nova mensagem: De Antioquia, Sebastianus deveria dirigir-se *para o sul* — ele e Ulrika estavam prestes a seguir juntos numa viagem para o sul.

Timonides fechou os olhos e sentiu a garganta seca. Calamidade após calamidade! Sua condenação estava selada, pois ele não apenas falsificaria um horóscopo, como também desobedeceria à inequívoca mensagem divina nos astros.

Muito contrariado, mas sabendo que não tinha escolha, e que eles tinham muito pouco tempo, Timonides atravessou o corredor apressado e bateu com força na porta de seu mestre.

Ulrika não estava dormindo quando a batida soou à sua porta. Acordara mais cedo com um grito e ficara deitada no escuro, tentando discernir se o barulho havia sido real ou um sonho. Ouviu então vozes abafadas, um momento de silêncio, seguido de passadas pelo corredor, uma batida a uma porta, e mais vozes abafadas, porém altas dessa vez, e parecia haver urgência.

Ela estivera a ponto de levantar-se para ver qual era o problema, quando uma batida anunciou alguém ali. Ao abrir a porta, viu Sebastianus do outro lado. Era óbvio que fora acordado, que apressado jogara um manto sobre os ombros, e na parte inferior usava apenas um pano enrolado nos quadris.

Quando ele a fitou por um instante, Ulrika percebeu a pouca roupa que ela própria usava. Estava de camisola — uma camisa longa que ia até os joelhos — e seus cabelos estavam desalinhados e caídos sobre os seios. Sentiu-se nua.

Recompondo-se, Sebastianus falou:

— Ulrika, Timonides disse que a sua mãe está em Jerusalém.

— A minha mãe! O que...

O astrólogo se adiantou balançando uma folha de papiro.

— Sim, sim, não há dúvida sobre isso. Sua mãe está lá, vivendo com amigos.

Ela piscou e olhou de Sebastianus para o astrólogo.

— Mas por que está fazendo uma leitura dos astros a esta hora? E por que minha...

Timonides falou rapidamente:

— Acordei com um sonho que me mandava olhar pela janela, e vi uma estrela cadente no céu. Sabia que isso era uma mensagem para eu fazer o horóscopo de meu mestre, e lá estava o resultado! Uma nova mensagem dos deuses. Meu mestre deve deixar Antioquia imediatamente e dirigir-se à Babilônia, e você deve ir para Jerusalém.

— Nós moramos em Jerusalém durante algum tempo — comentou Ulrika —, na casa de uma mulher chamada Elizabeth.

— Sim, sim — continuou Timonides enquanto caminhava vacilante para fora do quarto —, você deve ir imediatamente para Jerusalém, encontrar sua mãe antes que ela vá embora. A casa de Elizabeth...

A voz de Timonides desapareceu gradualmente pelo corredor, e Ulrika se viu sozinha com Sebastianus, seus olhos se encontrando na penumbra, palavras silenciadas em seus lábios.

— Minha mãe pode me ajudar. — Ulrika se escutou dizendo, sua respiração ofegante ao ver o peito nu de Sebastianus por entre as dobras de seu manto desarrumado, perguntando-se por que não estava mais animada com as notícias do astrólogo. — Ela me dirá onde fica Shalamandar e as piscinas cristalinas.

— Eu levo você para Jerusalém...

Ulrika pôs as pontas dos dedos nos lábios dele.

— Não, Sebastianus, você deve continuar em direção ao leste. Precisa partir de madrugada, como mandam os astros.

Eles ficaram em silêncio, mantido pela noite e pela excitação. O desejo queimava em seus olhos, e eles percebiam que a atração era mútua. Mas ambos estavam presos pelo dever e pelos juramentos feitos muito antes de se conhecerem.

Ele, por fim, conseguiu falar:

— Vou mandar Syphax e um contingente de homens com você para que fique bem protegida.

— Obrigada — agradeceu ela, pensando que uma vez mais aquele homem forte e poderoso fora em seu auxílio. Ulrika conhecia Syphax, um númida de expressões rígidas, do litoral norte da África, que oferecera seus serviços como guarda-costas e mercenário. Ele escoltava e protegia as caravanas de Sebastianus já fazia seis anos, e ela sabia que ele era confiável.

Sebastianus acrescentou:

— Ele a entregará com segurança aos cuidados da sua mãe em Jerusalém. — Então olhou para ela por um longo tempo e depois, num impulso, envolveu seus ombros, puxou-a contra si e disse com voz grave: — Ulrika, se tudo der certo e os deuses quiserem, chegarei à Babilônia dentro de seis semanas. Estou planejando partir para o Extremo Oriente só depois do festival do solstício de verão, pois o dia seguinte é o mais propício do ano para se iniciar uma longa jornada. Após encontrar a sua mãe e descobrir como chegar a Shalamandar, me encontre na Babilônia. Esperarei até o último minuto possível, antes de partir para a China.

— Sim — sussurrou ela. — Eu me encontrarei com você na Babilônia. — Ela ergueu o braço e tocou no queixo de Sebastianus, e, quando as pontas de seus dedos tocaram nos pelos finos e bronzeados da barba curta dele, ela viu...

Sebastianus franziu o cenho.

— O que foi?

Ulrika abriu a boca, mas não conseguia falar.

Ele esperou, perguntando-se se ela estaria tendo uma visão. Ele presenciara a cena uma vez, vira suas delicadas narinas arquearem-se, suas pupilas dilatarem-se. Ela empalideceu, e a pele em suas têmporas se tensionou.

Do lado de fora, sobre a adormecida cidade de Antioquia, uma nuvem atravessava a lua e as estrelas brilhantes, lançando as dependências da hospedaria na escuridão. Momentaneamente incapacitados de enxergar, Sebastianus e Ulrika notaram que seus outros sentidos se intensificaram. Sebastianus sentia o calor da pele de Ulrika sob suas mãos enquanto a abraçava, fazendo-o imaginar a suavidade dos cisnes e da névoa. Ulrika sentia o cheiro da chuva ainda nele e lembrava-se de florestas verdejantes e campinas. Ele ouvia as suaves respirações dela. Ela sentia o calor dele.

E então a nuvem passou, como uma grande trirreme pelo oceano da noite, e a luz dos astros banhou novamente o pequeno cômodo da hospedaria. Sebastianus viu um rosto feminino pálido. Ela viu olhos da cor de uma campina.

— Há traição no seu grupo — anunciou ela, por fim. — Um de seus homens, próximo a você, o trairá.

— Quem? Qual deles?

— Não sei. Não consigo ver o rosto.

A verdade era que não havia rosto para ser visto, pois ela não tivera, de fato, uma visão, e sim uma *sensação*. No momento em que as pontas de seus dedos tocaram o rosto de Sebastianus, a mais esmagadora sensação de frustração e desilusão a invadiu. Traição extrema. Como um golpe físico, e iria abater Sebastianus Gallus.

— Será talvez um dos recrutas de Primo?

Ela fez que não com a cabeça.

— É um amigo.

— Eu confio em todos os que estão próximos a mim — disse ele —, mas também confio em *você*, Ulrika, e em seus instintos. Então vou ter cuidado e ficar atento. Diremos adeus pela manhã, quando partirmos do caravançará.

Ulrika o observou seguir pelo corredor e entrar no próprio quarto. Ao fechar a porta, recostou-se nela e se dirigiu aos deuses em voz baixa:

— Por favor, tomem conta desse homem. Protejam-no. Tragam-no em segurança de volta para mim.

Sebastianus não teve sequer de bater. Ulrika já sabia que ele havia voltado e parara do lado de fora da porta. Ela a abriu, e lá estava ele, sem o manto, peito nu e braços expostos, um olhar de desejo e incerteza em seu rosto. Ele estendeu a mão, e Ulrika viu a concha de vieira de um antigo altar na Galiza.

— Fique com isto — pediu. — Possui um grande poder.

Ela pegou a concha, prometendo usá-la sempre.

— Eu preciso tocar em você — sussurrou Sebastianus.

Ela fitou-o e sentiu os olhos dele abraçá-la, atraí-la para seu interior, para sua mente e seu coração.

— E eu, em você — respondeu ela.

Eles se aproximaram ao mesmo tempo, seus braços deslizando perfeitamente pelo corpo um do outro, penetrando e contornando os lugares certos, Ulrika rendendo-se ao refúgio que tanto desejara, e Sebastianus sorvendo a doçura por que sempre ansiara. Suas bocas se encontraram com ardor e paixão. Entregavam-se um ao outro. As mãos apressavam-se em explorar, segurar, pressionar. Respirando com dificuldade, sussurravam palavras através de lábios comprimidos:

— Eu quero...

— Eu preciso...

— Você é...

— Nós somos...

Ulrika pressionou seu corpo contra o de Sebastianus e sentiu sua firmeza. Ela estava em chamas, ou assim parecia; sua pele quente, úmida e desejosa de ser devorada pela boca galego. E Sebastianus ansiava por conhecê-la profundamente, unir seu corpo e força vital aos dela, fazer-se um com ela, tornando-a parte dele.

Porém naquele instante ouviram um ruído, pisadas fortes, e a voz rabugenta de Timonides no quarto ao lado enquanto, aparentemente, preparava a bagagem e reclamava, referindo-se à urgência com que precisavam partir.

Com relutância, Sebastianus recuou.

— Parece que não podemos desfrutar sozinhos de nenhum momento — reclamou, olhando para a parede que quase vibrava com a energia despendida na atividade do astrólogo. — Timonides não estava brincando quando disse que os astros comandavam nossa partida imediata.

"Por quê?" Ela quis perguntar, detestando o seu afastamento, o ar frio que passou por entre eles, o terrível vazio que então ficara em seus braços. E o ardor de seus lábios, o formigamento em sua língua. Ela não queria parar.

— Ulrika — disse Sebastianus enquanto se aproximava dela pela última vez —, quero ficar com você, estar junto de você. Mas Timonides tem razão. Preciso ir. Amá-la e ter esse amor correspondido, esse privilégio e luxo não podem ser meus, não agora que estou sob as ordens de César.

Ele se inclinou e beijou-lhe a testa.

— Ulrika, Ulrika — repetiu, enchendo sua boca com o nome dela. — Dizem que Eros, o deus do amor e do desejo, continuamente desintegra os seres humanos e os recompõe novamente. E é verdade! Meu antigo ser foi totalmente despedaçado e reconstituído. O homem que eu era antes, tão reservado nos sentimentos, tão controlado no coração, não existe mais. Por que Eros me escolheu para essa alegria especial, eu não sei, mas acredito firmemente que não sou merecedor.

"Não quero deixar você! Mas preciso seguir o comando dos astros, porque essa é a vontade dos deuses. Nenhum homem pode desafiar os astros, pois eles delineiam nosso destino. Acredito nisso com toda a minha paixão e todo o meu coração: existe uma ordem no universo. E se os deuses julgarem que não devemos nos reencontrar na Babilônia, então rezo para que encontre o que está procurando, e as respostas aos mistérios em seu interior. E quando eu voltar da China, e com certeza voltarei, porque os astros prometeram, procurarei por você, e a *encontrarei*, minha querida Ulrika."

15

odor pungente da lã de ovelha e couro de cabra misturava-se ao cheiro das lâmpadas a óleo quando Ulrika friccionou a pederneira e acendeu o pavio.

Uma luz bruxuleante iluminou a tenda que estava escura, pois ainda não amanhecera. Logo os raios solares inundariam o lugar, e os aromas de comida invadiriam o ambiente enclausurado de seu alojamento privativo.

Ao pentear os cabelos compridos, Ulrika parou e colocou uma das mãos na concha de vieira que levava no peito. Sua presença era uma promessa tranquilizadora do reencontro com Sebastianus. Semanas antes, ela deixara Antioquia com uma escolta. Porém, desde aquele momento, procurara, sem sucesso, sua mãe em Jerusalém. Então deu ordens a Syphax para levá-la à Babilônia, onde se reuniria à caravana de Sebastianus.

O coração de Ulrika disparou ao pensar em vê-lo novamente. Quando se despediram em Antioquia e tomaram caminhos diversos, ela não estava preparada para o terrível sentimento de vazio que a invadiria nos dias que se seguiram. Enquanto viajava na carruagem coberta, acompanhada por Syphax e seus homens, seguindo em direção ao sul, ela foi tomada de uma tristeza desconhecida. Ulrika precisou de toda a sua força de vontade para se controlar e não dar ordens a Syphax para voltar e se reunir a Sebastianus.

Estar separada dele era mais do que ela podia suportar.

Ulrika e sua escolta haviam deixado Jerusalém no dia anterior e pernoitado no sopé dos montes que davam para uma região desolada e árida, de pedras e areia infindáveis. Sua próxima parada seria Jericó, de onde pegariam uma antiga rota mercantil e atravessariam o deserto para chegar à Babilônia. Ulrika tremia de excitação. Passara cada momento desperta pensando em Sebastianus, na última noite em que haviam estado juntos em Antioquia, no beijo apaixonado. Fechava os olhos e o sentia novamente, seu corpo, seu vigor. Seu toque. Seu sabor. Na Babilônia, os dois estariam, enfim, livres para amar.

"Então Sebastianus irá para a China enquanto eu vou à procura de Shalamandar e suas piscinas cristalinas. Meu amor e eu nos reuniremos depois, disso eu tenho certeza."

Ulrika deixou a tenda e se surpreendeu ao encontrar, naquele pálido e revigorante alvorecer, o acampamento abandonado. Olhou em volta. Syphax e seus homens não eram vistos em lugar algum. Teriam talvez ido caçar? Ou à procura de combustível para o fogo? Quando o sol surgiu por sobre os penhascos, iluminando o local do acampamento, Ulrika viu que os cavalos, as mulas e as tendas haviam desaparecido.

Girando devagar, ela examinou o local, o vento forte em seu rosto, e tudo que viu foram penhascos áridos e montes sombrios. Os raios dourados da madrugada dissolviam as sombras ao passarem, deixando um tom fulvo, que se espalhava em todas as direções, sob um céu azul límpido. Havia pouca vegetação, apesar da comemoração recente do equinócio da primavera. Aquela terra árida era inabitada, porém repleta de rochas e pedras, matacões e areia, desfiladeiros e planaltos.

Ulrika sabia por que os homens haviam desaparecido na calada da noite: ela dissera a Syphax que estava sem dinheiro e que ele e seus companheiros só seriam remunerados quando voltassem a se juntar ao dono da caravana. Ulrika sabia que tipo de homem eles eram: daquele que vai atrás da moeda mais próxima. Não haviam gostado da ideia de ir à China e cair das bordas da terra. Aquela fora sua oportunidade de livrar-se de Sebastianus Gallus e encontrar um emprego mais seguro e mais rentável em outro lugar. Sem dúvida tinham ouvido falar de trabalho mais lucrativo quando estiveram em Jerusalém.

Pelo menos, Ulrika viu com alívio, eles não a haviam abandonado sem provisões. À porta de sua tenda existiam um saco de lentilhas, uma bolsa de pão e um odre generoso com água. E deixaram também uma mula, presa por uma corda a uma pedra, alimentando-se de plantas rasteiras.

Quando o sol coroou o topo dos morros, Ulrika tomou seu rumo. Jericó distava alguns quilômetros ao norte. Diretamente à frente, embora ela não pudesse vê-lo, encontrava-se o Mar Salgado, ponto terminal do rio Jordão. Irei para o leste, ela decidiu, e seguirei em direção ao norte quando chegar ao mar. Em Jericó, posso me juntar a uma caravana que siga para a Babilônia.

Ela resolveu deixar a tenda, por ser grande demais para desarmar, dobrar e colocar sobre a mula. A criaturinha carregaria a comida, a água e seus pertences, e ela seguiria a pé. Mas, quando Ulrika se inclinou para apanhar os sacos, viu, assustada, que eles tinham sido abertos, o conteúdo deles espalhado e coberto de excrementos de pássaros. Tudo destruído! O odre com água também havia sido rasgado. Alarmada, viu pegadas de animais na areia, deixadas pelas patas de um enorme felino — um leão ou um leopardo. E a água tinha sido absorvida pela terra havia muito tempo.

O que significava que ela estava sozinha no deserto da Judeia, sem comida e sem água.

O AR DA MANHÃ era frio e cortante, o céu, de um azul profundo, com nuvens brancas espalhadas. Ulrika conduziu a mula pela corda, sua bagagem e caixa de remédios presas ao lombo do animal. Seguiu por entre as rochas e os matacões, ansiosa por encontrar terra plana e mais vegetação. Embora fosse primavera, e as chuvas houvessem recentemente caído sobre a região, os brotos e o capim já começavam a secar, deixando apenas montes pardacentos com ravinas profundas.

Com o sol nos olhos, Ulrika seguiu resoluta em direção ao leste, procurando sinal de moradias mesmo que fosse apenas a tenda de algum pastor. Mas o sol se elevou, o dia esquentou, e ela não encontrou vivalma. Um burro selvagem escapara de sua trilha, e os pássaros sobrevoavam ao alto. Ulrika ficou atenta aos leopardos e leões, pois, certamente, com seu passo lento, ela devia parecer uma presa fácil.

Aquela era uma terra desolada, de montes áridos, estriados, repletos de cavernas que se assemelhavam a pombais, uma das quais fora a morada, muito tempo antes, de duas mulheres que ali viviam com o pai. Ulrika ouvira falar da lenda local de duas irmãs sem filhos e sem marido, que haviam conspirado para embebedar o pai, ter sexo com ele e assim perpetuar a linhagem familiar. A história prossegue contando que elas conseguiram seduzir o pai, um homem chamado Lot, e que ficaram grávidas de filhos que vieram a ser os patriarcas de novas nações.

O meio-dia veio e se foi. O sol começou a descer na direção oeste enquanto Ulrika se apressava em atravessar uma região de calcário e cré, de vegetação seca e pedras, e nenhuma água.

Finalmente o terreno árido e pardacento aplanou-se. Ulrika deixou para trás os montes e as ravinas e viu mais adiante, não muito longe, o brilho da água azulada. O Mar Salgado.

Apesar de faminta e exausta, forçou o passo. Deveria haver pessoas ali — comida e descanso.

Formavam-se nuvens compridas e o sol se alaranjava quando ela, por fim, chegou ao litoral. Ulrika olhou para o estranho contorno da costa que parecia coberta de camadas de uma fina cinza branca. Ela sabia que aquele não era um lago de água doce, mas um mar de sal "morto", sem plantas nem peixes. Entretanto, esperava encontrar água potável. Porém até onde sua vista alcançava, ao longo de todo o litoral salgado, coberto de fétidos depósitos minerais, não havia tendas, nem ninguém, nem sequer um camelo solitário. O que significava que não havia água doce.

Na outra extremidade do mar plano e vítreo, a extremidade oriental da costa, as montanhas se elevavam, sem sinal algum de cidades. Ao norte, à esquerda de Ulrika, o rio Jordão fluía próximo à populosa e próspera cidade de Jericó — mas ficava a quilômetros de distância, longe demais para ser alcançada naquela noite. Ao sul, à sua direita, encontrava-se um território desconhecido. E atrás dela, a oeste, as montanhas rochosas não pareciam abrigar vida.

A orla marítima estava coberta de perigosos pontos de areia movediça, de arriscadas covas de alcatrão e poças de asfalto que exalavam um cheiro acre. Ela não se atreveu a seguir adiante naquele terreno hostil agora que começava a anoitecer.

Ulrika examinou os montes com atenção em busca de refúgio. Uma caverna, talvez. Ela procuraria um poço ou uma fonte subterrânea.

De repente, um som assustador rompeu o silêncio do deserto. O uivo de um chacal. Logo em seguida, mais uivos elevaram-se ao cair da noite. Ulrika tentou identificar sua localização. Uma matilha de chacais famintos não hesitaria em atacar um ser humano indefeso.

Ao tentar pegar a corda da mula para conduzi-la de volta à segurança dos montes, os chacais uivaram novamente, e o animal saiu em disparada.

— Espere! — gritou Ulrika. A mula distanciou-se a galope, levando com ela toda a sua bagagem.

Ao erguer a vista, viu surgirem as primeiras estrelas. Pensou em Sebastianus olhando para as mesmas estrelas.

Ela então voltou a atenção para os montes a oeste, que estavam reduzidos a formas negras recortadas contra um céu lilás. O sol se pusera. O crepúsculo recaiu sobre ela. Ulrika sabia que seria breve — um rápido lusco-fusco, e o deserto em seguida mergulharia na escuridão. E no perigo.

Ajustando o *palla* em torno de si, ela seguiu em direção ao oeste, para o sopé dos morros, onde sombras profundas representavam a promessa de proteção contra a noite.

Como a lua ainda não surgira, e as estrelas até então não brilhavam como guias no céu, o terreno foi lançado na escuridão. Ulrika teve de caminhar com cuidado. Seixos e rochas cobriam o solo, com buracos de cobras e roedores espalhados pelo chão.

O vento soprava mais forte, gelado e cortante. Atravessava seu *palla*, e ela pensou em seu manto pesado empacotado no lombo da mula. O animal não teria ido longe, mas não tinha esperança de encontrá-lo no escuro.

Os chacais uivavam novamente e pareciam estar se aproximando. Ulrika acelerou o passo. De repente, o terreno cedeu e ela caiu, e uma dor forte irradiou-se por sua perna. Apoiando-se para ficar de pé, viu que caíra num buraco e torcera o tornozelo. Mal conseguia andar. Seguiu então devagar, mancando e sofrendo, culpando-se por não ter sido mais cuidadosa, e por não ter tido o bom senso de montar na mula em primeiro lugar.

A cada passo, sentia uma forte dor no tornozelo. Caminhar logo passou a ser um suplício. Ela pensou no sortimento de sua caixa de remédios, nos analgésicos que lhe permitiriam andar. Mesmo assim, esses remédios eram em forma de pó ou de comprimidos, e ambos requeriam água. Um xarope de casca de salgueiro aliviaria a dor, mas também requeria água para ser diluído.

Ao se aproximar do sopé dos montes, Ulrika examinou as ravinas estreitas. As gargantas e desfiladeiros estavam envoltos na escuridão. Ela não distinguia características. Seria aquela bloqueada por pedras? Teria a outra arbustos verdes que pudessem significar água? Poderia aquele ponto escuro indicar uma caverna ou uma toca de animal?

Qual deles escolher?

Ao olhar de um lado para o outro, de cima a baixo aquela faixa de terreno desolada que se encontrava entre os montes e o mar, ela percebeu um vulto escuro pelo canto do olho. Virando-se, viu um animal que a observava.

Ulrika congelou ao perceber a fera faminta que olhava para ela com íris douradas. Um lobo.

Porém, quando prendeu a respiração e concentrou a atenção no lobo — criatura parda, felpuda, de orelhas em pé e cauda reta —, Ulrika ficou em dúvida se o animal era de fato real ou apenas uma visão. O vento soprava à sua volta, assoviando um canto triste através dos pequenos desfiladeiros. A areia era levada e voava por sobre o chão como uma névoa estranha.

Os olhos de Ulrika e do lobo se cruzaram. Ela temia se mover. Se fosse real, ele atacaria.

Mas o lobo, finalmente, virou-se e começou a tomar seu rumo, mantendo-se ao pé do monte, a cabeça erguida ao alto. Após certa distância, ele parou e olhou para trás. Então ocorreu a Ulrika que o lobo queria que ela o seguisse. Mas ele não parecia se dirigir a uma ravina, em busca de abrigo e proteção; pelo contrário, permanecia na planície desértica, a céu aberto, onde ela ficaria desprotegida e vulnerável.

— Você está errado — murmurou para a visão e virou-se para uma das gargantas protegidas, onde avistou uma caverna. Ficaria a salvo ali.

Mas o lobo continuou na direção oposta, direto para a planície aberta. Ele parou de novo e olhou para trás, olhos dourados ordenando-lhe que o seguisse.

"Você me conduziria por um lugar exposto!" Ulrika quis gritar. Mas o lobo esperou até que ela, não mais capaz de enfrentar o seu poder, se rendeu. Deu meia-volta e o seguiu.

O animal, por fim, deteve-se; parou, virou-se e esperou que ela o alcançasse. Ele, então, sentou-se sobre as ancas, como um ídolo de pedra aguardando o sacrifício. Observava Ulrika com olhos dourados argutos, as orelhas empinadas e alertas.

Quando se aproximou dele, Ulrika perguntou:

— O que quer de mim? — E então ele sumiu diante de seus olhos como as sombras ao meio-dia, como o lobo ao lado do general Vatinius sumira, até que desapareceu por completo, e Ulrika foi deixada naquele lugar ermo e árido, seu tornozelo latejando, a boca e a garganta secas de sede, enquanto os chacais enviavam seus uivos sinistros em direção às estrelas. Outros predadores, Ulrika sabia, logo estariam à espreita.

Ela voltou-se e deu um passo, mas seu tornozelo cedeu. Com um grito, ela caiu. Quando tentou levantar-se, percebeu, horrorizada, que não conseguia. Estava impossibilitada de andar.

Ulrika foi tomada pela exaustão. Sua última gota de força e energia parecia ter sido drenada do corpo. As lágrimas lhe subiram aos olhos enquanto ela massageava a perna e percebia a aproximação de criaturas noturnas em torno dela, à espreita e à espera.

Ulrika sentia as impessoais estrelas dirigirem-lhe o olhar, testemunhando seu infortúnio. Sentia o céu escuro e os ventos frios enquanto a natureza seguia seu curso, ignorando a mulher em perigo.

Ajude-me, gritava sua mente assustada, enviando uma súplica silenciosa à Grande Mãe, a deusa que ela reverenciara durante toda a sua vida.

Enquanto estava ali deitada, tentando reunir forças para se arrastar de volta para os montes, Ulrika colocou a mão sobre a concha de vieira que Sebastianus lhe dera. Aquilo lhe trouxe conforto. Ela visualizou o homem que amava, alto e forte, imaginou sua voz, seu cheiro, a sensação do calor de seu corpo e seu poder. Arrependeu-se de não ter ido para a Babilônia com ele.

Tomada pela fadiga, Ulrika deitou a cabeça no chão e sentiu que a areia do deserto sob sua face se transformara em grama fresca e, quando abriu os olhos, o dia já estava pela metade, com um pálido céu azul acima.

Diante dela encontrava-se uma mulher, alta e bela, montando um altar de conchas de vieira, circundada por uma região campestre primitiva, o vento soprando seus cabelos compridos, esculpindo seu vestido branco longo numa obra-prima de mármore.

— Quem é a senhora? — perguntou Ulrika.

A mulher sorriu de forma reservada e sussurrou:

— Você já sabe a resposta.

E Ulrika sabia. Ela era a ancestral de quem Sebastianus falara. Uma antiga sacerdotisa, chamada Gaia, de quem ele descendia.

— Por que está aparecendo para mim?

— Para lhe dizer que não há nada a temer.

Então o altar e o contorno da costa desapareceram, e Ulrika estava de volta ao deserto zombador, as estrelas piscando acima.

E nesse momento ela viu...

Sebastianus!

Ulrika soluçava de alegria. Ele estava ali! No deserto da Judeia, vindo em sua direção, por aquele solo árido, coberto de sal, seu manto azul ondulando como a vela de um navio poderoso. Ela dirigiu-se a ele.

— Sebastianus, você voltou!

Mas não era Sebastianus: diante dela se encontrava um estranho. Ulrika não conseguia vê-lo bem, pois uma luz passara a emanar de seu corpo — uma luz ofuscante, que brilhava em torno de sua cabeça como um nimbo brilhante, espalhando-se em direção ao cosmos.

E então uma voz — não era algo que ela ouvia, mas que sentia à sua volta —, a voz de um homem ordenando:

— Peça ajuda, Ulrika.

— Não, não devo, porque senão os animais saberão onde eu estou.

— Eles já sabem onde você está. Estão se aproximando.

Ulrika ergueu a cabeça e escutou. Ouviu passadas suaves, respiração rápida, grunhidos.

O sangue de Ulrika gelou nas veias. As feras da noite se aproximavam.

— Peça ajuda — disse novamente a aparição luminosa. — Rápido! Agora! Grite, Ulrika, encha a noite com a sua voz.

Ela abriu a boca, mas não saiu som algum. Sua garganta estava seca demais.

— Outra vez! — insistiu o espírito brilhante. — Imediatamente! Com toda a sua força!

Ulrika mergulhou no seu interior, buscou seu último resquício de energia e força vital, e, esticando bastante a boca, gritou a plenos pulmões:

— Ajude-me! Alguém, por favor! *Socorro!*

E de repente Ulrika se viu cercada por uma luz cálida. A luz a banhava e envolvia como braços carinhosos, levantando-a, boiando como se estivesse num mar dourado. Ela sentiu ondas de compaixão e segurança banharem-na. Ouviu a voz, profunda e suave, dizer:

— Não tenha medo. Tudo vai dar certo.

Ulrika sentiu paz e serenidade. Jamais experimentara uma tranquilidade assim. Era lindo.

"Estou morrendo", ela pensou com indiferença. "Os animais me encontraram. Estão me devorando. É isso que é morrer. Mas eu não me importo."

— Olá. Alguém aí?

Ulrika ignorou o chamado. Era apenas a sua imaginação. E ela não queria deixar a luz. O calor era suave e precioso. Queria permanecer ali para sempre.

— Quem está aí?

Ela abriu os olhos. Piscou ao olhar para as estrelas indiferentes acima, sentiu o frio da noite percorrer seu corpo, rápido e cortante. Para onde foram o calor e a luz?

Ulrika encheu os pulmões de ar, tentou reunir forças em seus membros. O que havia acontecido? Lutando para sentar-se, olhou ao redor. Os montes continuavam negros e silenciosos por trás dela. À sua frente, o mar de sal se apresentava prateado sob a misteriosa luz das estrelas. De quem seria aquela voz?

Então ela viu as luzes, pequenas centelhas brilhantes que aumentavam à medida que se aproximavam. Ouviu alguém dizer:

— Tem alguém aí? Fale para que possamos achar você.

— Estou aqui! — gritou Ulrika, tentando sentar-se. A moça acenou com os braços. — Aqui, estou aqui!

O brilho das luzes parecia mais perto, e Ulrika viu que eram tochas carregadas por duas mulheres.

— Você está bem? — perguntou uma delas.

— Minha querida criança — falou a mais velha das duas —, você está aqui sozinha?

— Machuquei minha perna — respondeu Ulrika.

As mulheres falavam um dialeto prevalente naquela parte do império, uma mistura de grego "comum" e aramaico, que Ulrika conhecia.

Elas se aproximaram e levantaram Ulrika, cada uma segurando um de seus braços. A mais moça, uma mulher forte, de seus 40 anos, firmou Ulrika e a ajudou pelo caminho.

Sem falar, dirigiram-se a um afloramento de rocha, passando em torno dela e subindo uma ravina estreita, onde Ulrika viu um grupo de tendas feitas com pele negra de cabra protegidas do vento. A mais velha das duas mulheres dirigiu-se à maior tenda, enquanto a outra colocou a tocha numa arandela do lado de fora, e ajudou Ulrika a entrar.

Ulrika recebeu com satisfação o calor abençoado e a luz no interior, e afundou com alívio numa cama de cobertores e peles de ovelhas. Ao entregar à moça um copo de água, a mulher mais jovem disse:

— Eu sou Raquel. E esta é Alma. Seja bem-vinda à nossa casa, e que a paz esteja com você!

Agradecida, Ulrika bebeu um pouco de água e lhes disse seu nome, acrescentando:

— Eu tinha certeza de que ia morrer naquele lugar. Não sei o que teria feito se não tivessem me encontrado.

— Não sabíamos que você estava ali — esclareceu Raquel. — E aí ouvimos seu pedido de socorro. Ainda bem que teve forças para gritar.

— Eu quase não conseguia — continuou Ulrika, tentando lembrar-se das visões que tivera. Primeiro, de uma antiga sacerdotisa chamada Gaia, e depois de um estranho resplandecente, cuja luz parecia vir de seu interior. Foi ele quem mandou Ulrika pedir socorro.

Detalhes do interior da habitação começaram a ser registrados no cérebro de Ulrika quando a água começou a refrescá-la. A casa de Raquel era uma tenda típica do deserto, com uma estaca de apoio para o teto no centro, proporcionando uma área de estar espaçosa, aquecida por um fogareiro de carvão, e lamparinas de latão e de barro reluzindo aqui e ali. Tapetes cobriam o chão, e tigelas, jarras e utensílios encontravam-se sobre uma pequena mesa. Um par de sandálias estava pendurado num gancho, juntamente a um manto, pequeno e feminino. Ulrika supôs que as outras tendas que ela avistara, menores do que aquela, fossem usadas para armazenagem, ou talvez outras pessoas dormissem nelas.

Com um sorriso, a mulher idosa, Alma, cabelos grisalhos e costas encurvadas sob as roupas e o véu pretos, entregou a Ulrika um prato com bolos de figo doce e uma tigela de tâmaras.

— Obrigada — agradeceu, aceitando aquela oferta muito bem-vinda.

Enquanto comia, fazia conjecturas a respeito de suas salvadoras. Raquel teria 40 e poucos anos, supunha Ulrika, era magra e usava uma veste longa, presa na cintura por uma faixa. O vestido era feito de lã macia, tingida em listras verticais marrons e creme, e a cabeleira negra estava oculta por um véu marrom, de lã macia, semelhante a um capote de monge, que caía sobre seus ombros em dobras suaves. Ela não usava joias, nem maquiagem. Mas seu rosto era admirável: quadrado e bronzeado, os olhos pretos grandes enrugados nos cantos e emoldurados por cílios pretos e sobrancelhas grossas. Ulrika se perguntava por que Raquel e sua companheira idosa viveriam sozinhas naquele lugar desolado, ou haveria talvez outras pessoas que ela conheceria pela manhã?

— O que aconteceu? — perguntou Raquel, sentando-se numa almofada grande e puxando os pés para baixo da saia. — Por que você estava ali sozinha?

Ulrika lhes contou sobre a procura de sua mãe em Jerusalém, sua intenção de ir para Jericó e de lá para a Babilônia, e depois sobre como fora abandonada naquela manhã.

— Minha mula está por aí com todas as minhas coisas.

— Vamos procurá-la pela manhã — disse Raquel. — Quando terminar de comer, vou tratar do seu tornozelo. Está muito inchado.

— Obrigada — murmurou, e depois passou a comer com especial atenção. Porém, após um instante, ela sentiu o olhar de sua anfitriã e viu nele uma pergunta.

— O lugar onde você caiu — observou Raquel um instante depois. — Você estava ali por alguma razão?

— O que quer dizer?

Raquel sorriu e abanou a cabeça.

— Não é nada. Deixe-me enfaixar o seu tornozelo. Alma tem algo para aliviar a dor.

Ulrika aceitou o copo de madeira que continha uma bebida escura. Ela reconheceu o aroma. Sua própria mãe, quando em Roma, havia preparado um tônico revigorante desses, colocando o pão de cevada, assado duas vezes, de molho na água, deixando-o fermentar numa tina grande de barro, coando o líquido num pano e produzindo assim uma cerveja medicinal forte.

Quando Ulrika levou o copo aos lábios, pensou novamente em sua visão no deserto. Fora muito mais intensa do que qualquer outra que jamais tivera. E, dessa vez, duas pessoas haviam falado diretamente com ela. Teria sido apenas um truque de sua mente? Porém o que mais a intrigava era a sensação de paz e ternura que sentira, um estado agradável que, por um breve instante, ela desejou perpetuar.

E se ela tivesse praticado sua nova respiração consciente, para controlar e prolongar a visão, teria permanecido naquele estado para sempre?

16

Enquanto supervisionava a nova vizinhança sob o sol da manhã, Ulrika se questionava a respeito daquele curioso grupo de tendas no meio do nada, habitado por duas mulheres sozinhas, sem família nem amigos, nem mesmo o mais humilde criado, apenas na companhia de galinhas e duas cabras.

Raquel lhe dissera que havia um oásis a uns 5 quilômetros de distância ao norte, ao longo do sopé dos montes, onde uma fonte natural brotava da terra parda e dava vida a tamareiras, peixes e pássaros. Diversas famílias viviam lá durante todo o ano, e os viajantes paravam ali para descansar. Raquel e Alma iam ao oásis para buscar água fresca e outros suprimentos, mas não moravam lá, preferindo retornar àquele lugar ermo, circundado por um desfiladeiro árido.

Por quê?

Ao ouvir passos, Ulrika se voltou e viu Raquel conduzindo sua mula pela ravina, seus pacotes de viagem e a caixa de remédios ainda presos ao animal.

— Ela não se distanciou muito — disse Raquel com um sorriso. — Como está o seu tornozelo?

Estava melhor, embora Ulrika ainda não pudesse colocar peso sobre ele. Entretanto, ansiava em retomar sua viagem para a Babilônia. Sentia-se determinada a encontrar um meio, uma caravana em trânsito, uma família que estivesse viajando e que a aceitasse.

Enquanto Raquel amarrava a mula e soltava os pacotes de Ulrika para levá-los para a tenda, a moça teve vontade de perguntar por que ela e Alma não viviam próximas ao oásis. Por que permaneciam naquela terra inóspita, onde nem mesmo um espinho crescia?

Raquel saiu da tenda e, quando se inclinou sobre a panela que estava suspensa sobre um fogo, para mexer uma sopa de lentilha, olhou para Ulrika.

— Por favor — pediu, apontando para o banco ao lado da porta da tenda. — Tire o peso de seu calcanhar.

Ulrika sentou-se agradecida e virou o rosto para a refrescante brisa matinal. Da posição vantajosa daquele pequeno acampamento, ela podia ver o caminho que conduzia à costa branca e áspera do mar de sal, podia ver o deserto ermo que se estendia das águas acres até a base dos desfiladeiros. Percebeu então, alarmada, que podia ver o lugar exato onde havia caído e tido uma visão, que até aquele momento, sob a luz reconfortante de um sol brilhante, continuava a intrigá-la.

Ulrika examinou o pequeno acampamento, as pequeninas tendas abandonadas, a tenda maior que pertencia a Alma e a maior de todas, a de Raquel, que dava para um pequeno complexo de fogueiras, bancos, um galinheiro e duas cabras. Roupa molhada, lavada no oásis e trazida por Alma, sem reclamações, estava estendida nas pedras para secar.

Quando Raquel viu como Ulrika olhava à sua volta com curiosidade, disse:

— Eu sou viúva. Meu querido marido morreu antes de me abençoar com filhos. Então fiquei sozinha. Outras pessoas viveram aqui comigo por algum tempo, mas já foram embora, uma a uma, até que restou apenas Alma.

Ulrika pensou nas Virgens Vestais — uma seita de freiras em Roma que faziam voto de castidade e que viviam uma vida enclausurada de dedicação à oração. Mas Raquel era judia — Ulrika reconhecera a menorá no interior da tenda —, e ela nunca ouvira falar de freiras judias.

— O que existe na Babilônia? — indagou Raquel com um sorriso. — Você está tão apressada para ir para lá.

— Há uma caravana que está prestes a partir para o Extremo Oriente. Um... amigo meu é o chefe da caravana, um espanhol chamado Sebastianus Gallus. Nós nos separamos em Antioquia, quando precisei vir para Jerusalém, onde esperava encontrar a minha mãe. Mas prometi me juntar a ele na Babilônia, se eu pudesse.

— Existe alguma coisa especial na Babilônia?

Ulrika fez uma pausa e dirigiu um olhar atento a Raquel. A bela judia possuía uma voz singular. Profunda para uma mulher, porém suave e serena. Fazia Ulrika pensar em mel aquecido. Uma voz que não podia ser ignorada. Ulrika se perguntava o que poderia contar a Raquel e gostaria de saber se sua anfitriã a consideraria louca — visões que eram dons dos deuses, uma busca necessária à procura de um lugar chamado Shalamandar, local em que fora concebida.

— Estou à procura de algo — afirmou. — Disseram-me que fica por trás do vento leste, em montanhas que não têm nome. Sebastianus está me ajudando nessa busca.

Raquel mexeu a sopa, acrescentando uma pitada de sal.

— Sebastianus é um bom amigo?

— Faz só um ano que o conheço, mas parece que nos conhecemos a vida toda. — As palavras lhe saíam aos borbotões: o encontro com Sebastianus na área de parada das caravanas, a viagem à Germânia junto com ele, Sebastianus livrando-a de assaltantes na floresta, a noite às escondidas com ele, a viagem de volta, um conhecimento maior de Sebastianus, uma viagem por mar, uma noite chuvosa numa hospedaria em Antioquia. Ulrika enrubesceu, percebendo subitamente como suas palavras soavam. Cada frase começava com "Sebastianus..."

Raquel trouxe duas tigelas de sopa, sentou-se ao lado de Ulrika, dando-lhe uma, e disse:

— Quando me apaixonei por meu Jacó, eu só falava nele. Às vezes, repetia o nome dele apenas porque achava gostoso pronunciá-lo e adorava ouvi-lo. Você repete o nome de Sebastianus da mesma maneira.

Havia uma pequena mesa entre os dois bancos, e sobre ela encontrava-se um prato de pão ázimo, uma pequena tigela com sal e duas xícaras de água. Elas comeram em silêncio, pegando as lentilhas grossas com o pão, duas mulheres em reflexão profunda, uma curiosa a respeito da outra, ambas pensando na singularidade daquele momento, durante o qual duas mulheres de mundos muito diferentes compartilhavam uma modesta refeição.

Ao terminarem, Ulrika ia se levantar, quando Raquel abaixou a cabeça e repetiu:

— *Hav lan u-nevarekh...*

Ulrika escutou com polidez enquanto Raquel fazia a oração. Quando terminou, disse:

— Nós sempre damos graças a Deus depois que comemos.

Ulrika lembrou-se de que, na noite anterior, quando Raquel apagou a última lamparina antes de se retirarem para dormir, ela havia recitado uma oração em hebraico. Naquela manhã, ao se levantar, repetira outra.

— A oração está sempre presente em nossas vidas. Ela é a testemunha de nossa aliança com Deus. Confirma e renova a nossa fé diariamente — explicou.

Ao recolher os pratos vazios, Raquel prosseguiu:

— Vou levar você ao oásis para que possa tomar um banho. Eu mesma vou lá uma vez por mês para o *mikvah*, ritual de banho purificador que se

143

segue ao ciclo menstrual, numa piscina isolada, reservada para mulheres. É um lugar bastante privativo.

Um dia se passou, depois outro, e Ulrika entrou no ritmo de vida estranho de Raquel e Alma. Quando seu tornozelo sarou, ela as acompanhou até o oásis para trocar ovos de galinha e queijo de cabra por água, tâmaras e peixe. Certo dia, elas levaram para casa gafanhotos vivos, que Raquel colocou numa cesta e deixou ao sol até morrerem; sentou-se então e cuidadosamente arrancou as asas, as pernas e as cabeças dos gafanhotos e os levou ao forno de barro para assá-los no preparo de uma iguaria. Raquel cozinhou ovos de galinha e os serviu com um molho feito de pinhão e vinagre. Amêndoas e pistaches assados com mel foram servidos como sobremesa. As três mulheres beberam sangria de vinho de tâmaras à tardinha, com moderação, quando o sol se punha e o vale de sal estava tranquilo e silencioso.

Ulrika ficou interessada em sua anfitriã. Não havia imagens de deuses na tenda de Raquel, nem relíquias de ancestrais, nem tampouco altar para sacrifícios. Ela não era versada na religião dos judeus, sabia apenas que seu deus era invisível e que, por essa razão, eles não lhe atribuíam forma. Todos os dias, ao amanhecer e à tardinha, Raquel deixava a tenda e orava para seu deus, a quem se dirigia como "Pai". E sua crença religiosa parecia ter muitas regras sobre alimentação, denominada *kosher*, e Ulrika se admirava de Raquel lembrar-se de todas elas.

Elas passavam a noite conversando ao lado de uma fogueira, sob as estrelas da primavera, e, enquanto Ulrika consertava as sandálias e Alma trabalhava em seu tear, Raquel cortava legumes e contava histórias sobre os heróis do passado.

— A história judaica é cheia de lendas de bravos heróis — explicou Raquel, com sua voz profunda, quente e doce como o mel. — Temos a de Davi, que matou um gigante; a de um camponês chamado Saul, que se tornou rei; a de Gideon, que conquistou os midianitas com uma meia dúzia de homens; a de Moisés, que conduziu os israelitas para fora do Egito; e a de José, que salvou da fome toda uma nação. Vemos esses ancestrais como heróis, mas na verdade eles eram homens fracos. Davi, quando matou Golias, era um simples rapaz. Saul era do clã menor e menos importante. Gideão era do clã mais fraco, e ele próprio, o mais frágil do grupo. Moisés não era eloquente e pediu a Deus que enviasse outra pessoa para conduzir os israelitas na fuga do Egito. E José era um escravo. Nenhum desses heróis era de linhagem influente, nem homens de grande destaque. Os rabinos nos dizem que Deus escolheu esses homens com o propósito de Se mostrar forte por meio da fraqueza deles.

A fascinante voz de Raquel, seus olhos penetrantes e os graciosos gestos de suas mãos frequentemente cativavam seus ouvintes, fazendo-os ver, sentir e ouvir a história que ela estava relatando. Sua maneira de dar vida ao passado era inigualável, de modo que as pessoas prendiam a respiração esperando por mais. Ulrika disse a Raquel que ela era dotada de um talento raro e especial, e perguntou se ela já havia contado aquelas fabulosas histórias ao povo do oásis.

— Nunca pensei nisso — respondeu, mas Ulrika percebeu que Raquel tinha gostado da ideia de partilhar suas histórias sagradas com outras pessoas. — Pode ser — complementou ela. — No mínimo, minhas histórias distraem e afastam os medos da noite.

Mas Raquel realizava uma prática que Ulrika não compreendia e que, por educação, ela não perguntava. Periodicamente, Raquel deixava o acampamento e se retirava para um lugar isolado, onde ela se sentava, cobria o rosto com as mãos e oscilava de forma rítmica enquanto sussurrava suavemente.

No início, Ulrika achava que ela estivesse chorando — uma viúva que de vez em quando se lembrava de sua perda e se isolava para lidar com sua tristeza. Mas então ela notou que Raquel sempre voltava com um sorriso nos lábios, os olhos secos e sem sinal de ter chorado. Finalmente Ulrika perguntou, e Raquel respondeu:

— É a minha meditação. É mais poderosa do que a oração, porque é focalizada. Com essa concentração, é possível se conectar com Deus, o Ser Divino.

O Ser Divino...

Ulrika desejou ouvir a opinião e os conselhos daquela mulher e achou que podia confiar em Raquel, então deixou de lado sua sandália arrebentada, a sovela e as tiras de couro e disse:

— Fui informada de que tenho um dom espiritual chamado Clarividência. Você sabe do que se trata?

Raquel fez que não com a cabeça.

— Mas na história de meu povo há muitos que têm dons espirituais, os profetas e os visionários.

Depois que Ulrika explicou sua busca pessoal, Raquel falou:

— Deixe-me compartilhar com você minha meditação particular.

Ulrika ouviu com interesse enquanto a outra mulher descrevia uma técnica de visualização e também de repetição de uma palavra ou frase.

— Exige muita prática, pois a mente tem uma vontade própria e não é facilmente comandada. É por isso que é melhor fazer a meditação num lugar isolado. Os rabinos nos dizem que quando uma pessoa ora ao ar livre, os pássaros se juntam à oração e aumentam sua eficácia. Então deve ser assim também com a meditação.

— Talvez — acrescentou ela após um instante de reflexão — essa meditação a ajude a compreender sua própria conexão com o Ser Divino.

Como Raquel parecia ter aberto uma porta pessoal, Ulrika decidiu fazer outra pergunta que estivera em seus lábios desde que chegara àquele lugar.

— Raquel, o que a prende a este lugar? Você não preferiria morar numa cidade pequena, até mesmo numa grande? Venha comigo para a Babilônia.

— Eu ainda sirvo a meu marido.

— Mesmo ele estando morto?

Raquel acrescentou com um sorriso:

— Um dia, ele vai voltar.

— O que quer dizer com isso?

— Jacó e eu voltaremos a nos reunir na Ressurreição. — Percebendo que Ulrika não havia compreendido, Raquel continuou a explicação: — No Livro de Jó está escrito: "Depois, revestido esse meu corpo da minha pele, em minha carne verei a Deus." Outro profeta, chamado Daniel, disse que aqueles que dormem no pó da terra ressuscitarão para gozar da vida eterna. E nosso Mestre, que foi crucificado por Roma, disse que, no Último Dia, ressuscitaremos. — Raquel acrescentou: — Porque eu confio em você, Ulrika, e, graças às circunstâncias em que nos conhecemos, vou lhe dizer o que eu nunca disse a ninguém mais. Meu marido está enterrado aqui, e é meu dever proteger a sepultura dele. É por isso que eu permaneço aqui.

Ulrika olhou à sua volta, mas não viu sepultura nenhuma.

— O que quer dizer com as circunstâncias em que nos conhecemos?

— O lugar em que Alma e eu a encontramos, aquele lugar onde você machucou o tornozelo e pediu nossa ajuda, é o lugar onde o meu Jacó está enterrado.

Ulrika arregalou os olhos.

— Eu caí numa *sepultura*?

— Onze anos atrás, os inimigos políticos do meu marido o assassinaram, e eu sabia que a perseguição não pararia com a morte dele, sabia que não ficariam satisfeitos enquanto não espalhassem seus ossos ao vento. Então, eu e alguns amigos leais trouxemos o corpo do meu Jacó para cá e o enterramos num local secreto, sem identificação e sem nada que indicasse que ele jazia ali. Meus amigos ficaram comigo, mas, com o passar dos anos, um por um foi embora. É por isso que não vivo no oásis, e esta é a razão por que não posso ir para a Babilônia com você, pois devo manter uma vigília permanente no lugar de repouso de Jacó, para protegê-lo dos inimigos.

Ulrika estava atordoada. *Ela* não tinha escolhido aquele local; havia sido conduzida para lá pelo espírito de um lobo. Lembrou-se das profundas visões que tivera naquele lugar — um homem com uma luz ofuscante que emanava de sua cabeça e das mãos.

17

Ulrika não conseguia parar de pensar na meditação focalizada de Raquel. Se essa prática conectava uma pessoa ao Ser Divino, então será que não poderia conectá-*la* à sua Clarividência?

Ela escolheu um dia em que Raquel e Alma foram ao oásis. Com a ajuda de um cajado, pois seu tornozelo continuava dolorido, Ulrika foi até o local onde as duas mulheres a haviam encontrado, acidentada e pedindo socorro. Ela achava que poderia praticar a meditação em qualquer lugar naquele deserto, mas fora lá que ela tivera duas visões intensas. E havia um homem enterrado ali. Talvez aquele local possuísse uma energia especial, e talvez tenha sido por isso que as visões foram tão surpreendentes.

Relembrando os passos que Raquel havia delineado, Ulrika sentou-se voltada na direção do vento enquanto a luz do sol refletia na superfície do distante Mar morto. Ela cruzou as pernas, cobriu o rosto com as mãos e concentrou-se em desacelerar a respiração, em controlar os pulmões. Quando estava respirando profundamente, num ritmo regular, ela escolheu uma imagem na qual centralizar seus pensamentos. "Escolha algo que seja pessoal", aconselhara Raquel. "Algo simples e puro." Ulrika então evocou a chama interior que arde em todas as almas e começou a entoar baixinho um cântico. À medida que as palavras eram repetidamente entoadas, à medida que suas mãos a isolavam do mundo, Ulrika começou a oscilar, pois, como Raquel dissera, "Colocamos nosso corpo inteiro em oração, para que possamos rezar até mesmo com os nossos nervos e os nossos ossos".

Ulrika observou a luz interior, a chama brilhante da alma, e enviou sua oração repetida ao cosmos:

— Grande Mãe Compassiva, escute a minha súplica. Grande Mãe Compassiva, escute a minha súplica.

E gradualmente Ulrika começou a sentir uma suave paz inundá-la e viu suas apreensões e medos dissolverem-se. A imagem da chama cresceu até

Ulrika sentir seu calor, e ela tremeu ao pensar que a imagem do homem luminoso, que a deixara num estado de êxtase e alegria, estava prestes a se materializar.

Porém, em vez disso, cresceu em sua mente a imagem de um campo deserto circundado de montes verdes e rochas áridas, de árvores retorcidas por ventos constantes, e ela viu o altar de conchas de vieira e a bela mulher de túnicas brancas flutuantes.

Era Gaia novamente, a distante ancestral de Sebastianus Gallus.

Ulrika formulou uma pergunta em sua mente e a enviou.

— Pode me ajudar, Venerável Senhora?

— Você é arrogante, filha — retrucou Gaia. — Não veio a este lugar sagrado com um coração humilde, e sim à procura de êxtase e contentamento. E é impaciente e impulsiva. Lembre-se de sua imprudência na Renânia, quando abandonou a caravana e colocou seus companheiros em perigo.

— Sinto muito por isso — disse Ulrika, surpresa de estar sendo repreendida e aceitando a reprimenda. — Mas eu quero entender o meu dom. O que é a Clarividência? O que devo fazer com ela? E onde é Shalamandar?

— Tantas perguntas em sua arrogância. Está querendo que todas as coisas venham a você sem nenhum esforço. Supere suas imperfeições, filha. Transforme sua fraqueza em força, e seu poder espiritual crescerá.

— Mas como faço isso?

— Você precisa ser ensinada, precisa aprender.

— Mas eu aprendi. Estou fazendo tudo certo.

— Você não está pronta ainda. Não aprendeu tudo que precisa saber.

— Mas quem vai me ensinar? — perguntou Ulrika em silêncio. — Não faz sentido, o aluno aprender sozinho!

O campo galego tremeluzia e saía de foco. Ulrika viu, então, palmeiras e estrelas. Uma vez mais, viu Sebastianus caminhar em sua direção.

— Gaia! — chamou. — Volte, por favor.

Naquele momento Ulrika se viu na hospedaria calorosa de Antioquia, mas o lugar depois também começou a sair de foco até que ela estava de volta na caverna do xamã na Renânia.

Não consigo controlar as minhas visões...

Ela buscou a chama interior novamente, lutou com sua respiração, tentou o cântico repetitivo outra vez, mas as visões se desfizeram, a chama da alma perdeu a intensidade, e, quando Ulrika retirou as mãos do rosto, ela viu que o sol estava próximo ao horizonte oeste e que se encontrava deitada de lado na areia.

Ela adormecera!

Gaia tinha razão, pensou Ulrika frustrada. Vim para cá com arrogância no coração, pensando que havia controlado meus pensamentos, pensando que havia conseguido realizar a meditação de Raquel. Ainda não tenho controle. Meu dom ainda está no início.

Porém ao se levantar, apoiando-se no cajado, percebeu que, embora não tivesse alcançado grande progresso em obter respostas, estava mesmo assim entusiasmada com um novo sucesso: a visão de Gaia não surgira espontaneamente. Fora Ulrika quem a comandara — *ela* escolhera o tempo e o lugar.

Era o primeiro passo, ela sabia, em direção ao controle de seu dom. Dali em diante, estava confiante de que seu poder cresceria.

18

O tornozelo de Ulrika sarou no curso de algumas semanas que passou com as duas mulheres, e enfim chegou o dia de dizer adeus. Uma pequena caravana de vinho interrompera a viagem para descanso no oásis, e o dono prestou-se a levar Ulrika para o sul, até Petra, lugar localizado numa encruzilhada de comércio, e onde ela encontraria uma caravana que a levasse em direção ao leste, para a Babilônia.

Raquel e Alma a acompanharam até o oásis. Lá, Alma chorou e abraçou Ulrika como se ela fosse uma filha.

Ulrika então voltou-se para Raquel, a nova amiga que ela jamais esqueceria.

— Tenho um presente para você — anunciou.

Em uma das primeiras noites que passou no acampamento, Ulrika havia perguntado: "Você sacrificou tanta coisa. De que sente mais falta?" E Raquel, depois de um instante, respondera: "De perfume."

Ulrika abriu, então, sua caixa de remédios e tirou de lá um pequeno frasco de vidro vedado com cera. Um hieróglifo egípcio identificava o precioso conteúdo. Colocando o frasco nas mãos de Raquel, ela disse:

— Isto aqui é óleo de lírios. Acalma o coração aflito.

Em troca, Raquel colocou um talismã ao redor do pescoço de Ulrika, junto à concha de vieira e à Cruz de Odin. O objeto era pequeno e esculpido em cedro, e pendia de um delicado cordão de cânhamo.

— É chamado de o *mogan Davi* — explicou —, que significa o Escudo de Davi. — Ulrika viu que o talismã era formado por dois triângulos unidos em torno de um ponto central, e se assemelhava a uma estrela de seis pontas. — Entre este lugar aqui e a Babilônia — prosseguiu —, você entrará em comunidades judaicas.

Quando virem esta estrela, eles a receberão como se fosse um deles.

— Conte as suas histórias no oásis, Raquel, assim como contou a mim

— Contarei — respondeu. Em seguida, ela tomou as mãos de Ulrika nas suas e disse: — "Porque com alegria saireis, e em paz sereis guiados; os montes e os outeiros romperão em cânticos diante de vós." — Ela apertou uma das mãos de Ulrika. — Essa é uma citação do profeta Isaías. Que a paz esteja com você, Ulrika. E as bênçãos de Deus. Rezo para que você encontre o que procura.

LIVRO CINCO
BABILÔNIA

19

Eram seis irmãs à procura de maridos, e tinham vindo para a Babilônia a fim de encontrá-los.

Ulrika não sabia se as moças, de idades que variavam entre 13 e 24 anos, haviam recebido a informação correta, mas elas pareciam esperançosas e muito contentes, e animaram a viagem a partir do oásis em Bir Abbas, onde se juntaram à caravana de linho e contaram sua extraordinária história. O pai delas, um viúvo, tivera de vender sua casa, o rebanho e a si próprio como escravo para cobrir dívidas de jogo. E fora forçado a enviar as filhas mundo afora na esperança de elas encontrarem uma vida melhor.

Eram todos levados na parte traseira de uma carroça puxada por mulas, sete moças, duas avós e um carpinteiro idoso, que oscilavam com o balanço do veículo enquanto observavam as torres e a fumaça dos fogos da Babilônia se aproximarem. Ulrika juntara-se à caravana na cidade de Petra, onde um comerciante de linho babilônio transportava imensos sacos de fibras, sementes e flores para vender a fabricantes de tecidos, medicamentos e tintas. Para encher suas carroças na viagem de volta, ele transportava passageiros, apanhados ou deixados em vários acampamentos e fazendas ao longo do caminho. Agora ele chegava ao fim de sua viagem bianual, e seus passageiros procuravam comida e alojamento, e um chão firme sob seus pés.

A empolgação de Ulrika crescia. Após semanas de viagem pelo deserto, acampando em oásis, seguindo sem parar, a pé ou em transportes, ela sentia a brisa fresca do rio Eufrates soprar em seu rosto. O deserto gradualmente dava lugar a fazendas verdes e viçosas, a densos bosques de tamareiras, campos de trigo e cevada. Pântanos e lagos surgiam então, dos quais aves aquáticas vivazes voavam em arco-íris de cores. Mais adiante, um rio de águas azuladas serpenteava preguiçosamente entre margens repletas de choupos e tamariscos, desaparecendo sob os muros da cidade — a Babilônia fora construída ao longo das duas margens do Eufrates — e ressurgindo do outro lado, levando água para ovelhas e cabras sedentas.

Quando a pequena caravana de Ulrika se aproximou do Portão de Adad, a entrada principal no muro ocidental, através do qual passava, de um lado para o outro, um tráfego intenso, ela fez uma oração silenciosa de agradecimento à Grande Mãe. Ulrika saíra incólume daquela longa jornada e logo se reuniria ao homem que amava — seu amor crescendo a cada novo dia, pois ela guardava o belo Sebastianus em seu coração e em sua mente, imaginando seus cabelos acobreados sob a luz do sol, ouvindo sua voz profunda e autoritária, vendo seu sorriso de covinhas. Embora muitas pessoas do grupo de Ulrika fossem abandonar a caravana ali e entrar na cidade a pé, ela permaneceria na estrada e seguiria até o extremo sul da cidade murada, lugar de onde, segundo lhe disseram, partiam as caravanas para o Oriente. Ela sabia que encontraria Sebastianus ali.

Sempre que os chefes das caravanas se encontravam ao longo das muitas rotas mercantis do Império Romano, eles trocavam boatos tanto quando produtos. E durante seu último acampamento, num oásis chamado Bir Abbas, o comerciante de linho compartilhara uma fogueira com um comerciante de vinho que seguia para o oeste, e dele soube de uma grande caravana que estava sendo preparada para uma viagem diplomática à China, de um espanhol que viajava sob os auspícios do próprio imperador romano.

Ulrika sabia que era de Sebastianus que eles haviam falado, e sabia também que ele continuava na Babilônia, porque não chegara ainda o solstício de verão, e ele dissera que só partiria depois dessa data.

A caravana de linho abria caminho em meio a acampamentos lotados de pessoas que tinham vindo para a cidade à procura de trabalho. Ulrika ouvira falar do poder e força de Marduk, considerado por seus seguidores a divindade mais poderosa do universo. "Consultarei então seus sacerdotes", ela pensou. "Talvez Marduk possa me dizer onde encontrar Shalamandar."

O comerciante de linho desacelerou a marcha de seus animais e vagões, e as pessoas com quem Ulrika compartilhava a carroça coletaram seus pacotes e se prepararam para entrar na cidade a pé. Ulrika despediu-se das seis irmãs e lhes desejou boa sorte.

Quando a carroça se aproximou da estrada que atravessava o Portão de Adad — uma enorme arcada nos muros da cidade, com guardas nas torres e flâmulas coloridas oscilando ao vento —, eles ouviram o súbito retumbar de trombetas. No instante seguinte, homens montados a cavalo passaram pelos portões a galope, os cascos ressoando ao atravessarem a ponte do fosso. Os cavaleiros gritavam:

— Abram alas! Abram alas! Prostrem-se em honra ao Divino Deus Marduk!

O comerciante de linho deteve sua carroça, e o restante do tráfego e dos pedestres parou na estrada e nas ruas vizinhas. O ribombar de tambores surgiu em seguida, e Ulrika observou os músicos, logo atrás dos cavalos, passarem tocando seus instrumentos em uníssono e produzindo um som assustador.

— O que é isso? — perguntou ela ao comerciante.

— É uma procissão em honra ao Grande Deus — respondeu ele. — Dizem que um breve olhar a Marduk traz sorte. Fique de olhos abertos.

Enquanto esperava que a procissão passasse, Ulrika virou o rosto para o leste, em direção às palmeiras de ricas folhagens e ao céu azul que circundavam a área de concentração das caravanas.

"Hoje à noite", ela pensou com o pulso acelerado, "estarei com Sebastianus..."

— Meu amigo, foi um prazer fazer negócio com você. Prometo que meus finos vinhos lhe abrirão portas e portões e farão os homens desejarem lhe oferecer as suas filhas virgens. Digo, com toda a modéstia, que minhas uvas causam inveja ao próprio Marduk.

Sebastianus sorriu para o loquaz babilônio enquanto examinava seus animais e a carga. Recentemente, vinho fora adicionado à sua caravana, armazenado em vasos de prata, da maneira como os fenícios haviam feito durante séculos, pois a prata impedia que se estragasse. E as mulas eram revestidas de sacos de leite fresco, presos a seu lombo. A fermentação se daria nos sacos, fazendo o leite coalhar. O permanente movimento dos animais transformaria o queijo resultante em coalho, enquanto o líquido restante, o soro, proporcionaria uma bebida potável no caso de não encontrarem água.

A caravana de Sebastianus estava prestes a partir. Tudo o que ele tinha de fazer era esperar que se encerrassem as comemorações do solstício.

Momento em que, ele rezava, Ulrika apareceria, e ele a persuadiria a acompanhá-lo na viagem para o leste.

"Seria aquela uma vã oração?", ele se perguntava. Sem dúvida, Syphax a teria entregado em segurança à sua mãe, em Jerusalém, onde Ulrika descobriria a localização de Shalamandar. E estaria, então, vindo juntar-se a ele. Talvez ela já estivesse por perto, e a mesma brisa que soprava suavemente no rosto de Sebastianus acariciava o rosto de Ulrika.

— Agradeço a você por sua ajuda, Jerash — declarou, segurando o punho do babilônio e apertando-o com uma força viril.

Jerash, de túnica franjada colorida e com um chapéu em forma de cone na cabeça, era primo de um homem de quem Sebastianus ficara amigo em Antioquia, e, agora, Jerash lhe dera os nomes de parentes que moravam em assentamentos na rota mercantil em direção ao Oriente.

— Basta mencionar o meu nome, nobre Gallus — garantiu o babilônio enquanto levava uma das mãos ao bolso bordado e tirava de lá tábuas de barro —, e entregar estas cartas de apresentação a meus tios e primos, e eles lhe oferecerão toda a ajuda de que precisar! Sua missão à China será como velejar pelo sopro de uma brisa, meu amigo! Os deuses o carregarão sobre os ombros e você voará como um pássaro!

Ali perto, sentado na área do acampamento com Nestor, o filho de cara redonda, que preparava um ensopado de cordeiro com legumes, Timonides observava com olhos amargurados a conversa entre Sebastianus e o babilônio. Somente ele sabia que a caravana de Sebastianus para a China não seria o voo de um pássaro, porque seguia uma rota cheia de ciladas, traições e reveses. Não que tudo isso estivesse aparente aos homens comuns, ou pudesse ser visto a olho nu. Somente Timonides sabia dos grandes perigos que se encontravam pela frente, porque somente ele interpretara os astros de seu mestre e vira as calamidades que o aguardavam.

E tudo por culpa de Timonides, o astrólogo! Ele não podia deixar de falsificar os horóscopos de Sebastianus, e teria de continuar mentindo, enquanto o mantinha prosseguindo para o leste, para evitar a execução certa de Nestor. O clamor público de Antioquia não havia chegado à Babilônia, mas as rotas de correio real ao longo do rio Eufrates eram rápidas e eficientes. Uma palavra de um magistrado a outro, e os guardas da cidade estariam batendo em todas as portas, olhando embaixo de cada tapete, deitando por terra todas as jarras do tamanho de um homem à procura do assassino do venerado Bessas, o homem santo.

Esse pensamento embrulhou o estômago de Timonides e quase o fez perder o apetite.

Os astros não mentiam. Sebastianus deveria estar, naquele momento, em algum lugar ao sul de Antioquia, talvez em Petra, a cidade mais ao sul. Em qualquer lugar, exceto ali! Entretanto, Timonides, o intérprete da vontade dos deuses, fizera seu mestre seguir para o leste, dizendo calúnia após calúnia, à custa de sua própria alma imortal. Pois certamente iria para o Inferno por seu sacrilégio. Pior, levar Nestor na caravana de Sebastianus fazia dele um participante inconsciente de um crime capital. Sebastianus estava ajudando um fugitivo, o que significava uma execução para ele também, se o pegassem.

Se ao menos eles partissem! Timonides havia sugerido delicadamente que partissem para o Oriente naquele dia, naquele minuto, sem perder um precioso instante, mas ele sabia que Sebastianus pensava naquela moça! Ulrika. Ela era como uma doença insidiosa, coçando sob a pele dele. Timonides via como seu mestre olhava em direção ao oeste todas as noites, parando o trabalho para olhar melancolicamente por quilômetros até além do horizonte, visualizando a moça de cabelos claros que o havia encantado. Timonides ficara tentado a falsificar um horóscopo e insistir para que partissem, mas seria pecar demais. Quando podia ser honesto, ele era honesto. Além disso, por que testar seu mestre? E se ele dissesse a Sebastianus que os deuses insistiam para que eles partissem imediatamente, e, Sebastianus, à espera de Ulrika, dissesse não?

Para agravar a situação, Sebastianus estava considerando alterar a primeira perna da viagem a fim de obsequiar aquela moça. Ele havia procurado informação ali sobre a localização de Shalamandar, mas ninguém ouvira falar do lugar. Ela dissera que era na Pérsia, então Sebastianus havia declarado sua intenção de ir para o norte primeiro, a fim de acompanhá-la a seu destino, antes de seguir a negócio para a China!

Com um suspiro, e pensando que os filósofos tinham razão quando diziam que era impossível amar e agir com sabedoria, Timonides retornou a seus mapas e instrumentos para o horóscopo do meio-dia, e enquanto recalculava os planetas de seu mestre, levando em consideração o cometa que havia aparecido na casa da lua de Sebastianus, e a inesperada estrela cadente que passara por Marte...

Timonides ficou paralisado, e seu desjejum de berinjela e alho lhe subiu à garganta.

De novo não...

Ele queria protestar contra a injustiça da vida. Destinado para sempre a interpretar os astros para outras pessoas, Timonides, o astrólogo, que fora abandonado numa pilha de lixo quando era bebê, esperava que algum dia os deuses revelassem a seu humilde servo os planetas de seu próprio nascimento. Com esse objetivo, havia mantido sua prática astrológica pura.

Mas os deuses eram perversos. Brincavam com ele; atormentavam-no. Proporcionavam-lhe vislumbres de esperança para em seguida frustrá-los.

A moça estava na Babilônia.

Não havia dúvida quanto a isso. O horóscopo de Sebastianus mudara. Os caminhos dos dois amantes estavam prestes a se cruzar novamente.

Então, uma vez mais, a despeito das promessas em contrário, Timonides precisava falsificar mais um horóscopo. Não podia permitir que Ulrika se juntasse à caravana. Nestor havia se comportado bem durante a viagem de Antioquia para a Babilônia e durante sua estada ali. Mas, com Ulrika na sua companhia de novo, o rapaz certamente cometeria outro crime para agradar-lhe.

Mesmo que significasse enviar sua alma imortal para o Inferno, Timonides precisava proteger seu filho.

— Mestre — chamou, levantando-se da mesa. — Eu a encontrei, finalmente. Os astros revelaram onde Ulrika está.

Sebastianus deu um sorriso tão esperançoso para ele que Timonides temeu regurgitar a berinjela. Engolindo de volta a bile, ele continuou:

— Ela está em Jerusalém. Está com a mãe e a família.

O sorriso transformou-se numa carranca.

— Tem certeza?

— Os astros não mentem, mestre. Mesmo que a moça deixasse Jerusalém hoje, ela demoraria semanas para chegar à Babilônia. Mas mestre, não aparece uma viagem no futuro dela. Ela vai *ficar* em Jerusalém.

Feriu o coração do velho homem ver tamanha decepção no rosto de Sebastianus. Ele amava o jovem Gallus quase tanto quanto amava Nestor. Amaldiçoando a vida, amaldiçoando os pais que o haviam abandonado numa pilha de lixo, amaldiçoando a Babilônia, os deuses, até mesmo os astros, Timonides prosseguiu:

— Há algo mais. O cometa de ontem à noite e a estrela cadente que passou por Marte indicam que devemos partir imediatamente. Não podemos permanecer nem mais um dia nesta cidade. É inevitável, mestre.

— Mas faltam dias para o solstício de verão!

— Mestre, a pior calamidade recairá sobre esta caravana se nos atrasarmos. *Hoje* é o dia mais propício para a partida. Os deuses foram claros.

Com o cenho franzido, Sebastianus pesou sua decisão.

Ele passara todo o tempo na Babilônia coletando o máximo de informação possível sobre a China. Iria obter muito pouco mais que valesse a pena. As mercadorias provenientes daquela terra distante nunca vinham diretamente para essa parte do mundo; em vez disso, passavam por uma série de intermediários. Uma peça de seda chinesa podia atravessar as mãos de vinte comerciantes antes de chegar ao mercado da Babilônia. O mesmo acontecia com as informações. Os nomes dos lugares, em particular, não se mantinham ao longo das viagens, e, assim, todos os homens com quem ele falava, todos os mapas que consultava, tinham nomes diferentes para as cidades e as características geográficas.

Um, entretanto, parecia mais consistente. A cidade onde o imperador da China foi entronado. Sebastianus tinha, por fim, um nome, uma meta identificável, para pôr diante de si a cada nascente e poente, mantendo-o em sua mente como uma estrela fixa.

— Muito bem — disse ele com relutância. — Onde está Primo? Timonides, envie alguém à cidade para procurá-lo.

— Sim, sim, mestre — assentiu o astrólogo, aliviado.

Mais adiante, na próxima cidade, vale ou montanha, quando eles estivessem distantes o suficiente da ameaça da presença de Ulrika, ele faria sacrifícios para tantos deuses quantos pudesse, faria penitência e seria abnegado, dedicar-se-ia ao jejum e ao celibato, se fosse necessário. Timonides faria tudo em seu poder para voltar às boas graças do Ser Divino.

— Certifique-se de que Primo volte imediatamente — insistiu Sebastianus, e depois virou-se e entrou em sua tenda, compondo mentalmente a carta que iria escrever para Ulrika e deixar aos cuidados do Mestre das Caravanas.

DO OUTRO LADO DO RIO, na Cidade Ocidental, à sombra do Templo de Shamash, Primo, o legionário aposentado, Administrador Principal da casa de Gallus em Roma, porém agora a segunda pessoa em comando da caravana de seu senhor para a China, estava deitado enquanto uma prostituta massageava seu pênis grosso. Seus pensamentos não se dirigiam à mulher nem a seus serviços carnais, mas voltavam-se para a longa jornada que ele e seus homens especialmente treinados estavam prestes a enfrentar. E mentalmente reviu as coisas que teria de providenciar para aquele dia: provisões, armas, a lista de obrigações.

A prostituta pôs-se em cima dele sem uma palavra. Aquelas eram sempre suas instruções: "Não fale." Primo só sentia prazer com mulheres desconhecidas — e mesmo assim não era um verdadeiro prazer, era mais uma necessidade.

Deixando a prostituta fazer todo o trabalho, o veterano de campanhas militares e de vida dura decidiu que seu exímio arqueiro, um bitínio chamado Zipoites, seria a pessoa mais indicada para obter inteligência durante a viagem — ele era corpulento o suficiente para parecer gordo por baixo de túnicas de comerciantes e não levantar suspeita de sua força nem de seu treinamento como lutador. Sim, Zipoites seria a pessoa a ser enviada à frente para os assentamentos ao longo da estrada, para visitar as tabernas e falar com os homens locais. Zipoites era resistente ao vinho, enquanto outros homens soltavam a língua. Ele era bom em obter informações de...

— *Hum* — gemeu Primo ao atingir o clímax e depois ficou imóvel por alguns instantes enquanto a prostituta, sem dizer uma palavra, deixava a cama e enrolava-se em seu robe para cobrir a nudez. Do lado de fora, a cidade da

Babilônia mantinha a movimentação rotineira com seus cidadãos correndo de um lado para o outro nas ruas estreitas, concentrados em seus próprios medos, preocupações, esperanças e desejos imediatos. Preparavam-se para a semana seguinte, a semana das comemorações do solstício de verão, o que também significava que se preparavam para uma estação de calor e poeira. Muitos estavam desempregados, e seus pensamentos voltavam-se para a comida e os deuses.

Mas Primo não se importava com aquela cidade e seu povo. Seu trabalho era certificar-se de que seu senhor, Sebastianus Gallus, chegasse à China em segurança e que suas missões diplomáticas para o Oriente fossem um sucesso.

E havia o trabalho *secreto*, ordenado pelo próprio Nero César...

Ao pôr suas roupas novamente — o antigo uniforme de soldado, túnica branca, peitoral de couro, sandálias militares amarradas até os joelhos —, Primo cuspiu no chão. Desejava não ter sido recrutado para o núcleo de espiões de Nero. Obedeceria, naturalmente. Sua lealdade podia ser para com seu empregador e homem que o salvara de uma vida de mendicância nas ruas, mas um dever maior o forçava, como soldado, a manter sua fidelidade ao imperador e ao império. Mesmo que significasse trair o homem por quem tinha afeição.

Ao sair, levou uma das mãos à bolsa de couro em sua cintura, na qual carregava dinheiro e seu talismã da sorte — uma ponta de flecha de bronze que fora retirada de seu tórax por um cirurgião militar que declarara que Primo era o homem de mais sorte na terra, pois a flecha além se instalara a milímetros de seu coração. Ele pegou uma moeda e jogou-a no chão. Tinha a efígie de César nela, então a prostituta sabia que era verdadeira. Primo não olhou para o rosto dela. As prostitutas nunca olhavam para o dele.

Ao caminhar pela rua das Meretrizes, ele percebeu que, ultimamente, cada vez mais deixava essas mulheres pagas com um sentimento menor de prazer. Fisicamente, elas o satisfaziam. Primo não tinha dificuldade em ter uma ereção e atingir o orgasmo. Porém, cada vez mais, deixava os prostíbulos com menos satisfação.

E se viu pensando numa mulher que conhecera muito tempo antes, a única a quem ele entregara seu coração.

Primo e seu regimento passavam por mais um vilarejo pequeno e sem nome quando seu centurião o enviou à procura do ferreiro local. Era primavera, ele lembrava-se, de céu azul com nuvens brancas, o perfume de flores no ar, a brisa fresca e promissora. Suas botas ressoavam na calçada de pedras quando ele entrou num beco estreito e se viu subitamente cercado por um grupo de homens irados. Eles portavam bastões e adagas e pareciam dispostos a usá-los.

O ódio aos soldados romanos era universal por todo o império, especialmente nas regiões recém-conquistadas, então Primo sabia que a raiva daqueles homens era recente e intensa. Eles atacariam sem pensar e somente depois, quando estivessem pregados à cruz, considerariam a tolice de suas ações. Passou por sua mente de maneira breve tentar admoestá-los — pois, sem dúvida, eles tinham a intenção de matá-lo e eram mais numerosos — quando surgiu uma moça.

— Esperem — gritou ela, e os aldeões interromperam o avanço em direção ao soldado solitário.

Ela aproximou-se, e Primo viu que ela carregava um bebê junto ao peito. A moça tinha a cabeça coberta por um véu, mas um belo rosto se revelava à luz do sol da primavera.

Um dos homens vociferou:

— Isso não lhe diz respeito, filha de Zebediah. É assunto para homens.

— E é assunto para homens transformar as mulheres em viúvas e seus filhos em órfãos? Que vergonha!

— Roma é maligna! — berrou outro. E eles voltaram a avançar.

Mas ela se colocou diante de Primo, de modo que ele sentiu a doce fragrância de seus cabelos velados, e ela disse:

— Este soldado não é Roma. Ele é apenas um homem. Voltem para suas casas, antes que seja tarde demais para todos nós.

Eles ficaram irrequietos e agarraram seus bastões. Entreolharam-se e depois olharam para o bebê dormindo nos braços dela até que finalmente viraram-se e desapareceram.

A mulher jovem voltou-se para Primo e falou:

— A culpa não é sua, romano. Está apenas fazendo o seu trabalho. Vá em paz.

E Primo, o soldado, cujo coração tinha o tamanho e a dureza de um seixo, apaixonou-se.

Ele a viu distanciar-se, uma figura esguia, envolta num véu azul longo, como se descida do céu, e, naquele instante do tempo, ficou paralisado como se o mundo tivesse parado e ele e a jovem mãe fossem seus únicos habitantes. A moça não sorrira para ele, mas também não lhe demonstrara aversão, embora Primo fosse, de fato, feio. Simplesmente olhara para ele — ele vira belos traços, ouvira uma voz suave...

Até mesmo então, simplesmente movido pela lembrança, Primo foi tomado de uma intensa emoção. Ela interviera em seu favor. Embora tivesse feito isso para poupar seus vizinhos da ira de Roma e evitar a punição daqueles que não obedeciam às ordens de seus novos senhores, ela olhara para ele com olhos castanhos límpidos e lhe dissera que não era sua culpa. E naquele instante ele se apaixonara de forma definitiva e incondicional. E também soube naquele momento que a amaria enquanto vivesse e que, durante toda a sua vida, jamais amaria outra mulher como amara aquela jovem mãe.

De repente, Primo sentiu um fedor excessivo que o fez despertar de seu devaneio. Torceu o nariz e virou-se na direção de onde vinha o mau cheiro. Corpos apodrecidos pendurados nos muros da cidade. A maioria tivera as mãos amputadas, ou os genitais mutilados, indicadores de seus crimes: larápios e estupradores. A justiça na Babilônia era rápida. Um ladrão era castigado tendo a mão decepada e depois era pendurado pelos tornozelos e abandonado até morrer. Às vezes levava dias. Aos olhos de Primo, aquilo parecia uma punição extrema. Muito provavelmente, o ladrão teria roubado um homem rico, pois quem se importaria se alguém roubasse um homem pobre?

Assim era a justiça no mundo em geral. Aquele era o mundo dos ricos, não restava a menor dúvida.

E de um imperador.

— Você precisa vigiar os movimentos de Gallus — dissera o jovem Nero naquela noite, numa sala nos fundos do salão imperial de audiências. — Você precisa memorizar as palavras dele, observar como ele se apresenta e apresenta Roma aos potentados estrangeiros. Não podemos ter um embaixador que coloque seus interesses em primeiro lugar. Você me relatará todas as ações e palavras que possam ser consideradas sediciosas e traiçoeiras.

Pensando nisso, Primo contraiu o rosto naquela manhã esfumaçada, fazendo-o parecer ainda mais feio do que normalmente era. Ele faria o trabalho, mas não com prazer.

— Senhor! — Ele ouviu o grito no final da rua. Primo reconheceu um escravo da caravana. O homem estava ofegante por estar correndo. — Fui mandado para buscar o senhor imediatamente. A caravana parte hoje.

Primo olhou para ele surpreso. E depois, pensando que já estava na hora, saiu correndo e dirigiu-se ao Portão Enlil.

Enquanto Sebastianus ia de um lado a outro, examinando a fileira de camelos e cavalos, dando instruções de última hora, batendo de leve nas costas dos homens e falando-lhes sobre a grande aventura que teriam pela frente, Timonides fez uma visita secreta e rápida ao Mestre das Caravanas, que Sebastianus visitara momentos antes. O astrólogo sabia que ele entregara ao homem uma carta para Ulrika. Timonides não tinha como impedir isso. Mas sabia que Sebastianus deixara também uma mensagem oral para ser transmitida a uma moça de cabelos claros, caso ela aparecesse perguntando pela caravana de Gallus.

— Diga a ela que partimos na véspera do solstício de verão. Diga que aguardaremos em Basra até a próxima lua cheia. De lá, pegaremos a antiga rota norte para Samarcanda. — Ele dera ao homem uma moeda de prata pelo inconveniente.

Timonides, então, transmitiu uma nova mensagem ao homem e lhe deu uma moeda de *ouro* para refrescar sua memória. O astrólogo retornou à caravana em tempo para montar em seu burro e acenar para Sebastianus, que estava montado em seu cavalo, sinalizando estar pronto.

Sebastianus, então, olhando para trás em direção ao oeste pela última vez, imaginando os olhos azuis emoldurados por cabelos claros e fazendo uma oração pela segurança de Ulrika, virou-se em sua sela em direção ao leste, onde montanhas, rios e desertos o aguardavam.

E uma cidade lendária chamada Luoyang.

A PROCISSÃO DE MARDUK parecia continuar por quilômetros, e Ulrika estava impaciente, tentada a abandonar a carroça e seguir às pressas, a pé, para a área das caravanas. Mas ninguém se atrevia a se mover enquanto o deus supremo da Babilônia estivesse fazendo uma aparição pública, então ela teve de esperar.

Finalmente, os últimos percussionistas, sacerdotes e soldados montados passaram, e o comerciante de linho chicoteou suas mulas para que seguissem em frente. Na área de parada das caravanas, que era vasta e se encontrava lotada de homens e animais, tendas e enormes pilhas de mercadoria, Ulrika dirigiu-se à tenda do Mestre das Caravanas, que lhe poderia indicar a direção correta.

Ele franziu o nariz bulboso.

— Como? A caravana de Gallus? Eles partiram um mês atrás. A esta altura já estão muito longe. — Gallus lhe dera uma moeda de prata para contar a verdade. Mas o grego lhe dera uma moeda de ouro para dizer que haviam partido um mês antes. Por aquela quantia, o homem teria dito, alegremente, um ano! — E isto é para a senhorita — acrescentou ele, entregando a Ulrika um pequeno rolo de pergaminho.

Ela rapidamente o abriu e viu que era a letra de Sebastianus, escrita em latim. "Minha amada Ulrika, os planetas e os astros decretaram que deveríamos partir cedo. É com muita tristeza que vou, porque esperava ter você ao meu lado na viagem para o fabuloso desconhecido. Mas vou também com alegria, sabendo que em breve realizarei o sonho da minha vida, de visitar a distante China. Levo você no meu coração, Ulrika. Estará nos meus pensamentos e nos meus sonhos. E quando eu me vir diante do trono do imperador da China, você estará ao meu lado. Rezo, minha amada, para que receba esta carta, e para que espere por mim na Babilônia. Eu amo você."

— Sabe que rota a caravana tomou? — perguntou ela, seus olhos enchendo-se de lágrimas.

O homem franziu o cenho. Gallus havia deixado instruções explícitas, mas certamente a moeda de ouro garantia a falsificação dessa notícia também. Então ele disse:

— Eles iam embarcar em navios no Golfo. A esta altura já devem estar a uma boa distância no mar.

Esmagada pela decepção, Ulrika agradeceu ao homem e virou-se em direção aos elevados portões da Babilônia, dando as costas ao horizonte leste, de onde ainda se podia avistar, à luz da tarde que caía, a poeira que subia dos cascos dos cavalos, das rodas e dos pés naquela grande caravana que acabara de partir para a China.

20

Ulrika descobriu que a Babilônia, estando na encruzilhada entre o Oriente e o Ocidente, era uma cidade cosmopolita, tolerante com todos os credos. Ali, qualquer estrangeiro encontraria o deus ou a deusa de sua escolha. Os visitantes gregos encontravam templos a Afrodite, a Zeus e a Artêmis. Os romanos, quando não estavam em guerra com a Pérsia, eram bem-vindos aos templos devotados a Júpiter e a Vênus. Os fenícios podiam oferecer sacrifícios a Baal; os egípcios, a Ísis e Osíris; e os persas, a Mitra. E, claro, os próprios deuses dos babilônios, Marduk e Ishtar, encontravam-se nos mais magníficos templos.

Ulrika visitara todos, falando com sacerdotes, oráculos e mulheres dotadas de sabedoria, procurando aperfeiçoar sua autodisciplina interior. Ela fazia meditação focalizada todas as noites e, embora tivesse alcançado certo sucesso em provocar as visões à vontade, elas não duravam muito. Ulrika sentia sono, ou sua mente se distraía, e perdia a concentração. Apesar de vários templos e alguns sacerdotes oferecerem diferentes formas de oração, nenhum deles lhe mostrava o caminho da meditação profunda.

Ela também procurara, sem sucesso, indicação de onde encontrar as piscinas cristalinas de Shalamandar.

Mas, durante todo o tempo em que ficou naquela grande cidade às margens do Eufrates, o coração de Ulrika estivera com Sebastianus, e ela rezava para que ele avançasse com regularidade em direção à China.

Ela lia a carta dele todas as noites e criara um ritual de falar com ele antes de adormecer, visualizando seu belo rosto, seu sorriso, sentindo sua força e seu poder, evocando o toque das mãos dele em seus braços naquela última noite em Antioquia, quando ele lhe declarou o seu amor. Ulrika deitava-se em seu leito rústico, enquanto a cidade da Babilônia mexia-se em seu sono irrequieto, e, no escuro, falava baixinho com Sebastianus, contando-lhe o seu dia, o que conseguira, garantindo-lhe que ele permanecesse em seus pensamentos e coração da manhã à noite, na esperança de que Mercúrio, o mensageiro dos deuses e padroeiro dos mercadores e comerciantes, levasse suas palavras a seu amado.

Ulrika dobrou em direção à rua Enlil, onde alugou um pequeno quarto de uma viúva chamada Nanna que sustentava os cinco filhos pintando ovos para Ishtar. Nanna era muito prendada e tinha um toque delicado, quer esculpindo desenhos em ovos de barro, quer pintando ovos de pássaros, dos quais as gemas e as claras haviam sido removidas. Esses ovos eram presentes populares para a família e os amigos, e também uma das oferendas preferidas nos templos da Babilônia. Em troca de quarto e comida, Ulrika ajudava a cuidar dos cincos filhos da mulher. Ela também dividia com os vizinhos do quarteirão seu conhecimento sobre cura — prescrevendo elixires e tônicos, lancetando abcessos, fazendo partos — todas as coisas que sua mãe lhe ensinara ainda em Roma.

Mas Ulrika sempre visitava o ponto terminal das caravanas, ao sul da cidade, para perguntar aos comerciantes que voltavam do Oriente se tinham notícias de Sebastianus. A última informação que tivera sobre a caravana para a China em missão diplomática imperial fora seis meses antes, quando um comerciante de camelos bactrianos lhe disse que tivera notícias de que a expedição de Gallus havia feito uma travessia bem-sucedida e segura através dos perigosos passos de Samarcanda. Desde então, Ulrika não tivera informação alguma a respeito de Sebastianus.

Ela se encontrava então no mercado, à luz do sol, enquanto as pessoas à sua volta iam e vinham, ignorando a moça de vestido simples com um véu que lhe cobria os cabelos. A única característica que distinguia Ulrika de outras moças na Babilônia era uma caixa de madeira pendurada ao ombro por uma tira de couro, identificada como caixa de remédios por símbolos em hieróglifos egípcios e escrita cuneiforme da Babilônia.

Pensando no dinheiro que recebera por ter drenado um abcesso e o que poderia comprar com ele, Ulrika parou de repente e fixou seu olhar. Diante de um vendedor de cebolas, alhos-porós e lentilhas, sentado no chão de terra, em frente às mesas dos produtos, havia um grande cão de caça de farto pelo marrom.

Ulrika não sabia por que havia parado, nem por que a criatura atraíra seu interesse. Ele era um cão comum, e a praça do mercado estava cheia de animais — cercados com gansos e galinhas à venda, caixotes com patos e pombos, poleiros nos quais estavam presos exóticos papagaios e falcões. Porcos e cabras grunhiam e baliam em cercados cobertos de palha, e gatos e cachorros — para alimento e sacrifício nos templos — andavam de um lado para o outro em pequenas jaulas. Havia até serpentes dançando enquanto os encantadores tocavam suas flautas, e escorpiões pendurados nos rostos dos místicos, para estupefação dos espectadores.

No entanto Ulrika não conseguia tirar os olhos de um cão comum. E então ela percebeu que não era, claro, um cachorro, e sim um lobo.

Ulrika não experimentara a visão do lobo novamente desde a noite no deserto da Judeia, quando ele a conduziu até uma sepultura secreta. Naquele momento, ela olhou para ele, surpresa e curiosa. Então algo lhe ocorreu. Mantendo os olhos na visão, ela desacelerou a respiração, afastou todos os pensamentos da cabeça e concentrou-se no lobo com renovada intensidade.

— Leve-me para onde eu devo ir — sussurrou. — Mostre-me o caminho.

A bela criatura virou-se e se afastou correndo, em meio a uma multidão que parecia inteiramente alheia ao espírito-lobo que passava ali. Ele conduziu Ulrika por sob uma arcada de pedra, e ela se viu numa pequena praça circundada por residências com portas de madeira e janelas fechadas. No centro da praça, um pequeno grupo de pessoas observava um homem no meio delas. Essas cenas eram comuns na Babilônia, pois os artistas recreativos eram comuns ali — mágicos, contadores de histórias, até mesmo videntes e magos que praticavam a necromancia.

Mas o homem no meio daquele grupo tranquilo era diferente dos habituais vendedores ambulantes, que sempre usavam cores vivas para atrair a atenção das pessoas. Os trajes desse homem eram discretos, modestos. Ulrika reconheceu os cachos compridos emoldurando-lhe o rosto, o xale franjado, branco de listras azuis, as tiras de couro em torno de seus braços e de sua cabeça, passando por sobre a testa, como os ornamentos de um judeu devoto. E as pessoas ao redor dele estavam incomumente tranquilas. Em vez de ser desordeiro e agressivo, aquele grupo era pequeno e tranquilo e, Ulrika viu, era composto em sua maioria por mulheres e escravas. Alguns homens estavam parados à borda do círculo, os braços cruzados e uma expressão cética no rosto.

Quando ela viu que muitos dos espectadores sofriam de doenças ou lesões, ocorreu-lhe que aquele homem fazia milagres de cura. A Babilônia estava lotada desses curandeiros.

Ela concentrou sua atenção no milagreiro judeu ao lado de uma mulher, e ele ergueu os braços enquanto cantava suavemente. Para surpresa de Ulrika, a mulher também cantava. E então ela percebeu: eles estavam orando juntos.

Enquanto todos observavam em silêncio, ouvindo o suave murmúrio das duas vozes, Ulrika estudava as pessoas à sua volta, vendo as expressões de esperança e expectativa em seus rostos, e se perguntava o que elas esperavam testemunhar ali naquele dia.

— Com licença — sussurrou ela no ouvido de uma mulher a seu lado. — Quem é esse homem? — perguntou Ulrika.

— É o rabino Judah — respondeu a mulher. — Ele chegou recentemente de Palmira. Dizem que faz milagres.

Ulrika voltou a atenção aos dois que se encontravam no centro do grupo silencioso e viu que a mulher que orava começou a soluçar. Cobrindo o rosto com as mãos, ela baixou a cabeça e chorou. O milagreiro judeu impôs a mão no ombro dela e disse:

— Entende agora, irmã?

A mulher assentiu com um gesto de cabeça, emocionada demais para falar.

O pequeno grupo começou a se mexer e a murmurar. Era a vez de outra pessoa. Entretanto não houve avanço nem empurrões, nem tampouco gritos ou moedas nas mãos. Ulrika se perguntava se eles haviam sido prevenidos para respeitar Judah, ou se era algo que faziam instintivamente.

A mulher foi embora, tentando dar a Judah algumas moedas, que ele recusou. Então o pequeno grupo ficou tenso como se cada um esperasse ser o próximo a ser escolhido pelo milagreiro judeu. Para decepção de todos, no entanto, o judeu de meia-idade pigarreou e disse com voz sonora:

— Irmãos e irmãs, misericórdia a todos e paz, e caridade cumprida. Lembrai-vos disto: nada está perdido, nada está oculto. Pedi e recebereis. Procurai e encontrareis. Há redenção no perdão, pois um homem deverá ser lembrado por suas boas ações e não por seus pecados. Mas agora, acima de tudo, isto: não há morte, há apenas a vida eterna, desde que vos mantenhais no amor de Deus. E consolai-vos, também, sabendo que Deus tem um plano divino, cujo propósito é o mais alto bem para a humanidade. Temos apenas que obedecer à Lei sagrada e seremos redimidos.

O grupo se dispersou pacificamente. Ulrika não entendeu o que acabara de acontecer. Não houve uma demonstração exaltada de magia, nenhum pó explosivo, não houve transformação da água em vinho, nenhuma cura espontânea de cegueira nem de paralisia, e certamente nenhum barulho e exultação como em grupos que se viam em outras praças de mercado com outros milagreiros.

Ela se perguntava por que sua visão do lobo a conduzira àquele lugar.

Mas, no instante seguinte, o rabino virou-se e olhou diretamente para ela, e Ulrika sentiu algo voar pela pequena praça iluminada pelo sol, passar bem perto de seus olhos como asas invisíveis e atravessar seu corpo até o centro de sua alma. Ela perdeu o fôlego. Não conseguia se mover.

Judah aproximou-se dela. Ele manquejava. Exalava um cheiro de pão e de cebolas, e Ulrika viu de perto, na prodigiosa barba grisalha que se abria em leque por seu amplo tórax, uma casca de pistache.

— Bênçãos, filha — saudou ele em aramaico. — O que procura?

Ulrika olhou para as outras pessoas dispersando-se e abandonando a pequena praça, e se perguntou por que ele a havia escolhido.

— O senhor é um místico, honrado pai? — perguntou.

Ele sorriu.

— Sou um indigno servo de Deus; a Ele, a glória e a majestade.

Ela olhou na direção em que a mulher que chorara havia seguido, sob uma arcada de pedra, ladeada por dois vendedores de ovos de Ishtar, que estavam, naquele momento, cochilando ao sol.

— Aquela querida irmã havia perdido algo, mas agora ela sabe onde encontrar — disse Judah, antecipando a pergunta de Ulrika. — E você também procura alguma coisa, filha. Posso ajudá-la?

Ulrika examinou com cuidado aquele rosto curtido à procura de sinais de má-fé. Porém os olhos de Judah estavam abertos e pareciam honestos, sua expressão a de um homem de meia-idade, livre da mais leve sombra de malícia. E ele não pedia dinheiro, algo que todos os charlatões faziam antes de oferecerem um serviço. Ocorreu a Ulrika que ele talvez fosse um homem genuinamente honesto. Ele a fez pensar em Sebastianus. Então ela esclareceu:

— Estou aprendendo a meditar. Mas não consigo me concentrar. Disseram-me que essa é uma forma de oração, aí pensei...

Ele assentiu com a cabeça.

— Venha, vamos dividir o pão.

Ulrika esperava encontrar uma pequena família, uma reunião íntima, mas a casa do rabino Judah estava aberta a todos. O pátio se encontrava lotado de pessoas de todas as idades e posições sociais. E o grupo era animado e alegre, os participantes cantando, dando testemunhos e fazendo revelações espirituais. Judah pediu silêncio e transmitiu àquele grupo entusiasmado uma mensagem que se centrava no Fim dos Dias e na chegada de uma nova era, que ele chamava de "o reinado".

As pessoas dirigiam louvores e cantavam enquanto Judah andava entre elas, abençoando-as e agradecendo a presença de todas. Quando chegou a Ulrika, ele olhou atentamente para ela e disse:

— Por que deseja aprender meditação?

— Venerável rabino — respondeu ela —, durante toda a minha vida, eu tive visões. Elas são inexplicáveis, surgem aleatoriamente e parecem sem propósito. Eu procuro um meio de controlá-las e de aprender a usá-las bem.

Judah afirmou:

— Muitos de nossos fiéis são abençoados com visões e com fenômenos espirituais. Alguns são até tocados pelo Espírito e falam diversas línguas. Venha, você precisa consultar Miriam.

Judah conduziu-a para dentro de casa, um lugar mais tranquilo e com menos pessoas. Uma mulher de meia-idade, vestida de marrom com um véu cobrindo-lhe os cabelos, estava sentada numa cadeira com diversas pessoas sentadas no chão aos seus pés. Ela era gorda e lembrava a Ulrika uma perdiz de cara rosa.

Judah continuou:

— Minha mulher, Miriam, é como Deborah no passado, uma juíza que também era profetisa. E, como Deborah, Miriam não é das que predizem o futuro; ela ouve uma mensagem de Deus e a transmite a outras pessoas.

Quando Judah apresentou a moça à sua mulher, Miriam estendeu os braços em direção às mãos de Ulrika e falou:

— Não se preocupe, filha, porque você é abençoada. Deus lhe concedeu um dom.

— Mas não sei como usá-lo — respondeu Ulrika. — Tenho praticado meditação focalizada, mas não consigo ficar concentrada muito tempo. Adormeço, ou a minha mente se desvia. O que mais devo fazer?

Tomando as mãos de Ulrika nas suas, a mulher olhou dentro dos olhos dela e perguntou:

— Você jejua antes de meditar?

— Jejuar? Não.

— O jejum limpa o corpo das impurezas que impedem a lucidez da oração — disse Miriam. — O jejum também mantém a pessoa desperta. A fome afia os sentidos, sua mente não se desviará. Faça isso e será bem-sucedida.

— Obrigada, Venerável Mãe.

— Estou percebendo dúvida em sua voz. Deixe-me lhe dizer isto, filha: imagine seu dom como uma casa cheia de um tesouro maravilhoso. Você não sabe como entrar, mas, ao circular em volta dela, olha pelas janelas e vê coisas fabulosas. É assim que você se sente em relação ao seu dom espiritual?

— É, sim — sussurrou Ulrika.

— Você precisa encontrar a porta, filha, e a chave da fechadura. Uma vez dentro, o tesouro será seu.

— Chave! — repetiu Ulrika, lembrando-se do que a vidente egípcia lhe dissera na rua dos Videntes. — A meditação é essa chave?

— Eu não sei — respondeu Miriam. — Mas você está procurando um lugar para chegar aos primórdios de sua alma, não está? Precisa encontrar esse lugar, pois ele é essencial para o caminho espiritual. Eu sinto que você se desviou, mas agora é necessário começar de novo.

— Foi isso o que me disseram. Sabe onde fica Shalamandar?

— Não sei nada sobre Shalamandar, mas existe uma pessoa que sabe. Ele levará você até lá.

— Quem é? — indagou Ulrika, animada.

Miriam fechou os olhos e, balançando de um lado para o outro na cadeira, murmurou palavras que Ulrika não entendeu, e que nem sequer soavam como linguagem humana mas como uma espécie de balbucio. Quando parou, a mulher do rabino abriu os olhos e disse:

— Você precisa ir para a Pérsia e salvar um príncipe e seu povo.

— Um príncipe! — disse Ulrika franzindo o cenho. — Mas como vou conseguir salvar um príncipe?

— Se não fizer isso, a linhagem dele se extinguirá. Seu povo deixará de existir.

— É esse príncipe que me levará a Shalamandar? Ele me dará uma chave? Pode me dizer o nome dele?

— Todas as respostas se encontram na Pérsia. Vá em paz, filha.

LIVRO SEIS
PÉRSIA

21

Ele estava encoberto pelas árvores enquanto observava a taberna, os fregueses entrando e saindo com lanternas que brilhavam contra a escuridão da floresta.

Ele a seguira até aquele lugar, desde o último vilarejo, acompanhando-a por toda a trilha da montanha muito cuidadosamente, assim como se segue um cervo. Ela não sabia que estava sendo seguida — uma moça de cabelos claros e passo confiante. Seu manto a cobria da cabeça aos pés, delineando uma figura alta e magra, com pacotes de viagem pendurados firmemente nos ombros e nas costas. Ela parecia ser forte, mas, pelo que ele percebera, não carregava nenhuma arma. E viajava sozinha — o que era incomum, mas que facilitaria agarrá-la.

Logo que a moça deixasse a taberna, um rápido movimento, e ele a capturaria.

— Creio que posso ajudá-lo, senhor — disse Ulrika.

— Ninguém pode me ajudar! — replicou o homem. — Mil demônios perseguem a minha cabeça! Eles giram o mundo à minha volta de maneira satânica. Não consigo dormir. E estou no limite da minha sanidade. Tudo o que desejo é morrer!

— Meu senhor! — insistiu calmamente Ulrika, num tom consolador, enquanto os outros fregueses na cabana de madeira, onde viajantes e pessoas da localidade se reuniam para passar o frio da noite, olhavam interessadas. — Eu já vi esse problema antes e posso tratá-lo. Se o senhor me permitir tocá-lo.

O pobre homem estivera reclamando em voz alta no momento em que ela entrou no pequeno estabelecimento e sentou-se num banco ao lado da lareira. Um persa barrigudo com barba rala e olheiras fundas lamentava-se, junto aos companheiros, do problema que o impedia de trabalhar em sua pequena fazenda e que também quase o impedia de andar, quando Ulrika se levantou do banco, aproximou-se dele e lhe ofereceu ajuda.

E assim ela viajara nos últimos 14 meses — indo de povoado em povoado, ganhando seu sustento com seus poderes de cura, indo de um lugar a outro, nunca ficando no mesmo lugar por mais de um dia ou uma noite; não conversava, nem mesmo para dizer seu nome, sua mente com um objetivo apenas: encontrar o príncipe que precisava de sua ajuda.

Quando Miriam, a mulher do rabino, lhe dissera que havia um estranho na Pérsia que ela deveria salvar, Ulrika acreditara nela. Afinal, Miriam era respeitada como profetisa. Mas também Ulrika tinha nascido na Pérsia. Essa viagem para ajudar um príncipe estava destinada a acontecer.

Havia, porém, mais uma razão pela qual Ulrika decidira aceitar a missão de encontrar o príncipe. Muito tempo antes, quando ela e a mãe viajaram por aquela terra antiga, quando Ulrika tinha entre 3 e 4 anos, elas haviam encontrado um homem extraordinariamente belo, sentado num magnífico trono e usando esplêndidas vestes. Um chapéu redondo alto coroava sua cabeça, e, por baixo dele, madeixas encaracoladas lhe caíam sobre os ombros. Sua barba era prodigiosa, cobria seu peito até a cintura, e se enrolava em pequenos anéis. Ele tinha um cajado em uma das mãos e, curiosamente, uma flor na outra. Diante dele, um incensário de ouro queimava incenso.

Ulrika não se lembrava por quanto tempo ela e a mãe haviam visitado o nobre, se tinham jantado com ele, ou dormido em sua casa. Ela não se lembrava do nome dele. Mas seu porte era tão magnífico que a impressionara, e ela lembrava-se daquele homem em todos os detalhes. Seria *ele* o príncipe sobre o qual Miriam falara? Isso parecia ser possível. E talvez ele morasse perto das piscinas cristalinas de Shalamandar. "Encontrá-lo", Ulrika pensou, "seria sem dúvida uma tarefa simples: tudo que precisava fazer era retraçar a rota que havia seguido com a mãe ao deixarem a Pérsia, 18 anos antes, e o encontraria."

No entanto a tarefa não parecia ser tão simples, no fim das contas. Ela seguia aquela rota já fazia um ano; estava quase no final, na verdade, e nada próxima de descobrir a identidade daquele belo homem, nem onde ele poderia ser encontrado.

Ulrika pediu que o fazendeiro se deitasse numa cama comprida, enquanto todos se aproximavam e observavam, homens e mulheres em vestes montanhesas de lã, revelando os traços característicos de uma raça que se originara do antigo sangue parto misturado ao dos gregos invasores. "Uma bela raça", pensou Ulrika.

Ela olhou para um nicho na parede mais distante, onde havia uma lâmpada solitária tremulando. Ulrika vira muitos nichos como aquele desde que entrara no território montanhoso denominado Lugar dos Pinheiros Silenciosos. Eram santuários de divindades locais chamadas *daevi*, que significavam "celestiais" ou "brilhantes" — divindades sagradas e benevolentes que eram veneradas naquela região havia milhares de anos. Ulrika pensou nas estátuas de deuses e deusas em torno de Roma, e nas enormes efígies de Marduk que dominavam as ruas da Babilônia. Ela pensou nos carvalhos da Germânia, esculpidos à semelhança de Odin, e no deus de Raquel próximo ao mar de sal, que com nada se parecia. E, então, ali, naquela região montanhosa distante, os deuses, representados por chamas solitárias, queimavam eternamente.

As divindades, Ulrika percebeu, eram tão diferentes e variadas como o povo que as venerava.

Colocando-se na cabeceira da mesa, ela disse ao fazendeiro:

— Olhe para o teto, por favor.

Ela falou em grego, uma língua daquele povo, mais um legado das conquistas de Alexandre.

— Está girando — gemeu o homem.

— Espere um momento, por favor. Faça uma oração, isso vai ajudar.

Ele fez a oração, repetindo baixinho o nome de seu deus três vezes, em grupos de três, enquanto, com uma das mãos, traçava sinais no ar, três vezes cada, e, com a outra, segurava o que parecia ser um pé de coelho. Ulrika aprendera que, embora as religiões das pessoas variassem ao redor do mundo, e pudessem até mesmo se antagonizar, um traço humano permanecia universal: a superstição. Quer fossem guerreiros na Germânia, cidadãos em Roma, marinheiros em Antioquia, moradores de acampamentos na Judeia, vendedores de cebolas na Babilônia, ou montanheses na Pérsia, todos acreditavam na boa sorte e na má sorte, e em muitas maneiras de atrair a primeira e afastar a última.

Todos na taberna observavam em silêncio enquanto Ulrika impunha as mãos em ambos os lados da cabeça do homem e então, delicadamente, girava a cabeça dele de um lado para o outro, trazendo-a de volta para cima.

— Rápido agora — ordenou ela. — Sente-se!

Ele sentou-se na mesa, empertigado, os olhos bem abertos e o queixo caído. Os espectadores prenderam a respiração, na expectativa.

— Por Ishtar! A tontura se foi! — gritou ele enquanto os demais erguiam os braços e davam gritos de comemoração.

Ulrika estava secretamente aliviada, pois algumas formas de tontura não se curavam com esse tratamento. Mas aquela era uma terapia simples para uma aflição que às vezes levava o homem ao suicídio, e ela sentiu-se feliz por poder ajudar.

— Cara senhorita! — disse o fazendeiro persa, caindo de joelhos no chão de terra. — Eu lhe serei sempre devedor! Já estava tão desesperado que ia procurar o Mago e suplicar a ele que me tirasse dessa miséria.

Ulrika ajudou o homem a levantar-se.

— O Mago?

O persa piscou seus olhos de coruja.

— Não conhece o Mago? Mas aqui todos conhecem o Mago! Ele mora na Cidade dos Fantasmas, numa torre alta, um homem de sangue real que é o último de sua linhagem. Dizem que ele faz milagres de cura, quando é encontrado. Cara senhorita, como posso lhe pagar por ter me livrado de um suicídio certo?

Antes que Ulrika pudesse responder... *um homem de sangue real, o último de sua linhagem...* o persa gritou:

— Espere, espere! — Levando as mãos ao pescoço, ele retirou um cordão pela cabeça e estendeu a oferenda a Ulrika. — Esta é a garra de um grifo sagrado, um animal antigo, e o espírito dele protegerá a senhorita do perigo.

Ulrika aceitou o talismã — uma tira de couro, no fim da qual estava pendurado o que parecia ser uma garra de corvo. Ela o colocaria em sua caixa de remédios junto com outros amuletos e talismãs que recebera de pacientes agradecidos.

— O senhor é muito gentil — respondeu ela. — Mas eu preciso de um lugar para ficar hoje à noite, então se o senhor pudesse me informar...

— Não precisa falar mais nada! Minha casa é a mais humilde da aldeia, como qualquer um pode atestar, mas é *sua*, cara senhorita! Vou à frente agora avisar à minha mulher, que os deuses abençoem o ventre dela! Direi que uma hóspede muito estimada vai nos honrar com sua visita hoje à noite. Todos aqui poderão indicar onde fica a casa de Koozog. Siga o caminho e quando chegar ao chiqueiro de porcos malhados, lá será recebida como uma rainha!

Três outros fregueses aproximaram-se de Ulrika, solicitando curas para: um furúnculo, um abcesso no dente e hemorroidas. Os dois primeiros ela lancetou e para o terceiro receitou uma composição feita com a planta da *hamamélis*, encontrada em abundância na região. Eles lhe pagaram com: uma moeda de cobre, um fio de cabelo da cabeça do Profeta Zoroastro e um sincero aperto de mão.

Antes que outros corressem para casa e buscassem os membros da família com várias doenças, Ulrika declarou que estava cansada e precisava descansar, mas que voltaria pela manhã.

Ela estava pensando no que o fazendeiro de porcos lhe dissera: um homem conhecido como o Mago, que vivia na Cidade dos Fantasmas, e que se encontrava na mesma rota que ela e sua mãe haviam percorrido anos antes! Ulrika planejava chegar lá em poucos dias. Seria possível que o príncipe de suas lembranças — o homem sentado num trono magnífico — fosse aquele Mago?

Animada pela nova informação e sentindo-se mais esperançosa do que nas semanas anteriores, Ulrika cobriu a cabeça com o capuz e partiu.

Lá fora, ela sentiu o ar frio e cortante da noite. Tochas bruxuleantes iluminavam a pequena área da taberna, dos estábulos, do quintal dos animais e do aglomerado de tendas, onde os viajantes roncavam noite adentro.

"O Mago", pensou Ulrika cada vez mais animada. "De sangue real, e o último de sua linhagem..."

Seria isso o que eles chamavam de destino? Teria sido por essa razão que ela fora desviada do caminho mais cedo naquele dia, quando havia tomado a direção de uma cidadezinha chamada Tirgiz e fora forçada a pegar uma trilha por uma montanha íngreme por causa de uma árvore caída?

Já fazia mais de um ano que Ulrika deixara a Babilônia num navio de carga cheio de lã e grãos. E, no vasto golfo onde desembocava o Eufrates, Ulrika despedira-se do amável capitão e encontrara passagem numa caravana que se dirigia ao sudeste, transportando tâmaras e figos para serem negociados por minérios de ferro e pedras preciosas. A caravana seguira uma rota real antiga, construída centenas de anos antes por Ciro, o primeiro rei da Pérsia, desde o ponto em que a planície subia gradualmente, deixando para trás a costa e penetrando por montes suavemente ondulados, que por sua vez permitiam aos viajantes subir as encostas dos Montes Zagros. Em uma encruzilhada próxima a um lugar chamado Al Haza, Ulrika deixara a caravana para esperar que passasse outro grupo de viajantes — nesse caso, monges que se dirigiam a um mosteiro no topo de montanhas nevadas. Eles a haviam levado consigo na condição de que não conversasse com nenhum deles, nem se sentasse com eles durante as refeições. Ulrika achava bom manter-se isolada, montando um burro e dormindo sob as estrelas. Ela viu passar vilarejo após vilarejo, fazenda após fazenda, antes de se despedir dos monges e depois juntar-se a uma família barulhenta a caminho de um casamento.

Quando a família chegou a seu destino, Ulrika disse adeus às pessoas e iniciou a etapa seguinte de sua viagem, que a deixaria a alguns quilômetros de onde ela e sua mãe haviam vivido 18 anos antes, e lugar onde Ulrika nascera, mas a viagem foi interrompida por uma árvore tombada. Só existia uma maneira de contorná-la, uma trilha íngreme na montanha, com um desvio que a conduziu àquele lugarejo, o qual ela não planejara visitar, mas onde tomara conhecimento do príncipe que era o último de sua linhagem!

Aquilo não era um acidente, ela estava convicta. O Mago devia ser o príncipe de suas antigas recordações.

Ulrika tomou aquilo como um bom sinal — a confirmação de que estava no caminho certo, indo para onde deveria ir.

Porque era imperativo que ela encontrasse as piscinas cristalinas de Shalamandar.

Embora a sugestão de Miriam de jejuar antes de meditar tivesse ajudado Ulrika a ordenar suas visões por vontade própria, ela ainda não conseguia mantê-las por um tempo longo o suficiente para interpretar seus significados — a bela moça que não saía da cabeça de um comandante de navio, a luz brilhante que acompanhava os monges que não a percebiam, a mulher com um bebê, que seguia a família que se dirigia a um casamento.

— O que ela deveria fazer com essas visões?

Ergueu a vista para a lua de fim de verão, cheia e refulgente, velejando na noite escura. Estaria Sebastianus naquele momento olhando para a mesma lua? Teria chegado à China? Ele estimara que a viagem levaria três anos para chegar à cidade mais importante do Oriente. Se tivesse mesmo levado esse tempo, será que dentro de um ano estaria partindo na viagem de volta para Roma?

Eu estarei na Babilônia para encontrar você, ela pensou empolgada.

Ulrika tremeu ao avistar a escuridão na direção da fazenda de Koozog. Ao se proteger melhor com o manto, ela não ouviu passadas aproximando-se por trás, não viu a enorme mão surgir diante de seu rosto e pousar sobre seu nariz e boca. Um braço forte passou em torno de sua cintura, prendendo-lhe os braços. Ulrika tentou gritar, mas não conseguiu. Quando seus pés foram levantados do chão, ela chutou e resistiu.

Ulrika não conseguia respirar. Seus pulmões ansiavam por ar, mas a mão estava muito apertada sobre seu nariz e sua boca.

Horrorizada, ela viu a escuridão aproximando-se até que a engoliu e a deixou cair no esquecimento.

22

Por que a viagem estava sendo tão dura? O condutor não podia ter escolhido uma estrada menos acidentada? E quando chegariam à Babilônia? Aquilo tornava-se cada vez mais desconfortável. Seus pulsos doíam. Mas por quê?

Ulrika abriu os olhos. Pestanejou. Era noite, e ela não parecia estar numa carroça, absolutamente, e sim olhando para o chão. E o chão passava sob ela.

Quando percebeu que suas mãos estavam amarradas atrás das costas e que estava sendo carregada sobre o ombro de alguém, como um saco de grãos, Ulrika tentou gritar, e então descobriu que havia sido amordaçada.

Ela lutava para se livrar das garras de seu raptor. Ele a apertou com mais força. Ela tentou chutar. Ele prendeu as pernas dela. Ela mexia-se para se soltar. O outro braço passou por cima de suas coxas, segurando-a com firmeza. Mas Ulrika lutava e se retorcia em todas as direções, jogando o corpo para fazer o raptor perder o equilíbrio.

— Chega! — Ela ouviu uma voz soar em parse. — Quieta! — ordenou ele asperamente em grego.

Isso só a levou a lutar ainda mais, até que seu raptor parou subitamente e a derrubou no chão, sem cerimônia. Percebendo que seus pés não estavam amarrados, Ulrika saiu correndo de costas sobre o chão coberto de folhas da floresta, seus olhos fixos num montanhês alto e assustador coberto de peles. Ele parecia desinteressado da tentativa de fuga dela, e simplesmente lhe deu as costas enquanto colocava no chão os pacotes de viagem e a caixa de remédios de Ulrika.

Ela não foi longe. Seus pés se emaranharam em seu manto longo. E quando sua cabeça e ombros foram de encontro a algo duro, Ulrika ergueu a vista e viu um enorme pinheiro acima dela. Olhou freneticamente de um lado para o outro, mas era tudo uma floresta densa.

Enquanto tentava se livrar dos laços que a prendiam, Ulrika mantinha os olhos fixos no seu raptor. Ele usava uma vara grande para cavar um buraco.

A sepultura dela!

Um novo medo e determinação deram força a Ulrika, de modo que ela conseguiu arrancar a mordaça da boca, o pano pendurado no queixo.

— Quem é você? — gritou. — Por que me raptou?

Numa fração de segundo ele estava ao lado dela, a faca desembainhada, a lâmina pressionada contra a garganta de Ulrika.

— Eu já lhe disse para ficar quieta — rosnou o homem. — Está me entendendo? — perguntou ele em grego.

Ela fez que sim com a cabeça, sem dizer nada.

— Nem mais uma palavra — decretou —, ou quem cala você sou eu.

Ela olhou aterrorizada enquanto ele retornava à sua tarefa, cavando um buraco largo e fundo o suficiente para caber um corpo, e então ele sentou-se e passou a afiar galhos de árvores, deixando-os com pontas letais.

Tremendo sob seu manto, Ulrika tentou torcer as mãos para soltá-las. Ela manteve o olhar no estranho, examinando-o à luz da lua que filtrava através das copas frondosas das árvores. Pela voz, ela diria que ele era jovem. Seus cabelos eram negros. Ele era alto e esbelto, e enganadoramente forte. Usava uma túnica de pele e perneiras de couro. Seus braços estavam nus, apesar do frio da noite nas montanhas, de modo que Ulrika viu músculos bem definidos e pele suja de terra.

No tom mais calmo que conseguiu dominar, ela perguntou:

— Qual é seu nome?

Ele não desviou a vista da tarefa.

— Não vai querer saber o meu nome, e eu não vou querer saber o seu. Pela última vez, fique calada.

Ela mordeu o lábio e, observando-o afiar as varas, ficou calada.

O rapaz estava sentado de pernas cruzadas no chão, de frente para ela, a cabeça voltada para sua tarefa, erguendo a vista de vez em quando para escutar a floresta, que tinha vida com os sons noturnos. Ele não olhou nem uma vez para Ulrika, e não falou, até que, por fim, se levantou e entrou no recém-cavado buraco, no qual, pelo que Ulrika conseguia enxergar na claridade da lua, ele fincou no chão as varas afiadas. Quando terminou de colocar no lugar todas as estacas, saiu do buraco e cobriu-o com grama solta e galhos de arbustos.

Ulrika percebeu que ele havia preparado uma armadilha.

Quando se aproximou e pegou a mordaça dela, Ulrika balançou a cabeça. Ele a estudou por um instante — à luz do luar, Ulrika viu os olhos negros emoldurados por cílios e sobrancelhas igualmente negros — e em seguida murmurou:

— Desde que se mantenha calada.

Ele a levantou do chão. Não removeu as tiras dos punhos, mas fez um gesto para que ela o acompanhasse. Ele então apanhou os pacotes de viagem e a caixa de remédios e, sem uma palavra, retomou o caminho noite adentro.

QUANDO O DIA RAIOU ATRAVÉS DAS ÁRVORES, e Ulrika achou que ia cair de exaustão, o estranho parou. Ele fez um gesto para que ela se sentasse, desapareceu em meio às árvores e retornou com um odre de couro de cabra cheio de água fresca. Levou-o aos lábios de Ulrika, deixou que ela bebesse a parte que lhe cabia e depois saciou a própria sede.

— Por favor — sussurrou Ulrika. — Meus braços estão doendo...

Ele parou e olhou para ela. À medida que a luz do sol clareava o chão da floresta, iluminando as árvores musgosas e os troncos nodosos, Ulrika teve uma melhor visão de seu captor.

Ele era esbelto e forte, de braços e pernas compridos — um rapaz de seus 20 anos, ela calculou. Seus cabelos eram negros e caíam em cachos sobre os ombros. Seus olhos eram escuros, o nariz longo e delgado, mas seus lábios eram voluptuosos, quase femininos, e seu maxilar era suave e sem barba. Na verdade, ele era surpreendentemente bem-cuidado para um montanhês selvagem. Mais estranha ainda era a sua pele clara. Ulrika teria imaginado que um homem de aspecto tão sombrio tivesse uma tez oliva, mas ele parecia, de fato, ser mais branco do que ela, e Ulrika tinha curiosidade de saber a que raça estranha ele pertencia.

O homem desembainhou a adaga, foi para trás dela e cortou as tiras que lhe prendiam os braços. Enquanto Ulrika voltava a sentir as mãos, e logo em seguida a sensação de dor, ela o observava se dirigir ao local onde estavam os pacotes de viagem e abrir um dos dele. Ele voltou e entregou a Ulrika um saco de pano pequeno. Ela viu que continha nozes e frutas secas e percebeu que estava faminta.

— Não posso fazer um fogo — murmurou ele desculpando-se enquanto se afastava, e Ulrika teve a estranha sensação de que ele não se dirigia a ela.

Em seguida, fez uma coisa curiosa. Sob o olhar atento de Ulrika, e enquanto a floresta se animava com o canto dos pássaros e o sussurro da brisa matinal, o montanhês coletou gravetos e folhas e os arranjou numa pilha para montar uma boa fogueira. Ele até mesmo pegou uma pederneira e segurou-a sobre o montículo, mas não produziu centelha. Entoava um cântico enquanto desempenhava aquela tarefa, uma oração num dialeto que

Ulrika não conseguiu identificar. E, quando terminou, levou a mão ao cinto de corda que tinha na cintura e pegou um objeto que estava pendurado ali.

Quando o homem colocou o objeto perto da fogueira ainda apagada, Ulrika viu que ele tinha uma forma cônica e era da cor de marfim antigo, talvez com 1 côvado de comprimento, e era reto. "Um chifre de algum tipo de animal", ela pensou, "com um selo de ouro na extremidade mais larga, como se contivesse algo dentro dele."

— Por favor, me diga para onde está me levando.

Ele a ignorou enquanto se ocupava com uma corda comprida, que lançou sobre o galho de uma árvore, prendendo uma ponta ao tronco e colocando a outra no chão numa forma de laço. Ulrika percebeu que ele preparava outra armadilha, e, enquanto trabalhava, levantava sempre a cabeça para escutar, seu corpo tenso e alerta.

— Você viajaria muito mais rápido sem mim — disse Ulrika, desconfiando de que ele fugia de alguém em seu encalço.

O homem não disse nada ao cobrir o laço com folhas e grama e, bem devagar, arriou o galho de uma árvore, prendendo-o com um barbante e criando um gatilho que, Ulrika supunha, quando tocado, faria a corda voar pelos ares.

— Por que não me deixa aqui? — sugeriu Ulrika. — Eu não ajudo em nada...

Craque!

Ele girou.

Craque!

Ulrika levantou-se de um salto.

Eles apuraram o ouvido. Escutaram pisadas. Alguém se aproximava.

— Temos que ir! — alertou ele, colocando a adaga na bainha e apanhando os pacotes de viagem. — Rápido!

Ulrika pegou o saco com nozes e depois o odre com água. Ao apanhar a caixa de remédios que o estranho deixara cair perto da pilha de gravetos, Ulrika pegou o chifre de marfim que ele colocara ali...

A mente da moça explodiu com uma visão tão brilhante e apaixonante que ela cambaleou. Uma enorme fogueira. Centelhas subindo no céu noturno. Pessoas dançando num frenesi, gritando, batendo tambores. Aquilo tomou conta de sua mente. Fez a terra girar sob ela. Medo, raiva, esperança, desejo. Lágrimas a inundaram. Risos a animaram. Ela foi arrebatada para os céus e largada para cair na terra.

Ulrika sentiu sua mão ser puxada. A visão desapareceu. Ela pestanejou. O estranho a encarava raivoso.

— Não toque nisso! — vociferou ele. Ela viu que ele tomara o chifre de suas mãos.

— Desculpe. Não tive a intenção de faltar com o respeito.

Ele rapidamente prendeu o chifre de marfim em seu cinto.

— Isto é sagrado. Não é para os infiéis. Temos que ir agora.

Ele saiu às pressas à frente dela, e Ulrika o seguiu enquanto ouviam passadas fortes em seu encalço.

Haviam caminhado uma distância curta pela floresta quando ouviram um súbito grito. Ulrika e seu raptor pararam um instante para olhar para trás e escutaram gritos raivosos e sons de golpes furiosos.

A armadilha funcionara.

— Espere — disse Ulrika quase sem fôlego, tropeçando. — Não consigo mais andar. Preciso descansar.

O estranho virou-se e agarrou-a pelo pulso, arrastando-a enquanto ela cambaleava e protestava. O sol já estava alto; eles haviam caminhado durante toda a manhã. Fazia horas que não ouviam seus perseguidores.

— Por favor — repetiu Ulrika, quando o homem parou de repente e Ulrika esbarrou nele, quase fazendo os dois caírem.

— Chegamos — declarou ele e saiu na frente.

Ulrika olhou à sua volta e viu apenas carvalhos e pinheiros formando uma densa floresta, entremeada de luz solar. Ela viu, surpresa, seu raptor sumir por trás de uma moita, reaparecendo logo em seguida, gesticulando com impaciência para que ela se juntasse a ele.

Ao se aproximar do arbusto, que parecia emaranhado demais para ser rompido, Ulrika viu uma abertura. Ela entrou e se viu numa pequena cabana, engenhosamente escondida e disfarçada no meio da floresta. Para sua surpresa, a cabana era aconchegante, embora fosse um abrigo temporário, com tapetes no chão e lamparinas de metal suspensas no teto de capim, as pequenas chamas douradas tremeluzindo e dando ao lugar uma atmosfera acolhedora.

No meio da cabana, deitada no chão sobre uma cama de peles de animais, havia uma moça febril e adormecida.

Todos os pensamentos de cansaço e fome abandonaram Ulrika quando correu para o lado da menina, ajoelhou-se e imediatamente sentiu a testa ardente.

— Como está ela? — perguntou o montanhês ao se ajoelhar ao lado de Ulrika. — Eu tive que ir procurar ajuda há um dia e meio. Não tive escolha.

Ulrika levantou as pálpebras da moça e viu pupilas dilatadas. Detectou uma pulsação rápida. A respiração era superficial.

— Ela está muito doente.

— Eu não queria que ela ficasse sozinha — explicou ele. Erguendo o cobertor feito da pele macia de cervos, ele expôs uma ferida feia. — Ela caiu e se feriu. Tentei tratar, mas infeccionou. Eu sabia que a única maneira de salvar a moça era ir buscar ajuda. — Ele olhou para Ulrika. — Vi você no vilarejo. Vi como tratava dos ferimentos de um homem. E reconheci esses símbolos. — Ele apontou para a caixa de remédios com os hieróglifos egípcios e a escrita cuneiforme da Babilônia pintada nas laterais.

— Não deixe que ela morra, entendeu? *Não pode deixá-la morrer.*

Ulrika foi momentaneamente cativada por aqueles olhos negros que pareciam mais profundos do que a noite e tomados por uma contida emoção. Ela se surpreendeu de ver que seu jovem raptor estava desesperado, em fuga, assustado e com raiva, e talvez não fosse tão perigoso como inicialmente ela supusera.

Ele era também, ela percebeu, muito bonito, e passou por sua mente que, se ele abrisse um sorriso, seus lábios sensuais seriam mais atraentes.

Ulrika apanhou sua caixa de remédios.

— Vou administrar a solução de Hécate. É preparada com a casca do salgueiro, árvore habitada por um espírito muito poderoso.

— Você é médica?

— Não. Minha mãe é curandeira. Ela me ensinou.

— Você não vive na Pérsia. Este aqui não é o seu país.

Ela manteve os olhos fixos nas mãos enquanto colocava o pó num copo e o misturava com água. Seu raptor estava desconfortavelmente perto. Ela sentia o odor do suor dele, e o cheiro da pele de animais, de pinheiro e de terra argilosa.

— Estou aqui à procura de uma pessoa — respondeu ela.

Ulrika não olhou para ele, mas pressentiu sua pergunta.

— Estou à procura de respostas a uma busca pessoal — continuou Ulrika enquanto mexia o pó até se dissolver. — E acredito que existe um homem, conhecido como o Mago, que pode me ajudar.

Diante do silêncio dele, Ulrika perguntou:

— Essa moça é sua irmã, ou talvez sua sobrinha?

A cor da pele era igual à dele... Uma tez incomumente branca emoldurada por um cabelo preto retinto. Mas não eram pai e filha. A moça devia ter uns 13 anos, e o rapaz parecia ser apenas um pouco mais velho do que Ulrika.

— Ela é de outra tribo — ele afirmou, e Ulrika pensou: "Mas eu arriscaria dizer que ambos descendem dos mesmos ancestrais persas e gregos."

Ele de repente virou-se para a entrada da cabana na moita.

— Vou ficar de guarda — murmurou. Retirou o chifre de marfim da cintura, colocou-o no peito da moça e disse: — O deus do meu povo é Ahura Mazda, Senhor Sábio dos céus, e isto é uma cinza sagrada de seu primeiro Templo de Fogo. É branca e limpa e protege contra o mal. — De pé, os cabelos negros como a noite roçavam o capim entrançado que formava o teto. — O nome dela é Veeda — avisou e depois desapareceu.

QUANDO O ESTRANHO RETORNOU, Ulrika já havia conseguido fazer a moça beber alguns goles da solução de Hécate. O remédio era conhecido por baixar a febre, aliviar a dor e dominar os maus espíritos da infecção. Depois ela havia cuidado do ferimento na perna da moça, limpando-o, retirando o tecido morto e aplicando unguentos e ataduras. Ulrika não entendia bem como funcionava a cura — os maiores médicos gregos do mundo não sabiam bem como ela acontecia —, mas Ulrika usava um método tão antigo e comprovado que, no momento em que terminou o tratamento, acreditou que a moça logo estaria melhor.

— Como está ela? — perguntou o estranho, indo para o lado de Veeda.

— Você me trouxe ainda em tempo.

Ele assentiu com a cabeça.

— Tenho rezado.

Ulrika havia deixado o chifre de marfim no peito da moça, curiosa sobre a cinza que ele dissera que o objeto continha. Pensou no montículo de gravetos e folhas que ele preparara, mas que não havia sido aceso, e de como ele se desculpou por não ter montado uma fogueira.

— Não posso fazer um fogo — disse ele suavemente naquele momento, e, uma vez mais, as palavras não pareciam se dirigir a ela. Ulrika se perguntava com quem ele estaria falando. — Atrairia nossos perseguidores. Preciso me manter em marcha. Preciso sobreviver para que essa moça sobreviva. — Ele manteve os olhos no rosto de Veeda enquanto dizia aquilo, e de novo Ulrika se perguntou qual seria a relação entre os dois.

Veeda era de outra tribo, ele dissera. Seria ela sua noiva?

— Vou procurar comida — disse ele abruptamente. — Você precisa descansar agora. Ali — acrescentou, indicando cobertas dobradas encostadas na parede de capim. — Pode fazer uma cama. Vou deixar você dormir. Não tenha medo. Coloquei armadilhas e ficarei de vigia.

Quando ele deixou a cabana uma vez mais, e Ulrika viu a perspectiva de um sono bastante convidativo, ocorreu-lhe que seu raptor não havia dormido fazia muito tempo.

"Ele sacrificara seu próprio conforto e bem-estar para salvar aquela moça", ela pensou. Arriscara ser capturado por homens que o perseguiam — *e para quem ele preparara armadilhas fatais* — a fim de conseguir ajuda médica. O que Veeda representaria para ele, e por que a sobrevivência dela era tão importante?

23

Ulrika sonhou com Sebastianus.

Ele estava num lugar aberto, vasto, com um oceano em ebulição de um lado e poderosos penhascos do outro. Parecia estar erigindo um altar de conchas e fogo. Usava apenas um pano enrolado nos quadris, seus músculos firmes reluzindo ao sol. Ulrika tentou chamá-lo, mas, ao se aproximar, Sebastianus começou a subir no altar, que se transformara numa torre dourada, elevada em patamares ofuscantes sob os raios solares. Ele tentava chegar às estrelas, ela sabia, pois estava à procura de respostas que só poderiam ser encontradas nos corpos celestes do cosmos.

Porém Ulrika viu que no topo da torre havia uma fogueira voraz — uma conflagração assustadora, que ela sabia que o devoraria no instante em que ele se aproximasse. Ulrika gritava desvairada, desesperada, tentando fazê-lo parar.

Você não pode salvá-lo, sussurrou uma voz à sua volta, no vento e nas nuvens. Uma voz de mulher. Gaia...

Ulrika abriu os olhos subitamente. Seu coração estava acelerado, e um fino suor cobria seu corpo. À meia-luz da cabana camuflada, ela viu que a moça continuava dormindo embaixo das suaves cobertas de pele. Ulrika concentrou a atenção na floresta lá fora e ouviu passos fortes indo e vindo. Era seu raptor, andando de um lado para o outro.

Ela pensou no sonho que acabara de ter. Durante os solitários dias em que viajou pela Pérsia, Ulrika mantivera seu ritual noturno de falar com Sebastianus. Todas as noites, antes de adormecer, carinhosamente tomava nas mãos a concha de vieira, segurando-a com cuidado e amor, sussurrava palavras de esperança e afeto para Sebastianus e fechava os olhos para enviar sua mensagem mentalmente, através dos dias e da distância, na esperança de que chegasse até ele. Fazia isso naquele momento, rezando para que seu amado estivesse vivo e bem, e que alcançasse seu objetivo.

Ao anoitecer, o estranho levou peixe — embora tivesse de ser comido cru, era um banquete recebido com satisfação por Ulrika; ela não se lembrava de já ter sentido tanta fome. Porém, primeiro, examinou sua paciente e viu, com alívio, que a febre de Veeda já havia começado a ceder e que sua respiração estava mais regular.

Enquanto comiam em silêncio, o estranho interrompendo a refeição ocasionalmente para prestar atenção aos ruídos da floresta que começava a escurecer, Ulrika perguntou sobre o chifre de marfim que continha cinza sagrada. Em suas viagens, ela aprendera que levar uma pessoa a falar sobre sua crença religiosa muitas vezes quebrava barreiras.

— Templos de fogo são nossos locais de adoração — esclareceu ele enquanto pegava um pedaço de peixe com os dedos. "Ele tem mãos delicadas", pensou Ulrika. Mãos femininas, e, uma vez mais, ela reconsiderou a impressão que tivera dele, de um montanhês rude para uma pessoa refinada.

— Nós não adoramos o fogo por si só — disse o rapaz em voz baixa, olhando para a moça que dormia —, e sim o ritual de purificação que ele simboliza. Nossa fé foi fundada pelo profeta Zoroastro num combate ao culto de imagens trazido para a nossa terra há muito tempo pelos babilônios. Deploramos o uso de imagens de qualquer tipo. Veneramos o céu aberto e subimos os montes para acender nossos fogos, para que Ahura Mazda, o Deus Eterno, possa vê-los. O profeta Zoroastro garantiu que o Criador Ahura Mazda representa apenas o bem e que nenhum mal se origina d'Ele. O bem e o mal estão sempre em conflito, e nós, os seres humanos, desempenhamos um papel importante nesse conflito, garantindo que o mal nunca triunfe sobre o bem. Alcançamos isso vivendo uma vida de bons pensamentos, boas palavras e boas ações. Isso mantém longe o caos.

As palavras dele soavam como as de Sebastianus quando disse a Ulrika que somente lendo as mensagens nos astros o caos poderia ser evitado.

— Essa sua crença é interessante — comentou Ulrika enquanto levantava o braço de Veeda e sentia seu pulso, verificando que havia normalizado.

— É apenas fé — observou ele. Depois fez silêncio, e Ulrika se perguntou se ele estaria curioso a respeito dela. Havia dentro do rapaz uma permanente tensão, e ela suspeitava de que não era completamente devida ao fato de ele estar sendo perseguido.

Ela perguntou para onde ele e Veeda estavam indo, mas, em vez de responder, ele recolheu as espinhas do peixe e saiu.

Enquanto escutava o cair da noite sobre a floresta, com o frio da montanha entrando na cabana, Ulrika pensava se não deveria tentar fugir.

Será que conseguiria ir longe? Havia armadilhas traiçoeiras, e também os perseguidores. E ela não sabia a direção da taberna. Além disso, ela não se sentia mais ameaçada pelo rapaz, e Veeda ainda precisava de seus cuidados.

A moça se mexeu e suspirou embaixo dos cobertores, e, quando Ulrika se aproximou, Veeda abriu os olhos e olhou para Ulrika com íris negras emolduradas por cílios igualmente negros.

— Quem é você? — perguntou.

Ulrika passou um braço por baixo dos ombros da moça, levantando-a para fazê-la beber um pouco de água.

— Eu sou Ulrika. Não se preocupe, Veeda, estou aqui para ajudar você. Como está se sentindo?

— Estou bem, mas a minha perna está doendo.

— Vamos cuidar disso.

A moça olhou à volta da cabana.

— Onde está Iskander?

— Ele está lá fora, vigiando. Então esse é o nome dele? Iskander? Ele é seu tio? Um primo?

A moça fez que não com a cabeça.

— Ele é de outra tribo.

— Para onde ele está levando você?

— Para longe. Para me proteger.

Ulrika arqueou a sobrancelha.

— Proteger de quê?

— De homens maus que querem nos matar. Por favor — uma mãozinha foi estendida para Ulrika —, onde está Iskander?

Ulrika pôs uma mão na testa da moça para verificar a temperatura — era uma moça muito bonita, e a febre só aumentava sua beleza natural. Então, disse a ela:

— Eu volto logo.

Ulrika encontrou Iskander sentado numa pedra, com uma lança na mão.

— Ela está acordada.

De repente, ele se viu dentro da cabana ao lado de Veeda, examinando o rosto dela ansiosamente.

— Está se sentindo melhor?

— Acordei e você não estava aqui. Fiquei com medo.

Ele acariciou os cabelos úmidos dela.

— Precisei ir buscar ajuda. Eu esperava que você dormisse até eu voltar. Eu não quis assustar você.

Ulrika observava a cena com curiosidade Apesar do carinho entre os dois, havia também certa formalidade, como se eles não se conhecessem de muito tempo.

— Ulrika salvou a minha vida? — perguntou a moça.

Iskander ergueu a vista e deu um sorriso de agradecimento a Ulrika que, de fato, transformou seu rosto.

— Salvou — respondeu ele. — Ulrika salvou a sua vida.

Naquela noite, Veeda conseguiu sentar-se e comer um pouco, e fez muitas perguntas a Ulrika sobre o mundo que existia além do domínio das montanhas. Depois, foram dormir, mas, quando Ulrika acordou no meio da noite, descobriu que Iskander havia saído e ouviu novamente seu movimento de um lado para o outro, lá fora da cabana.

No dia seguinte, Iskander decidiu que deveriam partir, mas, novamente, apesar das perguntas de Ulrika, ele não disse para onde ele e a menina estavam indo, nem quem eram seus perseguidores. Ulrika pendurou seus pacotes de viagem no ombro enquanto Iskander erguia Veeda para carregá-la nas costas. Ela se segurava nele com os braços em torno do pescoço, e faziam um par curioso, pois a maneira como Veeda demonstrava depender de Iskander assemelhava-se à de pai e filha, enquanto Iskander a carregava com a sensível formalidade de um estranho.

Eles acamparam à noite. Quando Ulrika olhou para a lua e percebeu que haviam viajado ainda mais para o leste, afastando-se do caminho que pretendia seguir, disse:

— Para onde está nos levando?

Como ele não respondeu, ela acrescentou:

— Você não precisava me raptar. Bastava me pedir.

Ele a surpreendeu fitando-a com seus olhos negros, e ela percebeu veracidade na voz de Iskander quando ele falou:

— Eu sinto muito por isso. Tive medo de que Veeda morresse. Não quis perder nenhum instante ao procurar ajuda. Nestas montanhas, temos costumes tribais. Protegemos nossos tesouros e recursos, e desconfiamos de pessoas de outras tribos. Rivalidade é o nosso modo de viver. Eu não sabia de onde você era. Você podia muito bem ter dito não. E aí, o que eu faria?

— Quanto tempo pretende me manter aqui?

— Você pode ir embora amanhã de manhã. Eu lhe dou comida e uma arma, e lhe digo como chegar à Cidade dos Fantasmas.

— E você e Veeda?

— Seguiremos em direção ao leste.

Uma vez mais Iskander coletou gravetos e folhas, e montou uma fogueira, mas não a acendeu. Ele orou sobre ela e colocou o chifre de marfim ao lado, entoando cânticos todo o tempo, até que se sentou sobre os calcanhares e disse:

— Eu estou procurando membros da minha tribo. Não sei para onde ir. Creio que eles devam ter fugido para o leste. Você disse que estava à procura de um homem chamado o Mago, que ele tinha respostas. Acha que ele poderia me ajudar?

Ulrika refletiu sobre aquela situação e as circunstâncias e percebeu que, embora não confiasse por completo num homem que a raptara, podia facilmente se perder naquelas montanhas e que talvez fosse prudente manter Iskander com ela.

— Ele mora na Cidade dos Fantasmas. Sabe onde fica?

Eles jantavam peixe cru, nozes e frutas de novo, e Iskander mastigava pensativo, até que, por fim, respondeu:

— Sei, sim. Eu posso nos levar lá.

Ulrika suspirou aliviada. Logo estaria retornando um favor ao príncipe que ajudara sua mãe muitos anos antes. Pediria que ele a levasse a Shalamandar, onde recomeçaria o caminho de destino que lhe fora reservado, o qual, ela suplicava, a tornaria livre para estar com Sebastianus quando ele voltasse da China, livre para amá-lo e ficar com ele pelo resto de sua vida.

Eles escutaram um ruído na noite. Ulrika sobressaltou-se, mas Iskander pôs uma mão sobre o braço dela, dizendo:

— Estamos a salvo. As armadilhas estão intactas. Aqueles homens não nos alcançarão.

Ela olhou para Veeda, que dormia em paz. Sua febre cedera e seu ferimento estava cicatrizando. Mas Iskander não a deixava andar, carregava-a. Ela não era pesada. Aos 14 anos de idade, Veeda começava a florescer como mulher. Embora fosse possível ver os seios brotando, seu corpo ainda era delgado e de menino. Seus cabelos negros e luxuriantes eram longos, e ela os usava soltos, mas a moça havia explicado a Ulrika que, quando se casasse, os prenderia sob um lenço, como era costume em sua tribo. Dali em diante os manteria escondidos para serem vistos somente por seu marido. Veeda usava trajes curiosos: calças justas e uma peça de roupa que Ulrika não vira antes — ajustada do pescoço até a cintura, de mangas compridas, e fechada na frente por uma longa fileira de pedacinhos de osso enfiados em pequenas casas. Veeda chamava a veste de "casaco" e disse que ela era fechada por "botões". "Parecia uma roupa masculina", Ulrika pensou; no entanto lhe caía muito bem e parecia apropriada para o estilo de vida nas montanhas.

Veeda demonstrava uma forte curiosidade a respeito do mundo e fazia várias perguntas a Ulrika. Era somente quando ela dormia, choramingando no seu sono e com lágrimas escorrendo-lhe dos olhos fechados, que Ulrika se perguntava qual dor secreta Veeda carregava em seu coração.

— E se eles conseguirem escapar das armadilhas? — perguntou Ulrika naquele momento. — O que eles farão?

— Eles nos matarão. Por esse motivo, pelo risco a que expus você, sinto muito. Mas era necessário.

— Quem são esses homens que perseguem você? — perguntou Ulrika, e dessa vez Iskander lhe respondeu diretamente.

— São homens de outra tribo, inimigos do meu povo. A hostilidade entre as duas tribos começou há muitas gerações. Ninguém sabe quem, ou o quê, deu início a ela, nem qual das tribos, mas um incidente provocou a vingança e, claro, houve uma retaliação. Vingança é o nosso modo de viver. Mas isso é um ciclo sem fim. Quando nos vingamos dessa tribo, ela tem que retaliar, criando uma nova razão para provocar outra vingança. E assim lutamos há séculos.

"Mas um ato imperdoável foi praticado cinco anos atrás. Homens da minha tribo, eu me envergonho de dizer, ultrapassaram os limites estuprando uma das mulheres deles. Uma guerra foi declarada contra nós com a promessa de nos erradicar da face da terra. Eles chegaram à noite. Nós não tínhamos nenhuma chance. Eu estava na floresta montando guarda contra um inimigo que eu nunca tinha visto e, quando voltei, encontrei minha aldeia destruída, meu povo massacrado. Quando a outra tribo ouviu dizer que eu continuava vivo, o povo dela saiu atrás de mim. Isso foi há cinco anos, e estou fugindo desde então."

— E Veeda?

— Procurei refúgio na aldeia de um povo que eu não conhecia. Eles foram bondosos e me acolheram. Quando acordei, eles estavam sendo atacados. Meus inimigos encontraram meu esconderijo. Estavam queimando as cabanas e matando os aldeões. Quando vi isso, me entreguei. Eu saí e disse: "Eu estou aqui, podem me levar." Eles me agarraram. Mas quando vi que não se satisfizeram com a minha captura, que iam continuar a destruir a aldeia como forma de punição por terem me dado abrigo, escapei e tentei lutar contra eles. Mas eu era um contra muitos. Corri para a casa onde eu estava hospedado e encontrei toda a família morta. Ouvi um barulho embaixo dos cadáveres e descobri Veeda. Os pais dela a protegeram com os próprios corpos. Eu fugi trazendo-a comigo. No topo de uma montanha, paramos e olhamos para trás, aí vimos as cabanas queimadas, as pessoas mortas, e concluímos, pelo silêncio, que a aldeia tinha sido dizimada.

Os olhos negros de Iskander pareciam voltados para o seu interior quando ele deu um suspiro dobrado e disse:

— Eu atraí aqueles homens para uma aldeia inocente. Sou responsável por todas aquelas mortes.

— Você estava só tentando sobreviver — observou Ulrika suavemente, relembrando o horror no campo de batalha da floresta da Renânia. — E não sabia o que eles iam fazer.

— Agora eu procuro o restante da minha tribo, pois acredito que alguns escaparam e podem ter fugido para o leste. É por isso que o Mago que você procura me interessa. Talvez ele possa me dizer se há algum membro da minha tribo ainda vivo. Porque, você sabe, é insuportável para mim acreditar que eu, Iskander, filho do Xeque Farhad Aswari, seja o último remanescente da nobre e antiga tribo Asghar.

Ulrika olhou para o rapaz sem acreditar. *Ele* era o príncipe que ela deveria ajudar?

24

Eles trilhavam pelas montanhas já fazia vários dias, mas agora estavam próximos à Cidade dos Fantasmas. O lugar ficava do outro lado do desfiladeiro. Os aldeões e fazendeiros que encontraram pelo caminho confirmaram que, de fato, o Mago vivia naquela cidade proibida, e era conhecido como um homem muito sábio.

Então os três apressaram o passo, subindo cada vez mais através da floresta densa, onde o ar se tornava rarefeito e frio, e as pessoas, amigáveis ou hostis, protegiam seus pequenos territórios olhando curiosas para os três estranhos: a moça de cabelos castanhos cor de mel e olhos azuis, que falava grego, mas também sabia um pouco de parse; o rapaz de olhos negros, com vestes dos homens de tribos montanhesas, confeccionadas com peles, que não parecia nem marido nem irmão das duas companheiras femininas, rapaz de semblante sombrio e de poucas palavras; e uma jovem alegre e sorridente, que usava calças e jaqueta ajustadas ao corpo, características do povo do sul — uma bela jovem, de olhos grandes, que vários homens tentaram comprar de Iskander.

Os três haviam procurado alimentos no caminho, efetuado trocas com os fazendeiros locais ou recebido refeições pelos serviços de cura realizados por Ulrika. À noite, acampavam a céu aberto, e Ulrika ouvia Veeda choramingar durante seus sonhos tristes, e Iskander andar de um lado para o outro, insone. Tomavam banho nos riachos frios das montanhas, e, todas as manhãs e noites, Iskander montava uma pequena fogueira em homenagem a seu deus, Ahura Mazda, entoando preces, enquanto Veeda cantava canções inspiradoras de louvor "aos anjos entre nós".

Chegaram, enfim, ao passo das montanhas que os levaria a um mundo que poucos estranhos haviam visitado. Um mundo, pedia Ulrika em suas preces, no qual o Mago ainda existia e tinha todas as respostas.

Ela não tinha dúvidas de que Iskander era o príncipe que fora destinada a ajudar. Mas preocupava-a a possibilidade de o povo dele já ter sido dizimado. Como poderia ajudá-lo se havia chegado tarde demais? Talvez o Mago lhe dissesse que alguns sobreviventes esperavam para se reunir a ele num novo lugar no leste.

Iskander não falara muito nos últimos dias, mas Veeda permanecera alegre e loquaz. Ela manquejava ao andar, cansando-se facilmente, e tinha pesadelos com a destruição de sua aldeia, porém era uma moça de espírito forte e, quando desperta, tinha sempre uma curiosidade, precisando, com frequência, ser admoestada a manter a voz baixa e ficar perto de Ulrika e Iskander. Os perseguidores do rapaz continuavam em seu encalço, inimigos tribais de Iskander que Ulrika ainda não vira, mas escutara — com seus alaridos, gritos e passadas fortes — e que, ela não tinha dúvidas, a matariam, como também matariam Iskander e a moça se os alcançassem.

Ao chegarem ao árduo caminho que passava entre os dois cumes das montanhas, os três pararam e olharam para trás. Ali, Ulrika finalmente os viu, na encosta, entre árvores e pedras, ao sol do meio-dia, homens barbados, portando armas e olhando para cima, para os três, que se encontravam então no topo. Os perseguidores olhavam fixamente para Iskander enquanto o vento soprava à volta deles e uma águia grasnava em seu ninho. Então, para surpresa de Ulrika, os homens viraram-se sem dizer uma palavra e começaram a descer a montanha.

Ela olhou para Iskander.

— Por que estão se retirando?

— Este é o limite do território deles. Daqui em diante, os deuses deles são impotentes. Não vão mais nos seguir.

— Então estamos a salvo? — perguntou Veeda esperançosa.

Iskander ficou calado por um instante enquanto observava as figuras desaparecerem no sopé da montanha, depois disse:

— Eles não irão longe. Vão acampar e esperar que eu desça a montanha. Vou aguardar o momento propício. Quando se tornarem preguiçosos e descuidados, eu entro no acampamento e, enquanto estiverem dormindo, corto a garganta de todos. Depois, vou até a aldeia deles e queimo tudo. Não vou deixar nenhum homem vivo, nem mulher, nem criança. Dessa forma, a minha vingança estará completa.

Ulrika fitou-o. Nos dias de viagem pelas montanhas, ela descobrira que Iskander sofria de insônia. Embora cochilasse alguns minutos embaixo das cobertas, logo acordava, atormentado por sonhos e demônios, e andava agitado de um lado para o outro durante o resto da noite. Ela sabia agora o que o mantinha acordado. Vingança era um estimulante poderoso.

— Vamos — chamou ele e, virando-se, iniciou os últimos passos de sua jornada.

Paredes íngremes e rochosas sem nenhuma vegetação cercavam os três, que seguiam pela trilha em silêncio, suas botas de couro triturando pedras e fragmentos de rocha. O vento soprava forte naquele passo e lhes esvoaçava os cabelos e os mantos. E o sol, como se imitando o avanço dos caminhantes, chegou ao zênite e, então, quando os viajantes silenciosos iniciaram a descida para o outro lado da montanha, começou a baixar em direção ao oeste.

Quando eles chegaram ao topo, viram abaixo um céu azul profundo de final de verão salpicado de nuvens brancas, uma magnífica planície dourada, de tirar o fôlego, que se estendia diante de seus olhos. O vale se encerrava num anel de montanhas violáceas, e em seu coração viam-se as ruínas de uma cidade, muros imensos e colunas gigantescas, queimadas e devastadas, o único testemunho da destruição selvagem e cruel que ocorrera ali trezentos anos antes.

Iskander, Ulrika e Veeda logo alcançaram o lado leste da montanha e seguiram a antiga estrada real, atravessando uma velha ponte de madeira sobre o rio Pulvar. Ao entrarem num vasto terraço rochoso, no qual se erguia uma imensa escadaria a céu aberto, eles olharam, em humilde consternação, para o monte de pedras, entulhos e pilastras destruídas que um dia havia sido o palácio de Dario, o Grande. Não floresciam ali jardins, árvores, nem flores, nem sequer uma folha de grama — havia apenas uma planície árida, reduzida à sua crosta. Eles viram colunas parcialmente queimadas e montes de poeira por todos os lugares — cinza das enormes pilastras que tinham desmoronado durante o terrível inferno desencadeado pela tocha de Alexandre, tudo que restava dos poderosos cedros do Líbano e das tecas da Índia, que no passado haviam sido colunas fabulosamente pintadas e folheadas a ouro. Paredes de pedras calcárias escuras, laboriosamente cinzeladas por artesãos habilidosos, representavam desfiles rígidos de pessoas havia muito esquecidas, agora os únicos residentes daquele lugar desolado. E, como insulto final, prova de que turistas haviam visitado aquelas ruínas, via-se nas paredes a inscrição: *Suspirium puellarum Alypius thraex* (Alípio, o trácio, faz as moças suspirarem).

Quando chegaram a duas colunas de pedra cobertas por um imenso lintel, Ulrika parou e olhou surpresa.

— Eu conheço este lugar — disse num tom cheio de admiração. — Já estive aqui antes.

Iskander e Veeda voltaram-se para ela, seus cabelos esvoaçando na brisa fria.

Ulrika examinou com atenção as fileiras de colunas de pedra que montavam guarda naquela terra plana. Pilares e mais pilares, numa linha reta perfeita, centenas deles.

— Eu me lembro de ter pensado que esta fosse uma floresta de árvores de pedra.

Ela seguiu andando.

— Fui informada de que o Mago vive ao norte deste lugar. Acredito que a minha mãe e eu o conhecemos. Passamos por estas ruínas quando deixamos a Pérsia. Eu devia ter uns 3 ou 4 anos na época.

Ulrika observou os muros cobertos de escrita cuneiforme em baixo-relevo, a escadaria que levava a lugar nenhum, tristes restos do que um dia foram palácios e jardins grandiosos.

Ela parou de repente, seus olhos abrindo-se ainda mais.

— Olhem, ele está ali! — Colocou os pacotes no chão e saiu correndo, suas pisadas ecoando no chão do terraço de pedras calcárias. Iskander e Veeda seguiram até chegarem diante de uma enorme parede também de pedras.

Eles ficaram boquiabertos ao verem o príncipe sentado num trono majestoso. O nobre usava túnicas esplêndidas e um chapéu de copa alta e arredondada, por baixo do qual madeixas encaracoladas caíam sobre seus ombros. Sua barba era espessa e prodigiosa, cobrindo-lhe o peito até a cintura, e enrolada em pequenos anéis. Tinha em uma das mãos um cajado e, curiosamente, uma flor, na outra. Diante dele, um incensário de ouro queimava incenso.

Era um baixo-relevo. Não um homem de verdade, mas um imperador há muito esculpido em pedra.

— Alô? — soou uma voz trazida pelo vento.

Eles voltaram-se e viram um homem corpulento subindo os degraus de pedra, resfolegante, vindo da planície verdejante. Ele usava um casaco comprido feito de pele de cabra e um cinto de corda para mantê-lo fechado. Seus cabelos grisalhos eram penteados em tranças, e contas e sinos ornamentais ressoavam em sua barba branca cerrada.

— Bem-vindos, estranhos! Bem-vindos à minha casa. — Ele estendeu os braços. — Eu sou Zeroun, o armênio. Aquele ali é o meu caravançará, lá embaixo.

Eles seguiram o dedo apontado do homem e viram construções de pedras, currais, animais, jardins de hortaliças.

— Venham comer e beber! Conheçam os camaradas viajantes! Tenho acomodações confortáveis, muitas notícias e boatos! Não vão querer ficar aqui; este lugar é assombrado, e muitas pessoas acham que dá má sorte!

— Que lugar é este? — perguntou Ulrika.

— As pessoas que vivem aqui neste vale chamam o lugar de Cidade dos Fantasmas. Alexandre, o Grande chamava de Persépolis. Mas, muito tempo atrás, um povo diferente viveu aqui, e eles chamavam a sua terra natal de Shalamandar.

Em estado de choque, Ulrika olhou à sua volta. *Aquilo* era Shalamandar? Não havia piscinas cristalinas, nem coisa alguma. Só ruínas e poeira.

— Sabe dizer — perguntou Iskander — onde podemos encontrar o Mago?

— Mago? — Zeroun jogou a cabeça para trás e deu uma risada. — Esse antigo mito ainda está vivo? Não existe nenhum Mago. Ele foi inventado há muito tempo por um charlatão que coletou contribuições de pessoas desesperadas e depois desapareceu.

Ulrika olhava para o armênio, desolada. Não havia piscinas cristalinas. Não existia o Mago. Nem havia homem algum oferecendo uma chave. E o príncipe que ela deveria salvar era um simples montanhês que já havia perdido seu povo.

25

A desolação de Ulrika logo se transformou em empolgação porque ela havia, afinal, encontrado Shalamandar, o lugar onde Wulf e Selene se encontraram, movidos pelo amor. O local de seu próprio início, e de onde ela começaria seu novo e verdadeiro caminho.

Os três acamparam no terraço real, onde séculos antes os imperadores tinham recebido importantes dignitários de nações estrangeiras, mas onde, agora, somente cobras e escorpiões atravessavam o chão de pedras. Iskander saiu à cata de lenha e mato nas imediações das ruínas para criar um abrigo para Ulrika e Veeda. Montou, então, a fogueira, recitando orações a Ahura Mazda, invocando o nome de Zoroastro, pedindo ao profeta que lançasse bondade e luz no coração de seu humilde servo, para que ele lhe desse forças a fim de aniquilar seus inimigos de uma vez por todas.

Veeda caminhou à espreita pelas ruínas até que o sol alcançou o horizonte oeste, projetando longas sombras sobre a planície dourada, e agora ela passava entre as paredes derrubadas e as colunas destruídas, contornando com as pontas dos dedos as imagens de pessoas falecidas fazia muito tempo. Enquanto seguia seu caminho, ela entoava cânticos num dialeto que seus companheiros não entendiam. Disse que cantava para os anjos que moravam ali.

— O que vai fazer agora? — perguntou Iskander.

Ulrika fitou aqueles olhos negros que refletiam o brilho do fogo. Ela sabia que Iskander esperava ardentemente que o Mago lhe dissesse se alguém, entre seu povo, havia sobrevivido.

— Vou meditar aqui — respondeu ela. — Pois, apesar de estarmos em meio a ruínas, este é um lugar especial, e acredito que as respostas vão ser reveladas a mim. Vou começar amanhã. Estou cansada demais para jejuar agora e limpar o meu espírito. Quando estiver descansada e conseguir me concentrar, vou me sentar entre esses pilares caídos e paredes desmoronadas e pedir à Grande Mãe que me conceda revelações. Talvez — acrescentou com um sorriso confortador — eu descubra para onde foi o restante da sua tribo.

— Você pode fazer isso? — perguntou ele com um tom de esperança na voz.

— Eu lhe disse que vim em busca de respostas a uma pergunta pessoal. Eu tenho visões. Às vezes elas são tão poderosas que não consigo distingui-las de lembranças nem de sonhos.

Iskander fez um gesto de assentimento.

— Quando você apanhou este chifre — começou ele, tocando o talismã em seu cinto.

— Eu vi uma fogueira numa montanha — disse Ulrika — e vi pessoas dançando em torno dela. Não tenho visões o tempo todo, mas estou me submetendo a uma disciplina especial, que, eu espero, libere o meu poder. — Fechando mais o manto em redor de si mesma, continuou: — Que tipo de chifre é esse? Eu não reconheço.

Ela percebeu orgulho e reverência na voz de Iskander quando ele falou numa criatura chamada de unicórnio.

— Os unicórnios viveram muito tempo atrás e estão extintos há séculos. Quando o profeta Zoroastro converteu o meu povo, fazendo com que abandonasse seus modos pagãos, quando aboliu a idolatria e o culto às imagens e criou o primeiro Templo do Fogo, meus ancestrais coletaram aquelas primeiras cinzas puras e as distribuíram entre os membros do clã. Eles escolheram vasos preciosos para guardá-las, e eu acredito que o meu é o único que ainda existe. São muito sagrados e muito poderosos.

Ele olhou para ela por um longo tempo, enquanto Veeda dançava entre as ruínas escuras entoando canções incompreensíveis, e a luz do fogo tremulava nas paredes centenárias fazendo as imagens gravadas parecerem mover-se. Então Iskander disse:

— A visão que você teve quando tocou este chifre... — A voz dele ficou embargada. — O que você viu foi o Primeiro Fogo. E, embora eu nunca tenha duvidado de que este chifre continha as cinzas puras daquele fogo... você me deu a prova de que o que carrego, o que meu pai e meus antepassados carregaram, é uma relíquia verdadeira dos dias do profeta Zoroastro. — Seu sorriso foi melancólico e delicado quando acrescentou: — Agradeço a você por isso, Ulrika — pronunciando o nome dela pela primeira vez.

Quando eles viram Veeda retornar de trás de uma parede, dançando com os braços acima da cabeça e saltitando à luz das estrelas — a perna não mais lhe doendo, ou ela se esquecera completamente disso —, Ulrika perguntou:

— O que significa esse cântico?

— O povo de Veeda venera seres chamados de anjos.

Ela lembrou-se de que Raquel havia falado sobre anjos e explicado que, de acordo com a crença judaica, eles eram mensageiros de Deus.

Iskander esclareceu:

— Eles são os Imortais Sagrados. E Veeda disse que estão por toda parte entre nós, são invisíveis, benevolentes e protetores. Os anjos têm nomes especiais e vivem de acordo com uma hierarquia complexa, mas isso é tudo que sei. Veeda disse também que é tabu falar sobre a religião dela, e que é proibido repetir os nomes dos anjos. É por causa deles que o povo de Veeda mantém essa forte tradição de hospitalidade. Segundo seu povo, quando um estranho entra na casa deles, talvez eles estejam recebendo um anjo sem saber.

Ulrika viu, então, olhos cheios de dor e pensou: "Eles acreditavam que Iskander fosse um anjo, mas, em vez disso, ele levou a morte."

— Eu gostaria que você me falasse sobre o seu povo — disse Ulrika enquanto observava Veeda dançar no terraço real, seu corpo esbelto e flexível lembrando-lhe gazelas.

— Somos pastores. Criamos milhares de ovelhas nos vales da minha terra, e isso nos dá muita prosperidade. — Seu olhar voltou-se para o interior, e seu rosto se iluminou com uma lembrança prazerosa. — Todos os homens da minha tribo têm que construir sua casa com as próprias mãos. Isso é uma prova para eles. Meu sonho era construir a maior e melhor casa da minha aldeia, para deixar a minha mulher orgulhosa de estar casada com um príncipe, e encher a casa de filhos.

— Você ainda pode construir essa casa.

O brilho desapareceu de seu rosto.

— Um destino diferente me aguarda.

— Vingança só gera vingança — respondeu Ulrika gentilmente. — Em Roma, dizemos que, quando um homem planeja vingança, ele deve cavar duas covas.

Iskander balançou a cabeça negativamente, a luz do fogo incidindo sobre seus cachos negros e longos.

— Preciso tomar essa atitude, porque vou ser responsabilizado por isso.

"Por quem?", Ulrika se perguntava. Se ele era o último membro de seu povo e pretendia erradicar a outra tribo, quem sobraria para julgá-lo? "E como", Ulrika se perguntou pela centésima vez, "ela iria salvá-lo, conforme profetizara Miriam? A menos que houvesse *outro* príncipe..."

A atenção de Ulrika voltou-se para Veeda novamente, que girava nas pontas dos pés, seus braços emoldurando-lhe a cabeça. Seus cabelos negros compridos caíam como uma cachoeira de tinta brilhante. De calças e jaqueta justas, seus gestos eram fluidos; ela era esbelta, ágil e leve como uma pena. Sua voz subia em oitavas, seus olhos brilhavam, refletindo amor e alegria. Ulrika observava-a dançar no terraço, circulando em meio às paredes, bailando, correndo aqui e acolá, até que percebeu que Veeda se aproximava de enormes blocos de pedra tombados que ela parecia não ter notado.

— Veeda — chamou Ulrika.

A moça estava na ponta dos pés, de olhos fechados, um sorriso beatífico nos lábios enquanto cantava para seus anjos.

— Veeda — insistiu Ulrika, levantando-se de onde estava. — Afaste-se daí. Você vai se machucar.

Iskander, também, levantou-se de um pulo.

— Veeda — repetiu ele.

Ela não os escutou. Sua voz alta e melodiosa, os olhos fechados, alheios à realidade, enquanto imaginava seres dourados de outro mundo, Veeda girava e dançava ao luar.

E, quando seus passos se aproximaram perigosamente dos blocos de pedra, Iskander saiu atrás dela.

O queixo de Veeda bateu na ponta de uma das pedras no exato momento em que Iskander a alcançou. Ela gritou e se desequilibrou. Mas ele a segurou, amparando-a, e ela olhou para ele sobressaltada.

De onde estava, ao lado da fogueira, Ulrika presenciou algo que, ela supôs, nem Iskander nem Veeda haviam ainda percebido: o jeito como os olhos deles se encontraram, a maneira ofegante como ela se agarrava a ele, a firmeza com que a envolvia e, principalmente, a duração daquele abraço — Iskander e Veeda estavam apaixonados.

26

Enquanto Iskander estava no topo do desfiladeiro para iniciar sua vigília, com a atenção fixada no inimigo acampado na base da montanha, aguardando a oportunidade para perpetrar sua vingança, e Veeda visitava o caravançará de Zeroun, que ficava a cerca de 1,5 quilômetro das ruínas, Ulrika permanecia sozinha entre as colunas quebradas e a escadaria que não levava a lugar nenhum.

Agora ela iria meditar. Se aquele lugar era de fato Shalamandar, então certamente as respostas seriam reveladas. Porque fora ali que Wulf e Selene haviam parado para descansar. Fora ali que a sua própria existência tinha começado.

Ela escolheu um lugar no terraço de pedras e sentou-se de pernas cruzadas, mantendo-se numa postura confortável. Não comera nada pela manhã, pois descobrira que o jejum efetivamente aguçava sua concentração e a mantinha desperta. Fechou então os olhos, desacelerou a respiração e começou a entoar baixinho um cântico à Grande Mãe.

Enquanto rezava, Ulrika ficou na expectativa de encontrar as piscinas cristalinas. Imaginou que seriam belíssimas — águas brilhantes, doces, frias e refrescantes que reanimavam o espírito bem como os olhos. "De que tamanho seriam", ela estava curiosa, "e quantas haveria? De onde viria a água? Seriam as piscinas alimentadas por quedas-d'água, por riachos ou poços artesianos?"

Ulrika abriu os olhos. Nada acontecia ali.

Respirando fundo, ela fechou-os e recomeçou, enviando seus pensamentos ao desconhecido, desejando que sua alma explorasse o cosmos enquanto mantinha a visão em sua chama interior. Depois de algum tempo, porém, tudo que ela conseguiu foi sentir a pedra dura onde estava sentada e dor nas costas. Sua mente se desconcentrou e ela sentiu fome.

Tentaria de novo no dia seguinte.

27

— Ulrika, posso fazer uma pergunta pessoal? — disse Veeda. Elas preparavam o desjejum enquanto Iskander saíra à procura de ovos entre os arbustos na base dos montes. Eles já estavam na Cidade dos Fantasmas fazia um mês, haviam construído um acampamento confortável nas ruínas e presenciado a primeira queda de neve nas montanhas distantes. O inverno aproximava-se. Em breve, nenhuma caravana conseguiria atravessar os desfiladeiros, e os três estariam presos ali naquele antigo vale.

Haviam estabelecido uma rotina. Iskander ia diariamente ao passo da montanha, onde costumava vigiar seus inimigos, que permaneciam acampados no outro lado. Veeda remendava roupas e cozinhava junto a Ulrika, ou visitava o caravançará, onde fazia amigas entre as moças que viviam lá.

Ulrika mantinha a prática diária de meditação, mas sem sucesso. Já devia ter tido visões em todo aquele tempo, se esse fosse realmente o lugar onde sua vida havia começado. Já era para ter aprendido a natureza da Clarividência e saber o momento de iniciar o caminho que lhe fora destinado.

Enquanto olhava para as montanhas distantes salpicadas de neve, Ulrika sabia que logo teria de tomar uma decisão: ficar e continuar o que parecia estar resultando num vão exercício em busca de respostas para seu dom, ou comprar uma passagem na caravana seguinte que passasse por ali e pudesse levá-la para o sul. Afinal, ela contava apenas com a palavra de um estranho de que aquele lugar era, de fato, Shalamandar. Zeroun até mesmo dissera: "Diz a lenda local que era esse o nome muito tempo atrás." Mas as lendas muitas vezes eram distorcidas e repetidas erradamente ao longo dos anos. Ulrika se perguntava se deveria voltar para a Babilônia e descobrir outros meios de localizar a verdadeira Shalamandar.

— Pode perguntar o que quiser — respondeu Ulrika.
— Você já se apaixonou?

Ulrika olhou para o sorriso tímido da moça, as faces rubras. Pondo de lado a faca e as cebolas de final de outono que haviam comprado de Zeroun, ela disse:

— Eu estou apaixonada, Veeda. Por um homem maravilhoso, que neste momento está a caminho de uma terra fabulosa longínqua.

— E ele ama você?

— Ama. — "Mas", pensou ela, "estamos longe já faz muito tempo. Será que ele chegou à China? Será que achou as mulheres de lá exóticas e belas? Talvez irresistíveis..."

A falta que ela sentia de Sebastianus era como uma dor física. Lia a carta dele todos os dias, repetia em voz alta as palavras que ele escrevera e que terminavam com "Eu amo você". Ela ansiava por seu calor e força, desejava sentir seus braços fortes envolvendo-a, precisava sentir a solidez de seu corpo e a segurança de seu abraço.

Ulrika tocou a concha que levava ao peito.

— Isto foi Sebastianus que me deu. Era uma forma de ele se conectar à terra natal, e agora me une a ele.

— E conecta você à terra natal dele também?

Ulrika olhou para aqueles olhos grandes e inquisitivos, escuros e cheios de tristeza e esperança. Ocorreu-lhe, então, que tinha mais em comum com a moça tribal do que imaginava. Ambas não sabiam a que lugar pertenciam.

— Eu suponho que sim — respondeu Ulrika. — Nunca pensei nisso.

Veeda abaixou a vista, olhou para as mãos e disse, hesitante:

— Como se... como uma mulher atrai a atenção de um homem?

— Veeda — interveio Ulrika delicadamente —, Iskander presta muita atenção a você.

O rubor se intensificou. E Ulrika pensou: "Devo dizer a ela que suspeito que Iskander sente o mesmo por ela? Mas ele está hesitante. O que o impede de declarar seus sentimentos? Os inimigos do outro lado da montanha, esperando que ele desça..."

— Quando ele sobe para aquele lugar — falou Veeda, apontando para a montanha que se avistava além das ruínas —, sinto um vazio aqui dentro. — Ela tocou então no peito. — Quando ele volta, o vazio é preenchido de novo. Mas Iskander nunca vai me amar.

— Por que diz isso?

— Por causa de Asmahan.

— Quem é Asmahan?

— É a mulher de Iskander. Ele acha que ela ainda está viva.

Ulrika olhou para Veeda.

— Eu não sabia que ele era casado — disse. E naquele momento descobriu a verdade: Iskander não procurava pelos sobreviventes de sua tribo, mas por uma mulher. E não era por uma rivalidade antiga que ele estava ali e planejava a morte dos homens acampados do outro lado do desfiladeiro, e sim pela necessidade de vingar-se daqueles que acreditava terem matado a mulher.

Ulrika ficou triste por ele. Tanta matança em vão. A tribo de Iskander dizimada. O clã de Veeda exterminado. E agora Iskander querendo riscar seu inimigo da face da terra. Quando isso acabaria?

— Caravana! — gritou Iskander ao subir correndo os degraus até o terraço. — Está chegando uma caravana!

Ulrika voltou-se para olhar sobre a planície e viu, à luz do sol matinal, uma cena surpreendente: centenas de camelos, cavalos e burros, carregados de pacotes e pessoas, prosseguindo lentamente em seu balanceio através da planície. Depois de retirar o espeto do fogo — Ulrika assava um coelho sem pele, a gordura pingando nas chamas e provocando deliciosos estalos —, ela o pôs de lado, levantou-se e protegeu os olhos contra o brilho intenso do sol.

O familiar e bem-vindo som de sinos de camelos tilintando era trazido pela brisa que soprava no terraço real. E Ulrika pensou ansiosa: "Será esta a última caravana? Seria melhor eu ir com ela para o sul?"

Os três deixaram o acampamento correndo, empolgados, curiosos para saber de onde vinham os comerciantes, para onde estariam indo, que produtos exóticos e quais pessoas haviam trazido. A caravana anterior a passar pelo vale transportava a biblioteca pessoal do grão-vizir, e Ulrika e os amigos ficaram sabendo que ele mantinha uma biblioteca de 117 mil volumes, transportada por camelos que eram treinados para seguir em ordem alfabética durante toda a viagem.

Ao se aproximar daquela aglomeração barulhenta de animais e homens, Ulrika ouviu a voz estrondosa do armênio Zeroun subir às nuvens de inverno.

— Olhe, amigo, entendo a sua saudade de casa! É uma coisa que todos nós sentimos! Eu mesmo às vezes sinto falta da minha terra natal! Escute, a maneira de se ancorar numa terra estrangeira é segurar algo precioso e estimado. Isto é a *chave*.

Ela parou e arregalou os olhos.

A voz dele ressoava por todo o complexo como um trovão, subindo acima da blateração dos camelos e da gritaria dos homens.

— Principalmente um homem como o senhor, que parte para o desconhecido, em busca de algo que não sabe o que é. Ah, pode se manter focado, pode ser cuidadoso e se concentrar muito em sua busca, mas, se não segurar com firmeza algo que seja significativo para o senhor, então não estará colocando todo o seu coração nessa busca. Alguma coisa o faz hesitar, não é? Não importa o esforço que faça?

Ulrika o observava e viu que Zeroun não olhava para seu hóspede, mas por sobre os ombros dele, fitava-*a*.

Ele então virou-se para ir embora e, pondo um braço sobre os ombros de seu hóspede, disse:

— Essa é a chave do sucesso em tudo, meu amigo! Espero que tenha coragem de aceitar o conselho que estou oferecendo hoje! Afinal, é de graça! — E sua risada estrondosa silenciou quando os dois entraram na hospedaria.

Ulrika permaneceu onde estava, olhando fixamente para eles.

Em seguida, ela virou-se e saiu correndo de volta para as ruínas, deixando Iskander e Veeda a explorar a caravana e conhecer os visitantes.

Enquanto subia os degraus, ela pensou: "Zeroun tem razão! Ela não havia percebido até então, mas, em suas meditações, sempre hesitava, temerosa de que sua alma errante se distanciasse demais e se perdesse. Será que segurar algo sólido a ancoraria, de fato, no mundo real enquanto seu espírito se aventurava para o outro lado? Seria essa a chave, e Zeroun, o homem a oferecê-la, como profetizado pela vidente egípcia? E por Miriam, a mulher do rabino?

Ela testaria isso imediatamente. Ulrika não comia desde a noite anterior, pois, quando estavam preparando o desjejum, a caravana chegou — um longo jejum, com certeza. E ela sabia exatamente o que seria a "âncora": a concha de vieira, pois era dura e com bordas afiadas, e lhe era preciosa.

Dessa vez ela não escolheu um lugar aleatório no qual sentar-se e meditar. Queria ficar o mais próximo possível de onde as piscinas cristalinas poderiam ter estado um dia. Mas não viu nada que parecesse ter sido uma lagoa cristalina nem lugar de banhos. Não havia depressões no terraço de pedras. Ela, então, percebeu que não adiantaria ficar andando por ali e usar a mente racional. Precisava ter acesso à Clarividência e talvez lhe surgisse uma visão.

Ela caminhou por entre as colunas, desacelerando a respiração, sussurrando sua breve oração à Grande Mãe e segurando sua concha. Sentia sua aspereza de um lado e suavidade do outro. Concentrou-se em sentir a borda afiada e ondulada enquanto passava os dedos nela. A concha cresceu e pesou em sua mão. Ela sentiu-se pesada. E foi-se ancorando até sentir-se segura o suficiente para enviar seu espírito ao desconhecido.

Quando o medo passou, um novo entendimento se fez claro para Ulrika: Além do medo, outras emoções faziam seu espírito hesitar. Raiva, ciúme, tristeza... Ela percebeu que o coração deveria estar despido dessas sombras para que o espírito pudesse caminhar na luz.

Ulrika sentiu-se calma e serena, e logo seus pés a carregaram como se tivessem vontade própria, até que ela parou diante de uma enorme arcada de pedra. Duas poderosas colunas apoiavam um lintel quadrado. Atravessando a arcada, o terraço plano continuava do outro lado, onde havia outros escombros.

Ela parou e, agarrando a concha nas mãos, fechou os olhos de novo, controlou a respiração e sussurrou:

— Estou aqui. Estou ancorada. Estou segura. Envio minha alma para o cosmos. Grande Mãe venerável, escute a minha prece...

E uma resposta, como uma brisa, um suspiro, soou perto e longe ao mesmo tempo.

Atravesse...

Ulrika abriu os olhos e, com uma inspiração revigorante, soltando o ar devagar, atravessou a arcada.

De repente ela se viu numa relva, sob um vasto céu azul, o vento em seu rosto, o som de cabras balindo enquanto pastavam por perto. Onde estava o arco de pedra? Ulrika olhou à sua volta de novo e, reconhecendo o anel de montanhas que circundava o platô, percebeu que devia ter voltado a um tempo anterior à construção da cidade.

Ela forçou a vista na claridade do sol e viu, palidamente, através das árvores verdejantes e da planície relvada, tênues formas de colunas e paredes caídas. Ela ainda estava na Cidade dos Fantasmas.

Concentrou-se, segurou a concha e repetiu sua oração. Naquele momento Ulrika imaginou a chama interior de sua alma, concentrando-se na luz tremeluzente. E os detalhes da paisagem aos poucos se intensificaram, as cores tornaram-se reluzentes até ofuscarem. Então a cena mudou de novo — ela se encontrava num paraíso silvestre, circundado de álamos oscilantes e fontes sussurrantes. Ali, enquanto observava a paisagem, surgiram piscinas maravilhosas, brilhando em todos os tons de prata e azul, e Ulrika sabia que havia encontrado as piscinas cristalinas de Shalamandar.

Uma mulher apareceu diante dela, alta e bonita, sua túnica branca longa brilhando ao sol.

— Eu me lembro da senhora — disse Ulrika. — É Gaia, a ancestral de Sebastianus Gallus. Por que me visita? É por causa da concha de vieira? A senhora habita nesta concha?

— Sou seu espírito guardião. Você fez tudo certo, filha, pois aprendeu sua lição. Não é mais arrogante, é alguém numa busca verdadeira. E assim atingiu seu poder espiritual. Você possui o dom da Clarividência, que é um canal para o Ser Divino. Em cada geração de seu povo, uma pessoa nasce com esse dom espiritual. Ela encontra e identifica pessoas e lugares sagrados, até mesmo objetos sagrados, para que outros possam ir até lá e encontrar o consolo e o conforto dos deuses.

— Sim, eu entendo agora... — sussurrou Ulrika. A caverna do xamã na Renânia... ela percebera que era sagrada e, portanto, um lugar seguro para se esconder. O chifre de unicórnio de Iskander cheio de cinza, que deu a Ulrika uma breve visão dos rituais religiosos do passado. E o túmulo de Jacó às margens do Mar Morto? Teria Raquel enterrado o marido em terreno abençoado?

— Esse é o meu propósito? Encontrar lugares sagrados?

— É o seu destino, o seu propósito nesta terra, filha, encontrar os Veneráveis e contar ao mundo sobre eles. Foi por essa razão que foi trazida para o lugar de seu início.

— Os Veneráveis! Quem são eles?

— Você saberá quando encontrá-los. Lembre-se, filha, o dom da Clarividência é uma dádiva da Deusa, que marca o início de sua nova vida. Neste dom, você recomeçará seu verdadeiro caminho, e dessa vez não deve se desviar.

As piscinas desapareceram, Gaia ficou em silêncio, e Ulrika se viu no terraço de pedra da Cidade dos Fantasmas. Ela precisou de um momento para se recompor, para refletir sobre o que acabara de vivenciar, e, ao fazê-lo, notou que estava profundamente descansada e revigorada, como se tivesse dormido por um longo tempo e bebido um tônico estimulante. Todos os músculos e as fibras de seu corpo estavam repletos de energia. Ela jamais sentira uma clareza mental como aquela. Um benefício extra da prática da meditação focalizada.

Quando se virou para atravessar de volta a arcada, encontrou Zeroun ali. Ao ver o sorriso no rosto dele, uma nova luz lhe veio à mente.

— Você é o Mago — afirmou.

— Sou. Eu era um comerciante de tapetes quando cheguei a neste vale muitos anos atrás. Levava tapetes para o vale do Indo quando minha caravana parou aqui para descansar. Mas logo a neve antecipada nos prendeu neste lugar e passamos o inverno aqui, minha família e eu. Num dia frio, eu caminhava por essas ruínas quando recebi a visita de um espírito antigo que me disse que eu tinha sido trazido para cá para uma tarefa especial. E, assim, venho dando conselhos a todos aqueles que buscam a verdade.

— Por que disse que o Mago era um mito?

— Porque eu não encontro colheres perdidas, nem predigo o futuro. Tive que me certificar de que você estava numa busca espiritual verdadeira.

Ela sorriu.

— Por que simplesmente não me disse o que devia fazer? Por que passou suas instruções por meio de um diálogo com um estranho?

— Porque a verdade está dentro de cada um de nós, e a pessoa só encontra a chave dentro de si mesma, não pode ser dita por outros. Eu sou apenas um sinalizador. Depende de você encontrar o caminho.

— Então será que posso perguntar onde encontro os Veneráveis?

— Só você pode fazer isso, Ulrika, pois eles são parte de seu destino pessoal.

28

A caravana ficou ali apenas alguns dias, e agora o comerciante estava ansioso para partir, pois o inverno se antecipava. Ulrika conseguira comprar passagem para o sul. Ansiava voltar para a Babilônia e iniciar a busca pelos Veneráveis.

E para estar lá quando Sebastianus regressasse.

Mas quando saiu de seu abrigo improvisado nas ruínas, envolta no manto de viagem, com os pacotes embrulhados no ombro, Ulrika olhou para o outro lado da planície e viu que a caravana já havia partido. Ainda podia ser avistada, seguindo pela estrada sinuosa em direção ao sul que os conduziria por passos traiçoeiros nas montanhas antes de chegar à plácida costa. Ulrika sabia que precisava se apressar para alcançá-la.

Mas quando se voltou para Veeda e Iskander, desamparados, sentados à beira do fogo, ela parou de repente.

Seus amigos estavam tragicamente presos naquele lugar: Iskander, escravo das antigas tradições de rivalidade e vingança; Veeda, prisioneira do amor. "Eles são como eu", pensou Ulrika. "Não sabem a que lugar pertencem."

Ela olhou para os dois, que haviam sido seus companheiros durante muitas semanas, e pensou: "Eles também precisam deixar este lugar." Mas não sabia como convencê-los. Iskander estava de tal maneira obcecado pela ideia de se vingar dos inimigos de sua tribo que não enxergava mais nada. E Veeda, sem família, sem lugar para ir, estava fadada a permanecer com ele. "Os dois vão ficar aqui para sempre", pensou Ulrika. "Congelados no tempo, como os homens esculpidos nas paredes de pedra desta cidade morta."

— Eu preciso ir — falou enquanto pegava sua caixa de remédios. O acampamento deles agora parecia uma casinha, com paredes improvisadas de madeira, chão coberto com peles diversas, e quebra-ventos para protegê-los das intempéries. Ulrika dormira, comera, rira e chorara naquele pequeno e estranho acampamento. Jamais esqueceria esse curto período de tempo passado ali.

— Por favor, não vá embora — pediu Veeda. "Ela é muito bonita", pensou Ulrika, "e logo irá perder aquele jeito de menino e se tornaria uma bela moça."

Ulrika olhou para a caravana que desaparecia.

— Venham comigo, vocês dois. Deixaremos este vale juntos e encontraremos um novo caminho. Mas precisamos nos apressar.

Veeda começou a chorar, e Iskander se empertigou com honradez.

— O que você está propondo é impossível, Ulrika, pois tenho para com a minha família a dívida de realizar a vingança final contra meus inimigos. E é meu dever manter Veeda em segurança, pois foi por minha causa que a tribo dela foi aniquilada.

Ulrika mordeu o lábio. Ainda havia tempo de se juntar à caravana...

Mas preciso libertar meus amigos.

Ela suspirou, sabendo o que deveria fazer.

Rezando para que aquela caravana não fosse a última a passar pelo vale, Ulrika deitou os pacotes no chão de pedras e murmurou:

— Eu vou ajudá-los.

Eles observaram-na sentar-se numa confortável pele de cabra, cruzar as pernas e fechar os olhos. Segurando a concha com ambas as mãos, Ulrika começou a recitar uma oração em voz baixa. Eles haviam presenciado essa cena muitas vezes. Ela lhes comunicara a empolgante notícia de que havia encontrado as piscinas cristalinas por meio da meditação. Mas ficaram curiosos ao vê-la repetir o mesmo ritual naquele momento, quando pretendia partir com a caravana.

Eles esperaram em silêncio.

Ancorada pela concha de vieira, com a brilhante chama da mente ocupando sua visão interior, Ulrika se despiu de medo, impaciência, ansiedade, e até mesmo frustração por não ter partido com a caravana, até que sua alma foi libertada e Gaia apareceu diante dela.

— Você fez tudo certo, filha, pois aprendeu sua lição final. Não haverá caravanas depois dessa, pois o inverno chegou às montanhas. Seu ato de sacrifício Nos provou que você é digna de seu dom. E agora será recompensada, porque Nós sabemos quais perguntas se encontram em seu coração. *Olhe!*

Subitamente, luzes se materializaram à sua volta, nuvens cor-de-rosa, de fogo e de calor, explosões douradas espalhando centelhas, brilhos suaves de uma luminescência azul. Elas giravam em torno de Ulrika como borboletas tontas, envolvendo-a num frenesi de esperança e alegria. Brilhavam como gotas de água esguichadas de uma fonte num dia quente de verão. Outras mais surgiram, girando, pairando no ar, um tênue fósforo e um brilho incandescente, enchendo o ar com um canto melodioso. Seres dourados frios e prateados cálidos. Cores do arco-íris! Milagres brilhantes!

Ulrika gritou ao sentir as asas delicadas, cobertas de penas, abraçando-a e cobrindo-a, e aquele toque trouxe tamanha paz e serenidade que ela chorou de felicidade.

Eu sou hagia. Sou sanctus — sussurraram as asas cheias de penas. — *Somos eternos, somos puros. Estaremos sempre com você, olhando, guardando...*

E então Ulrika sentiu...

Ela prendeu a respiração.

Havia *algo* além de anjos e seres benevolentes. Ulrika tentou alcançar isso, entender. Mas não conseguia. Sentiu um grande amor fluir através dela, intensas ondas de confiança e compaixão.

E então tudo desapareceu, e ela sabia que não vivenciaria aquilo de novo.

Quando abriu os olhos, viu dois semblantes pálidos olhando para ela com preocupação. Levou um minuto para ela retomar a respiração. Percebeu lágrimas escorrendo-lhe pela face.

— Tenho notícias para vocês dois — declarou quando se recompôs. — Notícias que vão libertá-los.

Veeda e Iskander trocaram olhares confusos, e então Ulrika disse:

— Consegui ter a visão de um mundo maravilhoso que podemos apenas imaginar, Veeda. Um ser chamado Parvaneh falou comigo.

A moça perdeu o fôlego e fez um sinal defensivo no ar.

— É um anjo, um anjo muito importante! Mas não podemos mencionar os nomes dos anjos!

— O anjo falou comigo e disse que Teyla está colhendo flores nos salões de mármore de Kasha. Sabe o que isso significa?

Veeda arregalou os olhos. Levou as mãos ao tórax e olhou para Ulrika espantada.

— Teyla é a minha mãe! Como sabe disso? Como sabe o nome de Parvaneh? E de Kasha! Somente o meu povo conhece Kasha!

Quando Ulrika virou-se para Iskander, ela viu olhos tristes revelando uma pergunta que ele não queria fazer.

Ulrika sorriu gentilmente e falou:

— Os seres que habitam este lugar sagrado mostraram-me muitas coisas. Eu sei agora que nós não morremos, que a existência é eterna, e que a morte é apenas uma transformação...

— Não! — gritou ele, ficando em pé de um salto. — Não quero ouvir isso! Asmahan está viva. Estou à procura dela faz cinco anos e vou procurá-la pelo resto da minha vida se for necessário.

— Iskander, me escute...

— Não! — protestou ele, virando-se, colocando as mãos sobre os ouvidos.

Ulrika levantou-se, dirigiu-se a Iskander e pôs uma das mãos sobre o braço dele. — Eu sinto muito que Asmahan esteja morta. Mas, por favor, acredite quando eu digo que ela está no paraíso.

Ele olhou para ela com olhos tristes. Seus ombros encurvaram.

— Confio em você, pois viu o altar de fogo sagrado de Zoroastro. Acredito em seu dom. E acho que durante todo esse tempo eu sabia que a minha mulher estava morta. Eu deveria estar contente por ela estar no paraíso — admitiu Iskander com voz embargada —, mas não estou. Asmahan e eu fomos privados de uma vida juntos. E aqueles homens vis acampados do outro lado da montanha vão pagar por isso. Não vou ficar satisfeito somente em matá-los, vou torturá-los por dias e fazer com que sofram muito.

— Iskander — disse Ulrika suavemente —, me escute. Você é o último da sua tribo. Descobri isso em minha visão. Assim como Veeda é a única sobrevivente do povo dela. Se levar adiante a sua missão de vingança, certamente será morto. Tem que pensar em seu povo, Iskander. Através de você, eles poderão viver. Mas, se morrer, eles estarão, de fato, mortos.

Ele cobriu o rosto com as mãos e chorou copiosamente. Veeda foi até ele e tomou-o em seus braços. Ele soluçava em seu ombro enquanto ela o abraçava firme e emitia sons consoladores.

Ele logo se recompôs e disse:

— Você tem razão, Ulrika. Se eu matar meus inimigos e queimar a aldeia deles, algum poderá sobreviver, e esse homem vai passar o resto da vida à minha procura, até me matar e exterminar a minha tribo por completo. É verdade, tenho o dever para com meus ancestrais de fazer vingança, mas tenho um dever ainda maior para com meus *descendentes*, e para com Veeda e o povo dela, pois, através de nós, nossa linhagem continuará.

Ulrika pôs a mão no rosto dele.

— Iskander, faça tudo para que Veeda tenha orgulho de ser a mulher de um príncipe. Construa a sua casa e encha-a de filhos, pois você será o fundador de uma nova tribo.

Ao dizer isso, ela recordou-se de que, antes de chegarem àquele lugar, Iskander planejava ir para o leste, mas ela o persuadiu a levá-la até a Cidade dos Fantasmas. Se ele tivesse viajado para o leste, ela percebia agora, seus perseguidores muito provavelmente o teriam capturado e matado. Assim, então, Ulrika havia poupado a vida dele, realizando a profecia da vidente Miriam de que Ulrika deveria ajudar um príncipe a salvar seu povo.

29

Quando caiu a neve, os três abandonaram o acampamento nas ruínas e viveram por algum tempo com Zeroun e a família enquanto Iskander construía uma casinha segundo a tradição de sua tribo. Eles passaram lá todo o inverno, Iskander continuando a construir, ajudando com consertos em outras casas, enquanto Veeda cantava e dançava para distrair os aldeões, e Ulrika ajudava a tratar daqueles que sofriam com as febres de inverno. Ela ia diariamente até a arcada de pedra, onde facilmente retomava a visão das piscinas cristalinas de Shalamandar, e lá meditava e rezava, aperfeiçoando seu poderoso dom espiritual.

Logo que a primeira neve derreteu, apareceu uma caravana vinda do norte e aceitou Ulrika como passageira.

Iskander e Veeda foram lhe dar adeus, e ela os abraçou carinhosamente.

Quando foi se despedir de Zeroun, Ulrika perguntou se ele era o último do seu grupo. Ele respondeu:

— Não sou o primeiro Mago de Shalamandar, nem serei o último. Enquanto houver aqueles que buscam a verdade, haverá um Mago neste vale.

Quando tomou seu lugar na caravana, Ulrika pensou em seu recém-descoberto destino.

Na Babilônia, ela tentaria encontrar os Veneráveis e, diariamente, procuraria notícias de uma caravana em viagem de volta da longínqua China...

LIVRO SETE
CHINA

30

— Eles são conhecidos como ossos de dragão — disse o terceiro intérprete a Timonides — e preveem o futuro.

O astrólogo grego olhava fascinado o adivinho, um habitante de um vilarejo das montanhas, espalhando sangue numa escápula de boi e depois colocando-a no ponto mais quente da fogueira. Enquanto todos aguardavam o osso estalar e revelar uma mensagem dos ancestrais, Timonides desviou o olhar para o lugar onde o filho preparava o jantar da noite — um prato curioso composto de tiras grossas e longas, feitas de farinha de arroz, chamadas de talharim, fervidas em um caldo e misturadas a legumes e carne. O rosto redondo de Nestor ardia à luz de seu fogareiro, um sorriso nos lábios enquanto colocava temperos na panela.

Timonides enviou uma oração silenciosa de agradecimento aos astros. Seu filho estava salvo. O crime de Nestor cometido em Antioquia ficara para trás e, embora a caravana agora não estivesse distante de seu destino — a Corte Imperial da China —, quando retornassem a Roma, Nestor e Bessas teriam sido esquecidos. Os deuses obviamente haviam perdoado Timonides por falsificar os horóscopos, ele concluiu agradecido. Talvez não culpassem um homem por querer proteger seu filho.

Envolvendo-se bem com o manto para se proteger da noite gelada de primavera, Timonides refletia sobre o milagre de se encontrar do outro lado do mundo. Eles estavam acampados nas montanhas, uma enorme caravana de camelos, burros e cavalos, acompanhados de homens, mulheres e crianças, com rebanhos de ovelhas e cabras para alimentar todas aquelas pessoas. Através de pequenas cidades e províncias, rios caudalosos e vales verdejantes, passos de montanhas, desertos rigorosos e planícies generosas, a caravana de Gallus era sempre recebida com grande curiosidade e interesse. Desde a Pérsia, passando por Samarcanda, atravessando a cordilheira Pamir, deixando para trás as dunas movediças vermelho-douradas de

Taklamakan, na árida e terrível Bacia do Tarim, o mestre de Timonides havia partilhado refeições com chefes de tribos e potentados, pastores humildes e reis presunçosos, negociando bens e informações. Ele bebia leite de camela coalhado e se banqueteava com *kebab* de cordeiro e cebolas, encerrando com arroz-doce com passas. E, quando sua caravana partia, Sebastianus transportava viajantes que precisavam de proteção: uma família indo a um casamento em Kokonor, enviados de Sogdiana levando acordos de comércio ao Tashkurgan, um grupo de monges que se denominavam missionários budistas conduzindo os ensinamentos de seu fundador da Índia para a China. A caravana de Gallus acampava em desertos estorricados e montanhas com nevascas; buscava hospitalidade em vilarejos e povoações constituídas de tendas nômades e cabanas de barro; e, à medida que se dirigia mais para o leste, deliciava-se nas casas de chá chinesas estabelecidas para viajantes que descobria pelo caminho. Agora a caravana estava acampada nas Montanhas Tsingling próximas a Changan, distantes apenas um dia de seu destino, a lendária Luoyang.

Timonides olhou na direção de seu mestre, que estava ao lado da própria fogueira, estudando o recém-adquirido mapa da região. Perguntou-se por um instante o que se passaria na cabeça de Sebastianus — ele, sem dúvida, pensava em Ulrika — e em seguida voltou a atenção para as chamas e para o "osso de dragão".

Enquanto estudava o mapa, Sebastianus foi momentaneamente distraído pela explosão de gargalhadas bêbadas. Ergueu a vista e viu Primo e seus homens, sentados à beira da fogueira, confortavelmente enrolados em mantos quentes e passando entre si um odre de vinho. "Percorremos uma grande distância, meus camaradas e eu", pensou Sebastianus, "e em breve veremos as maravilhas de um mundo que nenhum romano jamais viu, um mundo chamado de Terra Florida."

Ao longo do caminho, as pessoas haviam contado a Sebastianus histórias estranhas e impossíveis do povo Han, algumas delas fantásticas demais para se acreditar: "As mulheres têm filhos pela boca." "Eles vivem até mil anos." No dia seguinte ele veria com os próprios olhos. Se ao menos Ulrika estivesse ali para compartilhar com ele o triunfo. Como sentia falta dela! Registraria na memória cada detalhe, para que ela pudesse vivenciar aquilo quando estivessem juntos novamente.

A escápula de boi deu um estalo, e o adivinho, usando uma torquês de bronze, retirou-a do fogo. Sebastianus observava enquanto Timonides e seus companheiros se inclinavam para a frente a fim de ver as figuras de sangue escuro gravadas no osso. Eles prenderam a respiração, curiosos de saber

qual seria o futuro de Timonides. O adivinho franziu o cenho, balançou a cabeça e, em seguida, voltou à posição ereta e, por meio do intérprete, alertou:
— Cuidado com a larva da amoreira.

Timonides esperou pelo restante. Como nada mais foi dito, ele perguntou:
— É só isso? Cuidado com a larva da amoreira? Em nome de Zeus, o que isso quer dizer?

Certo de que o intérprete havia cometido um erro, ele pediu ao adivinho que repetisse sua declaração. Ela passou por três intérpretes antes de ser repetida exatamente da mesma maneira para Timonides.

À medida que avançavam em quilômetros e entravam em regiões com novos dialetos, Sebastianus percebeu que teria de planejar um sistema de comunicação, pois nunca encontraria um homem que falasse chinês e latim. E então, no caminho, eles aceitaram dois intérpretes, felizes por participarem da aventura e agirem como intermediários na comunicação: o primeiro falava latim e persa; o segundo, somente persa e caxemira. Uma semana antes, eles aceitaram na caravana um terceiro homem que falava caxemira e chinês. Certamente uma longa corrente, que estava sujeita a erros, mas Sebastianus sabia que, até ele aprender a falar chinês, teria de depender desses intermediários.

O adivinho ergueu o rosto enrugado e desgastado para Timonides e disse:
— Sua vida se acaba com a larva da amoreira.

Sebastianus viu o ar de ceticismo no rosto do velho astrólogo. Isso o fez sorrir. Apesar da absoluta fé nos astros e suas infalíveis previsões, Timonides era como qualquer outro homem, pouco inclinado a ouvir os videntes e suas promessas.

Assim que retornou para o mapa, Sebastianus pegou sua caneca de vinho aguado e então um estranho assobio atravessou o ar da noite. No instante seguinte, ele sentiu uma rajada de vento perto de sua cabeça. Levantou a vista a tempo de ver a segunda e a terceira flechas voarem para dentro do acampamento. Um dos companheiros de Timonides gritou e agarrou seu braço.

E logo havia homens levantando-se, gritando, quando uma rajada de flechas seguiu em sua direção. Enquanto as mulheres e crianças entravam correndo nas tendas, os homens pegavam suas espadas e adagas e se escondiam por trás de pedras e arbustos, tentando ver de onde partia aquela saraivada.

Gritos selvagens atravessaram a noite enquanto vultos escuros surgiam do nada, descendo as encostas da montanha aos saltos, aparecendo de repente das ravinas, homens grandes e assustadores, brandindo enormes espadas e machados. Eles avançaram pelo acampamento numa velocidade frenética, e, com brados sinistros, lançavam suas armas de um lado para o outro, golpeando tudo que se encontrava em seu caminho.

Sebastianus levantou-se e saiu às pressas em direção a eles, sua espada presa entre as mãos. Atrás dele, Primo e seus homens treinados se despiram dos mantos de comerciantes e investiram contra os invasores com porretes e lanças, não mais os bêbados felizes que aparentavam ser momentos antes, uma vez que nenhuma gota de vinho havia passado por seus lábios, pois aquele era o estratagema deles. Agora os assaltantes viam a verdadeira face dos "mercadores": guerreiros fortes e musculosos, de uniformes militares romanos, enfrentando os bandidos com uma ferocidade inesperada.

Quase tão rápido quanto entraram no acampamento, os salteadores recuaram, como tantos outros haviam feito durante o avanço da caravana para o leste, montanheses sem lei, que, vendo aqueles gordos e ociosos membros de uma caravana rica, antecipavam a vitória e os espólios de presa tão fácil. Mas agora eles fugiam, em menor número e em desvantagem em relação aos estrangeiros que haviam encenado uma farsa. Primo e seus homens gritavam jubilosos, pois, uma vez mais, tinham expulsado os assaltantes de seu acampamento.

Ao ouvir um som estranho atravessar a noite, Sebastianus virou-se e franziu o cenho. Quando soou pela segunda vez, e ele reconheceu o inconfundível percutir de um gongo, ele gritou:

— Esperem!

Primo e seus homens pararam e viraram-se, um ar de espanto em seus rostos. Eles tinham os bandidos a seu alcance. Poderiam dar uma lição naqueles fora da lei, como fizeram com tantos outros. Porém, antes mesmo que pudesse protestar, Primo arregalou os olhos diante de uma visão surpreendente que se aproximava pela estrada ao leste da montanha.

Acompanhada por lanternas oscilantes, uma elegante cadeirinha vermelha e dourada, transportada nos ombros de vinte homens, liderava um cortejo de mais vinte homens, todos com trajes de seda vermelha e dourada e gorros pretos também de seda. Dois deles conduziam um enorme gongo de metal, e no fim da fila havia animais de carga repletos de mercadorias.

Sebastianus sabia o que era aquilo. Suspeitara de que, quando a notícia da caravana vinda do Ocidente chegasse a Luoyang, o imperador chinês enviaria um emissário para receber os estrangeiros. Viu quando o maravilhoso séquito parou, pousando a cadeira vermelha e dourada no chão com grande pompa. Sob a brisa noturna, que fazia as tochas chamejarem e as flâmulas tremularem, os visitantes de Roma observavam um homem extraordinário pisar em uma almofada colocada no chão diante dele.

Alto e magro, de tez amarelada, ele usava sapatos pretos de seda e meias brancas, visíveis por baixo da barra de uma luxuosa túnica de seda vermelha, magnificamente bordada com dragões e pássaros. A túnica envolvia o corpo esbelto do homem e era presa à cintura por uma larga faixa vermelha. Um tufo branco de barba lhe caía sobre o peito, e um bigode fino comprido se derramava até o queixo. Seu rosto era fino e angular, com as maçãs do rosto salientes, os olhos amendoados e oblíquos logo abaixo de sobrancelhas brancas finas. Na cabeça, um chapéu preto de seda, de abas largas e firmes, sob o qual haviam sido presos seus longos cabelos brancos.

Ele aproximou-se em silêncio, as mãos cruzadas nas volumosas mangas de sua túnica. Olhos pretos brilhantes sondavam os estrangeiros, um a um, como se tentasse identificar o líder do grupo. Por fim, pronunciou:

— Vocês são os viajantes vindos do Li-chien? — A tradução foi passada do chinês para o caxemira, em seguida para o persa e, finalmente, para o latim.

Sebastianus sabia que Li-chien era o nome dado pela China ao Império Romano, lugar que nenhum chinês havia visitado mas sobre o qual eles tinham ouvido falar em lendas míticas.

— Eu sou — respondeu Sebastianus.

O homem o reverenciou.

— Noble Heron, humilde e indigno servo de Sua Majestade Imperial, o imperador da Grandiosa Dinastia Han, Filho dos Céus, Senhor dos Dez Mil Anos. Humildemente convido o senhor e seus companheiros para visitarem a casa do Meu Senhor, que está interessado em conhecer os viajantes de terras tão distantes.

Sebastianus fora informado durante a viagem de que, dois anos antes, o imperador Guangwu havia morrido, e que o príncipe herdeiro Zhuang subira ao trono como imperador Ming.

— Está aqui para nos escoltar até a presença do imperador Ming?

Noble Heron assentiu com um aceno de cabeça e um leve tremor nas sobrancelhas.

— É minha humilde honra instruir os ilustres convidados do Meu Senhor sobre as etiquetas e os protocolos da corte, pois como haveriam de saber se nunca estiveram aqui? É tabu pronunciar o nome do imperador ou o nome de qualquer membro da realeza. Podem me chamar de Noble Heron, porque sou um mero servo da corte imperial. Há diversas maneiras de se dirigir ao imperador, que eu ensinarei aos senhores.

Sebastianus viu que o homem lutava contra o impulso de olhar para os visitantes. Teve curiosidade de saber se o que os chineses haviam ouvido falar sobre os romanos era tão bizarro quanto o que os romanos haviam ouvido falar sobre os chineses. Quando Noble Heron estendeu uma mão para indicar a direção de Luoyang, foi a vez de Sebastianus dirigir o olhar. As unhas do emissário chinês eram tão longas que tinham encurvado, e cada uma delas era recoberta com uma capa protetora de ouro.

— Meu caro amigo — disse Sebastianus por meio dos intérpretes —, será uma grande honra para nós recebê-lo em nosso acampamento, e, enquanto estiver sob nossa hospitalidade, explicarei, da melhor maneira possível, nossos costumes, que devem lhe parecer muito estranhos.

Depois que Noble Heron aceitou educadamente, e se retirou enquanto seus criados preparavam sua tenda, Primo aproximou-se de Sebastianus e disse em voz baixa:

— Eu não confio nesse homem.

Sebastianus virou-se para ele.

— Continue.

— Houve algo estranho no ataque. Faz quatro semanas que não somos importunados por bandidos locais, desde que entramos no domínio de influência do exército chinês. Todas as tribos e povoações que encontramos eram de vassalos do imperador. Então como é que esses bandidos atacaram tão perto da capital? Como não viram esse homem com um enorme séquito seguindo pela estrada, obviamente um enviado da corte imperial?

— Isso foi encenado — disse Sebastianus. — Para avaliar nossa força e vulnerabilidade, e saber se viemos em paz ou como um exército conquistador. De agora em diante, teremos que ficar em estado de alerta. Suspeito de que haverá outros testes.

O emissário imperial pernoitou no acampamento da caravana, tendo jantado sozinho e sido servido por seus criados. Ao raiar do dia, eles levantaram acampamento, e Sebastianus conduziu o gigantesco comboio de camelos, burros, cavalos e carroças na descida da montanha, com Noble Heron a seu lado, agora montando uma bela égua de pelos avermelhados.

Antes da partida, Timonides leu o horóscopo de seu mestre enquanto Noble Heron acendia incenso e reverenciava os Guardiões dos Quatro Ventos: a cobra e a tartaruga ao norte; o pássaro vermelho ao sul; o dragão verde a leste; o tigre branco a oeste. Ao longo do caminho, enquanto eles desciam para planícies exuberantes e fazendas verdejantes, Noble Heron contou a Sebastianus sobre o homem a quem todos chamavam de Senhor de Todos Sob os Céus.

O imperador Ming, de 30 anos de idade, ocupava o trono com sua esposa predileta, a consorte Ma, uma linda mulher de menos de 20 anos. A mãe de Ming era a imperatriz viúva Yin, de seus 50 anos e conhecida por sua beleza e mansidão. O imperador era famoso por sua generosidade e afeição pela família; ele aderira ao código moral e ético do Grande Sábio, mas também respeitava as centenas de deuses taoístas, e era conhecido por sua grande curiosidade a respeito das religiões e crenças dos estrangeiros.

— O Senhor de Todos Sob os Céus — disse Noble Heron — gostaria de saber sobre os deuses de Li-chien.

Luoyang situava-se numa planície entre as Montanhas Mang e o rio Luo, cidade de forma retangular, cercada por um muro alto de pedra e um fosso com pontes levadiças. No rio congestionado, Sebastianus viu embarcações, que, recentemente descobrira, eram chamadas de juncos e sampanas, agrupadas como casas flutuantes. A área rural que circundava a cidade era repleta de fazendas, onde os agricultores lavravam a terra, amarela da areia trazida pelo vento dos desertos do nordeste. Os fazendeiros que trabalhavam pararam e ergueram o corpo para ver o extraordinário cortejo passar; as mulheres saíram das cabanas para ver a imensa fila de animais, comuns e de carga, os homens seguindo ao lado, usando os trajes diversos das diferentes tribos.

Várias pessoas se aglomeraram em ambos os lados dos enormes portões de pedra, depois que foram informadas da chegada de uma fabulosa caravana, para prestar reverência ao imperador. A empolgação estava no ar. Todos aguardavam o festival vindouro, comemorando aquele evento extraordinário.

Os cidadãos de Luoyang usavam trajes coloridos, de todas as tonalidades do arco-íris, com tecidos que iam do cânhamo à seda, homens elegantes de vestes esplendorosas, agricultores e comerciantes de calças e túnicas. Sebastianus, porém, estava mais interessado nos guardas que ocupavam as 16 torres altas, suas armaduras reluzindo ao sol, suas bestas em punho. Noble Heron conduziu a caravana para uma ampla área no lado oeste da cidade, onde caravanas menores já se encontravam acampadas, e onde, sem surpresa para Sebastianus, um enorme contingente de soldados imperiais esperava para tomar seus lugares como guardas dos produtos recém-chegados do Ocidente.

— Queiram nos dar a honra — disse Noble Heron — de ser nossos convidados na cidade. Talvez desejem pegar alguns itens pessoais na sua caravana.

Ao portão da cidade, cadeirinhas aguardavam os visitantes, conduções forradas de tecido colorido e carregadas nos ombros de escravos que usavam roupas combinando. Noble Heron, com seu séquito, ia à frente, e Sebastianus, Timonides, Primo, e os três intérpretes o seguiam. Timonides insistira para levar Nestor com ele, pois, ultimamente, o filho adquirira o hábito de andar sem rumo.

Quando o cortejo chegou ao outro lado, os visitantes olharam pelas pequenas janelas das cadeirinhas e se viram numa ampla avenida alinhada com espectadores, atrás dos quais se viam pagodes multicoloridos, as telhas vermelhas brilhando ao sol. Sinos pequeninos tilintavam nas cadeirinhas fechadas à medida que os escravos seguiam pela avenida, e quando o aroma de comida e fumaça e das flores da estação despertaram o olfato de Sebastianus, quando ele viu os beirais encurvados dos telhados orientais, quando ouviu a cadência exótica da fala chinesa à medida que os cidadãos faziam observações e comentários sobre a estranha aparência dos estrangeiros — quando Sebastianus se deu conta de que, enfim, se encontrava ali, o primeiro homem do Ocidente a entrar na cidade que era a capital da China Imperial, ele sentiu o coração expandir-se de orgulho e exaltação. Dirigiu então uma oração silenciosa aos seus antepassados — pais e avós que haviam aberto as rotas comerciais antes dele e que estariam tão orgulhosos daquele momento: o momento em que um filho de Gallus havia chegado ao outro lado do mundo!

Sebastianus desejou que Ulrika estivesse a seu lado. E mal sabia, cinco anos antes, quando se conheceram fora de Roma, que desejaria algo tão extraordinário.

Eles atravessaram mais um portão e entraram num pátio, onde havia recepcionistas à espera. Noble Heron explicou que aquela era uma residência especial, reservada para convidados ilustres e importantes dignitários. Sebastianus e seus companheiros poderiam então lavar-se para retirarem o pó e a sujeira da viagem, antes de serem levados à presença do imperador.

Foram conduzidos por um salão com várias colunas vermelhas, onde os serviçais, usando calças folgadas com uma túnica sobreposta, detiveram-se para olhar. As dependências, embora mobiliadas apenas com uma mesa baixa e almofadas, eram suntuosamente decoradas com belos tapetes, elegantes tapeçarias de seda nas paredes, biombos pintados, enormes vasos de bronze e jade cheios de flores novas.

Ao longo dos quilômetros e dos meses de viagem, Sebastianus e seus companheiros haviam adotado a indumentária local e chegado a Luoyang usando calças de couro e túnicas acolchoadas de lã de ovelha. Mas, agora que se deliciavam com banhos de vapor, em enormes banheiras de bambu cheias de água perfumada, aquela roupa havia sido descartada. Para choque e deleite dos homens exaustos que vieram de Roma, moças usando longas túnicas azuis esfregavam suas costas e membros e depois massageavam seus corpos com óleo morno. Sebastianus, Timonides e Primo tiveram o prazer de sua primeira barba feita e cabelos cortados em meses e começaram a sentir-se romanos civilizados novamente.

Quando Noble Heron voltou para conduzi-los à presença imperial do Senhor dos Dez Mil Anos, ele parou de repente e fitou os visitantes agora transformados, usando túnicas e togas romanas formais, vestes gregas, e a túnica e peitoral de couro de um legionário.

— Oh! — sussurrou Noble Heron, seu rosto, em geral sereno, de repente um cenário de aflição. Ele ficou em silêncio por um longo tempo e parecia estar lutando contra as palavras. — Peço ao meu caro visitante que perdoe este servo miserável se alguma ofensa foi causada, pois não conheço os costumes dos senhores para o luto. Se eu faltar com o devido respeito ao senhor ou à sua família de qualquer maneira que seja, que eu sofra a morte de mil cortes. Mas... quem morreu?

Sebastianus pensou que os intérpretes haviam cometido um erro, mas, quando a pergunta foi repetida, ele respondeu:

— Ninguém, por quê?

Noble Heron olhou espantado para ele.

— Mas estão usando branco e cortaram o cabelo. É assim que costumamos nos vestir e arrumar em Roma.

— Ah, entendo.

Mas a expressão de aflição não desapareceu, e Sebastianus viu um movimento nervoso sob as mangas de seda de Noble Heron, onde suas mãos escondidas agarravam irrequietas seus pulsos.

— Há algum problema? — perguntou Sebastianus.

— Pode me bater pela minha ignorância, caro visitante, sei que sou um homem humilde e careço de conhecimento, mas não entendo seu outro costume...

— *Outro* costume?

Noble Heron procurou no quarto as palavras seguintes, examinando os elaborados tapetes e galhos de bambu como se fosse achá-las ali. Então ele disse:

— Talvez os ilustres visitantes se sentissem mais à vontade em trajes chineses.

— Estamos muito à vontade assim — rosnou Primo, com fome e impaciente. — O que há de errado na maneira como estamos vestidos?

Sebastianus lembrou-se das pessoas que vira nas ruas, os agricultores e os fazendeiros, e dos criados e recepcionistas no interior daquele recinto. Então examinou os trajes de Noble Heron e notou o seguinte: embora fosse um dia quente de primavera, somente as mãos e o rosto das pessoas eram expostos. E no caso de um emissário de alta patente como Noble Heron, até mesmo as mãos estavam ocultas.

As túnicas usadas por Sebastianus e seus três amigos tinham mangas curtas, deixando os braços expostos, e o comprimento era na altura dos joelhos, deixando uma boa parte da perna à mostra.

— Não queremos ser rudes, Noble Heron, mas estamos aqui como cidadãos de Roma e representantes de nosso próprio imperador. Se vamos realizar um primeiro encontro entre nossos dois mundos e uma troca cultural que jamais se deu entre nossos povos, seria desonesto de nossa parte aparecer diante do seu imperador com uma vestimenta que não a nossa.

O enviado de cabelos brancos digeriu esse raciocínio lógico e, não encontrando argumentos, deu início à complexa questão dos protocolos da corte.

Enquanto os estômagos de Timonides e Primo roncavam reclamando, e Nestor se perguntava se eles iriam comer talharim, Sebastianus escutava educadamente as diversas regras de etiqueta e assegurava ao homem que ele e seus amigos as seguiriam da melhor maneira possível. Mas quando Noble Heron chegou ao assunto de um ritual chamado de *kowtow*, Sebastianus se retraiu.

Para demonstrar o ritual, Noble Heron dirigiu-se com rispidez a um de seus criados, que, diante do olhar surpreso dos visitantes estrangeiros, ajoelhou-se, pôs as mãos no chão e tocou o chão com a testa. O criado levantou-se e repetiu o gesto oito vezes numa rápida sucessão.

Noble Heron disse com um sorriso:

— É assim que o senhor e seus amigos demonstrarão respeito ao Senhor dos Céus.

— Grande Zeus! — murmurou Timonides.

— Não vou esfregar o chão e levantar meu traseiro para nenhum bárbaro selvagem, rei ou não! — gritou Primo.

O primeiro intérprete, um cidadão de Soochow que era fluente em caxemira, ficou pálido e temeroso de passar adiante o insulto para o segundo intérprete, que já percebera pelo tom do romano que suas palavras eram desrespeitosas e temerárias.

Sebastianus explicou a Noble Heron:

— Compreendemos seu desejo de que demonstremos respeito ao seu imperador. E pretendemos fazer exatamente isso. Mas, como cidadãos de Roma e agentes de nosso próprio imperador, seria um ato de traição nos prostrarmos diante de seu rei, pois isso significaria que o nosso imperador seria um súdito de seu soberano. Tenho certeza de que, se a situação fosse inversa, o imperador Ming não desejaria que seus agentes se prostrassem diante do monarca de outra terra.

— É verdade — concedeu Noble Heron, mas sua barba branca e delgada estremeceu. — Porém qualquer quebra de protocolo significa morte instantânea, e, por mais miserável e indigna que seja a minha cabeça, eu ainda não estou preparado para abrir mão dela.

Sebastianus sorriu.

— Não se preocupe, meu caro amigo. Nós somos romanos e, portanto, homens de bom senso. Aceitamos entrar num acordo.

Eles passaram por muitos portões e portas, contornaram vários biombos e atravessaram amplos pátios antes de, finalmente, subirem uma escadaria de cem degraus até o salão do trono imperial. Sebastianus e seus três amigos, seguidos pelos intérpretes, caminharam sobre pisos lustrosos, entre fileiras de colunas laqueadas de vermelho, onde se encontravam pessoas em silêncio, trajando túnicas largas de seda, as mãos escondidas dentro das mangas, assistindo ao desfile do cortejo com olhos atentos. Havia tanto homens como mulheres; os homens com seus cabelos compridos presos num coque embaixo de gorros pretos de seda, as mulheres com penteados intrincados, decorados com pérolas e franjas. Eles olhavam com uma curiosidade muda os visitantes de roupas estranhas seguirem tranquilamente atrás de Noble Heron.

Quando se aproximaram do estrado em que se encontrava o casal imperial, moças de trajes vermelhos e azuis seguravam leques abertos diante de seus rostos, segregando, os olhos amendoados fixos em Sebastianus com seus cabelos curtos e bronzeados.

Ao som de um gongo, sacerdotes de hábitos e turbantes elaborados apareceram com incensários que lançavam uma fumaça pungente, e caminharam em círculos enquanto o gongo soava e alguém recitava, sem que fosse visto, alguns encantamentos e os nomes dos deuses. Durante todo o ritual de purificação e bênção, Sebastianus estudou sem reservas o homem que ele viajara milhares de quilômetros para conhecer.

O imperador e a consorte permaneceram imóveis como estátuas, sentados em seus elaborados tronos de pau-rosa, suas túnicas de seda de um amarelo tão ofuscante que os dois pareciam um raiar do sol duplo. Ming usava uma coroa preta estranha, feita com uma tábua firme e de franjas pendentes à frente e atrás, cheias de contas, e, sob ela, seus longos cabelos estavam presos num esmerado penteado. Ma, jovem e bela, com uma maquiagem pesada, tinha os cabelos de tal maneira elaborados, com broches de jade e pauzinhos de ébano como apoio a joias e ornamentos intrincados, que seu pescoço delgado parecia mal suportar o peso. Como seus cortesãos, estadistas e outros nobres presentes, o casal imperial não expunha nenhuma parte do corpo a não ser os rostos, desde os pés cobertos com sapatos macios sobre apoios dourados às volumosas mangas de seda que escondiam suas mãos, até as golas de um vermelho vivo enroladas no pescoço.

Ao lado da consorte Ma havia um grupo de moças graciosas, elegantemente penteadas e usando roupas de seda vaporosas. Elas pareciam proteger um biombo de bambu, atrás do qual, Sebastianus fora informado por Noble Heron, estaria sentada a mãe do imperador, a imperatriz viúva Yin, vendo a todos, porém sem ser vista.

Quando Noble Heron indicou o lugar onde Sebastianus e seus companheiros deveriam parar, o intérprete de Soochow e seu colega de Caxemira imediatamente prostraram-se no chão diante do soberano. O homem que falava persa e latim, nativo de Pisa, permaneceu em pé.

Sebastianus dirigiu-se em voz baixa a Timonides e Primo:

— Façam o mesmo que eu fizer. — Por meio de seus intérpretes, ele disse a Ming: — Vossa Nobre e Respeitável Majestade, viemos em paz e em nome de Nero César, imperador de Roma. De acordo com as leis e costumes do meu país, todos os cidadãos de Roma são iguais, e nenhum homem é superior a outro, nem mesmo o nosso imperador, embora nos dirijamos a ele como Primeiro Cidadão. Não nos prostramos e nem mesmo nos curvamos diante de nosso César; permanecemos em pé, como iguais. Mas meus amigos e eu não queremos desrespeitá-lo, nem ofendê-lo, portanto é uma honra para nós reverenciar Vossa Majestade da forma que não faríamos diante de mais ninguém.

Sebastianus curvou-se levemente a partir da cintura e fez um breve movimento de cabeça. Timonides e Primo repetiram o gesto, enquanto Nestor apenas deu risadinhas, e, quando eles se empertigaram outra vez, um silêncio mortal recaiu sobre a corte.

O Senhor dos Dez Mil Anos permaneceu imóvel em seu trono, seu rosto impassível, sem mesmo uma ruga nas diversas camadas de seda, cetim e bordados que adornavam sua pessoa de forma impressionante. Ninguém se mexeu. Nem uma respiração foi ouvida.

O imperador Ming pestanejou. Sua voz era jovem e aguda e cheia de autoridade quando ele finalmente falou.

— Você está trazendo produtos para Luoyang. É um comerciante?

Embora a pergunta tivesse sido abrupta e um tanto rude, Sebastianus já a esperava. Noble Heron o instruíra sobre a hierarquia social chinesa, que começava com a família real no topo, seguida dos eruditos chamados de *mandarins*, depois dos quais vinham os altamente respeitáveis fazendeiros, uma vez que ser agricultor, alguém que cultivava o solo, era considerado o modo de vida mais louvável. Os comerciantes situavam-se no nível mais baixo da escala social e eram bastante desprezados, pois, de acordo com o pensamento chinês, era desonroso ganhar a vida à custa de outras pessoas. Portanto seria um desrespeito um homem desses dirigir-se ao Senhor dos Dez Mil Anos.

— Eu sou um embaixador, Vossa Majestade, agente pessoal do meu soberano. A minha caravana traz presentes para o povo da China. Também trago saudações do meu imperador, que estende uma mão amiga ao estimado soberano desta grande terra. Além disso, eu vim à procura de algo pessoal, Vossa Majestade, vim em busca da sabedoria de seus filósofos e sábios. Ofereço não somente a troca de bens culturais, mas de ideias e de conhecimento.

O imperador sorriu e pareceu relaxar um pouco.

— É uma troca bem-vinda e honrosa, Sebastianus Gallus. Diga-nos, onde estão enterrados seus ancestrais?

— Longe daqui, em meu país.

— Quem são os seus deuses?

— Deposito a minha fé nos astros, Vossa Majestade. Tenho esperança de que o Senhor dos Dez Mil Anos me conceda o direito de visitar os seus estimados astrólogos.

— Nosso Grande Sábio, cujo nome é tabu pronunciar, nos ensinou que aprender é o mais nobre ideal. Será uma honra lhe conceder seus desejos, Sebastianus Gallus. E, em troca, você nos honrará com conhecimentos de seu país, que você chama de Roma.

A audiência foi encerrada, e os convidados foram conduzidos a outro enorme salão alinhado com colunas vermelhas. Ali, mesas baixas haviam sido postas com pratos e cálices, e Sebastianus e seus companheiros esperaram pacientemente outros protocolos serem cumpridos à medida que o casal real, depois a viúva, e então os cortesãos tomavam seus lugares.

Enquanto os músicos escondidos atrás de um biombo tocavam cítaras e flautas, tambores e sinos, gongos, carrilhões e chocalhos de madeira, criando melodias delicadas que faziam os romanos imaginarem terras míticas, e dançarinas se exibiam, usando trajes longos e graciosos com mangas que se agitavam como pássaros, o imperador e seus convidados deliciavam-se com uma coruja assada, brotos de bambu, raízes de lótus e peito de pantera. Acrobatas e malabaristas apresentavam-se à medida que os pratos eram servidos, cada um mais sofisticado do que o outro, e o vinho de arroz era servido em abundância.

Durante uma demonstração de uma arte marcial chamada *kung fu*, Noble Heron foi chamado à mesa do imperador Ming, onde ele fez o *kowtow* três vezes antes de receber uma mensagem, que rapidamente levou a Sebastianus.

— O Senhor dos Dez Mil Anos se sentirá honrado em olhar os mapas do seu império, respeitável hóspede, com as localizações das cidades e dos acampamentos militares.

— Por favor, informe a *Sua Majestade* que eu não poderei fornecer essas informações porque não sou um oficial do exército.

Noble Heron retornou a seu soberano, prostrou-se diante dele novamente, comunicou-lhe a resposta, recebeu outra mensagem e retornou. E assim a comunicação foi realizada.

— O meu senhor disse que, como homem de negócios, respeitável Gallus, o senhor conhece rios, fronteiras e cidades. Ele teria grande prazer em ver todas essas coisas e a localização precisa delas dentro do seu império. O meu Senhor fornecerá cartógrafos, artistas, calígrafos e todo o papel e pergaminho que desejar. Ele porá à sua disposição as pessoas de que precisar, concederá os meses ou os anos que forem necessários. O seu conforto é a maior preocupação do meu senhor, assim como é a sua busca espiritual. E, assim sendo, ele generosamente permitirá que construa um templo para os seus antepassados aqui em Luoyang, pois um homem precisa honrar seus ancestrais.

Os três romanos digeriram aquela notícia junto ao porco caramelado e arroz ao *curry* e entenderam o significado mais profundo daquilo que o imperador acabara de dizer.

Sebastianus, Primo, Timonides e Nestor eram agora prisioneiros do Império Chinês.

31

Elas eram conhecidas como "Flores Sociais", e seu único propósito era dar prazer sexual aos convidados do imperador.

Pequeno Pardal era uma dessas jovens na corte real em Luoyang, uma bela filha da nobreza, treinada nas artes eróticas, como as Vinte e Nove Posições do Céu à Terra. Ela especializara-se em "dividir o pêssego" e "encurtar a manga", e havia mantido os convidados do imperador satisfeitos com essas requintadas artes desde os 13 anos de idade.

A moça tinha 20 então e havia conseguido, durante esses sete anos, evitar quebrar a regra número um das Flores Sociais: jamais se apaixonar. Suas irmãs no dormitório a haviam prevenido, e ela nunca pensou que isso viria a acontecer. Mas quando estava nos braços do Tigre Heroico, Pequeno Pardal pensava que poderia escutá-lo com satisfação durante toda a noite.

Não importava se ela não entendia uma palavra do que ele dizia. Gostava da sonoridade de sua voz, do timbre agradável, das sílabas exóticas que lhe brotavam dos lábios, da total estrangeirice de sua fala. Ele sempre falava um pouco depois do momento de prazer, permeando a noite perfumada com palavras trazidas de um lugar distante, enquanto ela repousava em seus braços fortes, desejando que a noite nunca acabasse.

Eles permaneciam deitados num colchão de penas de ganso, os lençóis de seda, enquanto um escravo cego abanava o recinto com um movimento constante de um magnífico leque. A não ser por isso, os amantes estavam inteiramente sozinhos no quarto, mas podiam ouvir as vozes e a música da casa real serem trazidas pelo vento por sobre o muro do jardim. Tigre Heroico falou, ela supunha, sobre seu lar no distante Ocidente. E, em silêncio, ela agradeceu aos deuses por aquele homem de cabelos acobreados a quem entregara seu coração.

A função da Flor Social era respeitável e digna, e era uma grande honra viver na corte e servir como uma moça que proporcionava prazeres aos visitantes distintos. Somente as filhas das mais nobres famílias eram escolhidas. A seleção era rígida: julgavam-se a aparência, a conduta e a saúde da moça, além de sua habilidade em dar prazer a um homem. No caso de Pequeno Pardal, ela possuía um rosto redondo e delicado, uma tez macia e imaculada, um corpo delgado e gracioso, mãos e pés pequenos. Sua família ficou exultante quando ela foi selecionada entre cem candidatas. As regras eram complexas, e cada moça era rigorosamente treinada em modéstia e discrição, como mandava o decoro. O prazer de seu convidado era seu principal objetivo. O que ela sentia não importava. Assim que uma nova moça era escolhida, ela era transferida para um dormitório supervisionado por eunucos, onde desfrutava de uma vida luxuosa e confortável, e sua única preocupação era enfeitar os cabelos e melhorar a pintura das sobrancelhas. Quando era chamada para fazer uma visita a um convidado, ia pelo tempo exigido e não falava, a menos que lhe fosse dirigida a palavra, e retornava em seguida para sua cama no dormitório.

Pequeno Pardal não era seu nome real. Quando o eunuco-chefe a apresentou ao ilustre convidado de um lugar chamado Roma, o visitante não conseguiu pronunciar seu nome, por ser longo e significar "aquela que aguarda um irmãozinho", pois seus pais haviam esperado por um filho. Então ela disse ao eunuco para dar ao estrangeiro seu nome "de leite", um nome dado aos bebês no primeiro ano de vida, provisório, uma vez que muitos recém-nascidos não viviam por muito tempo. Seus pais a denominaram Pequeno Pardal, e agora apenas o homem do Ocidente a chamava assim.

Da mesma forma, ela não conseguiu pronunciar o nome do estrangeiro — Sebastianus —, então passou a chamá-lo de Tigre Heroico, pois era assim que o via na cama.

Porém não foi por sua extraordinária habilidade sexual que ela se apaixonou por ele. Diferentemente dos convidados anteriores do imperador a quem ela proporcionara prazer, Tigre Heroico tratava-a com gentileza. Sorria para ela, acariciava seus cabelos, perguntava-lhe como estava se sentindo. Para os outros homens, ilustres embaixadores e príncipes que recebiam a hospitalidade real quando vinham a Luoyang, Pequeno Pardal não passava de uma peça do mobiliário — algo para fazê-los descansar da viagem e em seguida posto de lado. Assim, chegara aos 20 anos sem ter sentido a mínima afeição pelos homens.

Então, seis meses antes, ela fora selecionada para ser a companheira de cama de Tigre Heroico e, naquele momento, lhe entregara seu coração. Mas ela manteve em segredo seu amor pelo estrangeiro. Não contou a nenhuma de suas amigas e não abriu seu coração nem mesmo para ele.

E, como sabia que jamais receberia permissão para deixar Luoyang, ela rezava para que, quando envelhecesse e não fosse mais desejada na cama, ele a mantivesse como companheira.

Um gongo distante soou a meia-noite, e ela sabia que estava na hora de partir. Como sempre, Tigre Heroico beijou-a com carinho na testa e virou-se para o outro lado para dormir. Mas, enquanto se vestia, ela ouviu uma batida à porta. Quando Tigre Heroico levantou-se para ver quem era, Pequeno Pardal ouviu uma conversa apressada.

Ao ver o ocidental chamado Primo, um homem grande e feio, entrar no quarto acompanhado por um dos intérpretes de Tigre Heroico e por outro homem usando as túnicas e cores de um nobre da província do sul, ela cobriu os seios com sua roupa e foi para trás do biombo, de onde podia escutar a conversa.

Ela reconheceu o quarto homem do grupo. Era Dragão Bravo, e todos conheciam suas ambições políticas.

A FAMÍLIA DELE ERA RICA, PODEROSA e tinha muitos amigos. Ao escutar às escondidas, Pequeno Pardal rapidamente entendeu que ele estava ali para oferecer aos ocidentais uma maneira de escapar. Ela suspeitava de que aquela era uma forma de enfraquecer o poder do imperador, e não um ato de bondade. Pois uma fuga fácil desses "convidados" das garras do imperador seria uma humilhação para Ming.

Pequeno Pardal prendeu a respiração enquanto escutava o plano vir à tona pelas palavras do intérprete — Dragão Bravo gabava-se de que sabia como tirar Tigre Heroico de Luoyang e conduzi-lo de volta às fronteiras ocidentais, mas dizia que aquilo custaria um preço alto. Não queria ouro, nem riquezas, disse o jovem aristocrata. E, como corria um grande risco ao fazer isso, a recompensa teria de ser algo realmente bastante desejável.

Quando Tigre Heroico ofereceu ao homem um raro e poderoso afrodisíaco, Pequeno Pardal percebeu que ele imediatamente captara a atenção de Dragão Bravo.

Ela viu uma cena curiosa desenrolar-se ali. Tigre Heroico dirigiu-se a um baú trancado e retirou de lá um saco de pano. Abriu-o e mostrou o conteúdo a Dragão Bravo, permitindo que ele o cheirasse e sentisse um pouco da substância na ponta dos dedos. Tigre Heroico então pegou a chaleira com água fervente, verteu um pouco numa xícara e mergulhou um punhado do conteúdo do saco na água.

Enquanto aguardava a mistura apurar, Tigre Heroico disse:

— Conheci um homem na Babilônia. Ele me disse que tinha uma fazenda na distante Etiópia, perto da nascente do Nilo. Um dia, ele notou que seu rebanho de caprinos estava com uma energia extraordinária, acasalando-se quase constantemente. Ele observou os animais por alguns dias e descobriu que estavam comendo as frutinhas de um arbusto consideradas sem nenhum valor. Ele apanhou algumas frutas e tentou comê-las, mas não eram comestíveis. Então, torrou e moeu algumas até virarem um pó. Colocou esse pó numa infusão, e o resultado foi um líquido amargoso, mas ele tomou assim mesmo, curioso de saber se as frutas causariam nele o mesmo efeito que tinham causado nos animais.

"A experiência deu resultado. Em pouco tempo, o fazendeiro se sentiu rejuvenescido, e com um vigor e energia que não sentia em anos. Ele imediatamente procurou a mulher e lhe deu prazer por vários dias. Então o etíope levou sua descoberta para a Babilônia, que foi onde o conheci. Eu provei a bebida e realmente senti os efeitos estimulantes. E agora, meu ilustre visitante, você vai experimentar esse extraordinário elixir."

Tigre Heroico deu a poção para Dragão Bravo beber, tendo primeiro tomado um gole para provar que não era veneno.

Dragão Bravo bebeu um pouco e fez uma careta.

— Beba tudo — recomendou Tigre Heroico enquanto o feioso Primo e o intérprete ficaram olhando.

Dragão Bravo bebeu todo o conteúdo da xícara, estalou a língua e disse:
— Não estou sentindo nada.
— Leva certo tempo.

Os quatro ficaram parados numa expectativa silenciosa enquanto Pequeno Pardal os observava por trás do biombo. Dragão Bravo olhou para si próprio abaixando o olhar, então passou uma mão pela virilha. Franziu o cenho.

— Isso é apenas uma água marrom.
— Paciência, meu amigo. Como planeja nos tirar desta cidade?
— Posso arranjar para amanhã. Você e seu companheiro me encontrem no...
— Não é somente para mim e Primo. Todos os meus homens terão que ir.

Dragão Bravo arqueou as sobrancelhas.
— *Todos* os seus homens? São mais de cem, eu creio.
— Não deixarei nenhum deles para trás.

Dragão Bravo considerou a situação, depois ergueu uma mão e coçou o nariz. Mas a mão dele tremeu. Ele a estendeu, e o tremor se intensificou. Soltou então uma praga que o intérprete não traduziu. Em seguida, disse:

— Estou sentindo alguma coisa! Estou me sentindo... revigorado!

Sebastianus sorriu.
— É uma mistura potente.

— De fato! Como se chama?

— O etíope disse que não tinha nome, porque as frutinhas crescem numa planta que todos consideravam sem valor. Mas ele chamou de *qahiya*, que na língua dele significa não ter apetite, já que essa bebida tira a fome.

— Talvez corte a fome do estômago, mas estimula outro tipo de fome. Eu estou me sentindo como se pudesse ir para a cama com dez mulheres hoje à noite! Muito bem, pelo saco inteiro de *qahiya*, eu levo você e todo o seu grupo para fora de Luoyang. O meu plano é o seguinte...

Pequeno Pardal tremeu ao ouvir os detalhes da fuga de Tigre Heroico. Ele iria deixá-la. O único homem por quem se apaixonara.

NINGUÉM ERA CAPAZ DE DIZER a idade da imperatriz viúva. Todas as manhãs, sua equipe de esteticistas friccionava seu rosto e lhe removia todos os pelos, inclusive as sobrancelhas. Então pintava novamente seu rosto com um fundo de pó de arroz branco. A fim de preservar sua aparência, a imperatriz controlava suas expressões faciais e falava com o mínimo movimento dos lábios e do maxilar. O efeito era deixá-la com o aspecto de uma boneca de cerâmica.

— Eu lhe concedi esta audiência, Pequeno Pardal — falou com uma voz que era tão macia e impecável como a seda da túnica que usava —, porque considero seu pai meu amigo. Mas seja rápida, pois o tempo urge.

Pequeno Pardal fez o *kowtow* nove vezes diante da mãe do imperador e, quando recebeu permissão para falar, contou sobre o encontro da noite anterior entre o ilustre comerciante de Roma e o nobre chamado Dragão Bravo — um esquema para ajudar os ocidentais a escapar.

— Dragão Bravo vai trazer uma companhia de teatro para o Festival da Lua de Prata — disse Pequeno Pardal tremendo de medo diante da poderosa mulher; mas ela não tinha escolha, precisava manter Tigre Heroico em Luoyang! — E, enquanto Sua Sublime Radiância, o imperador, estiver distraída, um por um, os participantes da trupe serão substituídos pelos homens do Ocidente. Isso vai ser feito no final de cada ato, quando os atores deixarem o palco. Eles trocarão de roupa com os estrangeiros, que, disfarçados, sairão da cidade e atravessarão os portões. Quando todos os ocidentais tiverem saído, então os quatro convidados especiais do Filho dos Céus serão resgatados no meio da noite e levados para se juntar aos seus companheiros. Eles planejam estar bem longe quando o estratagema for descoberto.

O grilo de estimação da viúva cantou na gaiola de bambu enquanto suas damas de companhia permaneciam imóveis e em silêncio, como estátuas.

A imperatriz não se moveu. As borlas de ouro e os pássaros de papel que adornavam seu elaborado penteado mexeram-se somente porque uma brisa soprou pelo pavilhão.

O coração de Pequeno Pardal disparou ao se dar conta de que podia ter cometido um grave erro.

Por fim, a viúva disse:

— Ao me contar esse segredo, você deixou recair desonra sobre sua família.

Pequeno Pardal caiu de joelhos e prostrou-se.

— Mas eu pensei que Vossa Sublime Majestade ficaria satisfeita de saber da farsa e montaria uma guarda ao redor dos estrangeiros!

"Mantendo-os aqui. Mantendo meu Tigre Heroico aqui para sempre."

— Criança tola, imaginar que meu filho seria tão facilmente enganado. Criança tola, esquecer uma das regras de sua profissão, que é proibido falar de assuntos que um convidado ilustre discute na cama. Você vai voltar para a sua família. Vai dizer ao seu pai que o nome dele não será mais pronunciado na corte do imperador.

— Mas... ele vai mandar me matar!

— Como é de direito dele.

A um rápido sinal da imperatriz, os guardas entraram para levar Pequeno Pardal embora. Ela não pediu clemência. Manteve sua dignidade até o fim, até mesmo no momento final em que entendeu a cruel ironia do seu ato: ao revelar o plano secreto de fuga de Tigre Heroico pensando que o impediria de partir, ela foi privada da própria vida.

32

— *E*sse é um negócio arriscado, mestre — disse Timonides enquanto eles esquadrinhavam o mercado à procura de Dragão Bravo. Timonides falava ao mesmo tempo que mantinha o olhar em Nestor, que, aos 35 anos, ainda precisava ser lembrado de que os produtos oferecidos nas bancas dos comerciantes não estavam ali simplesmente para serem pegos. — O imperador tem olhos e ouvidos em toda parte. Ming sabe que queremos ir embora e que vamos procurar uma maneira de escapar.

— E se não encontrarmos essa maneira, meu amigo — respondeu Sebastianus olhando para o Portão da Harmonia Celestial à procura de Primo e Dragão Bravo —, realmente ficaremos aqui pelo resto das nossas vidas.

Após nove meses gozando da hospitalidade do imperador, por mais benevolente e generosa que fosse, Sebastianus estava ansioso para voltar para seu país. Porém Ming parecia determinado a mantê-los prisioneiros.

Timonides também ansiava por retornar. Embora achasse maravilhosos e desafiadores aquele país exótico e sua cultura, e não se importasse em ser um "hóspede permanente", preocupava-se com o filho.

Enquanto vigiava Nestor percorrendo as bancas dos comerciantes, Timonides viu três mulheres aos tropeços pelo mercado, suas súplicas tristes por comida e misericórdia revirando o estômago do astrólogo. Elas estavam unidas pelo pescoço, as cabeças acima de uma prancha de madeira, nas quais seus crimes haviam sido listados. Ele não sabia ler chinês, mas imaginava que elas haviam ou desobedecido aos maridos ou espalhado boatos sobre os vizinhos. Os crimes das mulheres não eram tão graves quanto os dos homens, mas sua punição era igualmente cruel.

Ele virou-se e, uma vez mais, seus olhos dirigiram-se a Nestor, que observava dois malabaristas. Timonides preocupava-se porque o filho vinha apresentando um comportamento estranho ultimamente, mostrando certa ansiedade e uma agitação incomuns ao em geral plácido e alegre Nestor Agia quase como se *soubesse* que eles estavam sendo mantidos prisioneiros naquela cidade. Timonides compreendia a mente simplória do filho e sabia que ele não tinha a verdadeira noção de tempo e distância. Para Nestor, a cidade de Antioquia se encontrava do outro lado das Montanhas Mang, e eles haviam partido apenas no dia anterior. Assim, os anos e os quilômetros que deixavam um homem de mente sã ansioso por voltar para casa, normalmente, não incomodavam Nestor.

Então qual a razão daquela estranha ansiedade?

E onde estaria Dragão Bravo, o homem com quem eles contavam para auxiliá-los a fugir?

Sebastianus e seus companheiros não haviam recebido permissão para sair de Luoyang desde o dia de sua chegada. Era uma nítida demonstração de poder. O imperador capturara o embaixador romano de César com o mesmo orgulho com que os soldados, no campo de batalha, capturavam as bandeiras inimigas. Ming teria enviado informação sobre isso, juntamente com objetos em madeira laqueada, porcelana e o precioso brocado de seda da China para o Ocidente pelas rotas do comércio, para apregoar que ele era o benevolente anfitrião dos embaixadores de Roma, na esperança de que a mensagem chegasse às mãos daquele *outro* imperador chamado César.

"Era óbvio", pensou Timonides filosoficamente, "que havia uma grande chance de a notícia nem sequer chegar a Nero. E, se chegasse, não havia nada que ele pudesse fazer para resgatá-los." Mas não era que seu cativeiro fosse desagradável. Timonides tinha de admitir que ficar detido na capital era surpreendentemente confortável; na verdade, um requinte. A casa que ele dividia com o filho, Sebastianus e Primo era ampla e bem servida de empregados. Seus aposentos davam para um jardim chamado Pátio do Coração Puro, onde várias fontes deleitavam os olhos, folhas de lírios flutuavam na superfície tranquila do lago, garças mansas nadavam nos baixios, e pássaros canoros em gaiolas arejadas enchiam o ar com seus gorjeios musicais. Os visitantes do Ocidente desfrutavam de muitas e deliciosas comidas, além de maravilhosas diversões à noite, que incluíam moças discretas chamadas de Flores Sociais.

Eles raramente viam outras mulheres nas dependências imperiais, pois elas eram sempre separadas dos homens. Mas, às vezes, durante as noites quentes perfumadas de jasmim, escutavam vozes no outro lado do Portão dos Bambus Sussurrantes, conversas e risadas femininas, e o tinido das peças do *mah-jongg* — a mãe, as irmãs, as sobrinhas, as tias e as concubinas do imperador, juntamente com centenas de criadas e eunucos, passando as horas em puro lazer.

"Um paraíso na terra", pensou Timonides. Mas não era Roma. E depois que Sebastianus, Timonides e Primo haviam explorado cada palmo daquela cidade, que tinha 3 quilômetros de extensão e 1,5 quilômetro de largura aproximadamente, não havia nada mais para ser visto — desde as terríveis habitações nas áreas mais pobres do sul, onde famílias inteiras se aglomeravam em cabanas e mal ganhavam o suficiente para sobreviver, até as mansões dos ricos na parte norte, que faziam limite com o Palácio Imperial, onde as pessoas tinham vidas repletas de encanto e conforto.

Timonides sabia que a caravana deles, com toda a sua mercadoria, havia sido confiscada pelo imperador. Mas Sebastianus não podia reclamar. Ele mesmo declarara que eram presentes para Ming. Os escravos e criados, até os guerreiros de Primo, foram detidos em Luoyang em acomodações compatíveis com suas respectivas posições sociais. Os únicos que estavam empolgados com o cativeiro eram os missionários budistas, que passavam muitas horas com o imperador, ensinando-lhe a vida e a filosofia de seu fundador, o Iluminado.

— Mestre — disse Timonides pela centésima vez —, por que não dar ao imperador o que ele quer? Se não quiser contar onde estão localizadas as guarnições militares, ou uma geografia vital, então invente. Faça um mapa sofisticado do Império Romano. Ele nunca saberá!

Sempre que Sebastianus era chamado à presença do imperador, Ming pedia educadamente que seu ilustre convidado desenhasse um mapa do Império Romano, indicando o lugar das instalações militares, dos movimentos das tropas e das estratégias de guerra. E sempre Sebastianus afirmava sua ignorância no assunto — o que era só em parte verdade. Timonides sabia que eles seriam mantidos em Luoyang pelo resto da vida caso Sebastianus não desse ao soberano o que ele pedia.

— Porque, Timonides, meu velho amigo, como já expliquei a você, Ming está me pondo à prova. Está julgando a minha integridade e o meu caráter. Se eu desenhar um mapa militar verdadeiro, ou um falso, de qualquer forma, isso revelará a minha falta de caráter, pois um verdadeiro significaria traição ao meu soberano, e um falso, que estou cometendo uma fraude. Ming sabe que só pode ser uma coisa ou outra. E, uma vez que eu perca o respeito do imperador, então não seremos mais seus convidados, eu deixo de ser o embaixador de Roma, e voltamos para nosso país em desgraça, tendo falhado totalmente em nossa missão.

— Mas então não podemos mais voltar para casa!

— Se conseguirmos fugir e evitar uma recaptura, então passaremos a ser bem-vistos tanto aos olhos de César quanto aos do imperador Ming. Entretanto, precisamos de ajuda. Onde estão Primo e Dragão Bravo?

Porque sabiam que estavam sendo observados, Sebastianus e Timonides andaram pelo mercado, examinando negligentemente os artigos que não encontrariam em Roma, e que precisavam ser demonstrados para se entender sua função: palitinhos usados na mão, que serviam para comer; uma invenção feita de bambu encerado, usada acima da cabeça para se proteger da chuva e do sol quente; leques confeccionados com penas e seda para refrescar o rosto no calor; uma placa com uma colher de metal fixada nela e que, quando girada, sempre retornava apontando para o norte. Eles viram maravilhas como lanternas feitas de papel, brilhando na brisa noturna; alquimistas fazendo experiências com um pó preto que explodia; estruturas de bambu cobertas com seda, voando ao vento na ponta de um longo barbante.

Em geral, pareciam brinquedos e pequenas invenções a Sebastianus, mas havia algumas verdadeiramente engenhosas também, como um veículo pequeno impulsionado a mão, com uma só roda na parte dianteira e duas hastes na parte traseira por meio das quais um homem o empurrava e guiava — um veículo engenhoso, que permitia ao trabalhador transportar material pesado demais para ser carregado por ele. Não existia nenhum equipamento desse tipo em Roma.

Sebastianus queria que Ulrika pudesse ver essas invenções por si mesma. Sempre que Sebastianus se deparava com algo novo, ele pensava nela, imaginando sua reação. Ulrika gostava muito de ler. Qual seria a opinião dela sobre a literatura chinesa impressa em rolos de seda ou pintada em livros feitos de madeira de pessegueiros? Como discutiria *O livro das mudanças*, de Confúcio; *A arte da guerra*, de Sun Tzu; um livro de adivinhações chamado *I Ching*, de Fei Zhi; histórias, biografias, volumes de poesia, mitos e fábulas?

Ele adoraria discutir com ela as filosofias e crenças singulares da China. O que Ulrika pensaria do Grande Sábio, cujo nome era tabu pronunciar, um filósofo que viveu cinco séculos antes? O nome dele, Sebastianus finalmente descobrira, era K'ung-fu-tzu, que significava "Mestre Kong", e que Sebastianus e Timonides traduziam como Confúcio, a fim de evitar desrespeitar a lei do nome-tabu. O Grande Sábio vivera muito tempo antes e introduzira um código de vida que enfatizava a moralidade, a ética, a justiça e a compaixão, com princípios de boa conduta, sabedoria prática e relacionamentos sociais adequados.

Havia também uma crença local denominada taoísmo, fundada duzentos anos antes por um homem chamado Lao-Tzu. O *tao* era considerado a Inteligência Cósmica, inacessível à compreensão humana, que governava o curso natural de todas as coisas. A prática abrangia magia negra, alquimia, elixires da vida e centenas de deuses. Os taoístas reverenciavam os espíritos ancestrais e seres que eram conhecidos como os Imortais, por sua dedicação à busca da imortalidade, como evidenciado em sua procura por ervas mágicas e minerais que proporcionassem a vida eterna neste mundo.

Tantas maravilhas naquela terra exótica! Sebastianus gostaria de poder levar Ulrika ao zoológico particular do imperador para ela apreciar os pandas de olhos negros, os tigres brancos, com seu passo lento e regular, e orangotangos que pareciam homens velhos. Ele gostaria que ela pudesse se maravilhar com as outras ofertas fabulosas do mercado: estátuas gigantescas de jade rosa, esculpidas à semelhança de Kwan-Yin, a deusa da misericórdia; montanhas de sedas e cetins de cores deslumbrantes; várias ânforas cheias de um delicioso vinho de arroz; vasos diversos, repletos de especiarias aromáticas; um doce feito de amêndoas, chamado marzipã, com formas de flores e animais; e montes de uma rara planta medicinal, chamada ruibarbo, altamente apreciada e muito cara que só se encontrava nas margens do rio Chang Jiang.

Ele estava ansioso para compartilhar com ela as tradições e os costumes chineses: sua crença em dragões e o respeito que tinham por eles; o hábito, tanto de homens como de mulheres, de manter os cabelos compridos por considerar que era falta de respeito cortá-los por terem sido doados pelos pais; a prática de vestir os meninos como meninas, na esperança de levar os malvados espíritos-ladrões a achar que eram meninas e que, portanto, não valia a pena roubá-los; o ritual de colocar peônias secas embaixo da cama para afugentar os maus espíritos.

Ele poderia explicar a Ulrika que preservar a honra da família, evitar humilhações e respeitar os ancestrais eram valores acima da própria vida, e que um homem preferiria morrer a renunciar a essas virtudes. Os chineses tinham também uma paixão pela harmonia, a vida longa e a boa sorte, e tudo isso se buscava mediante o uso de incensos, amuletos, talismãs, números da sorte e uma dedicação quase fanática a manter os espíritos malignos longe das casas por meio do uso de biombos enganadores, quedas-d'água e vassouras.

Ulrika permanecia nos pensamentos de Sebastianus dia e noite. Cada novidade que ele descobria e admirava lhe despertava o desejo de compartilhar com ela. Seu amor por Ulrika crescera com a distância e o tempo. Ele pensou nas Flores Sociais que o recebiam e a seus companheiros à noite, após um dia passado com o imperador ou com astrólogos, filósofos e outros eruditos. Mulheres jovens e belas, esbeltas e delicadas como lírios, recatadas e complacentes, docemente perfumadas e de fala suave. Elas davam prazer, como prometia o nome, mas Sebastianus considerava aquele um prazer vazio, pois havia apenas uma mulher cujo abraço ele verdadeiramente desejava.

Sebastianus alcançara seu objetivo de chegar ao governante da China. Sabia que em Roma lhe aguardavam honrarias, que seu nome seria levado a lugares distantes por seus feitos. Mas, no final, o que aprendera dos filósofos e astrólogos chineses, do imperador e seus mandarins, das pessoas nas ruas e nas bancas dos comerciantes, até mesmo das Flores Sociais, foi que o amor era mais importante do que a honra, a fama e o conhecimento. Após quase um ano bebendo daquela exótica cultura e absorvendo a sabedoria chinesa, Sebastianus compreendera que tudo aquilo era vazio se não tivesse alguém com quem compartilhar.

E o que seria da vida de Ulrika? O que estaria ela fazendo naquele momento? Onde se encontraria? Estaria feliz ou triste? Teria encontrado a mãe em Jerusalém? Achara uma explicação para suas visões? Saberia o significado da Clarividência e o local onde ficava Shalamandar? Sebastianus não queria perder os marcos importantes na vida de Ulrika. Da mesma maneira que desejava que ela participasse de sua aventura, ele desejava compartilhar a dela.

— Primo disse que eles estariam aqui ao meio-dia — murmurou Sebastianus ao se aproximar do Portão da Harmonia Celestial, que conduzia à área mais populosa, a parte sul da cidade. Ele olhou para o sol. Era meio-dia.

Timonides percebia a ansiedade crescente de seu mestre e desejava poder fazer alguma coisa para que pudesse aliviá-la. Lia o horóscopo de Sebastianus duas vezes por dia, mas não conseguia ver, em nenhum lugar, qual seria o dia da partida, ou de que maneira partiriam. Pensando que por estarem na China talvez precisassem empregar os métodos da astrologia chinesa, Timonides havia estudado os céus com os astrólogos do palácio, mas não conseguira dominar a ciência, por ela ser muito diferente daquela da Grécia e de Roma.

Na astrologia chinesa, havia 12 signos astrais, cada um representado por um animal diferente que regia seu respectivo ano e que supostamente mostrava as caraterísticas da pessoa nascida naquele período. Havia também signos atribuídos a cada mês (chamados de animais interiores), e outros, às horas do dia (chamados de animais secretos). Então, embora uma pessoa parecesse ser de Boi por ter nascido no ano do Boi, ela podia ser de Urso no seu interior e de Dragão secretamente. Isso permitia mais de oito mil combinações, cada uma delas ligada a uma personalidade e um horóscopo diferentes.

Isso deixou Timonides confuso. Ele voltou para seus 12 signos zodiacais, seus mapas e seu transferidor. Porém não surgiam previsões, e ele começava a questionar se os poderes dos deuses da Grécia e de Roma alcançariam aquela distância.

Ele voltou sua atenção para Nestor, um gigante entre os cidadãos de Luoyang, e observou o filho no canto do mercado de especiarias, onde vendedores ambulantes cozinhavam em fogueiras. Nestor não achara a cozinha oriental um desafio, e rapidamente se adaptou à soja, originária da China, e a outras tantas excentricidades culinárias, como pepino, gengibre e anis. Aprendera até uma nova maneira de cozinhar: porque a China não tinha grandes florestas, sendo então difícil encontrar combustível para cozinhar, os chineses haviam aprendido a cortar o alimento em pequeninos pedaços para que fritasse rapidamente quando levados a um fogo pequeno.

Como era característico do filho simplório do astrólogo, Nestor já havia dominado pratos exóticos como o arroz frito com cebolinha; caranguejo ensopado e enguia crocante; tartaruga cozida com presunto; sementes de lótus no mel. Sua obra-prima eram os pés de galinha fritos com molho de feijão-preto. Só de pensar nisso Timonides já salivava.

Porém Timonides franziu o cenho ao ver seu filho provar uma pitada de pimenta numa banca de especiarias. A arte culinária de Nestor andava um tanto descuidada nos últimos tempos. Sal em excesso e pouco óleo. Iguarias como olhos de vaca e testículos de carneiro cozidas demais e estragadas. Será que o rapaz, com sua estranha maneira de pensar, que era tanto simples quanto complexa, percebera que estavam tentando fugir de Luoyang?

Finalmente Primo apareceu em meio à multidão, parecendo irritado e ansioso. E ele estava sozinho. Quando se aproximou dos amigos, olhou para trás antes de dizer em voz baixa a Sebastianus:

— Dragão Bravo está morto. Encontraram o corpo dele sem cabeça boiando no rio.

— Ming descobriu nosso plano.

Sebastianus de imediato lembrou-se de Pequeno Pardal, que não retornara à sua cama desde a noite da visita de Dragão Bravo. Perguntara por ela, mas as respostas eram sempre vagas, como se a moça não existisse. Ele não estava apaixonado. Seus sentimentos por ela eram sempre imediatistas. Enquanto seu corpo estava com a moça de uma província do norte da China, seu coração estava sempre com Ulrika. Assim mesmo, sua ausência o fez pensar.

E ele supôs então que o desaparecimento dela na mesma ocasião em que Dragão Bravo foi assassinado não havia sido uma coincidência. Sebastianus fora alertado sobre ser delicado com as moças do prazer. Elas podiam ser gananciosas e ciumentas, admoestaram os eunucos. Elas teciam intrigas entre si, durante seus longos dias de tédio, cada uma lutando para subir a uma posição superior à das outras. Teria Pequeno Pardal escutado sua conversa secreta com Primo e Dragão Bravo, e depois comunicado a algum dos serviçais do imperador? Ela teria sido altamente recompensada, ele concluiu, por ter informado ao imperador o plano de fuga deles.

Sebastianus esperava que, qualquer que tivesse sido a recompensa de Pequeno Pardal pela sua traição, ela estivesse desfrutando-a. Porque agora seria impossível deixar Luoyang.

— Mestre — reclamou Timonides —, diga ao imperador o que ele quer saber.

— O senhor não pode fazer isso — protestou Primo. — Divulgar a extensão, a força e as fraquezas do exército romano seria traição.

— E se nunca sairmos daqui? — interferiu o astrólogo. — César entenderia.

— Ou nos mandaria para a arena.

— Olhem! — disse Sebastianus, apontando. Eles viram Noble Heron sendo transportado na direção deles, em sua familiar cadeirinha vermelha e dourada.

O emissário desceu do veículo.

— Ilustre convidado — começou ele, dirigindo-se a Sebastianus com uma elegante mesura. — É minha humilde honra informá-lo de que o Senhor dos Dez Mil Anos pretende fazer uma viagem pelo interior para apresentar sua nova imperatriz aos seus vassalos.

Poucas semanas antes, Ming fora persuadido por sua mãe, a imperatriz viúva, a elevar sua consorte, Ma, à posição de imperatriz. Luoyang explodiu em comemorações. Ma era popular entre os cortesãos, e os cidadãos locais ficaram satisfeitos com as notícias sobre ela. O próprio Sebastianus admirava a jovem senhora, que era humilde e sóbria para uma pessoa de tão elevada posição. As outras princesas e consortes imperiais surpreendiam-se ao ver como ela era tão econômica, pois Ma em geral escolhia sedas não muito caras e sem desenhos muito elaborados. O imperador Ming frequentemente a consultava sobre questões importantes de Estado.

Noble Heron continuou:

— O Senhor dos Dez Mil Anos deseja mostrar seu amor e respeito pela imperatriz diante de seus povos subjugados e dar a eles o privilégio e a honra de prestar homenagem a ela. Como parte das contínuas comemorações que marcam sua coroação como imperatriz — disse ele, acenando com a cabeça em direção às muitas lanternas de papel coloridas que ainda decoravam a praça do mercado após semanas de festividades —, toda a corte sairá numa viagem para visitar o interior, e o Senhor dos Céus deseja convidar seus hóspedes de Li-chien a participar da feliz viagem.

Sebastianus e Primo trocaram olhares, ambos achando ser provável que a viagem festiva tivesse muito mais o intuito de promover o desfile da presença poderosa da Família Han e de procurar informações sobre possíveis rebeliões. Era fato conhecido que o Xiongnu do Norte continuava a ser uma ameaça constante à família Han e a seus aliados do Xiongnu do Sul. Embora o imperador Ming estivesse empenhado em várias táticas militares e econômicas para tentar manter a paz com o Xiongnu do Norte, a relação era instável. Fazia-se necessária uma demonstração de poder.

Enquanto eles viam Noble Heron afastar-se, Sebastianus falou com empolgação a seus dois companheiros:

— Meus amigos, creio que esta é a oportunidade pela qual rezamos.

33

Os cavaleiros ferozes enfileiraram-se de frente uns para os outros na planície verde, cem de cada lado, suas imponentes montarias — os famosos cavalos das estepes, de pelo denso e pele grossa, conhecidos por sua resistência —, vigorosas e ávidas por luta. Os montadores usavam chapéus de feltro de copa alta, calças de couro e túnicas de lã de carneiro. Denominavam-se tazhkin e se consideravam o povo mais robusto que existia, porque seus antepassados vieram de uma região árdua, no extremo sul do Deserto de Gobi. Dizia-se que, em combate, os gritos desses guerreiros gelavam a tal ponto o sangue do inimigo que eles caíam mortos antes mesmo de uma única adaga ser lançada.

Contudo, de alguma forma, o pai do imperador Ming, o grande Guangwu, havia conseguido derrotar os tazhkin com seus exércitos e transformá-los em aliados do Império Chinês.

Uma grande multidão encontrava-se ao longo da planície, homens e mulheres dos tazhkin, mas também chineses do enorme séquito de Ming. O imperador não era visto; instalara-se no interior de um pavilhão cercado de guardas, pois descobrira que sua mulher estava grávida, e seus diversos conselheiros haviam advertido que, se ela assistisse ao combate, uma natureza violenta seria instilada em seu filho.

Porém não era um verdadeiro combate que estava prestes a ocorrer, e sim um jogo. Eles o denominavam de "polo", jogado por dois times de cem homens cada, e consistia em golpear uma bola de couro com tacos compridos enquanto os cavaleiros galopavam em grande velocidade atravessando a planície gramada.

Sebastianus ficou em meio à multidão barulhenta com seus companheiros, esperando o jogo começar. Descobriu então por que o imperador Ming os havia convidado a participar daquele passeio de inspeção — fazer seus "visitantes" desfilarem diante de povos que ele havia subjugado, homens da fabulosa

Li-chien que serviam a um poderoso soberano, porém não tão poderoso quanto o Senhor dos Dez Mil Anos, era uma grande demonstração do seu poderio.

Em cada província, vilarejo e território que visitaram, Sebastianus havia observado o imperador e seus conselheiros, sob um magnífico dossel vermelho e dourado, cercado de criados e guardas, conferenciando em voz baixa. Sebastianus mantinha-se atento enquanto conversava com estranhos diante das fogueiras. Disse a Primo para falar com os soldados locais. Queria saber se os clãs de guerreiros orgulhosos, irritados sob o jugo do Soberano Celestial, fomentavam alguma rebelião contra o imperador Ming. O desencadear de uma guerra seria sua oportunidade de escapar.

Quando, em certa ocasião, Sebastianus considerou simplesmente pedir autorização ao imperador para voltar para Roma, Noble Heron lhe informou que semelhante solicitação representaria um grande insulto ao Senhor Celestial, uma vez que declararia ao mundo que a hospitalidade do imperador era insatisfatória, pois por que outra razão os convidados desejariam partir? A fim de salvar as aparências, o Senhor dos Dez Mil Anos teria, em contrapartida, de aumentar sua hospitalidade para com os visitantes estrangeiros, tornando sua permanência em Luoyang ainda mais luxuosa. E eles continuariam prisioneiros.

E agora que a visita terminara, no dia seguinte retornariam para Luoyang. Tanto Sebastianus como o imperador Ming sabiam que os romanos não eram mais úteis. Ambos estavam cansados das novidades do primeiro encontro entre o Oriente e o Ocidente. Sebastianus suspeitava de que Ming gostaria que eles partissem, que retornassem para César e o informassem da força e do poder do imperador Ming. Entretanto, permitir a partida dos romanos seria uma humilhação para ele. Dar margem a uma rota de fuga, independentemente da habilidade do plano, seria visto como uma fraqueza da guarda de segurança do imperador.

Dessa forma, eles se encontravam num impasse, e Sebastianus não conseguia encontrar uma solução.

A seu lado, num silêncio de irritação, Timonides observava o jogo de polo com um olhar de desprezo. "Uma maneira idiota de passar o tempo", pensou ele, surpreso com a veemência com que os espectadores gritavam, pulavam, praguejavam e aplaudiam. As corridas de bigas eram muito mais civilizadas. Timonides estava impaciente para retornar a seu mundo. Ansiava pela fama de que certamente gozariam em Roma. Haveria, sem dúvida, um desfile triunfal em homenagem a eles, e festejos que durariam dias. Arroz e talharim eram muito bons, mas ele sentia falta de fincar os dentes num pedaço de pão quentinho, banhado em azeite de oliva.

Nestor gargalhava e batia palmas. Ver o filho divertindo-se assim fazia o coração do velho grego se enternecer. Ele sabia que Nestor não entendia o que estava vendo, que havia pontos a serem ganhos e prêmios a serem recebidos. O rapaz simplesmente deliciava-se com a corrida dos cavalos, instigados pelos gritos dos cavaleiros. Mas, afinal, não era necessário que Nestor entendesse o jogo, porque Timonides sabia que a mente simplória do filho era agora um repositório de inúmeras receitas de pratos exóticos que o tornariam muito popular em Roma.

Abriremos uma casa de comidas, próxima ao Fórum, e as pessoas percorrerão quilômetros para provar o sabor da lendária China. Os senadores se sentarão às mesas de Timonides, o grego. Talvez até mesmo o próprio imperador...

O jogo de polo terminou, e os visitantes do Ocidente — distintos hóspedes do imperador da China — foram convidados a jantar na tenda do chefe dos tazhkin. Ming, a imperatriz e seu séquito de mais de quinhentas pessoas jantaram separadamente em vários pavilhões vermelhos e dourados que constituíam uma pequena aldeia. Sebastianus e seus amigos não faziam parte dessa elite, uma camarilha inacessível.

O banquete oferecido pelo chefe Jammu foi surpreendentemente suntuoso, com iguarias caras e vinhos preciosos, servidos em abundância. Sebastianus e seus amigos sentaram-se de pernas cruzadas sobre elegantes tapetes e serviram-se em pratos de cobre, o que demonstrava que aquela era uma tribo abastada. Os vários convidados de Jammu, chefes de famílias nobres, gozavam de boa saúde e vestiam-se bem. Os homens usavam chapéus de copa alta, confeccionados com feltro colorido, coletes de pele de ovelha e calças de lã, e as mulheres vestiam túnicas de seda por cima de pantalonas. As moças solteiras cobriam os rostos com véus, e as mulheres casadas com homens prósperos enfeitavam a testa com moedas de ouro. Muitos assentamentos e aldeias que o imperador visitara eram habitados por fazendeiros que ganhavam apenas o suficiente para a subsistência, mas os tazhkin, com seus pratos repletos de carne e cálices cheios de vinho, eram um povo próspero.

"De onde viria aquilo?", perguntava-se Sebastianus.

Os habituais dançarinos e músicos, malabaristas e acrobatas foram chamados para entreter os homens do Ocidente, enquanto Sebastianus tentava descrever Roma para o chefe Jammu — agora com a ajuda de um *quarto* intérprete que falava chinês e tazhkin, o que fazia Sebastianus questionar a precisão com que a informação estava sendo transmitida, depois de passar por quatro tradutores.

Mais vinho foi servido, a música aumentou de volume, e o chefe Jammu — homem grande e robusto, com alguns dentes faltando e de pele bronzeada — começou a vangloriar-se de algo que Sebastianus não conseguia entender. Parecia que os intérpretes ficavam menos competentes à medida que o vinho lhes soltava a língua. E então, quando o homem ergueu o corpanzil do tapete e fez um sinal para seus convidados, Sebastianus, Primo e Timonides tiveram de levantar-se com ele e se perguntar para onde estavam sendo levados.

Um destacamento militar imperial montava guarda à entrada, como vinha fazendo desde que deixaram Luoyang — um constante lembrete a Sebastianus de que ele e seus companheiros eram prisioneiros —, e os homens seguiram atrás do pequeno grupo enquanto o chefe os conduzia pela noite gelada de primavera.

Chegaram a uma enorme tenda, maior até do que aquela em que haviam jantado e se divertido. De seu interior emanava certa luminosidade, e ela era vigiada por soldados tazhkin, que se colocaram em posição de sentido ao avistarem seu chefe. Sebastianus não conseguia imaginar o propósito de uma tenda tão grande, nem por que estaria sendo protegida, e suspeitou de que ele, Timonides e Primo estivessem prestes a ver o tesouro da tribo. Imaginou ouro e pedras preciosas quando o chefe abaixou-se para entrar.

Eles o seguiram, e Timonides prestava atenção para que seu filho não batesse com a cabeça na estrutura de madeira da porta, pois Nestor era mais alto até mesmo do que o chefe tazhkin. Quando sua vista se ajustou à penumbra do interior, os visitantes do Ocidente franziram o cenho diante da visão que se apresentava a seus olhos.

— O que é isto? — perguntou Timonides ao perceber uma fileira de mesas que pareciam estar repletas de bolas de algodão branco.

Eles foram conduzidos até as "bolas de algodão" e viram que estavam enfileiradas e presas entre longos pinos de madeira, milhares delas, depositadas em armações, parecendo neve. Por intermédio dos intérpretes, o chefe Jammu disse aos visitantes que eles estavam diante dos casulos do bicho-da-seda. O homem de Pisa, que falava persa e latim, explicou que mariposas especiais eram cultivadas, assim como se criavam os rebanhos de gado e de ovelha, alimentadas e protegidas até porem os ovos sobre um papel especialmente preparado. Quando os ovos eclodiam, as lagartas novas eram alimentadas com folhas frescas e depois de um mês estavam prontas. Uma estrutura de madeira era colocada sobre a bandeja de lagartas e cada uma delas começava a tecer um casulo, prendendo-o a um dos pinos longos da armação. Em um período de três dias as lagartas estavam completamente envoltas pelos casulos.

Elas eram então mortas pelo calor, e os casulos, mergulhados em água fervente para amaciar as fibras da seda, que, em seguida, eram desenroladas para produzir fios contínuos.

Os visitantes seguiam Jammu enquanto ele orgulhosamente descrevia esse processo, e Sebastianus sabia que o homem estava omitindo alguns passos porque o segredo da fabricação da seda era restrito aos fazendeiros e era ilegal passar o conhecimento para qualquer outra pessoa. O segredo da manufatura da seda era tão cuidadosamente mantido que, na verdade, tentar contrabandear até mesmo um único bicho-da-seda para fora da China era um crime punido com a pena de morte.

Eram necessários cinco mil bichos-da-seda, bravateava Jammu através dos dentes frontais faltantes, para confeccionar uma única túnica de seda. Essa era a razão por que, Sebastianus e seus amigos sabiam, a seda era tão cara em Roma, principalmente por passar por tantos atravessadores depois que saía da China, com cada um deles aumentando o preço a fim de obter lucro. Caso esse segredo conseguisse chegar a Roma, juntamente com as mariposas para se começar uma pequena produção de seda, o negócio lucrativo aqui na China desapareceria.

No final da visita, os convidados deslumbraram-se com uma cena extraordinária: fileiras de armações contendo a seda colhida, aguardando apenas ser tecida e tingida para ser transformada em rolos, adornos de parede, pipas e roupas. Os longos filamentos de seda, entrelaçados de tal forma que pareciam tranças de mulheres, brilhavam como ouro branco sob a luz bruxuleante das tochas. Sebastianus e seus amigos ficaram mudos diante dos fios diáfanos, que valiam mais do que ouro ou as mais preciosas gemas.

Ao agradecer ao chefe, que agora se balançava sobre os pés, os homens de Roma retornaram às suas tendas para descansar antes da viagem de volta a Luoyang. Eles não conseguiam afastar da mente a imagem daquela seda luxuosa, e, enquanto trocavam de roupa, Timonides disse em voz baixa:

— Mestre, se conseguíssemos obter algumas daquelas lagartas, daqueles casulos, e levá-los para Roma, poderíamos ficar muito ricos.

Sebastianus tirou a túnica pela cabeça e jogou-a no chão.

— O castigo pelo contrabando do bicho-da-seda é a morte, meu velho amigo. Não vale a pena.

— Mesmo assim — continuou ele melancólico. — Poderíamos nos tornar os homens mais famosos de Roma. Eu e Nestor poderíamos comprar uma casa, um lugar confortável para minha aposentadoria...

— Você sempre terá uma casa, morando comigo. Vá dormir, velho amigo. Temos somente um dia para descobrir um ponto fraco na segurança do imperador, e depois voltaremos a ser prisioneiros na cidade de novo.

Sebastianus apagou a luz, deixando a tenda no escuro, e logo em seguida ele e o astrólogo roncavam enquanto Nestor continuava acordado na cama, olhando para o teto.

Já fazia bastante tempo agora que ele percebia que seu pai andava infeliz, e Nestor amava muito o seu papai. Ele buscava maneiras de agradar-lhe, havia procurado presentes no mercado, mas nada atraíra Nestor. Um presente para o seu papai tinha de ser especial.

Ele pensou nos fios de seda naquela tenda grande. Eles iriam deixar o seu papai feliz. Ele poderia comprar uma casa. Seu papai teria um lugar confortável.

Nestor saiu de sua tenda pé ante pé e atravessou a passos rápidos e em silêncio o acampamento adormecido. Ele lembrava-se do lugar onde aqueles fios reluzentes se encontravam, porque era na maior das tendas, cuja silhueta se destacava à luz das estrelas. Ele viu os guardas à porta e teria entrado direto, mas percebeu as lanças deles e temeu que fossem homens maus. Então, rodeou a tenda por um lado, explorando o entorno daquela enorme estrutura feita com pele de cabra e feltro, até que chegou ao outro lado, e ali não havia homens com varas.

A tenda era bem-fixada no chão firme, mas Nestor era grande e forte e conseguiu, depois de muitos gemidos e resmungos, levantar uma estaca e entrar arrastando-se por baixo daquela estrutura. Sob a luz das poucas tochas que clareavam o interior da tenda, ele viu os belos filamentos brancos, dobrados como cabelos de mulher, pendurados em pinos.

Nestor se serviu de alguns, agarrando com dedos grandes e grossos um punhado de fios de seda, e depois parou para admirar os casulos brancos espalhados sobre as mesas. Ele queria um daqueles também. Mais um presente para o seu papai.

Nestor estava tão concentrado em alcançar um casulo, tentando não quebrá-lo nem perturbar a pequenina lagarta que dormia ali dentro, que não ouviu os guardas entrarem na tenda e só percebeu a presença deles quando se virou.

Nestor achava que, se sorrisse para os homens com os tacos, eles não o machucariam.

Era a final do campeonato de polo, que durara uma semana, e a tensão e a euforia estavam no ar.

Timonides procurava entre as pessoas. Onde estaria Nestor? Seu filho não iria gostar de perder aquele jogo.

— O que é aquilo? — perguntou Sebastianus, apontando para o campo onde os dois times se alinhavam com os tacos nas mãos.

Timonides forçou a vista sobre a grama esparsa.

— É a bola... — disse ele com a voz embargada. — Grande Zeus!

Sebastianus e Timonides correram para o campo, onde a cabeça de Nestor emergia do chão. Viram a terra batida ao redor dele e perceberam, tomados pelo horror, que o rapaz simplório havia sido enterrado até o pescoço num buraco fundo.

Antes que Sebastianus e Timonides pudessem chegar a ele, homens a cavalo foram em sua direção e os barraram.

— É preciso interromper isto! — gritou Timonides. — Meu filho não fez nada de errado!

Sebastianus virou-se e saiu apressado do campo, dirigindo-se ao dossel sob o qual encontravam-se o chefe Jammu e seus soldados sentados em cadeiras de madeira. Quando Sebastianus exigiu uma explicação, o chefe respondeu:

— Aquele homem foi encontrado na Casa da Seda, roubando-nos. Ele tinha nas mãos seda e um casulo. O castigo é a morte.

— Mas ele não sabia! Nestor tem a mente de uma criança!

Eles ouviram um grito e o retumbar de cascos. Sebastianus e Timonides viraram-se a tempo de ver os cavalos galopando em direção a Nestor. Até mesmo enquanto as patas desciam sobre ele, como também o primeiro taco gigantesco, Nestor sorria.

Timonides olhava paralisado de horror, ao ver sangue, ossos e fragmentos de cérebro voarem sob o impacto dos tacos e, naquele momento, lembrou-se de que a seda era produzida pela larva da amoreira. E, assim, a profecia de uma escápula de boi se cumpria.

Sᴇʙᴀsᴛɪᴀɴᴜs ᴇɴᴄᴏɴᴛʀᴏᴜ ᴏ ᴀᴍɪɢᴏ deitado numa cama, o olhar morto voltado para o teto. Os olhos de Timonides estavam vermelhos e inchados, mas ele não chorava mais. O sol se pusera, o céu estava estrelado, e ele não tinha mais lágrimas para derramar.

— Solicitei uma audiência com o imperador — disse Sebastianus —, e ele concedeu. Vou pedir permissão para deixarmos este lugar. Não podemos ficar mais aqui. Eu sou responsável pelo que aconteceu com Nestor. Deveria ter insistido há mais tempo para que ele nos desse licença para partir. Só espero que me perdoe, meu velho amigo, por permitir que ficássemos presos aqui tanto tempo.

Timonides não respondeu, e pouco tempo depois, após seguir o habitual e tedioso protocolo, Sebastianus curvou o corpo em sinal de reverência e disse a Ming:

— Vossa Majestade, vi com meus próprios olhos a forma sábia e magnânima como o Senhor dos Dez Mil Anos governa seus vassalos, e vejo que eles estão felizes sob o seu regime. Creio que o meu imperador teria interesse em saber a respeito do sábio e poderoso Senhor dos Céus, e talvez ele possa até mesmo tirar algumas lições do soberano da Terra Florida. Humildemente, peço que me dê permissão para retornar ao meu país e descrever para o meu imperador e seus altos assistentes a forma sábia e magnânima de governar do Senhor de Dez Mil Anos. Será uma grande honra exaltar o nome de Vossa Majestade daqui até Roma e instilar nos povos ao longo do caminho o respeito pelo nome do augusto que ocupa o trono de Vossa Majestade.

"A generosidade de Vossa Majestade excede o número de estrelas no céu noturno. Verdadeiramente, Vossa Majestade é o homem mais generoso da terra. Eu gostaria de ter a honra de revelar ao mundo a grandeza do Senhor dos Céus. Gostaria de me vangloriar de ter sido seu humilde hóspede e o receptáculo da generosidade e compaixão do Senhor dos Céus. Gostaria de retornar ao meu país e impressionar o meu próprio imperador com este conhecimento."

Ming não disse nada. Seu rosto estava impassível sob a estranha coroa de franja com contas. Ma estava em silêncio ao seu lado.

— Em retorno a esse generoso favor, Vossa Majestade — continuou Sebastianus —, falarei sobre a força e o poder de Roma. Seus exércitos são como os mares, seus soldados são como os dragões que exalam fogo, suas máquinas de guerra, como trovões e relâmpagos. Eu contarei isso a Vossa Majestade, não para trair o meu país, nem para me vangloriar de coisas falsas, pois o que digo sobre as legiões romanas é verdadeiro, mas para oferecer ao Senhor dos Céus a oportunidade de se unir a um grande aliado quase tão poderoso quanto ele próprio. A Pérsia é inimiga de Roma. E sei que o povo Han gostaria de subjugar a Pérsia. Juntas, Roma e China podem cercar a Pérsia e mostrar àquele país insignificante a grandiosidade de nossas raças.

Sebastianus manteve a calma durante o prolongado silêncio que se seguiu. Não conseguia interpretar o rosto de Ming, e se perguntava se não teria ido longe demais. Mas então o imperador virou-se para a imperatriz Ma e eles conversaram num sussurro.

Por fim, o Senhor dos Dez Mil Anos voltou-se para Sebastianus e, por meio dos intérpretes, disse:

— Nosso ilustre convidado antecipou a decisão que já havíamos tomado há várias semanas. É nosso desejo aprender mais sobre os ensinamentos daquele conhecido por Buda. Queremos construir um templo para ele e passar esses ensinamentos para os cidadãos da China. É nosso plano enviar de volta para a Índia alguns dos missionários budistas que você trouxe para Luoyang um ano atrás, para eles procurarem livros e estátuas do Iluminado e trazerem para nós. Pretendíamos perguntar, ilustre convidado, se poderia fazer o grandioso favor de acompanhar esses missionários de volta para a Índia e, de lá, levar nossas cordiais saudações ao seu imperador em Li-chien.

"É um sinal auspicioso termos chegado à mesma ideia. Significa que sua viagem está predestinada e, portanto, transcorrerá com segurança e sorte. Supriremos a sua caravana com tudo que os missionários necessitarem e com presentes para o seu César, e providenciaremos passes diplomáticos que garantirão sua passagem segura ao atravessar territórios entre aqui e a Pérsia. É nosso desejo que deixe Luoyang o mais brevemente possível."

Sebastianus fez uma reverência e deixou o pavilhão. Perguntava a si mesmo se Ming realmente pretendia deixá-los partir, ou se a desculpa dos missionários budistas era uma forma de salvar as aparências.

Não importava. Eles estavam voltando para casa.

LIVRO OITO
BABILÔNIA

34

Ulrika se posicionou ansiosamente na proa de *O Vento da Sorte*, observando com atenção as pessoas aglomeradas no cais à medida que o navio se aproximava.

Por favor, faça com que Sebastianus ainda esteja aí.

Sua embarcação era conduzida por sessenta remadores e levava uma carga de lingotes de cobre. As laterais do navio eram decoradas, em cores, com figuras mitológicas, e as velas eram de um azul e um vermelho brilhantes sob a luz do sol. Ulrika tentou induzir mentalmente os remadores a remarem cada vez mais rápido.

O rio Eufrates atravessava o centro da Babilônia, e assim os gigantescos muros de proteção que cercavam a cidade estendiam-se até o rio nas duas margens. Várias embarcações velejavam sob arcadas de pedra e através de portões de ferro móveis, engenhosamente construídos para impedir a entrada de invasores. O cais, naquela ensolarada manhã de primavera, estava cheio de gente e em intensa atividade, com marinheiros entregando remos e cordames, os passageiros e as famílias dando adeus e boas-vindas, vendedores apregoando seus produtos, e oficiais da cidade, em seus postos, registrando partidas e chegadas, avaliando o carregamento recebido e o despachado, arrecadando impostos.

Ulrika voltava de uma visita rio acima, à cidade de Salama, onde fora construído um templo para abrigar tábuas de barro consideradas os livros sagrados mais antigos do mundo, que guardavam segredos que nem mesmo os sacerdotes de Marduk conheciam. Em sua busca pelos Veneráveis, Ulrika viajara de barco até Salama para falar com os guardiões do templo. E, quando estava lá, foi informada de que havia um grupo romano que viajara com sucesso para a China e que agora estava de volta à Babilônia, tendo trazido uma caravana cheia de curiosidades e tesouros exóticos. O governador da Babilônia dera uma festa em homenagem aos romanos, que por sua vez permitiram aos cidadãos andarem entre às raridades e verem por si mesmos as criaturas estranhas e as riquezas fabulosas de uma terra mítica. A caravana estava sob pesada guarda, dizia-se, pois todos os produtos nela contidos eram propriedade de Nero César, e logo seguiria para Roma.

Ulrika deixou Salama imediatamente, tendo comprado uma passagem a bordo de *O Vento da Sorte*, e agora ela procurava, em meio à confusa multidão do cais, por uma cabeça familiar de cabelos acobreados caídos sobre ombros largos. O coração dela disparou. *Sebastianus, você está aqui?*

A BABILÔNIA HAVIA MUDADO, observou Sebastianus enquanto seguia em meio às pessoas no cais. Nos setes anos que haviam transcorrido desde sua última visita àquele lugar, o perfil do centro metropolitano mudara da tolerância para o preconceito. Os sacerdotes de Marduk, ele soubera, tornavam-se cada vez mais intolerantes com religiões de fora, exigindo que os cidadãos da Babilônia venerassem apenas os altares dos deuses que haviam governado ali durante séculos. Estimulava-se a rejeição a outros credos. Cultivava-se a desconfiança contra os seguidores de deuses estrangeiros.

Os tempos duros deixaram a Babilônia decaída. Muitos homens tinham perdido seus empregos, e vários deles mendigavam nas esquinas. As casas estavam vazias porque as pessoas não conseguiam pagar aos seus senhorios. Os doentes não tinham dinheiro para pagar os médicos. A criminalidade tomara conta das ruas. As pessoas estavam assustadas; culpavam os deuses e os governantes por seu infortúnio. Até mesmo em Roma, Sebastianus ouvira dizer, os senadores se corromperam e os funcionários do governo recebiam propinas. O Tesouro Imperial fora à falência. E Nero, em quem todos haviam colocado grandes esperanças, desapontara os cidadãos. Dizia-se que ele lançara um grandioso programa de trabalho, erigindo grandes prédios em torno de Roma, na esperança de fazer o povo pensar que gozava de prosperidade.

Ali, naquela cidade entre dois rios, os sacerdotes de Marduk sabiam que quando as pessoas ficavam descontentes e achavam que os deuses tinham perdido seu poder, elas tomavam as rédeas de suas vidas e seus destinos. O que significava que o dinheiro que em geral ia para os sacerdotes estava passando para as mãos dos adivinhos e milagreiros. Então aqueles que fossem suspeitos de atrair os cidadãos e desviar o dinheiro dos templos eram presos e interrogados. Muitos eram executados sob as leis do sacrilégio e da blasfêmia. Mesmo naquele lugar à beira da água, com a mudança dos ventos, Sebastianus detectara o cheiro fétido de carne em decomposição. Embora não conseguisse ver os cadáveres enforcados nos muros da Babilônia, ele sabia que estavam ali.

— Atenção! Atenção!

Sebastianus virou-se para ver um pregoeiro subir num bloco de pedra para ficar mais alto do que as outras pessoas. Com um tom de voz extraordinariamente forte e agudo, ele gritava:

— Avisem a todos os recém-chegados, visitantes, comerciantes, viajantes e turistas na Babilônia que as seguintes pessoas estão proibidas de andar livremente pela cidade sem primeiro se registrarem com a Guarda Real no Templo de Marduk: magos, necromantes, videntes, feiticeiros, mágicos, milagreiros, curandeiros, adivinhos e profetas. Todos aqueles que ignorarem este edital serão presos, julgados e punidos.

Afastando da mente os males do mundo, Sebastianus procurava uma embarcação que parecesse estar pronta para zarpar rio acima. Ele precisava chegar à cidade de Salama o mais rápido possível. Ulrika estava lá.

Assim que conseguiu chegar com sua fatigada caravana ao terminal, fora dos muros da Babilônia, Sebastianus enviou cartas a conhecidos seus em Jerusalém e Antioquia, à procura de informações sobre Ulrika. Mas, porque ela dissera que, caso pudesse, se encontraria com ele na Babilônia, ele enviou alguns homens à cidade para saber se ela estava lá. Nesse ínterim, teve de aceitar a hospitalidade dos representantes do governo local e participar de um desfile a cavalo através da Porta de Ishtar e pacientemente tolerar as honrarias dedicadas ao primeiro homem do Ocidente a ver a face da China. Todas as noites ele perguntava aos seus empregados se existia alguma indicação que levasse ao paradeiro de Ulrika. Os homens não haviam conseguido nenhuma informação até aquela manhã.

— Descobri onde ela morava no bairro judaico, mestre, na casa de uma costureira viúva. Mas há três meses ela viajou rio acima e não disse quando voltaria.

Enquanto seguia em meio à agitada aglomeração no cais, à procura de uma embarcação que estivesse partindo, Sebastianus se perguntava se Ulrika havia recebido sua carta.

— Mestre. Mestre!

Ele voltou-se e ficou surpreso ao ver Primo forçando passagem em meio à multidão.

— Mestre — chamou o veterano. — Precisa adiar sua viagem rio acima. Estão exigindo sua presença na residência de Quintus Publius.

— Novamente? — O embaixador de Roma na província persa da Babilônia já havia recebido Sebastianus e seus companheiros com uma festa de vitória em sua casa na zona oeste da cidade. — Não posso perder tempo. Diga que vou estar com ele quando voltar de Salama.

— Mestre — chamou Primo com um tom sério. — Talvez seja melhor não ignorar essa solicitação.

— Eu não me reporto a um embaixador de Roma, nem a nenhum outro oficial para isso. Presto contas apenas a Nero, e ele, felizmente, está a muitos quilômetros de distância. Volte e explique que estou realizando uma tarefa urgente.

— Mas...

Sebastianus virou-se e continuou em meio às pessoas, deixando o velho amigo e administrador zangado e aborrecido. Antes de poder seguir seu mestre e persuadi-lo a ir ter com o importante e poderoso Publius, ele viu Sebastianus dirigir-se a uma embarcação que soltava as amarras, a popa apontando rio acima. E Primo percebeu que seria inútil tentar fazê-lo agir de forma sensata. Fazê-lo entender a atitude perigosa, possivelmente traiçoeira, que estava prestes a tomar.

Primo saiu apressado, receoso do encontro que teria com o poderoso Quintus Publius.

CARREGANDO SUA BAGAGEM E A CAIXA DE REMÉDIOS, animada e esperançosa, Ulrika descia a prancha de desembarque. Ela vivera nos últimos cinco anos na Babilônia, à procura dos Veneráveis, perguntando em templos, reunindo-se com sábios e profetas e aperfeiçoando sua capacidade de concentração ao meditar — sempre com Sebastianus em primeiro lugar na mente e no coração. E agora ele estava ali, na Babilônia.

Seria aquilo um sinal de que, reunindo-se ao homem que amava, ela finalmente encontraria os Veneráveis?

Ao seguir seu caminho pelo cais, em meio à multidão, a brados e gritos, a relinchos e balidos de animais, a odores do rio verdejante e de plantas em flor, a enormes estruturas de pedra que se elevavam em ambas as margens, monumentos denominados zigurates, que subiam em direção ao céu, em plataformas decrescentes com terraços repletos de plantas, árvores e trepadeiras — os famosos Jardins Suspensos da Babilônia —, Ulrika notou a presença óbvia de guardas do templo no cais, o ouro reluzindo em seus peitorais e capacetes, e a prata refletindo nas pontas das lanças, como se para proclamar sua riqueza e, portanto, o poder de Marduk.

Ulrika notou um clima frenético no ar que não sentira cinco anos antes, quando retornara da Pérsia. Via agora o medo estampado nos rostos das pessoas, a desconfiança nos olhos. Mesmo assim, ela estava contente por estar ali. A energia da cidade infundia-se em seu sangue e em seus ossos. Babilônia! Com suas elegantes torres e pináculos, muralhas crenuladas, portões gigantescos incrustados com brilhantes mosaicos azuis, vermelhos e amarelos, representando animais míticos de tirar o fôlego. O dia estava esquentando. Seu nariz foi invadido pelos diversos odores característicos da cidade: aromas de deliciosas comidas, misturados ao cheiro acre das fogueiras de esterco e ao fedor de excrementos animais e urina humana. Ulrika passou por jogadores obsessivos arriscando a sorte num jogo com seixos e varetas. Contornou moças que dançavam e giravam de saias coloridas. As ruas estavam lotadas de donas de casa comprando azeitonas, homens negociando apostas, encantadores de serpentes, engolidores de fogo, varredores de excremento animal, pedintes, aristocratas perfumados em liteiras apoiadas nos ombros de escravos. Os ouvidos de Ulrika foram inundados por um ruído incessante de gritos, risadas, músicas e choros. O espectro da emoção humana comprimia-se num raio de poucos quilômetros de ruas estreitas, becos empoeirados, praças iluminadas pelo sol, casas malconservadas e mansões de luxos e sonhos inimagináveis.

Ulrika deleitava-se com os sons de várias línguas, e era bom ouvir o aramaico novamente, além de um dialeto grego que era mais próximo à sua língua materna do que aquele que ela escutara em terras mais ao leste. Ouviu os familiares persa, fenício, hebraico, egípcio, latim e até línguas que não reconhecia, lembrando-lhe a lenda de que a Babilônia era o lugar de origem de muitas línguas da espécie humana.

Quando chegou à base do gigantesco portão que conduzia para fora da cidade, Ulrika viu cadáveres pendurados nas muralhas crenuladas do Palácio da Justiça. Criminosos que foram suspensos pelos tornozelos e abandonados para morrer. Essa era uma forma de execução notória na Babilônia. Ali, as crucificações não eram vistas, e Ulrika perguntava a si mesma se era por causa da escassez de árvores naquela parte do mundo, que tornava a madeira preciosa demais para ser desperdiçada com os condenados. Ela percebeu que os mortos e as vítimas agonizantes haviam sido marcados a fogo, com um símbolo que os identificava como blasfemadores e os que haviam cometido sacrilégio contra os deuses da cidade.

Recitando uma oração em voz baixa por suas almas, ela se juntou ao intenso fluxo de pessoas que deixavam a cidade a pé. Logo à frente encontrava-se o terminal das caravanas que chegavam do leste.

AO SE APRESSAR EM DIREÇÃO AO *Encanto de Ishtar*, uma pequena embarcação com ânforas de vinho presas ao convés e 12 remadores preparando-se para abaixar os remos na água, Sebastianus viu uma mulher desaparecer em meio à multidão próxima ao portão da cidade. Ele parou e olhou com atenção. A altura, a silhueta, o andar...

Seria ela? Ou estaria ele tão ansioso para encontrar Ulrika que agora a via em cada uma das mulheres na rua?

A multidão se dividiu um pouco. Ele a viu parar e olhar para os condenados pendurados nas muralhas. Quando a moça se virou, ele viu seu rosto.

Era ela!

— Ulrika! — chamou ele, mas ela foi engolida pela multidão.

Ele abriu passagem, gritando por seu nome, afastando caixotes e cães, tentando não perdê-la de vista. Ela seguira na direção do ponto final das caravanas. Os pacotes de viagem nos ombros e uma caixa de remédios pendurada numa alça... Estaria ela planejando partir?

Sebastianus correu pelo portão principal, chamando-a. E então a viu, logo à frente.

— Ulrika!

Ela parou e virou-se. Ele percebeu o olhar de surpresa no rosto dela. Sebastianus deu um grito de alegria.

Ulrika correu até ele, olhando para Sebastianus de olhos bem abertos à medida que ele se aproximava, sem saber se ele era real ou uma visão. Ele trajava uma bela túnica marrom, bordada em ouro na bainha e nas mangas curtas e presa na cintura com um cordão de nós. Nos pés, suas sandálias eram amarradas até os joelhos, e de seus ombros largos pendia um manto creme. Ele parecia mais alto do que ela se lembrava; seu corpo, mais forte, como se os milhares de quilômetros lhe tivessem dado nova vida e virilidade. Ela lembrou-se de que ele tinha quase 40 anos. No entanto, parecia bem mais moço.

Antes que ela pudesse falar, ele estendeu as mãos, puxou-a para si e a abraçou, dizendo:

— Encontrei você, encontrei você.

Ulrika tentou recuperar o fôlego ao pressionar o rosto contra o peito dele e ouviu as batidas reconfortantes de seu coração.

— É você — murmurou ela. — É você mesmo.

Sebastianus recuou um pouco para contemplá-la com olhos umedecidos, suas mãos nos braços dela e seus rostos tão próximos que ela viu uma pequena cicatriz em seu queixo, uma nova cicatriz, e Ulrika então se perguntou que arma estrangeira, ou espinho, ou gato a causara. Havia novas rugas também, nos cantos de seus olhos, como se ele tivesse rido muito na China, ou ficado muito exposto ao sol. Mas sua voz permanecia como Ulrika recordava, profunda, suave, quando ele falou:

— Eu sabia que você estaria aqui. De alguma forma, eu sabia

Ela continuava ofegante. A sensação das mãos dele em seus braços, segurando-os com firmeza, o calor que permeava seu *palla* e inflamava sua pele.

— Eu vim para a Babilônia há sete anos. O Mestre das Caravanas disse que você tinha partido fazia um mês.

— Você recebeu a minha carta?

Ela levou a mão a um dos pacotes e tirou de lá um pequeno rolo. Estava amarelado e gasto de tanto ser manipulado e lido mil vezes.

— Apesar de eu saber de cor — explicou ela —, precisava ver as palavras no papiro, escritas de próprio punho.

— Ulrika, eu tenho tanta coisa para contar a você...

— E eu, a você. Sebastianus, você chegou à China!

— E você? As visões, a Clarividência. Você foi à Pérsia? Achou as piscinas cristalinas?

— Sim, sim, sim — sussurrou ela. Enquanto os cidadãos da Babilônia passavam em torno deles, as carroças rangiam e os cavalos seguiam seu curso sobre as pedras que calçavam a estrada, Ulrika se deleitava olhando para aquele homem. Após todos os ocasos e auroras, dias e noites que passara pensando em Sebastianus, sonhando com ele, falando com ele, sentindo seu amor crescer, ali estava. Alto, forte, cabelos acobreados brilhando ao sol, olhos verdes galegos olhando para ela com um olhar penetrante.

— Venha — convidou ele, pegando a bagagem e a caixa de remédios dela, jogando-os sobre seus ombros largos.

Ao deixarem o portão, a cidade e a multidão, enquanto Ulrika caminhava ao lado de Sebastianus, sentindo a mão dele sobre seu braço, guiando-a, protegendo-a, ela pensou que o sol jamais brilhara com tamanha intensidade, a brisa do rio nunca soprara tão fresca, as plantações no campo nunca foram tão verdes.

Ela achou que seu coração iria explodir de alegria e amor.

Eles chegaram ao vasto campo de parada das caravanas que se dirigiam a lugares distantes. Sebastianus conduziu Ulrika ao longo de uma fila de camelos ajoelhados, o mau cheiro de esterco enchendo o ar, com moscas voando ao redor, e homens correndo de um lado para o outro entre o que parecia uma centena de tendas.

Um homem saiu de uma tenda de serviços, limpando as mãos num pano, franzindo o cenho em pensamento profundo. Ulrika reconheceu-o como sendo Primo, o veterano do exército que trabalhara como administrador de Sebastianus. Ele parecia mais velho, mais desgastado, mas ela estava satisfeita por ele ter passado pela experiência incólume, pois lembrava-se de que Primo era o responsável pela segurança da caravana.

Ele ergueu a vista e, quando viu o mestre, sorriu. Mas então percebeu Ulrika, e seu sorriso não somente desapareceu, como se transformou numa carranca.

— Ele parece insatisfeito com alguma coisa — murmurou Ulrika.

— Primo está ansioso para voltar para Roma. Tem insistido para que deixemos a Babilônia. — Sebastianus sorriu. — Eu teria concordado com ele, só que eu sabia que você estava aqui e eu precisava encontrá-la.

Ulrika sentiu algo sombrio por trás do olhar de insatisfação de Primo. Não conseguia dizer o que era, mas pressentia que a raiva dele era dirigida a ela. Lembrando-se do que sentira quando estavam em Antioquia, de que um traidor escondia-se entre os homens de Sebastianus, Ulrika se perguntava se haveria mais no olhar sombrio de Primo do que a impaciência para voltar para Roma.

E então ela teve um choque. Um homem frágil de cabelos brancos com as faces macilentas e braços como varetas, sua túnica frouxa, aproximou-se e disse:

— É um prazer ver você novamente, minha querida.

Ulrika fitou-o. Levou um momento para perceber que era Timonides. O que teria acontecido com o velho astrólogo? Ela sorriu tentando esconder seu espanto e respondeu:

— É um prazer vê-lo novamente, Timonides.

— Chegamos — declarou Sebastianus diante de uma enorme tenda de espesso tecido vermelho, com flâmulas de ouro vibrantes no topo. Ele a tomou pela mão e a conduziu para dentro.

E Ulrika entrou em outro mundo.

O tecido pesado das paredes abafava o som de fora, criando um silêncio acolhedor. Lamparinas brilhantes de cobre pendiam dos esteios da tenda e emitiam uma suave luminosidade. O chão era forrado com ricos tapetes e coberto de almofadas alegremente coloridas. Em todos os cantos viam-se tesouros fabulosos: estátuas translúcidas de jade, baús repletos de cintilantes moedas de ouro, leques feitos de penas iridescentes de pavão.

Antes que Ulrika pudesse falar, Sebastianus tomou-a nos braços e beijou-a nos lábios com paixão. Ela imediatamente o envolveu com os braços, puxando-o contra seu corpo. Correspondeu ao beijo dele com um súbito ardor.

Ele afastou-se e tomou o rosto dela entre as mãos.

— Eu tenho muitas coisas para lhe contar, e também muitas perguntas a fazer. Mas tudo o que me importa agora é este momento, é estar com você.

Tenho sonhado com você... — Ele inclinou a cabeça e beijou-a de novo, carinhosamente dessa vez, e devagar. Ulrika entregou-se ao amor e àquela doce sensação, seus olhos cheios de lágrimas.

Quando se afastou pela segunda vez, Sebastianus disse:

— Em Antioquia eu não era um homem livre, Ulrika, não era livre para amá-la. Como membro da minha caravana, você estava sob a minha responsabilidade, e nunca tirei proveito dessa confiança sagrada. E, também, eu precisava ir à China. Você, por sua vez, tinha que seguir outro caminho. E então, Ulrika, encontrou o que estava procurando?

— Encontrei — respondeu ela, olhando para os lábios dele enquanto ele falava, desejando beijá-los, pressionar sua boca contra a dele e nunca mais soltar. — A sua viagem à China foi mágica, Sebastianus?

— Foi, e agora eu procuro outro tipo de mágica. Quer casar comigo, Ulrika? Quer ir comigo para Roma e ser a minha mulher?

— Quero, ah, quero muito!

Sebastianus solenemente deu um passo atrás e com grande cerimônia tirou um anel de ferro do dedo mínimo da mão direita. Colocando-o no dedo médio da mão esquerda de Ulrika, ele recitou suavemente a promessa de casamento romana:

— Eu lhe concedo o poder sobre o meu lar, o poder sobre o fogo e a água em minha casa.

Ulrika respondeu:

— Onde você é o senhor, eu sou a senhora.

Sebastianus tomou o rosto dela em suas mãos de novo e a beijou delicadamente.

— Agora você é a minha mulher, e eu sou o seu marido. Amanhã iremos ao escritório de registros municipais e registraremos nosso casamento.

Ulrika fechou os olhos. Gostaria muito que sua mãe estivesse ali para compartilhar com ela sua alegria. Sabia que Selene aceitaria seu genro de braços abertos.

A voz de Sebastianus soou forte quando ele disse:

— Por todos os astros, Ulrika, você me transporta. Você é mágica. Eu me pergunto até se você é real.

— Eu sou real, Sebastianus — sussurrou ela, erguendo o rosto.

Ele soltou-lhe os cabelos, que caíram em cascatas douradas sobre seus ombros e colo. Ele inclinou a cabeça e a beijou. Ulrika lhe envolveu o pescoço com os braços. O beijo passou a ser intenso. Sua paixão se inflamou. As palavras saíam entre beijos ardentes, pronunciadas às pressas:

— Amor... necessidade... desejo... sim... sim...

O cosmos mudou de posição e suspirou. A realidade mudou. O velho mundo desapareceu e um novo foi criado enquanto Ulrika e Sebastianus exploravam o corpo um do outro, descobrindo montes e vales excitantes. Ulrika abriu-se para ele. Ele a possuiu completamente. A tenda vermelha com as flâmulas tremulantes envolveu os amantes enquanto eles se abraçavam, e os manteve em segurança.

SEBASTIANUS ACORDOU E APOIOU-SE sobre um cotovelo para observar Ulrika enquanto ela dormia. Quando ele tocou seu rosto com a ponta de um dedo, contornando-lhe a linha do queixo, ela abriu os olhos. E sorriu.

Ele a beijou com doçura, prolongadamente, e depois disse:

— Conte-me sobre a Pérsia.

Ulrika relatou sua experiência em Shalamandar, a meditação que lhe revelou as piscinas cristalinas, a visita de Gaia, enquanto Sebastianus escutava com interesse.

— Acho agora que não era mesmo para eu encontrar o povo do meu pai e avisar sobre o ataque de Vatinius; vejo a inutilidade de um plano daqueles. Minha viagem à Renânia foi a maneira de a Deusa me libertar. Eu me sentia ligada por vínculos invisíveis a uma terra que não era parte do meu destino.

Ela acariciou o queixo dele por sobre a barba curta.

— Gaia também me disse que é meu destino encontrar os Veneráveis. Mas há cinco anos que procuro e ainda não descobri onde estão.

Sebastianus colocou uma mão na face de Ulrika.

— Eu devo partir o mais rápido possível para Roma. Pode procurar por eles lá?

— Procurarei por todo o mundo se for preciso.

Ele sorriu.

— Então eu ajudo você, pois também estou destinado a viajar pelo mundo.

Sebastianus aconchegou-a nos braços, transmitindo-lhe seu calor, e Ulrika se deliciava com o contato da pele dele na sua, maravilhada com o poder do corpo masculino que a abraçava, fazendo-a sentir-se segura. Enquanto ouvia as batidas reconfortantes do coração de Sebastianus, ela escutava a incrível história de homens cruzando desertos e montanhas, lutando pela vida, conhecendo uma nova raça pela primeira vez. Ele enchia sua mente com belas imagens enquanto Ulrika tentava imaginar as mulheres chinesas, que para ela eram como borboletas.

— Meu sonho de abrir uma rota segura para a China foi de fato um sucesso — murmurou ele enquanto seus dedos exploravam as costas curvas dela e os delicados ombros. — Em Roma, começarei a planejar as próximas fases da caravana comercial de Gallus, a assinar contratos com importadores e exportadores, e a expandir o negócio familiar. Tornarei o nome de Gallus conhecido nos lugares mais remotos da terra. — Ele fez uma pausa, beijou-lhe os cabelos e inalou sua fragrância. E então ele disse: — E você estará ao meu lado. Juntos descobriremos os Veneráveis mencionados por Gaia.

— Não pensa em voltar à sua amada Galiza, para suas irmãs e a família?

— Talvez, mas meu sucesso em ter conseguido chegar à China serviu para me despertar a sede de mais. Meu coração está dividido, Ulrika, exceto quando estou com você, pois nunca me senti tão completo como agora.

Quando Ulrika tremeu em seus braços, de emoção e — ele sabia — de desejo, Sebastianus lembrou-se de um tipo de cerâmica que só se fabricava na China. A argila era queimada a temperaturas altíssimas, dando o efeito vitrificado e brilhante dos minerais. Como não conseguia pronunciar o nome em chinês, ele a chamava de *porcellana*, pois assemelhava-se à superfície translúcida da concha do cauri. E ele pensou: "É como Ulrika: forte, brilhante, bela."

Ela ergueu o rosto e perguntou suavemente:

— E o que você me diz sobre os astrólogos da China?

Ele lhe acariciou os cabelos e o pescoço, alisou seu braço nu e puxou-a de encontro a seu corpo. Ulrika era forte e segura de si, mas em seus braços parecia vulnerável. Ele tremeu de desejo.

— Eu me reuni com eles e aprendi muito. Ulrika, existem muitos deuses e espíritos na China; cada lago, cada árvore, inclusive a cozinha, tem o seu deus. Não dá sequer para começar a nomeá-los. A única coisa que não muda, de Roma a Luoyang, é o cosmos. Os mesmos astros que brilham nas águas do rio Tibre, que brilham aqui sobre o Eufrates, refletem sua luz na superfície do Luo. Isso me trouxe muito conforto durante a minha permanência numa terra estrangeira. E porque eles são os mesmos em todas as partes, são uma constante no universo, acredito, mais do que nunca, que os astros guiam as nossas vidas. Eles nos aconselham e nos advertem. Trazem-nos boa sorte e nos protegem contra o perigo. Os astros contêm as mensagens dos deuses. Nunca tive tanta fé nos céus como agora.

"Os astrólogos chineses são homens de grande inteligência e iluminação. Passei várias horas reunido com eles e trouxe mapas, instrumentos, dispositivos para observações e cálculos, e equações antigas e arcanas. Vou levar tudo isso para o observatório de Alexandria, onde os maiores astrônomos do mundo estudam os céus, e sei que eles poderão montá-los e desvelar os segredos sobre o significado da vida."

Anoitecera, porém Sebastianus não acendeu mais lamparinas. Havia comida na tenda, tâmaras, nozes, romãs e vinho de arroz, mas os amantes não tinham fome. Sebastianus acalentou Ulrika sob os lençóis de seda. Se o mundo lá fora continuava a existir, se a Babilônia permanecia ali, eles não sabiam, nem tampouco se importavam. Sebastianus pôs uma das mãos sobre o peito de Ulrika e sentiu as batidas do coração sob sua pele sedosa.

— Ulrika, você é o meu horizonte pela manhã e o meu oásis ao entardecer. É o luar que ilumina o meu caminho e o doce nascer do sol que põe fim ao meu sono agitado.

Eles abraçaram-se de novo, e dessa vez o abraço foi além do físico. Era o entrelaçar de duas almas. Ulrika se uniu estreitamente a Sebastianus e sentiu o espírito dele inundá-la de perfeição e prazer. Inalou seu cheiro masculino, enfiou o rosto nos músculos fortes de seus ombros e pescoço, entregou-se ao seu poder e desejou ficar ali para sempre. Ele a apertou em seus braços com toda força. Ela mal conseguia respirar a não ser para sussurrar "Sebastianus", com um alento que vinha do coração.

Sebastianus quase chorou de felicidade quando ouviu seu nome sussurrado na cálida respiração de Ulrika. Intensificou seu abraço, com cuidado para não quebrá-la, mas sentiu os músculos e os ossos fortes dela, tão fortes quanto seu indomável espírito. Ela passou as pernas ao redor dele quando ele a penetrou mais, desejando que Sebastianus enviasse todo o seu corpo para dentro dela, para ser mantido com segurança e amor por essa extraordinária mulher.

— Eu amo você — murmuraram os dois; palavras inadequadas, que mal expressavam a profundidade daquela mútua devoção.

Por fim eles adormeceram entrelaçados, reconfortados pelo calor e o toque de seus corpos nus.

— O‍NDE ESTÁ S‍EBASTIANUS G‍ALLUS? — rosnou Quintus Publius quando Primo entrou no vestíbulo. Era tarde. Publius despedira-se de seus últimos convidados para o jantar.

Primo não queria encarar aquele homem de expressão ameaçadora, a toga branca de borda roxa, um lembrete de seu poder. Publius era o embaixador romano na província persa da Babilônia e amigo íntimo de Nero César. Primo adiara reportar-se a Publius na esperança de que Sebastianus voltasse a seu juízo e fizesse uma visita ao embaixador em sua casa, na zona oeste da cidade.

Mas Sebastianus voltara para a caravana levando junto a moça, entrara com ela na tenda e agora, horas depois, eles não haviam aparecido ainda.

Aquela era a segunda vez que era chamado à residência do embaixador durante a semana. Ele sabia que era a respeito de um despacho especial que Publius havia recebido, enviado diretamente por Nero por meio de um mensageiro, que exigia um relatório do progresso da aguardada caravana da China.

Primo manteve uma atitude respeitosa ao dizer:

— O meu mestre se deteve na cidade por um assunto urgente, senhor, e deve estar...

— Isso não importa! — vociferou Quintus Publius, o rosto vermelho de fúria. — Eu dei ordens expressas para que ele deixasse a Babilônia três semanas atrás! Por que ainda continua aqui?

Primo pensou rapidamente e respondeu com uma mentira plausível.

— Algumas mulheres estavam doentes — falou, referindo-se a um grupo de concubinas chinesas na caravana, um presente do imperador Ming de Han para o imperador de Roma. Elas eram belas como um jardim florido, suas faces brancas com pó de arroz. Primo se perguntava o que Nero acharia delas.

Sabia-se que Nero César precisava de capital financeiro para manter seu império. Primo ouvira, dos viajantes, histórias de levantes que surgiam em várias províncias. Na Judeia, por exemplo, onde jovens israelitas insatisfeitos fomentavam uma revolução para tomar de volta sua autonomia. Em resposta, César enviava mais tropas. Para os judeus isso era opressão; para os romanos, restabelecimento da ordem. Mas Primo também ouvira dizer que os gastos desmedidos não eram somente com o exército, mas com prédios novos na cidade de Roma, casas fabulosas, palácios, fontes e avenidas, tudo desnecessário e muito caro. Nero estava levando o Tesouro Imperial à falência, dizia-se, e ele encontrava-se numa busca desesperada de fontes de renda.

"O que poderia César criar", pensou Primo, "com o tesouro fabuloso da China trazido por Sebastianus?"

Primo sabia que no momento em que Nero recebesse o relatório da incrivelmente rica caravana de Sebastianus Gallus, o imperador exigiria que ela fosse levada à sua presença de imediato e a confiscaria, como era seu direito como patrono da missão para a China.

Primo desejou que a expedição tivesse sido um fracasso total. Dessa forma, seu mestre poderia ficar na Babilônia por toda a eternidade, se dependesse de Nero. Porque agora Primo estava diante de um dilema: obedecer a seu imperador e trair seu mestre, ou servir a seu mestre e desobedecer ao imperador. A primeira resultaria na execução de seu mestre; a segunda, na sua própria. Ele sentiu um sabor amargo na boca. Não gostava daquele negócio de ser espião. Embora não tivesse nada negativo a relatar sobre Sebastianus, ainda assim se achava um traidor.

— Meu mestre fez várias novas alianças com reinos estrangeiros em nome de Roma — lembrou-lhe Primo, esperando aplacar a fúria do embaixador e pensando no relatório que Quintus enviaria a Nero por meio de um rápido mensageiro oficial. — Muitas daquelas tribos atrasadas são tão primitivas que basta comer do pão delas, ou, no extremo leste, dividir o arroz com elas, que a amizade fica selada. — Ele não acrescentou: "Aqueles tolos colocavam os dedos gordurosos em todos os documentos que Sebastianus lhes apresentava e sorriam de satisfação ao se acharem iguais ao maior governante da terra. Só não sabiam a respeito dos emissários pomposos que em breve os estariam visitando, informando-os da obrigação de pagar a Roma uma taxa de dez por cento por todos os produtos que passassem por sua alfândega."

Primo coçou o nariz marcado. Era uma das diversas cicatrizes que decoravam seu corpo de soldado, cada uma delas com a recordação de uma batalha travada muitos anos antes. Ele mesmo reconhecia que era uma excentricidade, como as concubinas chinesas, pois não era comum para um veterano de guerra viver até aquela idade. Porém, embora já tivesse completado 60 anos e perdido a maior parte de seus cabelos, ainda tinha todos os dentes, e era robusto.

— Onde você disse que seu mestre estava? — bradou Publius.

— Fazendo negócios na cidade — respondeu Primo.

Embora a palavra traição não tivesse sido pronunciada, ainda assim ela pairava no ar. Todos sabiam a respeito do casamento de Nero, dois anos antes, com uma víbora calculista chamada Popeia Sabina, mulher gananciosa com uma sede insaciável de prazer. Não foi coincidência que, logo depois, Nero renovou as antigas leis que regulavam a traição a fim de encher o Circo Máximo com execuções públicas. Sob a mínima acusação de crimes inventados, os homens eram arrastados e atirados aos leões na arena.

Poderia o atraso de seu mestre na Babilônia ser considerado uma traição? Afinal, Sebastianus transportava produtos que eram de propriedade pessoal do imperador. Era sua obrigação levar aqueles bens para Roma o mais rápido possível. E, no entanto, ele demorara na Babilônia. Por causa de uma mulher!

— O senhor tem alguma mensagem para o meu mestre? — perguntou Primo.

— O seu mestre não é a única razão por que mandei chamá-lo — disse Quintus enquanto colocava uma das mãos por dentro de sua toga. Ele fez uma pausa para analisar o rosto desfigurado do outro. — Você é um cidadão leal, Primo Fidus?

Primo foi tomado de surpresa ao ouvir seu nome verdadeiro pronunciado em voz alta. Como teria Quintus descoberto? E a maneira como o expressou provocou nele um estranho calafrio.

— Eu sou um cidadão leal *e* um soldado leal. A minha honra vem antes da minha vida.

Quintus retirou um rolo de pergaminho que levava o selo do próprio César.

— Estas são suas novas ordens. São secretas. Lembre-se disso.

Primo olhou desconfiado para o pergaminho.

— Novas ordens?

— Este documento lhe garante a autoridade, Primo Fidus, de assumir o comando da caravana, prender Sebastianus Gallus, mantê-lo sob custódia militar e levá-lo para Roma para ser julgado.

— Prendê-lo! Sob que acusação? — perguntou, temeroso por já saber a resposta.

— Traição — respondeu Quintus asperamente. — Todos os produtos contidos na caravana de Gallus são propriedade do imperador de Roma. Ao reter esses produtos, seu mestre está na verdade roubando de César, o que é um crime de traição. — Ele bateu com o rolo no peito largo de Primo. — Se não convencer seu mestre a deixar a Babilônia imediatamente, então reze para que a execução dele seja bem rápida.

Primo olhou para o rolo de pergaminho como se fosse um escorpião.

Prender Sebastianus! Por Mitra, como ele iria fazer isso?

Um suor frio escorria-lhe pelas costas. Desde que chegara à Babilônia, ouvira comentários sombrios sobre o imperador Nero, sua impulsividade, sua suposta insanidade. Em especial, sua crueldade. *Que ele matava mensageiros que levavam más notícias.* Mas o que aconteceria se Primo não reportasse a deslealdade de seu mestre e Nero descobrisse? Primo tremeu só de pensar. Até um velho soldado, endurecido como ele, empalidecia ao pensar nas formas terríveis como alguns homens eram lançados à morte no Circo Máximo. E quanto a Sebastianus? O relatório de Primo resultaria numa ação tão drástica como a execução?

Decidiu então que deveria preparar uma resposta caso o imperador exigisse saber por que Gallus se retardara tanto na Babilônia. Primo declararia: "Ó, Poderoso César, meu mestre se envolveu em complexas negociações comerciais para unir ainda mais a Babilônia a Roma e mostrar àqueles estrangeiros indignos a vantagem de ser financeira e economicamente ligado a Roma... Na verdade, glorioso César, para demonstrar a grande sorte do povo babilônio de ter o olhar favorável de César sobre eles!"

Era uma longa fala para um velho soldado, mas Primo a praticaria dali até o salão imperial de audiência e se faria o mais convincente possível.

Ele coçou o tórax e sentiu, sob a túnica branca, a ponta de flecha da sorte, que ele pendurara num cordão para usar por baixo da roupa. A ponta de flecha germânica que deixara de atingir seu coração por um fio de cabelo. E Primo foi tomado de inspiração.

— Talvez o nobre Publius desse ao meu mestre a honra de aceitar um dos tesouros chineses como presente?

O romano franziu o nariz.

— Você não estaria tentando me subornar, não é mesmo, Primo Fidus? Eu poderia mandar lhe arrancar a pele com você vivo. Vá à procura do seu mestre! Diga que está sob ordens imperiais para levar a caravana dele para Roma o mais rápido possível. Devo viajar para Magna hoje e me encontrar com a rainha. Estarei de volta dentro de um mês. Espero não ver sinal de Sebastianus Gallus e da caravana dele aqui na Babilônia!

35

— Tenho só algumas coisas para pegar — disse Ulrika ao conduzir Sebastianus por um beco sinuoso na cidade, em direção à casa que ela dividia com uma costureira. — Aprendi a viajar com pouca bagagem.

Eles entraram numa rua mais larga, onde havia um mercado à sombra do Palácio da Justiça — um zigurate altíssimo de terraços esplendidamente jardinados com árvores, arbustos e trepadeiras em cascata. Ali, ambulantes ofereciam alhos, cebolas, alhos-porós e feijões. Os vendedores de pães e queijos anunciavam seus preços enquanto os comerciantes apregoavam a qualidade de seus diversos vinhos.

De repente eles ouviram trombetas soando no final da rua. Ouviu-se uma voz:

— Abram caminho! Abram caminho em nome do grande deus Marduk!

Ulrika e Sebastianus viram um contingente de sacerdotes aparecer na esquina atrás deles, guardiões do templo conduzindo cinco homens acorrentados. Os pedestres imediatamente recuaram, e os burros e cavalos foram puxados para o lado. As pessoas dirigiam-se às portas das casas para ver a curiosa procissão.

À medida que uma multidão rapidamente se aglomerava, Sebastianus puxou Ulrika para se proteger no vão de uma porta recuada.

Entre os sacerdotes de hábitos brancos, um se destacava. A cabeça do Sumo Sacerdote era raspada e brilhava como uma pedra polida. Ele não usava ornamento algum por cima do hábito branco. Isso o distinguia de todos os homens da Babilônia, que competiam entre si pela túnica mais franjada, chapéus de copa alta em forma de cone, bastões para se apoiarem e sapatos com pontas curvadas. Quando o Sumo Sacerdote passava por uma rua, as pessoas paravam, curvavam-se e depois desviavam o olhar, assustadas com sua magnificência e poder. Ulrika ouvira dizer que a autoridade dele era maior até do que do governante da província da Pérsia e a do príncipe fantoche que ocupava o antigo trono da Babilônia.

Depois de ter parado o pequeno cortejo na praça, o Sumo Sacerdote bateu com o bastão no chão de pedras e anunciou com voz ressonante:

— A Babilônia está infestada de falsos profetas, milagreiros, curandeiros e charlatões que seduzem os cidadãos e os afastam da verdadeira crença religiosa. Prendemos esses trapaceiros e os trouxemos para a Praça das Sete Virgens, onde foram julgados por seus crimes. Por terem sido considerados culpados, eles serão pendurados pelos tornozelos e deixados aqui para morrer e servir de exemplo para os outros. Além disso, seus corpos não serão retornados para suas famílias para um enterro digno, mas sofrerão o destino adicional de serem queimados numa pira comum, e suas desprezíveis cinzas, lançadas no rio.

Apontando para cada um dos homens com seu bastão, declarou:

— Conheçam então os crimes deles: Alexamos, o grego, acusado de vender ovelhas e pombos defeituosos para sacrifícios a Ishtar! Judah, o israelita, acusado de ofender os deuses da Babilônia, chamando-os de falsos, e de fazer acusações infundadas contra os sacerdotes de Marduk! Kosh, o egípcio, acusado de vender leite de cabra e declarar ser leite dos seios de Ishtar! Myron de Creta, acusado de matar uma prostituta sagrada de Ishtar! Simão da Cesareia, acusado de professar falar com os mortos.

Ele bateu com o bastão de novo, e os guardas empurraram os miseráveis para a frente, de modo que Ulrika pôde então ver o terrível tratamento que eles haviam sofrido. Julgá-los não foi o bastante. Os cinco tinham sido torturados e marcados a ferro quente.

O coração dela voltou-se todo para eles. E no instante seguinte seu coração parou em seu peito. O rabino Judah!

E então ela viu, atrás dos guardas, um grupo de homens e mulheres aos prantos e abraçados uns aos outros. Miriam e sua família.

Quando Ulrika voltou da Pérsia, ela fez uma visita a Miriam para agradecer à profetisa por tê-la colocado no caminho certo — Ulrika havia, de fato, encontrado um príncipe que a levou até Shalamandar, como ela profetizara. Desde então, Ulrika não retornara à casa do rabino Judah, nem ouvira suas pregações, mas sabia de sua crescente reputação como curandeiro e como um homem que fazia milagres.

— Sebastianus — disse Ulrika, quando os cinco réus foram livrados das correntes e alinhados contra a parede. Do alto, os guardas arriavam as cordas. — Temos que impedir isto! Eu conheço aquele homem. Ele já me ajudou uma vez.

Sebastianus examinou os guardas... os escudos, as lanças e as adagas. Depois deu um passo à frente, dizendo:

— Esperem...

Mas um dos guardas imediatamente bloqueou sua passagem, lança abaixada, a ponta letal no nível do peito de Sebastianus.

Ulrika via horrorizada as roupas dos homens serem removidas. Desconfiava que eles haviam sido drogados, pois pareciam entorpecidos e alheios ao que se passava com eles.

Mas então ela percebeu que o rabino Judah não recebera esse tratamento misericordioso, pois manteve-se altivo e orgulhoso quando os soldados o desnudaram e depois cortaram seus cachos longos e passaram a faca em sua barba. Aqueles em meio à multidão que nunca tinham visto um homem circuncidado espantavam-se e apontavam, alguns riam e gritavam insultos.

As mulheres da família de Judah gritavam e cobriam os olhos. Uma delas desmaiou e caiu nos braços de dois familiares. Judah permaneceu impassível, seus olhos acima da multidão enquanto os soldados resolviam rapidamente a questão de suas roupas.

Quando um soldado se preparava para cortar as tiras de couro do braço e da testa de Judah, o Sumo Sacerdote ordenou que ele parasse, dizendo:

— Deixe seus preciosos símbolos religiosos no lugar, para que as pessoas vejam sua ofensa contra Marduk. E também para que seu deus possa vê-lo e vir talvez em seu socorro.

Ulrika ficou paralisada ao ver os guardas amarrarem cordas ao redor dos tornozelos dos homens. Sem cerimônia, seus pés foram puxados para cima. Eles caíram no chão. Dois bateram com a cabeça e ficaram misericordiosamente desacordados. Outros dois começaram a gritar e suplicar por clemência e prometeram venerar Marduk pelo resto da vida.

Sebastianus pôs um braço em torno de Ulrika e tentou protegê-la do pavoroso espetáculo, mas ela precisava ver.

Judah permaneceu em silêncio ao cair de joelhos e foi assim arrastado como um boneco até a parede, à medida que seus pés eram lentamente erguidos e ele subiu parede acima, de cabeça para baixo, os braços caídos. Ulrika viu os lábios dele movendo-se. Ela sabia que ele estava orando.

A família dele forçou passagem para a frente, gritando e suplicando por clemência. Os guardas empurraram-na para trás, e o Sumo Sacerdote, batendo seu bastão mais uma vez, avisou aos espectadores que aquele seria o destino de qualquer um que desacatasse as leis de Marduk e da Babilônia.

Depois ele virou-se e seguiu adiante, dando as costas para os cinco homens que gemiam suspensos no muro, seus gritos ignorados, os familiares e amigos suplicando por clemência. Alguns guardas permaneceram, para garantir que ninguém tentasse libertá-los. Ulrika sabia que eles ficariam de guarda até que todos os cinco estivessem mortos e que, depois, levariam os corpos para o depósito de lixo nos arredores da cidade para serem queimados ali junto com cadáveres de cães e gatos, o lixo e o refugo da população local.

Ulrika dirigiu-se à família, mas Miriam disse:

— Ulrika, por favor, não olhe para a nudez do meu marido. Por favor, não presencie a vergonha dele. Vá para casa, Ulrika, e reze por ele.

— Mas deve haver alguma coisa que se possa fazer! Não podemos deixá-lo ali! — Ela pressionou a boca com os dedos. Sentiu enjoo.

Nesse instante sentiu uma mão forte em seu braço e ouviu uma voz profunda falar:

— Vamos embora. Você não devia ver isso.

— Sebastianus, precisamos fazer alguma coisa!

Miriam persuadiu Ulrika a ir embora, pedindo-lhe que rezasse por Judah, até que Sebastianus a levou de volta para a caravana, onde a tomou em seus braços, beijando-a e acariciando-a ternamente, enxugando-lhe as lágrimas, abraçando-a enquanto ela chorava até adormecer.

Quando Ulrika acordou já era fim de tarde, e Sebastianus não estava na tenda. A cabeça lhe doía e a garganta queimava. Refrescando-se com água, ela lavou as mãos e depois sentou-se entre as almofadas de seda e estátuas de deuses chineses de Sebastianus, cruzou as pernas e segurou a concha de vieira. Com fervor, Ulrika pediu à Deusa que fosse misericordiosa para com os pobres homens executados.

Quando Sebastianus voltou, já era noite.

— Tentei interceder pelo seu amigo — declarou ele cansado. — Fui falar com meus amigos ricos e influentes da cidade, fui até mesmo ao governador, mas todos eles disseram que não tinham o poder que se equiparasse ao dos sacerdotes de Marduk. Então fui ao templo e ofereci encher os cofres deles se libertassem os condenados. Mas nenhuma riqueza foi capaz de sensibilizar o Sumo Sacerdote. Sinto muito, Ulrika.

Ela entregou-se ao conforto dos braços fortes de Sebastianus e, fechando os olhos, abraçou-o fortemente, como se ele fosse uma ilha num mar em dia de tempestade.

Ulrika se viu em um lugar estranho.

Não estava na tenda de Sebastianus, e sim no deserto. Era noite, a lua quase cheia, transformando o deserto numa paisagem prateada.

— Sebastianus? — chamou Ulrika, ao girar num lento movimento circular. Ela notou que estava diante de ruínas, enluaradas e fantasmagóricas, no meio das dunas, com as luzes da Babilônia ao longe. Ulrika reconheceu o local como um lugar chamado o Castelo de Daniel, que ficava a 16 quilômetros da Babilônia. Rezava a lenda que um profeta chamado Daniel vivera na Babilônia muito tempo antes, e dizia-se que ele estava enterrado ali. O "castelo" destacava-se contra estrelas nebulosas, frio e abandonado. A sensação era de estar em outro mundo, como se Ulrika houvesse atravessado um portal invisível e estivesse agora no domínio do sobrenatural. Ela virou o rosto para o vento e pensou: "Este lugar é antiquíssimo. Este terreno era sagrado, muito antes de o profeta Daniel ler as misteriosas palavras escritas no muro."

Os espíritos habitavam ali.

Era um monumento estranho. Embora estivesse em ruínas, a forma e a finalidade originais ainda podiam ser vistas: um gigantesco bloco quadrado, com outro bloco menor, de mesmo formato, por cima, sem entradas nem aberturas aparentes. E parecia uma construção muito mais antiga do que de poucos séculos apenas. Não havia nenhum dos detalhes que Ulrika vira em Persépolis. Aquelas paredes de pedra pareciam ter sido desgastadas pela areia e pelo vento durante milhares de anos, ou mais. Estaria o profeta Daniel enterrado ali? Haveria talvez muitas pessoas enterradas ali, sepultadas pelos entes queridos através dos tempos na esperança de que a proximidade de um lugar sagrado garantisse a entrada dos mortos no paraíso?

Quando um homem apareceu a seu lado, Ulrika sobressaltou-se.

— Você me assustou — exclamou ela. Nesse momento, ela viu que era o rabino Judah, usando a familiar túnica e xale de franjas de sua crença religiosa. — O senhor está vivo! — falou e deu um passo em sua direção.

— Não se aproxime de mim, Ulrika — replicou ele. — Você não pode se aproximar de mim. Eu venho com um apelo. Não deixe que me queimem.

— O que quer dizer com isso?

— Meu corpo precisa ser preservado. Livre-me do fogo. Diga à minha família para me trazer para este lugar e me sepultar aqui. Diga a eles que se lembrem de mim.

O sonho-visão terminou, e Ulrika acordou, seu rosto banhado em lágrimas. Sebastianus continuava dormindo. Ela começou a chorar e ele abriu os olhos.

— O que aconteceu, meu amor? — sussurrou ele.

— O rabino Judah está morto.

Sebastianus não perguntou como ela sabia daquilo. Olhou para ela por um longo tempo, na escuridão da noite, e em seguida sentou-se.

— É uma bênção.

A contragosto, Ulrika afastou-se dele e deixou a cama.

— Eu preciso ir — declarou, pegando suas roupas. — Não podemos deixar que os sacerdotes queimem o corpo dele.

— Ulrika, é muito perigoso.

— Preciso fazer isso — insistiu ela enquanto se vestia.

— Muito bem, mas você fica aqui — disse Sebastianus, pegando suas roupas. — Essa é uma função perigosa. Há um homem no gabinete do governador que me deve um favor. E, caso ele tenha esquecido, certamente não esqueceu o que são moedas de ouro.

— Você tentou e disse que nem mesmo seus contatos podiam ajudar. Mas talvez eu...

— Uma coisa é salvar um condenado à morte, e outra salvar seu corpo. Isso eu posso fazer.

Ela disse com voz embargada:

— Não posso lhe pedir que arrisque a vida por um homem que nem conhecia.

— Não faço isso pelo rabino, meu amor, faço por você. — Ele abaixou a cabeça e beijou-a, seus lábios demorando-se sobre os dela enquanto Ulrika o abraçava e encostava seu corpo ao dele.

— Sebastianus, se você conseguir isso, pode levar o rabino Judah ao Castelo de Daniel, que fica ao sul daqui?

Ele franziu o cenho.

— Eu conheço essas ruínas.

— Vou avisar à família. Eles encontrarão você lá. Cuidado, meu amor.

Fora da tenda, Ulrika ficou olhando Sebastianus atravessar em silêncio o acampamento adormecido e desaparecer noite adentro. Quando ela voltou-se para o leste e viu que o amanhecer estava próximo, entrou na tenda para pegar seu manto e então deixou também o acampamento.

A CASA DE DOIS ANDARES no bairro judeu fora construída em frente ao muro ocidental da cidade e era ladeada por muitas outras casas. Uma escada externa levava aos quartos acima, e as atividades da vida diária se davam numa sala grande e central no andar de baixo, mobiliada com mesa e cadeiras, pedestais para as lamparinas e tapeçarias nas paredes sem janelas. Ali, sentada numa cadeira de espaldar alto, a viúva do rabino recebia as pessoas que iam lhe dar os pêsames.

— Foi muita bondade sua vir — disse Miriam a Ulrika. A viúva do rabino usava luto fechado e tinha olheiras profundas. Seus filhos, os quais Ulrika reconheceu, estavam a seu lado.

Ulrika olhou para os presentes ao redor da sala e para os que estavam no jardim, pessoas de todas as posições sociais, e viu que nem todos eram da religião judaica ou babilônios. Aparentemente, o rabino Judah alcançara muitas pessoas com seus sermões de paz e fé, seu poder de cura e de fazer os aleijados andarem simplesmente pela imposição das mãos. Ulrika abaixou a voz para que ninguém pudesse escutá-la:

— Eu vim, honrada mãe, para lhe dizer que o corpo do seu marido não será queimado com os dos outros homens executados.

Miriam ouviu perplexa a informação dada por Ulrika sobre um hispânico chamado Gallus, que tinha amigos e contatos, e o resgate dos restos mortais de Judah. As lágrimas encheram-lhe os olhos, e, quando Ulrika terminou, Miriam se desfez aos prantos. Imediatamente seus filhos aproximaram-se. Ulrika reconheceu o mais velho, Samuel. Era um jovem alto, magro, de pele cor de oliva e cabelos negros que caíam em anéis nas laterais de seu rosto. Usava um xale franjado de orações e os mesmos filactérios de couro que seu devoto pai havia usado. Suas feições morenas, Ulrika notou, revelavam sofrimento e fúria. Ela se sensibilizou com ele; Samuel presenciara o que nenhum filho deveria presenciar.

— Eu estou bem — afirmou Miriam com voz trêmula, colocando uma mão no braço do primogênito. — A querida filha trouxe boas notícias. — Para Ulrika, ela disse: — Deus preparará lugares para você e seu marido no paraíso. O fogo consumidor teria privado o meu marido da Ressurreição.

— Ressurreição?

— Viveremos novamente quando o Mestre retornar, e os fiéis receberem de volta os seus corpos físicos, assim como aconteceu com o Mestre.

— Desculpe o meu espanto, honrada mãe, mas isso é uma coincidência extraordinária, pois esta é a segunda vez que ouço falar do renascimento dos judeus. A primeira foi na Judeia, quando passei um tempo com uma mulher chamada Rachel. Ela protegia o túmulo do marido da profanação pelos inimigos. O nome dele era Jacob.

Miriam olhou surpresa.

— Mas eu conheci uma Rachel casada com Jacob na Judeia! Jacob foi executado em Jerusalém por Herodes Agripa. Nunca mais tivemos notícias da mulher dele.

Ulrika lhe contou sobre as dificuldades por que passou perto do Mar Morto, como Rachel e Alma a encontraram e a levaram para seu acampamento.

— Maravilha das maravilhas! — declarou Miriam. — Jacob e o irmão João eram filhos de Zebedeu. Eles faziam parte dos Doze, e nós, mulheres, os seguíamos enquanto eles viajavam com o Mestre durante seu ministério das Boas Novas. Yeshua fazia milagres e, depois de sua morte, 31 anos atrás, ele passou seu poder para os discípulos. Era por isso que meu Judah ajudava as pessoas. Mas ele fará milagres de novo, quando Yeshua voltar a esta terra, como prometeu, e eu me reunirei ao meu amado marido na Ressurreição. — Ela franziu o cenho. — Mas agora, como Rachel, meus filhos e eu precisamos proteger o corpo do meu marido.

— Honrada mãe — disse Ulrika rapidamente, rezando para que Sebastianus fosse bem-sucedido em sua missão no gabinete do governador. — Eu lhe disse uma vez que sou abençoada com visões, como sei que a senhora também é. Eu tive um sonho. Judah falou comigo. Ele quer ser enterrado no Castelo de Daniel, pois ali é solo sagrado. Sebastianus o levará para lá. A senhora deve enviar alguém para encontrar com ele. Mas tenha cuidado. É muito perigoso.

Quando Miriam se levantou da cadeira, Ulrika acrescentou:

— Tenho uma coisa a mais para lhe dizer. Em meu sonho-visão, o rabino Judah pediu: "Diga a eles que se lembrem de mim."

36

Ulrika colocou sua bagagem em frente à tenda e dirigiu o olhar ao muro oriental da cidade e ao Portão Enlil, através do qual um tráfego pesado fluía ininterruptamente. Sebastianus havia saído pela manhã para informar os agentes alfandegários de sua partida e pagar os tributos. Já era fim de tarde. Ele estaria de volta a qualquer momento. E no dia seguinte eles iniciariam a viagem para Roma!

Ao redor dela, sob o sol primaveril, o acampamento da caravana encontrava-se em plena atividade, com os escravos preparando os diversos animais para a viagem, e as tendas cheias de tesouros sendo desmontadas e dobradas, seu precioso conteúdo guardado em caixas seladas. Ulrika não conseguira fazer sua refeição — pão quente macio, queijo de cabra forte e azeitonas temperadas num molho de vinagre e óleo. Ela estava muito empolgada. E estava apaixonada, ansiosa para sentir o toque de seu marido novamente.

Ulrika não se cansava de admirar o homem com quem se casara, sua bondade com estranhos, colocando a própria vida em risco. Sebastianus conseguira resgatar secretamente o corpo do rabino Judah. Levara-o para o Castelo de Daniel, onde, no deserto, longe do tráfego e dos transeuntes, Miriam e a família o haviam sepultado.

Quando viu Timonides tropeçar pelo acampamento e entrar em sua tenda, os pensamentos de Ulrika voltaram-se para o astrólogo. Ela tentara falar com ele, reconfortá-lo. O habitual entusiasmo de Timonides desaparecera de sua fala, seu corpo e seus olhos pareciam sem vida. Ulrika sabia que ele estava assim por causa da maneira como Nestor havia sido morto. Porque a cabeça do filho fora pisoteada pelas patas dos cavalos, não sobraram olhos onde colocar as moedas para Caronte, o barqueiro. Não havia maneira alguma de pagar pela travessia do rio Estige. "Para onde teria ido a alma de Nestor?", Timonides perguntara. Estaria o pobrezinho destinado a vagar pelo Hades por toda a eternidade?

Ulrika desejava poder usar seu dom para confortá-lo, desejava que o espírito de Nestor aparecesse a ela, como fizera o rabino Judah. Havia meditado sobre isso, sem êxito. Por que alguns espíritos a visitavam e outros não?

Um grito estrangulado de repente cortou os ares.

Ulrika virou-se e viu a pequena tenda de Timonides balançar como se tivesse sido atingida por algo. Foi até a entrada e chamou-o pelo nome. Do interior, vinham sons sufocados. Ela entrou e arregalou os olhos.

Timonides estava pendurado no esteio principal, uma corda em torno do pescoço, debatendo-se.

Ulrika correu até ele. Ao ver as caixas de madeira que ele chutara para longe de si, ela rapidamente as empilhou, subiu nelas e passou os braços ao redor das pernas dele. Erguendo-o para aliviar a pressão do laço, disse:

— Timonides, tire a corda do pescoço! Não vou aguentar por muito mais tempo! — As caixas embaixo dela balançavam perigosamente.

— Deixe-me morrer...

— Socorro! — gritou Ulrika. — Alguém nos ajude!

Dois escravos entraram correndo, homens grandes de costas largas que estenderam os braços, desataram o laço e libertaram o frágil homem idoso.

— Vão procurar seu senhor — ordenou Ulrika assim que eles o puseram no chão. — Vão procurar Sebastianus!

Ela ajoelhou-se ao lado de Timonides e passou um braço por baixo de seus ombros, impressionada com a sensação de pele e ossos por sob a roupa dele. O rosto de Timonides estava pálido, seus olhos fechados, as pálpebras arroxeadas, trêmulas.

— Por quê, Timonides? — perguntou ela.

Ele abriu os lábios cinzentos e disse com voz rouca:

— Nestor está no Inferno... Não posso deixá-lo naquele lugar sozinho... Vou me juntar a ele...

— Que bobagem! — exclamou Ulrika, as lágrimas lhe subindo aos olhos. — Seu filho era inocente e os deuses sabem disso.

Mas Timonides rolava a cabeça de um lado para o outro.

— Deixe que eu vá me juntar a ele. Nestor precisa de mim...

Ulrika o acalentou no braço com gentileza, suas lágrimas caindo no rosto que tinha a cor de teias de aranha. O que teria acontecido para fazê-lo crer que Nestor estaria no Inferno? Grande Mãe, por favor, ajude este homem.

Enquanto ficava atenta ao acampamento lá fora, aguardando o som da chegada de Sebastianus, ela olhou para o pescoço fino de Timonides e viu seu pulso vibrar como uma mariposa, fraco e irregular. Ela temia que ele morresse da pura vontade de não viver mais.

— Deixe-me ir... — sussurrou Timonides.

Ulrika olhou para ele e viu que o astrólogo a fitava com olhos desconsolados.

— Falei com filósofos na China — disse ele. — Tive encontros com sacerdotes e homens eruditos. Visitei templos e dirigi preces aos deuses mais poderosos da terra, mas nenhum deles sabe me dizer onde está Nestor.

— Ele está com os deuses — garantiu Ulrika gentilmente —, desfrutando o outro mundo.

— Não... ele está no Inferno e ele precisa de mim.

As portas da tenda escancararam-se e Sebastianus entrou apressado, trazendo consigo a luz do dia e alguns escravos. Caindo de joelhos, perguntou:

— O que houve?

— Ele tentou se matar.

— Ele precisa de um médico.

— Não é uma doença do corpo que o aflige, mas da alma.

Sebastianus pensou em alguns homens que ele conhecia na cidade, médicos de excelente reputação. Mas aquele dia marcava o início das comemorações da primavera e, para a Babilônia, o Ano-Novo também. Onde ele acharia esses homens?

— Preciso voltar à cidade. Você fica com ele? Vou buscar um médico.

Ulrika ficou com Timonides, reconfortando-o, colocando cataplasma em seu pescoço ferido, persuadindo-o a tomar uns goles de água fresca. Mas quando lhe oferecia comida, ele virava a cabeça.

Sebastianus voltou ao anoitecer, sem ter conseguido, nas paradas e comemorações da cidade, encontrar um médico que pudesse ir até lá.

— Vou ficar com ele — disse Ulrika. — O pescoço e a garganta sararão, mas tenho medo de que tente se suicidar novamente.

Sebastianus também ficou. Eles jantaram na tenda de Timonides, persuadindo-o a beber um pouco de vinho e a falar sobre os medos que perturbavam sua alma. Mas o astrólogo não falou muito. Pouco tempo depois, ele já conseguia sentar-se e olhar melancolicamente para o chão atapetado. Eles ouviram-no resmungar e o viram balançar a cabeça de um lado para o outro. Demônios atormentavam a alma do velho grego.

Na manhã seguinte, Timonides disse a Sebastianus que não ia fazer sua leitura diária habitual.

— Nunca mais farei um horóscopo. Pelo resto dos meus dias, jamais voltarei a olhar para os astros.

Sebastianus ficou alarmado. Houve dias no passado em que ele tivera de contratar os serviços de um astrólogo — quando Timonides ficava doente —, mas nunca imaginou que ele deixaria de interpretar os astros para sempre. Distante do alcance do ouvido do homem idoso, disse a Ulrika:

— Vou procurar um astrólogo na Babilônia, que, por enquanto, satisfará, mas não sei se encontrarei um disposto a viajar para Roma! Principalmente se tiver excelente reputação. Não posso confiar em alguém que seja inferior. O que podemos fazer para tentar despertar o interesse de Timonides pela vida? Eu não me atreveria a conduzir esta caravana sem consultar os astros.

— Eu vou falar com ele.

Depois que Sebastianus partiu, Ulrika disse a Timonides:

— Venha sentar-se ao sol comigo, querido amigo. A luz solar vai lhe fazer sentir-se melhor.

— Nada vai me fazer sentir melhor — respondeu ele, mas juntou-se a ela num banco em frente à sua tenda. Olhos que costumavam admirar os astros agora se dirigiam fixamente para o chão. Ulrika lhe serviu um copo de vinho e o colocou à sua frente, mas ele não o tocou.

Timonides ficou absorto nos próprios pensamentos enquanto a vida e a atividade continuavam à sua volta. O sol ascendia e a brisa soprava do Eufrates. Pouco tempo depois, ele disse:

— Sabe... eu nem mesmo sei se sou grego. Fui abandonado quando era bebê, e uma viúva grega me adotou. Ela me deu um nome e me ensinou sua língua e cultura. Ela me colocou como aprendiz de um astrólogo quando eu tinha 6 anos e, quando morreu, fui vendido como escravo. O pai de Sebastianus me comprou e, desde então, tenho servido à família dele. Nestor era o único ser humano no mundo com quem eu tinha laços sanguíneos. Ele era mais do que meu filho. Era meu universo. E agora estou perdido...

Ele pegou o vinho, e, quando Ulrika viu que sua mão tremia, ela pensou: "Ele é um emaranhado de emoções obscuras. Não consegue pensar direito."

Então lhe surgiu uma ideia.

— Timonides, quando aprendi de forma autodidata a técnica da meditação para entender o meu dom espiritual, descobri que um de seus benefícios é o sentimento de paz e serenidade que ela traz. Talvez, se eu lhe ensinasse como...

Ele olhou para ela com atenção.

— Meditação?

— É, na verdade, muito simples e exige pouco esforço, apenas concentração. E não é muito diferente do que o vi fazer como preparação para a leitura dos astros. Uma limpeza da mente. Uma maneira de se concentrar. Gostaria de tentar?

— Para quê?

— Para apaziguar a sua alma, Timonides.
— Minha alma não merece paz.
— Então faça isso como um favor para mim. Nunca ensinei a técnica a ninguém. Gostaria de saber se isso é possível.

Ele deu de ombros.

— Tem um objeto que seja precioso para você? Alguma coisa que possa segurar firme na mão, como uma âncora.

Timonides não precisou pensar duas vezes. Entrou na tenda e um momento depois saiu com uma colher de pau comprida, que Ulrika reconheceu como a predileta de Nestor.

Quando ele retomou seu lugar no banco, Ulrika viu, pela primeira vez, uma centelha de esperança em seus olhos, como se segurar a colher de Nestor lhe trouxesse alento.

— Agora mantenha uma imagem na mente — disse ela —, uma imagem familiar e confortadora.

Um sorriso tímido desabrochou em seus lábios.

— Uma panela de ensopado borbulhando. É como eu mais me lembro do meu filho.

— Crie essa imagem na mente enquanto segura essa colher. Concentre-se nela. Torne-a real em sua mente. Agora sussurre palavras que façam sentido para você. Repita-as várias vezes.

Timonides analisou a colher em sua mão, ombros encurvados e tortos. Em seguida, anuiu com a cabeça, como se tivesse concordado consigo mesmo.

— Os astros são o destino — murmurou.

Ulrika lhe mostrou como respirar, oscilar, se concentrar. Falou suavemente, instruindo-o, suas palavras simples e sua voz branda guiando-o para um campo de sensibilidade.

— Enquanto se segura na âncora, envie o seu espírito para fora...

Porém, ao falar, ela viu os olhos dele movendo-se por trás das pálpebras, as dobras aumentarem em sua testa; Ulrika sabia que Timonides estava lutando.

— Não consigo! — gritou por fim exasperado. — Minha querida menina, isso não vai funcionar!

Mas Ulrika viu como ele acariciou a colher com desvelo e percebeu a esperança em seu íntimo. Timonides não queria se matar, não queria unir-se ao filho num inferno imaginário. Mas como salvá-lo?

Ulrika pensou por um instante enquanto avistava ao longe uma nova caravana que chegava do oeste, uma fila de homens e animais cansados entrando no terminal. E de repente lhe ocorreu que sua meditação pessoal era própria para encontrar lugares exteriores. A doença de Timonides era do espírito. Era em seu interior. Com esperanças renovadas, ela disse:

— Não tente enviar o seu espírito para fora, Timonides. Em vez disso, mergulhe fundo dentro de você mesmo. Encontre a paisagem de sua alma. Explore-a. Não tenha medo. Quero que me diga o que está vendo.

Ele fechou os olhos novamente, segurou firme a colher, trazendo-a ao peito. Respirando devagar. Oscilando. Sussurrando:

— Os astros são o destino... os astros são o destino... — Até que ele começou a tremer e o cântico cessou. A respiração parou no tórax dele enquanto Ulrika observava.

— Escuridão — disse ele com voz embargada. — Estou vendo um enorme buraco aberto. Ventos frios. Solidão. Minha alma está perdida e solitária!

— Timonides — chamou Ulrika gentilmente. — Tenha um diálogo silencioso com a sua alma. Não conte para mim. Fale com o seu eu espiritual. Faça perguntas. Pergunte o que ele deseja, como sua alma pode ser salva.

Enquanto observava o velho astrólogo mergulhar cada vez mais fundo em si mesmo, sua postura relaxando, as rugas diminuindo em seu rosto, Ulrika viu Sebastianus caminhando de volta para o acampamento, o rosto com uma expressão sombria. Estava sozinho. Não havia encontrado um astrólogo que o acompanhasse.

Ulrika colocou um dedo na frente dos lábios, para que Sebastianus se juntasse a ela e a Timonides sem fazer barulho.

Após alguns instantes de silêncio, Timonides finalmente abriu os olhos e disse:

— Não consigo fazer isso. Ulrika, é fácil para você, que é jovem e ágil. Mas a minha alma é velha e range como as minhas articulações.

Ela inclinou-se para a frente.

— Muitas vezes vi como o senhor se preparava para uma leitura dos astros. Via como fechava os olhos e repetia uma oração. Por que fazia isso?

— Para abrir a minha alma para os astros, deixar que a sabedoria deles me inundasse.

— Então faça isso agora.

Com um olhar desconfiado, ele recostou-se no banco, segurou firme a colher, fechou os olhos e fez as primeiras respirações profundas e cadenciadas.

— Os astros são o destino — sussurrou ele e disse a si mesmo que estava se preparando para uma leitura.

Mas em vez de uma jornada interior à sua alma, como Ulrika sugerira, Timonides sabia que deveria enviar seus pensamentos para fora, para que ascendessem aos céus, pois era ali o seu lugar. À medida que desacelerava a respiração, imaginava o aroma de ensopado e sentia a preciosa colher de pau nas mãos, o velho astrólogo começou a relaxar gradualmente, livrando-se de sua tensão e do peso de sua vida carnal para que o espírito pudesse se libertar e voar para os céus que ele tanto amara em toda a sua vida.

Em pouco tempo, Timonides começou a voar entre as 48 constelações, amigas íntimas suas, agora vistas de perto: a presunçosa Orion, sobrepujada por um pequeno escorpião e congelada para sempre nos céus com seu bastão erguido, condenado a nunca abaixar. Andrômeda, a virgem acorrentada, para quem agora Timonides repetia as famosas palavras de Perseu, seu salvador:

— Essas correntes devem servir apenas para ligar você aos corações de amantes.

E Cassiopeia, colocada em seu trono celestial pelo maldoso Netuno, que a sentara com a cabeça voltada para a estrela polar para que ela passasse a metade de todas as noites de cabeça para baixo.

Timonides montou o alado Pégaso e cavalgou os quatro ventos. Eles chegaram perto do sol, e Timonides sentiu o brilho abençoado em seu rosto indigno. Ele viu um cometa gelado passar por perto. Provou o doce orvalho da lua.

Começou então a chorar. Tanta beleza! Tanta divindade! E ele as havia maculado. Para satisfazer os desejos de seu miserável estômago ele maculara tudo que amava e por que tinha afeição. Crenças estimadas e corpos celestes foram postos de lado com medo de uma pedra na glândula salivar.

— Desculpem! — exclamou, ao ver passar por ele meteoros e planetas. — Perdoem-me! — gritou enquanto os asteroides se chocavam à sua volta. — Perseu, Hércules, não tive intenção de desrespeitá-los! Sou apenas um humilde homem, uma teia de fraquezas, medos e pavores. Não sou nada comparado à sua grandiosidade. Concedam-me uma segunda chance, eu suplico!

E então ele viu a nebulosa cintilante, uma nuvem de compaixão e cor — a consciência coletiva do vazio — se materializar diante de seus olhos. Ela rolava em sua direção como uma bruma, apagando as estrelas, os planetas, o sol e a lua até que Timonides estava envolto em pura suavidade. Sentiu todos os medos e pavores dissolverem-se em seu corpo como se sua carne estivesse caindo de seus ossos. Ele chorou de alegria.

Permaneceu ali, viajando nos ventos cósmicos, enquanto seus companheiros terrenos mantinham os olhos nele. Timonides não oscilava mais. Parara seu canto. Parecia quase não respirar. O tempo passou. Camelos e homens também passaram. Os negócios no terminal das caravanas continuavam a se dar, como sempre, havia séculos, enquanto Ulrika e

Sebastianus faziam vigília a seu amigo vulnerável durante a perambulação de seu espírito.

O sol começava a descer no oeste quando Timonides finalmente abriu os olhos e piscou para seus companheiros numa breve confusão.

— Como se sente? — perguntou Ulrika, examinando o rosto dele, à procura de indícios de desordem mental. Mas a cor dele era boa, sua pele seca, seus olhos grandes e límpidos. Ela quis medir seu pulso, mas ele se retraiu, temendo que, se alguém tocasse nele, o feitiço se quebrasse.

— Estou com sede... — A voz dele fina como fumaça.

Sebastianus pegou um copo de água fresca para o astrólogo, que o bebeu de um só gole, como um homem que acabara de chegar do deserto. Timonides passou uma mão pela boca, franzindo o cenho. Ulrika sabia que ele estava se reajustando ao mundo físico. Ela não o pressionaria para que falasse sobre sua jornada. Ele precisava de tempo para se situar.

— Foi extraordinário — sussurrou finalmente Timonides, balançando a cabeça de um lado para o outro sem poder acreditar. — Eu não achava que fosse possível. Ulrika, através da meditação com foco eu aprendi muita coisa. Os deuses me revelaram segredos. É assim mesmo esta meditação? Torna a pessoa um canal para o Divino? Eles falaram comigo...

Ele estendeu a mão que segurava o copo, e Sebastianus o encheu. Após um longo gole, Timonides disse a Ulrika:

— Os segredos que os deuses me revelaram devem permanecer em segredo, pois isso é parte do meu ofício sagrado como astrólogo. Mas eles me deram outro dom. Eles iluminaram meu eu interior. E o que eu vi, eu sabia que deveria revelar a vocês, meus amigos.

Ele voltou-se para Sebastianus.

— A morte de Nestor foi uma punição para mim, mestre, não para ele, e sim para mim. Meu filho morreu numa terrível agonia por causa das minhas transgressões. Ele era inocente. Mesmo quando decapitou Bessas em Antioquia, ele era inocente.

Sebastianus olhou espantado para Ulrika.

Timonides explicou brevemente o que havia acontecido em Antioquia.

— E depois o próprio Nestor foi morto tendo a cabeça pisoteada. Eu pensava que era um castigo divino, cabeça por cabeça. Mas Nestor não sabia o que estava fazendo. Eu vejo isso agora. Ulrika, explorei os astros e eis o que aprendi: que os deuses não estavam punindo Nestor, eles estavam me punindo.

Sebastianus franziu o cenho.

— Eu não entendo, velho amigo. De que está falando? Por que os deuses estavam punindo você?

— Perdoe-me, mestre, pelas coisas terríveis que vou lhe contar! Mas não posso mais carregar esse fardo. Preciso limpar a minha consciência para poder purificar a minha alma. Quando Nestor me trouxe a cabeça de Bessas, o homem santo, eu não lhe contei. Então falsifiquei o seu horóscopo para que deixasse Antioquia imediatamente, antes de as autoridades virem atrás do meu filho. Pior ainda, ao levar Nestor na caravana, eu o tornei cúmplice de um grave crime. Você estava dando abrigo a um fugitivo, o que significava uma sentença de morte para você também se fôssemos capturados.

Sebastianus olhou para o velho astrólogo por um momento, contraindo o cenho, surpreso.

— Está tudo bem, amigo. Eu compreendo.

— Há algo mais! Eu menti sobre seus horóscopos. Todos eles! No primeiro dia em que Ulrika veio para o acampamento da caravana fora de Roma, menti sobre a mensagem dos astros, porque queria mantê-la conosco, por puro egoísmo. Achei que poderia aparecer outra pedra em minha glândula salivar. E continuei mentindo! Falsifiquei as interpretações por uma ou outra razão, sempre pensando em mim. Eu vi uma terrível calamidade em seu futuro, e mesmo assim não o adverti. Mas não lhe aconteceu nenhuma catástrofe, então achei que eram os deuses me punindo por meus falsos horóscopos. Continuei prometendo aos deuses que pararia e então Nestor matou Bessas e tive que continuar falsificando minhas leituras dos astros. Ó, mestre, em Antioquia os astros indicaram que você deveria ir para o sul com Ulrika, mas eu lhe disse que devíamos ir imediatamente para o leste, para a Babilônia.

O rosto de Sebastianus petrificou, seu silêncio ficou mais profundo, e Ulrika notou que ele mal respirava.

— Subverti a astrologia para satisfazer minhas necessidades egoístas — continuou Timonides — e, assim, levei o meu filho a cometer um crime. A culpa é minha! Somente eu sou responsável pela morte de Bessas, o homem santo, da mesma forma que sou culpado de sacrilégio e ofensa aos deuses por usar os astros em benefício próprio! Perdoe-me, mestre. — Timonides deslizou pelo banco, caiu de joelhos e segurou os tornozelos de Sebastianus. — Por favor, diga que me perdoa!

Sebastianus fitava Timonides, enquanto o vento soprava mais forte, trazendo os sons do tráfego da cidade e do rio, os cheiros de comida no fogo e do suor dos animais em consequência da viagem. Os gritos dos homens, o barulho dos martelos dos ferreiros, os zurros das mulas — tudo era levado pelo vento enquanto Sebastianus fitava seu velho astrólogo e entendia o significado do que Timonides confessara.

Finalmente, num tom inexpressivo, Sebastianus disse:

— Eu o perdoo.

— Obrigado, mestre! — soluçou aliviado Timonides. Erguendo-se, limpou as lágrimas do rosto e sentou-se em seu banco. — Seu perdão é a minha recompensa. E fui recompensado com algo mais também. Eu sei o que deveria ter sabido durante todo o tempo. Que quando a alma de Nestor foi levada diante dos deuses para julgamento, eles não viram um homem que tinha cometido um crime, mas uma alma doce, pura e simples. Os deuses sabiam que Nestor era inocente! E, por essa razão, ele não está no Inferno e sim no Céu, no seio da proteção divina.

Ele voltou-se para Ulrika.

— Querida filha, eu sabia disso, mas mesmo assim ignorei esse conhecimento. Que coisa maravilhosa é essa meditação, pois as respostas ao meu sofrimento estavam dentro de mim o tempo todo! Você me concedeu um dom precioso que não usarei de maneira frívola.

Timonides ficou de pé e disse em voz alta:

— Farei agora um horóscopo verdadeiro, mestre. — E correu para dentro da tenda.

Ulrika virou-se para Sebastianus.

O coração dela se despedaçou. Ela tentou pensar em palavras. Tentou encontrar uma maneira de confortá-lo. Mas tudo que conseguiu fazer foi pôr a mão em seu braço, para que ele soubesse que ela estava ali, que o amava.

Pois no rosto de Sebastianus havia a expressão de um homem cuja fé despedaçara-se.

37

Eles beijaram-se à sombra da Porta de Ishtar.

Não era um beijo de despedida; eles se separariam apenas por um breve período de tempo. Sebastianus ia encontrar-se com o astrólogo supremo na Babilônia, e Ulrika tinha uma tarefa urgente a realizar no Castelo de Daniel.

No dia seguinte partiriam para Roma.

Duas semanas haviam se passado desde o dia da surpreendente confissão de Timonides — um dia que deixara Sebastianus Gallus numa busca obsessiva. Precisando restabelecer sua confiança no cosmos, desfazer o terrível mal criado pela alarmante admissão de um astrólogo, Sebastianus embarcara numa missão, reunindo-se com cada um dos adivinhos, astrólogos e videntes da cidade. Ulrika estivera a seu lado tentando ajudar, oferecendo-se para orientá-lo na mesma meditação que havia libertado Timonides. Mas Sebastianus não se interessava por respostas que estivessem em seu interior. Buscava respostas que se encontravam nos céus.

— Eu gostaria que você esperasse, Ulrika — disse Sebastianus quando estavam ao lado da enorme porta através da qual um dia passaram reis e conquistadores. — Os sacerdotes de Marduk ainda não sabem da existência do túmulo de Judah, que ele não foi cremado com os outros. Mas, se ouvirem falar sobre isso, enviarão guardas. Espere até que eu me encontre com o caldeu.

— Não vou ter problemas — disse ela. — Primo vai me levar. E vou estar com Timonides. Você não sabe quanto tempo vai ficar com o caldeu, e estou ansiosa para falar com Miriam. Pelo que eu soube, eles precisam deixar o Castelo de Daniel imediatamente, e acho que ela me ouvirá. A esta hora amanhã, meu amor, estaremos longe deste lugar e a caminho de casa.

Eles estavam apressados para deixar a Babilônia. Era imperativo que Sebastianus colocasse sua caravana no Grande Verde antes que as tempestades do inverno impedissem todas as viagens por mar. O imperador Nero deveria estar ansioso para ouvir o relatório da missão e ver os tesouros que Sebastianus trouxera da China.

Mas algo inesperado acontecera no Castelo de Daniel. Correra o boato de que o rabino Judah estava enterrado lá e que, do túmulo, continuava a fazer milagres. Como isso aconteceu, Ulrika não sabia, mas, à medida que a informação se espalhava e mais pessoas desesperadas visitavam as ruínas, o risco crescia de que os sacerdotes de Marduk descobrissem o segredo do resgate do corpo de Judah por Sebastianus — contra as ordens eclesiásticas.

Ulrika viu as olheiras debaixo dos olhos dele e desejou poder beijá-las até desaparecerem — desejava tomar para si seu sofrimento e desilusão e lhe devolver a paz. A confiança de Sebastianus nos astros havia sido destruída. Se Timonides havia mentido durante todo aquele tempo, e se uma grande catástrofe deveria ter acontecido, mas, em vez disso, sua viagem à China fora um sucesso, então, o que isso dizia sobre os corpos celestes? Embora Sebastianus tentasse assegurar a Ulrika que estava bem, havia um ar de preocupação em seu olhar, e, à noite, enquanto Ulrika o envolvia com os braços, Sebastianus chorava em seu sono. Às vezes, ela acordava e o encontrava do lado de fora, olhando para o céu noturno. Se não há mensagem nos astros, então para que eles servem? Seriam os homens apenas galhos jogados de qualquer jeito num rio caudaloso, sem leme e sem meios de conduzir seu próprio curso? E o que significaria o pedaço de estrela que caiu na noite em que Lucius morreu? Teria sido uma mera coincidência e não uma mensagem dele? *Será tudo uma mentira?*

Os astros sempre foram seu conforto, seus companheiros, sua segurança. E agora haviam desaparecido.

Os ladrilhos azuis esmaltados na enorme Porta de Ishtar brilhavam ao sol do meio-dia, e havia uma centena de dragões dourados num esplendor estático. Mas Ulrika via apenas dois olhos verdes cheios de tristeza.

— Querido Sebastianus, a minha estada na Pérsia me ensinou que tudo acontece por um motivo. Sei agora, como uma vez você me disse, que nada acontece ao acaso, que há, de fato, uma ordem no universo. Quando olho para trás, para o dia em que decidi deixar Roma e me dirigir ao norte a fim de avisar ao povo do meu pai de uma cilada militar, vejo que fui colocada numa estrada por forças invisíveis, e tudo que aconteceu comigo desde então foi por um motivo, tudo o que aconteceu a nós dois, meu querido Sebastianus, foi por uma razão. Até as falsidades de Timonides. Pergunte ao caldeu.

— Eu amo você, Ulrika — declarou ele carinhosamente, colocando uma mão no rosto dela. — Vamos nos encontrar mais tarde, antes do pôr do sol.

— E eu amo você. — Eles beijaram-se de novo, e então Sebastianus afastou-se e fez sinal para Primo, que estava ali perto. — Fique junto dela, Primo, e cuidado com os guardas do templo.

Ulrika não se sentia confortável cavalgando, a não ser quando Sebastianus a segurava, e, como o Castelo de Daniel ficava a apenas 16 quilômetros de distância, e o dia estava fresco e claro, eles foram a pé. Ulrika, Timonides, Primo e seis de seus homens treinados seguiram pela movimentada via da cidade até chegarem a uma estradinha vicinal, então seguiram em direção ao deserto, longe dos povoados e das fazendas, e logo estavam andando por lugares ermos.

Ao lado de Ulrika, Primo caminhava em silêncio, seu corpo pesado de soldado e rosto feio em firme determinação.

Quintus Publius, o embaixador de Roma, logo estaria de volta da visita à rainha de Magna. "E ele dissera que não queria ver sinal da caravana de Gallus. Mitra!", pensou Primo, frustrado. Se Quintus encontrasse Sebastianus ainda ali, ele teria a autoridade imperial, e soldados para apoiá-lo, para prender Sebastianus e confiscar a caravana, levando-os todos acorrentados de volta para Roma.

Eles deveriam partir no dia seguinte. Sebastianus dera inclusive ordens aos escravos para deixarem tudo pronto para saírem de madrugada. Porém, embora seu mestre tivesse prometido que partiriam para Roma no dia seguinte independentemente do que o caldeu dissesse na Torre de Babel naquele dia, Primo permaneceu cauteloso. Já havia recebido ordens de partida antes, e eles continuavam na Babilônia!

— O que está havendo? — disse Ulrika de repente, parando na trilha. — Vejam todas aquelas pessoas!

O caminho do deserto, normalmente ermo, tinha um tráfego intenso de pessoas.

— É uma multidão! — constatou Timonides.

Ulrika olhou para os burros e cavalos, carroças e cadeirinhas. Havia até uma carruagem, esplendidamente decorada em eletro brilhante.

— Os boatos são verdadeiros — observou ela. — O enterro do rabino Judah neste lugar não é mais segredo.

Miriam e a família haviam montado um acampamento no oásis por trás das ruínas — um pequeno afloramento de palmeiras, arbustos e juncos alimentados por um poço artesiano. Logo que Ulrika dobrou na extremidade do castelo e viu aquela multidão desorganizada, ela virou-se para Primo e disse:

— Você e seus homens podem fazer essas pessoas irem embora?

Ele franziu o cenho. A multidão era composta de idosos, pessoas apoiadas em muletas, mulheres pobres com criancinhas no colo. As famílias haviam trazido seus entes queridos em padiolas. Transportavam suas filhas e pais queridos debilitados pela doença e os colocavam ao lado do lugar onde o conhecido milagreiro havia sido enterrado.

— Essas pessoas estão desesperadas — disse Primo. — Chegaram ao limite da esperança. Se acreditam que vão conseguir um milagre, então nenhum carro de guerra do império fará com que arredem o pé daqui.

Ulrika viu Miriam, à frente de todos, tentando controlar toda aquela gente que a assediava com perguntas: "Você pode me dizer onde está meu filho?" "Eu vou voltar a ver o meu marido?" "Por favor, cure o meu câncer."

Primo foi à frente, abrindo caminho em meio à multidão, e, quando Ulrika se aproximou de Miriam, que parecia atordoada, perguntou:

— Como isto aconteceu?

Miriam aproximou-se com os braços abertos.

— Que bom ver você de novo! Não estou conseguindo controlar a situação. Você disse que, em sua visão, o meu Judah pediu que nos lembrássemos dele. Eu falei com alguns de nossos vizinhos e com pessoas de nossa congregação na sinagoga. Elas vieram aqui prestar homenagens e, por algum motivo, começaram a dizer que estavam ocorrendo milagres.

Ulrika arregalou os olhos.

— E estavam?

— Ah, Ulrika, como podemos saber? Alguns fizeram suas preces aqui e saíram dizendo que foram curados. Outros, depois de suas orações, voltaram para casa e acharam o que tinham perdido. E ainda outros rezaram aqui e, ao retornarem para a cidade, encontraram um amor há muito perdido à espera deles. Talvez tudo não tenha passado de coincidência, talvez esse fosse o tipo de milagre que o meu Judah conseguia realizar em vida. Não sei. Mas a situação ficou fora de controle, e não sabemos o que fazer.

Ulrika olhou à sua volta alarmada. As coisas estavam piores do que ela imaginara. Os sacerdotes de Marduk certamente tomariam conhecimento daquilo, pessoas trazendo moedas e oferendas que, do contrário, seriam destinadas aos templos, e então eles descobririam o envolvimento de Sebastianus.

— Primo — começou ela...

— Por favor, nos ajudem. Ajudem minha filhinha! — Uma mulher jovem, com uma criança no colo, forçou passagem entre a multidão até onde estavam os soldados de Primo empunhando espadas e escudos para afastar as pessoas.

— Por favor, nos ajudem — gritou a jovem mãe. — Vendemos a nossa casa. Vendi as minhas joias. Quando ficamos sem dinheiro para pagar aos médicos, meu marido se vendeu como escravo e nunca mais nos vimos. Eu e minha filha estamos sem casa e sem dinheiro. Não quero me tornar escrava, porque, então, o que vai acontecer com a minha filha? Não temos família. Nem lugar para onde ir.

Havia algo na voz da mulher, em seus olhos, na sua magreza, na trágica roupa surrada que cobria seu corpo emaciado e, em especial, na prostração da criança em seus braços, que atraiu a atenção de Ulrika. Enquanto outros se aglomeravam ao redor, forçando passagem contra os escudos de Primo, a jovem mulher segurava a filha e suplicava com olhos afundados em olheiras de fome e medo.

— O que aconteceu com ela? — perguntou Ulrika, notando que a criança parecia alerta enquanto fitava Ulrika com olhos bem abertos.

Os que estavam mais perto ficaram em silêncio para saber se um milagre estava prestes a ocorrer.

— Uma febre se espalhou em nosso bairro — explicou a jovem mãe. — Minha filha queimou de febre durante dias e, quando melhorou, não conseguiu andar. Isso foi há um ano. Os médicos disseram que ela não vai voltar a andar. Por favor, peça ao rabino Judah que nos ajude. Estou reduzida à miséria, cara senhora. Cheguei ao fim das minhas forças e da minha esperança. Sem minha filha, eu não sou nada. Por favor, devolva a vida a ela. Mostre como devo falar ao rabino. O que devo dizer? Como me dirijo a ele? Dizem que ele curava as pessoas quando estava vivo. E algumas pessoas estão dizendo que ele ainda faz isso.

Miriam deu um passo à frente.

— Por favor, voltem para a cidade. Todos vocês! Por favor, deixem meu marido em paz.

— Eu faço qualquer coisa — suplicou a jovem mãe. — Qualquer coisa que o rabino exija de mim, eu faço.

Enquanto Miriam tentava persuadi-la a ir embora, a jovem mãe ajoelhou-se ao lado da filha paralítica, curvou a cabeça e começou a orar baixinho.

A Torre de Babel era a mais alta da Babilônia, comparando-se apenas com o zigurate de Marduk. Rezava a lenda que a torre fora construída por um rei insolente determinado a alcançar o céu e encontrar os deuses pessoalmente. Ele decidiu construir a escadaria mais alta do mundo, mas para isso precisou de milhares de trabalhadores, o que o forçou a contratar gente de terras estrangeiras. Como resultado, com os homens falando línguas diferentes e cometendo erros na construção, a torre nunca foi terminada. O rei que o sucedeu converteu o monstruoso edifício numa sentinela, protegida contra as intempéries, com vista completa de horizonte a horizonte e do céu noturno com seus signos zodiacais.

Ao subir os 333 degraus espiralados de pedra, ele lutava com suas emoções. Outros astrólogos não haviam sido capazes de restabelecer sua fé. Pior ainda, haviam feito horóscopos diferentes, que o deixaram abalado. Por ter confiado nos horóscopos que Timonides fez para ele durante anos, Sebastianus não tinha ideia de como as interpretações podiam variar de astrólogo para astrólogo. Todos usavam as mesmas constelações e signos, os mesmos números e equações, os mesmos mapas e instrumentos e, ainda assim, suas leituras eram muito disparatadas, como a de um astrólogo que lhe disse que seus filhos honravam seu nome e lhe dariam muitos netos, e outro que lhe garantiu que sua mulher atual viveria mais do que as duas anteriores. Seria a ciência da astrologia uma fraude?

Porém a cada impacto de suas sandálias nos desgastados degraus, escalados por centenas antes dele, Sebastianus ainda tinha esperança de que o famoso caldeu naquela torre restabelecesse sua fé nos astros.

Quando chegou ao topo, após passar por uma pequena porta de madeira, Sebastianus teve de se equilibrar e se apoiar na parede. A vista! O panorama! Deserto, rio, montanhas e, principalmente, a metrópole em plena atividade, tudo diante de seus olhos. Era de tirar o fôlego.

Ele então percebeu que havia chegado ao ponto final da escadaria. Estava no topo da torre, sem lugar nenhum para seguir em frente. A parede de pedra chegava à altura do tórax, e o teto de telhas era apoiado em oito colunas. Não havia mais nada.

Onde estava o caldeu?

Em meio à ventania que ameaçava lhe arrancar o manto e levá-lo embora, Sebastianus sentiu indignação. Fora enganado! Era isso o que acontecia? Homens ingênuos como ele pagavam enormes somas para descobrir que haviam se tornado alvo de um logro? Quantos, ao longo dos séculos, foram até ali e descobriram que não passava de uma zombaria e, quando desceram, contaram aos amigos como o encontro com o caldeu fora bem-sucedido? Pois nenhum homem admitiria ter sido enganado.

"Eu contarei a verdade!" Sebastianus pensou furioso. Alardearei nas ruas da Babilônia que o caldeu não existe! Que no topo da torre há somente ventania e sonhos frustrados!

A ave voou para dentro da torre naquele exato momento, assustando-o. Voou ao redor batendo as asas agitado — um pequeno falcão, Sebastianus viu, da cor de ferrugem e tinta. Ele mirou os olhos do animal e viu um filme cobrindo-os. Quando o falcão pairou sobre uma coluna e de lá alçou voo, Sebastianus percebeu que a ave era cega. Observou-a voar em círculos dentro da torre e em seguida ela se lançou para baixo e desapareceu.

Sebastianus olhou para aquele ponto. Para onde teria ido o falcão? Parecia ter voado para dentro do chão.

Abaixando-se, examinou os ladrilhos de mármore e viu, quando virou a cabeça em outra direção, uma abertura no chão que passara despercebida. Um cheiro atraente vinha da abertura, como de um incenso suavemente perfumado. Ouviu um zumbido, como se alguém cantasse para si mesmo. O caldeu! Sebastianus circulou a abertura e viu um degrau de madeira. Com cuidado, colocou um pé nele e, quando sentiu que estava firme, continuou descendo.

Mais 12 degraus o deixaram diante de uma cortina. Puxando-a para o lado, ele viu um quartinho aconchegante, aceso apenas por lamparinas a óleo, mobiliado com uma mesa e dois bancos, tapeçarias nas paredes e prateleiras cheias de astrolábios, mapas, tigelas e uma coruja empalhada. Ao entrar, com cuidado para não bater com a cabeça no teto baixo, examinou o quarto e percebeu que devia estar por trás da escada em espiral.

O cômodo estava desocupado e parecia não haver mais portas nem aberturas.

— Alô! — disse ele em voz alta.

Quando ouviu um suspiro, Sebastianus virou-se e viu uma pessoa sentada à mesa. Ele pestanejou. Com certeza aquela pessoa não estava ali um momento antes. Era o incenso, ele pensou, pois agora exalava um cheiro forte e estonteante. Talvez contivesse uma substância que causava visões.

Aproximando-se, entretanto, percebeu que não era uma visão, mas alguém sentado ali, pacientemente esperando para falar. Sebastianus pestanejou de novo e franziu o cenho. "Aquele devia ser o caldeu", ele pensou. Mas que criatura extraordinária!

De aparência surpreendentemente humilde, considerando-se a sua reputação, o caldeu usava apenas uma túnica branca longa, bastante gasta. Suas mãos magras estavam apoiadas sobre a mesa, a cabeça baixa, revelando uma cabeleira negra como o azeviche, repartida ao meio e caindo sobre os ombros e as costas. Naquele momento ele ergueu a cabeça, e Sebastianus se surpreendeu.

O caldeu era uma mulher. Sebastianus ficou impressionado com o inusitado aspecto do rosto, que era longo e fino, magro e de pele amarelada, emoldurado pelos cabelos compridos. Olhos negros fúnebres abaixo de sobrancelhas muito arqueadas o fitavam. A caldeia parecia não ser humana, nem ter idade. Teria 20 ou 80 anos?

— Você tem uma pergunta — disse ela num latim perfeito, os olhos em órbitas profundas fitando-o.

Sebastianus sentou-se diante dela, e parecia que, quanto mais perto da astróloga chegava, tanto mais o incenso inundava sua cabeça. Exalava um aroma enjoativo, com um odor secundário vagamente desagradável. O quarto parecia escurecer, as paredes fechando-se.

— Você tem uma pergunta sobre os astros — observou a extraordinária mulher com uma voz que soava mais antiga do que os zigurates da Babilônia.

— Eles contêm mensagens?

— Todas as coisas contêm mensagens. Elas estão à nossa volta. Resta-nos vê-las.

— Podem os astros ser interpretados como mensagens dos deuses?

— Por que se preocupa com isso? — disse a vidente com tristeza nos olhos.

Sebastianus ficou impaciente. A astróloga não lhe perguntara o dia nem a hora de seu nascimento, seus signos solar e lunar, as constelações que pairavam no céu da noite em que ele respirou pela primeira vez.

Ele examinou a superfície da mesa. Estava vazia. Não havia mapas, diagramas, equações nem astrolábios.

— Escute aqui — começou Sebastianus, mas depois parou. A caldeia mantinha o olhar fixo à sua frente com olhos negros vidrados. Mas existia algo estranho em seu olhar...

Sebastianus ergueu uma mão e a sacudiu diante do rosto da astróloga. Ela não pestanejou.

A caldeia era cega.

A JOVEM MÃE SEGURAVA a filha paralítica enquanto entoava uma oração:

— Rabino Judah, eu lhe suplico que nos ajude — sussurrava ela de olhos fechados, enquanto Ulrika, Miriam, Primo e seus soldados, e todos os outros olhavam em silêncio. A oração dela era permeada de um comovente desespero, sua voz tocava os corações, levava lágrimas a vários olhos. — Caro Judah, não tenho nenhum outro recurso, lugar nenhum para ir. Não comemos há dias. Não temos casa, nem família. Amanhã devo me prostituir para que eu e minha filha possamos viver. Talvez eu devesse morrer. Por mim, eu faria isso, mas a minha filha tem somente 4 anos. Quero que ela viva. Espírito deste lugar, quem quer que seja, se for Judah, leve as *minhas* pernas no lugar das dela. Tome a vida que está em meus músculos e ossos e ponha nos membros sem vida da minha filha. Eu suplico, retire essa maldição da minha filha e coloque-a em mim, e eu reverenciarei e repetirei o seu nome enquanto viver.

Levantando a cabeça, a jovem mãe enviou sua súplica aos céus.

— Somos um caso perdido — disse ela e começou a chorar. — Talvez não sejamos dignas da ajuda divina. Mas eu não peço nada para mim! Por favor, *salve a minha filha!*

— Mamãe? — soou uma vozinha. — Mamãe?

Sentindo a filha mexer-se em seu colo, ela abriu os olhos e disse:

— O que é, filhinha?

— Quem é aquele homem?

— Que homem?

A criança apontou. Todas as cabeças voltaram-se. Ninguém viu um mem entre as tendas simples e as palmeiras.

— Não há ninguém ali, filhinha — respondeu a jovem mãe.

— Ele tem mel! E tem tâmaras! — A menina lutava e esperneava nos braços da mãe até que caiu no chão.

— Minha filha! — gritou a mãe, tentando apanhar a criança.

Mas a menina de repente ficou de pé e saiu andando com pernas que não se moviam fazia um ano.

A multidão ficou em silêncio. Ulrika virou-se. A criança, que momentos antes estava incapacitada de andar, agora corria. E ela corria, Ulrika viu, em direção ao túmulo de Judah.

— POR QUE NÃO ME RESPONDE diretamente? — perguntou Sebastianus numa crescente frustração. — A senhora fala por enigmas. Nem mesmo isso, pois enigmas são feitos para serem resolvidos. Suas palavras não fazem sentido! — Ele levantou-se do banco. — Já perdi bastante tempo.

— Espere, Sebastianus Gallus...

Ele virou-se. Olhos cegos não olhavam para ele quando, num sussurro, uma profecia saiu daqueles lábios anciãos...

Ele olhou fixamente para a caldeia e, quando ouviu sua previsão, irritou-se.

— Agora eu sei que é uma farsa! — gritou ele. — Pois o que acabou de dizer jamais se concretizará. Posso lhe garantir!

Ao descer os 333 degraus, Sebastianus se convenceu de que suas suspeitas estavam seladas. O que acabara de ouvir era uma profecia impossível; e ele agora estava convencido de que não havia nenhuma mensagem nos astros. Não havia deuses. Não havia coisas como milagres.

— MINHA FILHA! — gritou a jovem mãe, correndo atrás da menina.

Todos olhavam num silêncio de espanto, até Primo e seus homens, surpresos ao verem o que achavam ser uma criança paralítica sair correndo de repente em direção ao acampamento de Miriam.

Ulrika e Timonides observavam estupefatos a menina correr para o acampamento e rodopiar com os braços estendidos enquanto gritava:

— Mel e tâmaras! Mel e tâmaras!

A mãe caiu de joelhos diante da filha, seus olhos úmidos bem abertos ao ver as perninhas finas dançando na areia.

— É um milagre! — exclamou. — Obrigada, Abençoado Judah, pois eu sei agora que foi o senhor quem operou esse milagre! Farei o bem em seu nome! E o reverenciarei todos os meus dias. Abençoarei o seu nome para sempre, ó Venerável Judah!

Ulrika observava a cena em choque. Enquanto a filha rodopiava e a mãe chorava, enquanto a multidão aclamava e o sol se deslocava um grau a mais para o horizonte oeste, Ulrika sentiu o mundo sofrer uma mudança profunda e irreversível.

Ela encontrara os Veneráveis.

QUANDO SEBASTIANUS apareceu nos raios dourados do poente, galopando em seu cavalo na travessia do deserto, Ulrika correu ofegante para encontrá-lo. Ele pulou do cavalo e tomou-a nos braços, beijando-a com ardor. Em seguida, recuou e olhou em volta para o jubilante acampamento. As pessoas acendiam tochas, dançavam, cantavam e passavam entre elas odres de vinho. Muitos estavam de joelhos entoando orações.

— O que houve? — perguntou. — Quem são essas pessoas?

— Algo maravilhoso, meu amor! Mas me conte sobre o caldeu. Ele restabeleceu a sua fé?

— É tudo uma fraude. A astrologia é um logro para tirar dinheiro dos homens. Nunca mais vou me deixar enganar.

— Por que está dizendo isso? — perguntou ela consternada.

Ele descreveu sua experiência e depois disse:

— Foi esta a profecia que eu ouvi: "Você tem um bem que preza acima de todos os outros. Antes que se complete um ano, Sebastianus Gallus, você renunciará de boa vontade a esse objeto." Ah, Ulrika, todos os homens têm um bem que prezam acima de todos os outros! E enquanto a maioria dos homens, sob forte pressão e em dadas circunstâncias, abre mão de seu bem mais precioso, o que a caldeia não sabe é que muito tempo atrás prometi diante do altar de meus antepassados que nunca tiraria do braço esta pulseira que guardo como lembrança do meu irmão.

Sebastianus apertou os dedos em torno de seu pulso e disse:

— *Este* é o meu bem mais precioso, e não haverá força na terra que faça com que eu quebre a promessa de nunca abrir mão dele.

Abraçando-a, olhando-a nos olhos, como se ele e Ulrika fossem as únicas almas no meio do deserto, Sebastianus continuou com veemência:

— Os homens, por medo e desatino, tentam prever sua sorte na esperança de poder controlá-la. Mas o futuro é imprevisível, Ulrika, e o destino é tão intangível quanto uma nuvem. Não há mensagens nos astros. Vou destruir todos os mapas, instrumentos, e apetrechos de observação e cálculo que eu trouxe da China. Não vou visitar o observatório em Alexandria onde os maiores astrônomos do mundo estudam os céus. Pois agora sei que eles não podem reunir todas as informações e revelar os segredos do significado da vida.

Ele olhou para ela com carinho.

— Não fique triste por mim, minha querida. As interpretações falsas e mentiras de Timonides e a confissão que fez de seus erros abriram meus olhos para a verdade. Agora, não acredito em nada; sou um homem livre para escolher o meu próprio destino. É por isso que perdoo Timonides. Porque, afinal, ele é humano, e quem pode garantir que eu não faria o mesmo nessas circunstâncias? Talvez ele me tenha feito um favor. Pois agora assumo o controle da minha vida. Nada de esperar para saber o que os astros preveem. Acordarei todas as manhãs dono de mim mesmo.

Ele segurou firme nos ombros dela e fitando-a profundamente disse:

— Subi 333 degraus cheio de esperança e desci com um novo discernimento. De agora em diante, querida Ulrika, você será a minha religião, a minha deusa, e eu a venerarei pelo resto da vida.

Ele a beijou e, por fim, deu um passo atrás, como se retornando ao mundo físico. Olhou à sua volta.

— Quem são todas essas pessoas? O que houve aqui?

Ela lhe contou sobre a surpreendente cura da menina.

Ele arqueou as sobrancelhas.

— Você acredita que o rabino Judah curou as pernas dela?

— Não importa o que eu acho. Quando a notícia chegar à cidade, haverá uma corrida em massa para este lugar. Sebastianus, sinto-me responsável. Eu disse a Miriam para trazer o marido para cá. E disse a ela que ele desejava ser lembrado. Fiz tudo errado. Não previ que aconteceria isto. Essas pessoas correm perigo por minha culpa. Sebastianus, meu dom espiritual é encontrar lugares sagrados e seres sagrados, e levar as pessoas até eles. Eu encontrei um Venerável! Mas devo fazer isso de forma responsável, não de forma a causar danos a outros.

— Não se preocupe; encontraremos uma maneira de resolver isto.

A POUCA DISTÂNCIA DALI, Primo ficou preocupado com o que acabara de ouvir e se perguntou como iria proteger seu mestre agora. Quando a notícia do que acontecera chegasse à cidade, ninguém conteria os milhares de pessoas que fariam romaria àquele lugar. Com seu mestre insistindo em resolver a situação!

E Quintus Publius prestes a retornar à Babilônia.

38

— *Ao* estimado Quintus Publius. Em nome do Senado e do Povo de Roma, eu o saúdo. Segue anexado um relatório das últimas atividades do meu mestre, Sebastianus Gallus, no que diz respeito à sua caravana e às mercadorias que ele leva para César.

Primo ditava na privacidade de sua tenda militar espartana que fora montada perto do Castelo de Daniel. Ele pausou para permitir que o secretário escrevesse, mergulhando a pena na tinta e levando-a ao papiro. Embora fosse versado em diversas línguas, Primo ditava em latim, pois este era o idioma com o qual se comunicava com o embaixador de Roma.

Ele continuou:

— Ainda estamos na Babilônia, honrado Quintus, mas há uma boa razão para isso. Por favor, leia este relatório antes de considerar prender meu mestre por traição.

Ele passara dias preocupado com o que dizer a Quintus Publius sobre a permanência de Sebastianus na Babilônia, mas agora encontrara uma solução.

Primo fora um soldado com imaginação limitada, que via o mundo em preto e branco, incapaz de inventar mentiras. Entretanto, desde que voltara da China, passara a mentir — "diplomacia", dizia Sebastianus — como nunca imaginara possível. Pois agora ele precisava pensar numa maneira inteligente de acobertar o fato de que ainda se encontravam na Babilônia porque seu mestre estava apaixonado.

Em sua nova maneira de pensar, saindo do preto e branco para tons de cinza e marrom e até vermelho e verde, Primo achou que a melhor solução naquelas circunstâncias seria tapear o embaixador com uma história tão extravagante que Publius não teria escolha senão acreditar!

Enquanto pesava as palavras seguintes, Primo observava a mão de formas delicadas deslizar pelo papiro, formando letras perfeitas. O secretário escrevia quase tão rapidamente quanto Primo ditava. Um dos melhores da Babilônia, Primo fora informado. Estava curioso para saber o que o homem pensaria de suas próximas palavras, como iria reagir. Mas certamente o secretário ouvira centenas de confissões e declarações estranhas, talvez algumas até mais bizarras do que a que Primo estava prestes a fazer. Se o homem fosse de fato profissional como se conduzia, e se fosse verdade o que se dizia sobre o código de ética que governava secretários e advogados, o homem não deveria esboçar nenhuma reação.

Primo sabia que os secretários profissionais, licenciados pelo governo e regidos por forte ética — do contrário eles não teriam clientes —, eram pagos não tanto por sua habilidade em escrever cartas quanto por seu silêncio. O que quer que ocorresse entre cliente e secretário, tudo que constasse da correspondência e das mensagens, permaneceria ali. A quebra dessa confiança era punida com a morte porque, como os advogados, os secretários faziam juramentos antes de receberem as licenças de prática — como se refletia no título de sua profissão: do latim, *secretus*, que significava "segredo".

Primo retomou o ditado:

— Sebastianus Gallus está enfeitiçado. — E a mão de formas delicadas manteve-se escrevendo sem a mínima hesitação. "Mitra", pensou Primo. "Pela reação deste homem, eu poderia estar ditando uma lista de legumes!" Ele continuou: — É uma feiticeira que diz, entre outros truques, comunicar-se com os mortos. Ela mantém meu mestre sob seu domínio, declarando que se comunica com seres sobrenaturais e, portanto, que prediz o futuro. Pode então imaginar, meu caro Quintus, o poder que ela exerce sobre meu mestre, que é altamente supersticioso. Foi essa mulher, chamada Ulrika, e note que ela vem da mesma tribo que causou ao Império Romano, e mais especificamente ao General Vatinius, muito sofrimento nos últimos anos, que lançou um feitiço sobre Sebastianus Gallus, fazendo-o ficar na Babilônia e segurando aqui o Tesouro de César por seus interesses egoístas.

Primo rezava para que a história de feitiçaria fizesse Quintus desistir da acusação de traição. Do contrário, o embaixador mandaria prender Sebastianus, tomaria a caravana e, sob a liderança de Primo, a enviaria para Roma. E, para um homem da estatura de Sebastianus na área da atividade mercantil ter sua caravana confiscada, ser privado de seus direitos e privilégios e ter seu nome de família manchado seria a pior das desgraças — sem falar na terrível sorte que o aguardaria na arena.

Primo se perguntava se poderia contar a Sebastianus essa situação insustentável. O próprio imperador fizera Primo jurar segredo, e Primo sempre fora um homem que mantinha seu juramento. Porém, ultimamente, ele via sua lealdade mudar. Ele testemunhara a bravura de seu mestre na China, observara a integridade e a honradez de Sebastianus no trabalho. E não foi Sebastianus sozinho que conseguiu obter a libertação deles da "hospitalidade" do imperador?

Primo franziu o cenho. Ele estava acostumado a lutar com *homens*, não com dilemas morais.

— Mande-me chamar quando for conveniente, caro Quintus — concluiu Primo —, e farei um relatório mais detalhado pessoalmente, quando então, tenho certeza, concordará que meu mestre é mais uma vítima do que um traidor. Espero que convença César a ser indulgente com ele. Seu servo, Primo. — Ele pensou por um instante e, então, concluindo que um toque de humildade não faria mal, acrescentou: — Fidus.

E o secretário deu um sorriso malicioso.

ULRIKA OLHOU NA DIREÇÃO da tenda de Primo, que brilhava com a luz de lanternas em contraste com a noite. Sabia que ele recebera a visita de alguém da cidade, um homem de certa importância, julgando-se pelos ornamentos da túnica que usava, o chapéu alto em forma de cone e a caixa de madeira que carregava, lembrando aquelas carregadas por advogados. Perguntava-se que tipo de negócio o administrador de Sebastianus teria com um civil.

Então ela olhou além da tenda para a escuridão do deserto e viu um brilho vermelho no horizonte: a Babilônia. Uma cidade que nunca dormia.

Ulrika teve um mau pressentimento. Sentiu um calafrio na nuca. O tipo de sensação que se tem imediatamente antes de uma tempestade de relâmpagos, ou uma tempestade de areia que se inicia sem ser vista em desertos distantes onde, acredita-se, os míticos *djins* reviram os ventos para atormentar a humanidade.

Onde estaria Sebastianus? Já deveria ter voltado. Ele saíra pela manhã para um encontro urgente com o Sumo Sacerdote e até essa hora ainda não chegara.

Eles haviam passado os últimos dias tentando convencer as pessoas a irem embora daquele lugar. Em vez disso, outros mais chegaram. A multidão era tão grande que Sebastianus deu ordens a Primo para montar um pequeno acampamento e providenciar uma guarda em torno do perímetro.

Não tinha havido milagre algum desde que a menina foi curada de paralisia. Mas aquela demonstração das propriedades mágicas do lugar foi o suficiente para gerar e manter a fé. Dessa vez, não houve empurra-empurra nem protestos. Miriam e a família, Timonides e os soldados de Primo encarregaram-se de manter a ordem dos visitantes no que todos chamavam de "Santuário de Judah".

Porém eles não podiam mais ficar ali. Estava na hora de partir.

Ulrika olhou para o deserto escuro e sentiu um arrepio nos braços. Havia algo ali, vindo em sua direção...

O CAVALEIRO GALOPAVA ATRAVESSANDO o deserto numa velocidade assustadora, o luar clareando seu caminho, seu manto voando nas costas, enquanto seu garanhão chutava nuvens de poeira. Sebastianus usara seus poderosos e influentes contatos, além de doações financeiras generosas, para apaziguar os sacerdotes de Marduk. Mas encerrava-se ali. Ele precisava avisar a Ulrika e os outros.

Não tinham mais tempo. Os guardas do templo estavam vindo.

ENQUANTO ESPERAVA ANSIOSAMENTE por um sinal de Sebastianus, Ulrika olhava para a multidão silenciosa e fiel, arrependida de ter dado às pessoas aquele lugar sagrado, só para expô-las ao perigo.

Fora Judah quem havia curado a menina? Ulrika sabia que, no vasto mundo, havia muitas crenças diferentes, e milagres eram possíveis.

O vento do deserto soprando em seu rosto lhe fez lembrar outro deserto, um outro vento — na costa do Mar Morto. E de repente ela lembrou-se do lugar onde Rachel e Alma a encontraram — um túmulo. Ulrika pensava que Rachel havia enterrado o marido num solo sagrado. Mas agora, enquanto as pessoas dirigiam orações ao Venerável Judah, Ulrika se perguntava se não teria sido o contrário. Teria Jacob tornado aquele solo sagrado?

Lembrando-se também de que Jacob e Judah haviam sido "irmãos" sob o comando de seu mestre na Galileia, Ulrika se perguntava se Jacob não seria igualmente um Venerável.

NA TENDA DE PRIMO, o secretário guardou seu equipamento de escrita e disse:

— Providenciarei para que esta carta seja entregue na casa do embaixador Publius amanhã cedo. — Após ler o ditado de volta para Primo, fazer correções e depois copiar novamente com mais cuidado, o secretário enrolou o papiro, pingou cera nele e permitiu que Primo o selasse com seu anel.

— Um trabalho bem-feito — disse Primo, mas, quando procurava moedas em sua bolsa de dinheiro, ouviu cascos de cavalos aproximando-se a galope.

Ao olhar para fora, viu Sebastianus entrar voando no acampamento.

— Espere — pediu Primo ao babilônio. — Pode haver mais alguma coisa.

SEBASTIANUS SALTOU DO cavalo e foi correndo até Ulrika.

— Não consegui me encontrar com o Sumo Sacerdote — avisou ofegante. — Ele não me recebeu. Fui falar com o governador, mas isso está fora da alçada dele. Ulrika, nem mesmo o meu amigo Hasheem, o poderoso cambista, pôde ajudar. Dei ordens aos escravos para prepararem a caravana para partirmos. Eles estarão prontos ao amanhecer.

Ele olhou para a multidão assustada — mães com bebês no colo, homens aleijados das pernas, cegos e doentes. Em seguida, abaixou a voz:

— O Sumo Sacerdote está vindo para cá. Fui informado de que ele está trazendo soldados. Ulrika, creio que posso ter uma conversa razoável com o homem, mas é preciso não haver pânico. Se conseguirmos que essas pessoas permaneçam calmas e em ordem, e não demonstrem falta de respeito para com os sacerdotes e para com Marduk, acredito que eles nos deixem voltar para a cidade em paz.

— Sebastianus — falou Ulrika, pondo uma mão em seu braço. — Eu tenho que ir para a Judeia.

Ele olhou firme para ela.

— Judeia! Por quê?

— Creio que o marido de Rachel seja um Venerável e que devo ir para lá para protegê-lo, como fiz com o rabino Judah. E, também, Rachel salvou a minha vida, além de ter sido uma das minhas professoras. Devo muito a ela.

Sebastianus pensou sobre isso.

— Roma enviou mais legiões para a Judeia. A agitação entre os rebeldes judeus é crescente.

— Jacob é muito precioso para cair nas mãos dos romanos, que eram seus inimigos. Tenho que ir para a Judeia e levar Jacob e Rachel para um lugar seguro.

— Onde seria isso?

— Eu não sei, mas ele deve ser lembrado como Judah está sendo. Vou fazer de forma diferente. Não serei tão irresponsável com Jacob. Vou pensar bastante.

Primo aproximou-se.

— Mestre, está tudo bem?

Sebastianus voltou-se para seu administrador.

— O Sumo Sacerdote está vindo para cá com uma escolta armada. Não quero provocação. Resolveremos isto pacificamente. Tudo que eles querem é que essas pessoas se dispersem e voltem para a cidade. É isso exatamente o que faremos. Amanhã, quero que você providencie para que todos os meus produtos e todas as pessoas cheguem a Roma sem dano e sem perigo. Você ficará responsável pela caravana.

O rosto feio de Primo se contorceu numa careta.

— Para onde vai, mestre?

— Vou à Judeia com Ulrika.

— Mestre! *Deixar* a caravana? — O velho soldado ficou quase sem fala com o choque. Não restava dúvida de que seu mestre estava enfeitiçado.

— Estas são suas ordens!

— Deixe que eu o acompanhe à Judeia — sugeriu Primo, pensando rapidamente. O que ele, por acaso, ouvira a moça dizer? Eles iriam resgatar alguma coisa preciosa? E dois judeus chamados Rachel e Jacob? Um ato de traição, não restava a menor dúvida! De repente Primo teve o forte desejo de defender seu mestre da punição de César. Mesmo que isso significasse cometer, ele próprio, uma traição.

— Vai precisar de proteção, mestre. Uma revolução está sendo fomentada na província da Judeia, e o exército romano aumentou a presença lá. É conveniente ter um veterano das legiões em seu grupo, e ainda tenho as minhas conexões.

— Preciso de um homem de confiança para conduzir a caravana.

Timonides deu um passo à frente e disse:

— *Eu* conduzirei a caravana para Roma, mestre. É o mínimo que posso fazer pelo sofrimento e tristeza que lhe causei.

Sebastianus pensou por um instante e depois falou:

— Muito bem. Precisamos nos apressar agora, pois logo o Sumo Sacerdote estará aqui. Primo, prepare seus soldados. Não haverá luta, mas precisamos estar prontos. Timonides, assim que tudo ficar resolvido, quero que pegue o meu cavalo e se junte à caravana. Providencie os últimos preparativos para a partida. Não temos tempo a perder.

Ulrika foi ter com Miriam e alertou:

— Os homens do templo de Marduk estão vindo para cá, mas não tenha medo. Sebastianus vai falar com o Sumo Sacerdote e então teremos que enviar todas essas pessoas para casa.

Ela fez uma pausa e olhou para o rosto roliço de Miriam, não refletindo desespero, e sim paz.

— Não tenho pretensões, honrada mãe, de lhe dizer como conduzir a sua fé. Mas, quando lhe disse para vir para cá, não previ as consequências de minha ação. Na privacidade de sua casa, fale sobre o Venerável Judah aos amigos e parentes, e sempre se lembrem dele, pois foi isso o que ele me pediu.

Após dar as ordens a seu subordinado imediato, Primo voltou rapidamente para sua tenda, onde o secretário o aguardava impaciente.

— Sugiro que parta imediatamente — disse Primo. — A guarda do templo está vindo para cá, e os soldados podem confundi-lo com um daqueles lá fora.

O babilônio ergueu o nariz grande e disse:

— Você viu os guardas armados que me acompanham para onde quer que eu vá. Uma precaução necessária no meu ramo de trabalho, porque carrego documentos importantes e, às vezes, dinheiro. Eles irão à minha frente e provarão a minha identidade para os sacerdotes. Sou conhecido de todos eles, pois gozo de uma boa reputação na cidade. Eles me deixarão passar em paz. Existe mais alguma coisa a acrescentar à sua missiva antes de eu partir?

Ignorando o desdém do homem, Primo ditou um adendo a seu relato:

— Um novo desenvolvimento, caro Quintus. Meu mestre está tão seriamente sob o poder da feiticeira que partiremos imediatamente para a Judeia a fim de resgatar um tesouro que pertence aos inimigos de Roma. Isso não é traição, meu senhor, porque meu mestre está hipnotizado pela feiticeira e não sabe o que está fazendo.

A rede de comunicação romana era um sistema rápido e eficiente, com cavaleiros velozes seguindo pelas estradas pelas quais os engenheiros romanos eram tão famosos. Os homens montavam cavalos fortes e rápidos e galopavam de posto a posto, numa corrida de revezamento, levando notícias, despachos e cartas para os cidadãos importantes, desde o imperador até os seus súditos. Primo sabia que seu relatório chegaria a Nero muito antes de Sebastianus. O imperador e seus guardas estariam esperando por ele e, com muita sorte e o poder de Mitra, prenderiam a moça no lugar de seu mestre.

Quanto a Primo, ele tinha uma última missão importante a realizar. Num esforço derradeiro para impedir que seu mestre cometesse uma traição, Primo iria atrás dos insurgentes Rachel e Jacob e os mataria antes que Sebastianus os alcançasse.

— Mestre! — soou um grito na noite. Sebastianus e Ulrika viraram-se e viram Timonides correndo em direção a eles, sua túnica branca fantasmagórica sob o luar. Ele sacudiu os braços para trás. — Mestre! Os sacerdotes e os guardas estão chegando. Ó mestre, há *centenas* deles!

Sebastianus subiu na pilha mais alta de blocos que haviam desmoronado do Castelo de Daniel muito tempo atrás, e de seu ponto de vantagem avistou uma cena assustadora: uma fila de tochas acesas serpenteando pela estrada, como um rio de lava derretida. Centenas de guardas, não resta a menor dúvida, pensou Sebastianus alarmado. Todos a cavalo. Todos portando dardos e lanças.

Estão dispostos a um massacre.

Voltando-se para Ulrika e Timonides, ele disse em voz baixa:

— Eu subestimei o Sumo Sacerdote. Creio que esteja vindo não para negociar, mas para fazer dessas pessoas um exemplo para os cidadãos da Babilônia. Temos que manter todos calmos. Mantê-los por trás das ruínas. Primo e eu ofereceremos resistência e lutaremos. Talvez o Sumo Sacerdote se satisfaça com alguns.

Ulrika tomou seu lugar ao lado de Sebastianus enquanto viam o mar de fogo avançar para as ruínas. Às suas costas, ela ouviu murmúrios de preces de centenas de pessoas aterrorizadas. Primo ficou de prontidão com seus soldados, armas em punho. O vento assobiava no deserto.

Tantas vidas em jogo! Deveria haver uma maneira de salvar todas aquelas pessoas.

Ulrika virou o rosto para o vento, fechou os olhos e respirou lentamente. Estendeu um braço, colocou a mão na parede de pedra fria do "castelo" e pensou: "Se há de fato um túmulo sob essas ruínas, será grande o suficiente para conter todas essas pessoas? Se não, então pelo menos as crianças e os doentes. E, se for um túmulo, talvez seja tabu para os guardas do templo virem até aqui, como a caverna do xamã na Renânia que os guerreiros germanos evitaram."

Inspirando um ar purificador, Ulrika fechou os olhos e visualizou a chama interior de sua alma. "Espírito deste lugar", ela rezou em silêncio, "imploro a tua ajuda."

Ela esperou por uma visão. Quando nenhuma surgiu, aumentou sua concentração, focando na chama oscilante, e com a outra mão segurou sua concha de vieira sobre o peito. Uma vez mais, fez sua oração.

Mas nada aconteceu, e o pânico começou a tomar conta dela. Sua boca ressecou e as palmas de suas mãos ficaram úmidas. Ela havia usado a meditação com sucesso para benefício de outros — mas somente para indivíduos. Agora que existiam centenas de almas em perigo, teria ela poder para usar o seu dom? Ou só surtia efeito para uma pessoa de cada vez?

Percebendo que seu coração disparara e que os guardas do templo se aproximavam, Ulrika redobrou seus esforços. Se aquele era de fato o túmulo do Profeta Daniel, então era um terreno sagrado. Aquela era a sua missão. Fora para isso que ela havia nascido. Não devia entrar em pânico. Não devia deixar que o medo superasse seus poderes interiores.

Ela desligou, um a um, seus sentidos — ficou surda às orações desesperadas de centenas de pessoas, cega às tochas acesas que surgiam do deserto, insensível à sensação do vento e do frio em sua pele, até que sentiu apenas a pedra sob os dedos das mãos.

Uma vez mais ela se abriu, libertou sua alma e suplicou ao ser sagrado daquele lugar para lhe dar um sinal.

Finalmente, seu espírito se transportou — através da rocha sólida e da poeira antiga, e ao longo de anos incontáveis — até que sentiu que ele tocou em algo.

Ulrika franziu o cenho. Havia algo ali, bem à sua frente; entretanto, ao contrário de visões anteriores, ela viu apenas a escuridão. Por que sua visão interior estava sendo bloqueada?

Não, não está bloqueada. A escuridão em si é a visão.

Ulrika sentiu o cheiro de mofo, sentiu pedras e cascalho embaixo das sandálias, viu luzes fracas no fim de corredores longos, ouviu o tinido de armaduras e passadas fortes. E o conhecimento inundou a sua mente...

— Sebastianus! — gritou de repente. — Antes de ser um túmulo, isto aqui era um posto militar avançado!

Ele virou-se para ela.

— O quê?

— Esta cidadela foi construída centenas de anos atrás como defesa primária contra invasores vindos do sul — esclareceu ela à medida que o conhecimento lhe vinha à mente. — O rei mandava os soldados para cá a fim de realizar ataques surpresa. Sebastianus, há túneis aqui embaixo, e eles conduzem a um oásis que fica ao norte, a cerca de um quilômetro e meio daqui! Se ao menos eu conseguisse achar... — Colocando a outra mão nas pedras ásperas, ela sentiu algo ao longo das paredes frias das ruínas. A mão dela esbarrou numa fissura. — Aqui!

Sebastianus chamou Primo e vários homens fortes com lanças. Trabalhando à luz de tochas, enquanto vigias ficavam de olho nos guardas da cidade que se aproximavam, eles empurraram as lanças na fissura e, puxando com toda a sua força, alavancaram um dos blocos de pedra até que ele cedeu.

Uma corrente de ar viciado soprou em seus rostos. Sebastianus pegou uma tocha, enfiou-a no interior e olhou em volta. Degraus de pedra, empoeirados e cheios de seixos, desciam na escuridão.

— É possível ser feito — disse ele —, mas precisamos nos apressar. Se nos pegarem aqui, eles nos perseguirão. Primo, você desce primeiro e ilumina o caminho.

— Mas está nos mandando para dentro de uma tumba, mestre!

— Ulrika disse que o túnel está livre.

Primo franziu o cenho. Ele preferia ficar e lutar como homem a morrer como rato preso num esgoto. Mas obedeceria.

— As crianças, os idosos e os aleijados devem ser carregados — comandou Sebastianus. — Qualquer um que atrase a nossa fuga. Primo, leve várias tochas e coloque-as ao longo do caminho à medida que for seguindo, para os que vierem atrás de você.

Primo e alguns soldados lideraram o caminho, removendo obstruções, colocando tochas, escoltando os que vinham atrás. O restante desceu apressado, mas de maneira ordenada, os homens carregando as crianças e as mulheres fortes apoiando os idosos. Sebastianus mandava os soldados descerem a intervalos regulares, com mais tochas. Ninguém falava. Mas Ulrika viu terror nos rostos deles quando olhavam para a profundidade da terra.

— Não tenham medo — orientou ela — e se apressem. Não olhem para trás. Sigam a pessoa à sua frente.

Eles desceram, um a um, os fortes dando assistência aos fracos, colocando as macas e as padiolas no chão, auxiliando os que andavam de muletas e guiando os cegos. Eles carregavam tochas e lamparinas a óleo. Encontraram tetos altos o suficiente para ficarem de pé e ainda terem espaço acima da cabeça. "Folga bastante", pensou Ulrika, "para os capacetes dos soldados dos reis de muito tempo atrás."

Timonides ficou de vigia na estrada. Os sacerdotes e a guarda montada estavam a uma proximidade perigosa.

— Apaguem as tochas — murmurou para Sebastianus —, ou eles nos verão.

Quando uma criança começava a choramingar, a mãe lhe cobria a boca com a mão e descia depressa os degraus de pedra.

— Eles já estão quase aqui — disse Timonides, juntando-se a Ulrika e Sebastianus à entrada do túnel. — Precisamos nos apressar.

Dois homens carregando uma criança numa maca escorregaram e a deixaram cair. Sebastianus rapidamente pegou a criança e a entregou a um dos homens, dizendo:

— Andem rápido! Precisam correr agora!

Finalmente, todos haviam descido, mas as palmeiras brilhavam com a luz dos guardas que chegavam ao lugar. Cavalos de guerra relinchavam, armaduras e armamentos tiniam ameaçadoramente.

— Desça, velho amigo — sussurrou Sebastianus para Timonides. — Corra! Eles estão aqui!

Timonides desceu para dentro do túnel.

— Agora você, Ulrika. Cuide dos que ficaram para trás. Ajude-os a seguir em frente.

Ela entrou, depois virou-se e viu que Sebastianus não a seguira, mas permanecera do lado de fora e recolocava a pedra no lugar.

— Sebastianus! — gritou ela, estendendo uma mão para alcançá-lo.

— Não há outra maneira de selar esta entrada. Eu me encontro com você na caravana. Não se preocupe. Ficarei bem. Amo você, Ulrika.

— *Sebastianus!*

39

— Eu gostaria que você viesse conosco, querida Rachel — disse a mulher do pastor. Elas foram a última família a deixar o oásis, tendo decidido levar seu pequeno rebanho de ovelhas para Jericó, onde acreditavam estar a salvo de uma guerra iminente.

Com a crescente presença do exército romano nas últimas semanas, não havia dúvida de que uma luta irromperia.

— Obrigada, Mina — agradeceu Rachel —, mas vou ficar.

Enquanto apanhava uma ovelha que se desgarrara e a carregava em seu amplo peito, Mina falou:

— Vamos sentir a sua falta. Gostávamos muito das suas histórias. Todos gostavam. Os viajantes que descansavam aqui se deliciavam com elas. Creio que você os cativava de tal maneira que eles ficavam mais tempo do que normalmente ficariam.

Rachel gostava de contar histórias às pessoas que viviam no oásis, como um dia contara a uma moça chamada Ulrika. Rachel tecia histórias inspiradoras de fé e heroísmo a um público atento de pastores, fazendeiros de tâmaras, fabricantes de rodas e viajantes que descansavam no oásis.

— Não devia ficar sozinha — aconselhou Mina, enquanto seu marido gesticulava chamando-a com impaciência. Eles precisavam chegar a Jericó ao anoitecer. — Agora que Alma se foi, Deus lhe dê descanso.

— Ficarei bem — garantiu Rachel. — Esta guerra passará e as pessoas voltarão para o oásis. Vá em paz.

PRIMO OLHOU COM ATENÇÃO para o céu e viu abutres circulando sobre os íngremes rochedos da Judeia.

Ela está escondida ali. A mulher chamada Rachel.

Ele não disse nada a seus companheiros, que supervisionavam o oásis deserto, onde, poucos dias antes, viviam várias famílias. Primo decidira que, para evitar que seu mestre cometesse uma traição ao resgatar a viúva de um criminoso executado, precisava achá-la primeiro. Quando a encontrasse, ele a mataria e não diria a ninguém. E eles poderiam seguir para Roma com Sebastianus livre da acusação.

— Eu e Rachel vínhamos aqui uma vez por semana para pegar água e tomar banho — explicou Ulrika ao olhar o pequeno lago que recebia água doce de uma fonte artesiana. Sua superfície refletia as palmeiras e oliveiras, e o céu azul-claro. — Visitávamos as pessoas e nos informávamos das últimas notícias dos viajantes que passavam por aqui. — Ela caminhava sobre a grama morta, lugar onde antes tendas haviam sido montadas. — Parece que não faz muito tempo que foram embora.

— Eles saíram apressados — observou Sebastianus, supondo qual seria a razão. Tropas romanas tinham marchado pelo vale durante semanas e se instalado ali perto num forte no topo do morro em Masada. — Você acha que Rachel foi com eles?

Mantendo os olhos nos abutres, e determinando os marcos onde haviam circulado, Primo disse:

— Eu e meus soldados daremos uma busca na área. Talvez ela esteja só se escondendo.

Ele tomou as rédeas de seu cavalo e o conduziu para os escarpados rochedos cortados em milhares de uádis, gargantas, estreitos e desfiladeiros. Ao observar a paisagem vesperal, pensou sobre as estranhas mudanças do destino. Seu mestre deveria estar num navio em direção a Roma naquele momento, e não se aventurando numa região politicamente volátil, numa busca traiçoeira! Primo sabia agora que eles não tinham vindo resgatar marido e mulher, mas apenas a mulher.

Eles haviam deixado a Babilônia às pressas, antes que o Sumo Sacerdote mudasse de ideia e decidisse transformar os seguidores de Judah em mártires. Enquanto a caravana de Gallus havia continuado em direção ao oeste pela principal rota comercial sob o comando de Timonides, Sebastianus e Ulrika tinham seguido em direção ao sul com Primo, seis soldados e alguns escravos. Os homens iam a cavalo enquanto Ulrika montava um camelo preparado com uma cela acolchoada para seu conforto. Haviam viajado com rapidez e regularidade, parando apenas para comer e descansar, apressados para chegarem à Judeia antes que a rebelião irrompesse.

Ao olhar para os abutres, Primo observava a direção em que eles viravam os pescoços esqueléticos, o lugar específico para onde pareciam estar voltados. Conduziu sua égua por um desfiladeiro rochoso. O silêncio era pesado naquelas gargantas estreitas; o único ruído audível era o do trote firme dos cavalos. Ao inspecionar uma série de pequenas cavernas de pedra, ele ouviu um barulho — uma avalanche de pequenas pedras despencando de um rochedo, como se alguém houvesse escorregado. Ele desmontou e continuou a pé pelo uádi estreito, tão apertado que ele precisou seguir de lado. Paredes rochosas íngremes bloqueavam a luz do sol de modo que o caminho era escuro com uma pequena faixa de céu azul acima. As sandálias fortes de Primo, com taxas nas solas, esmagavam pequenas pedras, sujando o chão do desfiladeiro. Ele parou para escutar, seu instinto de soldado lhe dizendo que algo vivo se escondia por perto — um animal grande ou uma pessoa —, observando, prendendo a respiração, pronto para saltar.

Ele andava com cuidado, inspecionando cada abertura e fenda nas paredes do desfiladeiro. Quando deu mais um passo, ouviu um suspiro e outra cascata de seixos. Olhou para dentro da abertura e viu uma silhueta escura encolhida lá dentro.

Primo sorriu. Encontrara Rachel.

— Você vai conseguir encontrar o túmulo? — perguntou Sebastianus. — Afinal, já se passaram nove anos.

Retirando o véu azul da cabeça e jogando-o sobre os ombros, Ulrika girou num movimento circular lento ao tentar lembrar-se dos marcos de sua curta permanência lá. O tom pardo da paisagem parecia impiedoso e sem vida. As flores da primavera já haviam murchado e secado. Ao longe, ela viu a pálida faixa azul de água que era o mar de sal no qual o rio Jordão desembocava.

— Eu vou encontrar, sim — afirmou ela.

Sebastianus examinou a paisagem desolada, o vale plano e os rochedos íngremes cheios de cavernas, e então voltou os olhos para sua esposa. Bela, forte, determinada. Como a amava e admirava! Como ela usara seu dom espiritual para salvar todas aquelas pessoas no Castelo de Daniel.

Depois que todos desceram em segurança pelos túneis que Ulrika descobrira, Sebastianus colocara a pedra de volta no lugar e então foi ter com o Sumo Sacerdote para explicar que os cidadãos haviam se dispersado e que não tinham intenção de ofender Marduk. O Sumo Sacerdote olhara para Sebastianus com atenção e lhe fizera apenas uma pergunta:

— Você pretende ficar muito tempo na Babilônia?

— Estou partindo para Roma pela manhã.

O Sumo Sacerdote lançou um olhar pelo local, com tendas vazias, pedaços de comida espalhados e lamparinas a óleo ainda estalando, prova de uma partida recente e apressada de grande quantidade de pessoas.

— Marduk cuida de todos — comentou. — Ele espera que seu povo retorne ao templo e à benevolência de seu poder supremo. Faça uma boa viagem, Sebastianus Gallus.

Para surpresa de Sebastianus, os sacerdotes e os guardas viraram-se e seguiram solenemente de volta à Babilônia. Sebastianus percebeu o que havia acontecido. Os sacerdotes não iriam transformar os seguidores de Judah em mártires, pois isso despertaria a solidariedade da população.

Sebastianus tinha curiosidade de saber se a lembrança de Judah sobreviveria. Embora Ulrika tivesse pedido a todos que se lembrassem dele, as pessoas sempre precisariam de templos e ídolos e sacerdotes. Ele pensou no antigo altar de sua terra natal, num lugar que os romanos chamavam de Finisterra — "o fim do mundo". Uma ancestral chamada Gaia o construíra muitos séculos antes, e houve uma época em que, Sebastianus ouvira dizer, as pessoas iam de toda parte para prestar homenagem ao pé do altar. Dizia-se que os peregrinos seguiam antigas rotas a fim de orar ao pé do altar de conchas de vieira, indo de lugares tão distantes quanto a Gália e a Renânia. Mas bandidos e salteadores ficavam de tocaia aguardando os viajantes indefesos, para roubá-los e até matá-los, de modo que as peregrinações para lá por fim foram interrompidas, e o altar de Gaia foi esquecido.

Será que o mesmo aconteceria na Babilônia? Conseguiriam os sacerdotes, como aqueles bandidos do passado, assustar os devotos, fazendo-os abandonar o rabino Judah?

PRIMO PEGOU SUA ESPADA e a empunhou para dar um rápido golpe mortal. Mas a mulher ficou de pé, retirou o véu dos cabelos grisalhos e disse suavemente:

— Por favor, nobre senhor, vá em paz. Não sou inimiga de Roma.

De repente, o deserto da Judeia desapareceu e os anos retrocederam. Primo estava no pequeno povoado da Galileia outra vez, cercado de homens raivosos, determinados a estraçalhá-lo. Não era o rosto que ele reconhecia, mas a voz, o sotaque de seu dialeto, as palavras que ela usara.

Ele prendeu a respiração. Não era *ela* — não a jovem mãe do lugarejo de muito tempo atrás. Mas muito parecida...

Primo ficou paralisado, de repente preso por olhos de súplica, escuros e brilhantes. Fios de cabelo escaparam do seu véu e voaram por seu rosto. Uma lembrança do passado atravessou sua mente, como aqueles fios de cabelos: sua mãe, passando um pente pelos belos cachos, enquanto o filho Fidus a observava. Ela chorava. Seus ombros haviam sido feridos. O pente era feito de madeira e faltavam alguns dentes. Fidus desejou poder comprar-lhe um pente de marfim. Queria poder matar o homem que abusara dela.

Seu corpo estremeceu — não naquela época, quando tinha 9 anos de idade, mas agora, no deserto da Judeia — à medida que a verdade lhe surgia. Sua mãe fizera o que precisava para sobreviver, como aquela mulher, Rachel, estava fazendo. Sua mãe, sem instrução e sem família, dera ao filho um nome de cachorro, sem saber, em sua ingenuidade, a vida de crueldade que aquilo traria para ele.

Ela o amara a seu modo, e, em troca, ele a venerou.

Primo quase gritou quando viu os anos passarem diante dele, as dores e os sofrimentos deixando suas articulações, fazendo-o sentir-se robusto e viril novamente. Ele deixou o quarto infestado de ratos que dividia com a mãe e voltou para a primavera de sua vida, quando uma jovem havia intercedido por um estranho. E agora a lembrança daquele gesto generoso — combinado com um novo carinho pela mãe — começou a dissolver o muro de pedra que protegia seu coração. Por causa de sua feiura e da forma como as mulheres reagiam em relação a isso, Primo sempre pensara que não poderia jamais ser amado. Mas a visão daquela mulher de fala suave, e a maneira como ela lhe lembrava o amor de sua mãe muito tempo atrás, o fez perceber que estava enganado.

Num instante, sua vida inteira lhe veio à tona. Sua carreira militar. Talvez seja mais fácil seguir ordens cegamente do que questioná-las. Era mais fácil trair um mestre do que um César. Mais fácil odiar as mulheres do que ansiar por seu amor.

Ele baixou a espada.

— Estamos aqui para resgatá-la, se for Rachel, a esposa de Jacob.

— Resgatar!

— Uma mulher chamada Ulrika, e o marido, eu e alguns soldados.

Rachel franziu o cenho.

— Ulrika? Esse nome é familiar. Sim, eu me lembro. Anos atrás, uma moça ficou hospedada na minha casa por um tempo. O nome dela era Ulrika.

Primo balançou a cabeça concordando.

— É essa mesma.

Ela arregalou os olhos.

— Ela está *aqui*?

— Viemos para levá-la para um lugar seguro.

— Um lugar seguro...

— Não precisa ter medo de mim — garantiu Primo, pondo a espada de volta na bainha, sentindo a garganta se contrair de emoção. Ele estendeu a mão. — Eu juro pelo sangue sagrado de Mitra, cara senhora, que não deixarei nenhum mal lhe acontecer.

Eles encontraram Ulrika e Sebastianus num desfiladeiro próximo, e as duas mulheres abraçaram-se em lágrimas. Levaram Rachel para o acampamento que os escravos de Sebastianus haviam montado e lhe deram um pouco de água, pão e tâmaras, que ela comeu delicadamente apesar de ser óbvio que estava faminta. As perguntas eram inúmeras:

— Você chegou à Babilônia?

— Por que não foi com as famílias quando elas deixaram o oásis?

— Como pode ficar aqui sozinha, agora que Alma se foi?

Finalmente, à medida que as sombras atravessavam o vale e todas as perguntas eram respondidas, Ulrika contou a Rachel sobre a meditação com foco, as respostas que vieram a ela em Shalamandar e sua busca pelos Veneráveis. Ela falou sobre Miriam e Judah, e o milagre no Castelo de Daniel.

— Eu acredito que seu marido Jacob é um Venerável, e os restos mortais dele devem ser protegidos.

— Como?

— Eu sugiro — interpôs-se Sebastianus — que vá para Roma conosco.

— Não posso ir para Roma. Precisamos estar aqui quando o Mestre retornar. E será em breve, pois Yeshua prometeu que voltaria ainda nesta nossa vida. Foi por isso que não fui embora com os outros.

Ulrika disse:

— Muitos companheiros seus de fé estão agora em Roma. Miriam me falou sobre um homem chamado Simão Pedro, que ela conheceu na Galileia, e disse que ele está lá, como chefe da congregação em Roma. Podemos levá-la até ele.

Os olhos de Rachel se arregalaram.

— Simão está em Roma? Vou pensar sobre isso e pedir orientação em minhas preces.

Primo não conseguiu dormir.

Rolando na cama, olhou para as estrelas e viu, pela posição da lua, que estava quase amanhecendo. Ele afastou o cobertor e levantou-se. Os outros dormiam em silêncio — Sebastianus e Ulrika em sua tenda, Rachel numa tenda sozinha, os escravos e os soldados ao relento.

Primo olhou para o deserto frio e árido e percebeu que havia mudado. Não era mais o mesmo homem de poucas horas antes.

Rachel. Tão parecida com aquela mãe do povoado de muito tempo atrás...

O oásis tinha diversas lagoas. Ao poente, Rachel e Ulrika haviam se banhado em uma delas por trás de biombos protetores. Enquanto montava guarda de costas para as mulheres, Primo ouviu o suave sussurro da água, delicados esguichos, um leve gotejar e ficou imaginando a pele e as curvas femininas pelas quais a água escorria. Naquele momento, entendeu por que Sebastianus agira daquela forma todos esses meses. Ele era simplesmente um homem apaixonado.

Primo atravessou a areia fria e foi até o lugar onde Rachel dissera que seu marido havia sido enterrado. O túmulo não estava marcado. Ulrika convencera Rachel de que os restos mortais do marido não estariam mais seguros ali, e que seriam protegidos pela congregação em Roma.

Quando uma brisa gelada soprou por seus cabelos cada vez mais ralos, Primo pensou em seu relatório para Quintus Publius, que o mensageiro imperial entregaria ao imperador Nero muito antes de eles chegarem a Roma. Nero iria querer saber sobre a bruxa que lançara feitiços malévolos em Sebastianus. Estaria particularmente interessado no tesouro que Primo havia mencionado. Era provável que estivesse pensando na lendária reserva de ouro secreta roubada do Templo em Jerusalém antes de ele ser destruído pelos babilônios.

César ficara obcecado por dinheiro. Quando seus pequenos grupos paravam em oásis e caravançarás, eles ouviam histórias da crescente instabilidade do imperador e de seu comportamento irracional. Ele inventava acusações de traição contra os homens ricos e os executava para apoderar-se de suas propriedades.

Quando ler o meu relato, imaginou Primo, Nero vai pensar que estou levando comigo tesouros fabulosos. No seu lugar, estarão os ossos de um criminoso executado. Ele mandará destruir os restos mortais. Não posso permitir que isto aconteça. Rachel desistiu da própria vida para protegê-los.

Primo respirou fundo, uma respiração forte, e sentiu seu coração adquirir vida. O coração expandiu em seu tórax como um pássaro que abre as asas, até que voltou ao normal de novo, batendo com paixão, cheio de vida e de sentimento. De repente Primo não via mais o mundo em preto e branco, mas nos tons e nuances das cores do arco-íris. Porque Primo, que vivera a vida sob um código de honra e de dever, sabia agora que havia um dever mais elevado do que aquele para com o mestre e o imperador — um dever para com o amor.

ULRIKA ACORDOU DE REPENTE COM uma visão: um documento de papiro enrolado e selado com cera vermelha. Primo fixando seu anel na cera.

Ele é a pessoa que pressenti como traidor entre os homens a serviço de Sebastianus.

Ela colocou o manto e saiu no frio da madrugada à procura de Primo e o encontrou sentado ao lado da fogueira, olhando fixamente para o carvão preto.

— Eu tive uma visão com você em Antioquia — falou. — Vi você traindo Sebastianus. E, no entanto, você não o traiu.

Ele fitou-a com olhos de quem não dormira. Numa voz curiosamente suave para um homem tão rude, contou a Ulrika uma fantástica história de juramentos e imperadores, espiões e relatos secretos. Quando ele terminou, ela pensou por um longo tempo, observando aquele nariz deformado e rosto marcado, e disse:

— Você é um homem honrado, Primo, e também de grande força. Vem carregando um dilema moral desde o dia em que deixamos Roma, e guardou-o com você mesmo. Acredito agora que o que aquela visão de Antioquia me mostrou não foi um traidor, mas um homem que temia trair a própria lealdade. Eu o julguei mal.

— E eu também julguei você mal — respondeu ele suavemente. — Desde o momento em que a conheci, pensei que você iria colocar o meu mestre em perigo. Mas agora sei que tem sido realmente boa para ele, que o ajudou a buscar a própria força. Deveríamos ter sido amigos todo esse tempo. Sinto muito por não termos sido.

— Eu também — concordou ela, com um sorriso. — E agora precisamos contar a Sebastianus a verdade sobre Nero.

Ulrika despertou os escravos e ordenou que fizessem um fogo. Em seguida acordou Sebastianus, que logo vestiu seu manto e saiu para o ar extremamente frio. Acordada por vozes, Rachel olhou para fora, viu seus companheiros reunidos ao redor do fogo, vestiu também seu manto e juntou-se a eles.

— Nobre Gallus — começou Primo, surpreendendo Sebastianus com tamanha formalidade, deixando-o curioso para saber que confissão extraordinária estavam prestes a ouvir. — Sempre lhe fui leal, mas, como soldado, achava que a minha primeira lealdade era para com o imperador. Eu me vi preso entre essas duas lealdades e em minha tentativa desesperada de servir a dois senhores... Quer dizer, satisfazer César e ao mesmo tempo salvá-lo das acusações de traição... Coloquei a culpa em Ulrika e enviei isso num relato. Eu disse a César que o senhor estava sob o feitiço de uma bruxa.

— O feitiço de uma bruxa! — exclamou Sebastianus.

— Acusei Ulrika de ser uma bruxa.

Ela olhou para ele chocada. E então seu sangue gelou nas veias.

Em Roma, era legal o marido forçar a mulher a fazer aborto, se ele suspeitasse de que o filho não era seu, ou mesmo se não desejasse a criança.

Entretanto, uma mulher decidir abortar por qualquer motivo era ilegal. E essas mulheres procuravam a ajuda daquelas que conheciam os segredos da interrupção da concepção. Parteiras, videntes, médicas e herboristas, todas eram suspeitas de exercer a prática do aborto. Quando descobertas, eram chamadas de bruxas, e a punição era a morte por apedrejamento.

Primo olhou para Ulrika e disse:

— Eu sinto muito.

— Você teve suas razões. — Ela se ouviu dizendo, mas subitamente ficou paralisada de medo. Seria essa a forma como sua vida terminaria? Antes de completar trinta anos, amarrada a um poste no Circo Máximo, enquanto os gladiadores lhe atiravam pedras até que estivesse morta?

— Mestre, precisamos tomar um navio para Alexandria — declarou Primo rapidamente — e encontrar um lugar fora do alcance do imperador. Prometo como soldado proteger todos vocês.

Mas Sebastianus fez que não com a cabeça.

— Preciso ir para Roma para limpar o meu nome, o nome da minha família. Mas você leva as mulheres para Alexandria.

Ulrika colocou sua mão sobre a de Sebastianus e falou:

— Não vou deixar você enfrentar Nero sozinho, meu amor. Além disso, preciso limpar o meu nome também. Não é somente por mim, mas por minha mãe. Onde quer que esteja no mundo, ela é uma curandeira respeitável, cuja reputação é imaculada. Se a filha dela for condenada por bruxaria e executada, isso poderá trazer sérias consequências para ela.

Foi então a vez de Rachel se pronunciar.

— E eu andei me escondendo tempo demais. Está na hora de me juntar aos meus. Vou fazer parte da congregação de Simão Pedro.

Finalmente Sebastianus disse a Primo:

— Então procure se salvar, velho amigo, porque agora está implicado em traição e quebrou a promessa que fez a César. — Mas, ao dizer isso, Sebastianus sabia que Primo retornaria para Roma com eles.

Quando os primeiros raios de sol da manhã brilharam nos rochedos distantes ao leste, e os quatro ao lado do fogo sentiram a promessa do calor do dia, cada um ponderou sobre a sorte que os aguardava em Roma.

LIVRO NOVE
ROMA, 64 da Era Cristã

40

— Lá está ela — anunciou Sebastianus calmamente enquanto examinava o vasto terminal das caravanas. Ele contou vinte legionários montando guarda em torno de sua caravana — um grupo de elite com peitorais brilhosos e plumas vermelhas em seus capacetes — não apenas protegendo suas tendas, camelos e produtos da China, mas aguardando o líder da caravana, ele tinha certeza, com ordens para acorrentá-lo e arrastá-lo à presença do imperador.

Protegendo-se atrás da tenda do ferreiro, de onde sons metálicos elevavam-se no ar matinal, ele disse a Ulrika:

— Parece que o imperador confiscou a caravana também.

Logo que chegaram a Roma, eles haviam ido à casa de Sebastianus e encontrado guardas cercando-a e uma tabuleta no portão principal declarando ser aquela uma propriedade do Senado e do Povo de Roma.

— Devemos supor que meus amigos também estão sendo vigiados, para o caso de eu ir à procura deles pedir ajuda.

Ulrika sentiu uma onda de emoções inundando-a. Haviam se passado dez anos desde que deixara Roma, e a visão da cidade trouxe de volta lembranças de sua juventude. Pensou nas velhas amigas que deveriam estar casadas com filhos agora — Julia, Lucia, Servia.

Por trás daqueles muros altos, no labirinto de ruas e becos que cobriam os morros de Roma, Ulrika vivera com sua mãe. Lá ela tomara conhecimento da Renânia, desejara conhecer o povo de seu pai. Mas, na mesma casa, Ulrika dissera palavras duras a sua mãe e se desculpara numa carta que ela nunca lera.

Será que a minha mãe voltou para Roma? Estará ela aqui agora?

— O que devemos fazer? — perguntou ela, procurando na multidão um rosto familiar. Precisavam ainda encontrar Timonides.

O caravançará ao sul de Roma era amplo e barulhento, com camelos blaterando e burros relinchando, cães correndo pelo terreno coberto de esterco enlameado e palha cortada em pedaços. O ar era sufocante com a fumaça pungente das fogueiras para cozinhar e do mau cheiro de animais encharcados de suor. Todo o acampamento encontrava-se em intensa atividade e preparativos, e, ao redor dele, soldados romanos paramentados com metais e em vermelho montavam guarda para garantir que ninguém tocasse nos tesouros do imperador.

E então Ulrika *viu* um rosto familiar.

— Timonides! — gritou.

Ele vinha do portão sul, esfregando as mãos, um ar de preocupação no rosto. Ulrika gritou, olhando para os soldados a fim de garantir que eles não tivessem escutado. O velho astrólogo parou e virou-se. Seu rosto se iluminou de alegria e ele apressou o passo na direção deles.

Abraçaram-se à sombra da tenda do ferreiro, o rosto de Timonides molhado de lágrimas.

— Eu pensava que não o veria mais, mestre! — Ele soluçou no ombro de Sebastianus. — É muito bom ver vocês dois.

— Você está bem, meu velho amigo? — perguntou Sebastianus, enxugando suas próprias lágrimas.

— Eu estou bem, mestre, mas andei me escondendo, esperando a sua chegada. Nero está enlouquecido de fúria!

— Mas a caravana chegou intacta, não chegou?

— Chegou, sim, mas um pouco tarde demais para o gosto dele. E ele veio pessoalmente para cascavilhar tudo. Nada lhe agradou.

— Mas há tesouros ali!

— Não do tipo que Nero deseja. Dizem que ele tem uma nova paixão: pedras preciosas. Ele leva consigo uma esmeralda e olha para o mundo através dela. Está precisando de dinheiro. Você deve ter ouvido falar do terrível incêndio que destruiu uma boa parte da cidade. Há boatos de que o próprio Nero ateou o fogo para poder abrir espaço para novas construções. Mestre! Não pode voltar para sua casa. Está cheia de soldados para prendê-lo. Tenho vindo ao terminal das caravanas diariamente, na esperança de encontrá-lo antes dos soldados.

— Eu sei, velho amigo.

Timonides arqueou as sobrancelhas brancas, surpreso.

— Está sabendo das acusações de traição e bruxaria?

Sebastianus colocou uma mão sobre o ombro do astrólogo.

— Essa é uma longa história.

Timonides voltou-se para Ulrika.

— Enquanto eu aguardava a sua chegada, não fiquei parado. Andei perguntando e soube que uma famosa curandeira chamada Selene vive agora em Éfeso, onde pratica sua arte.

— Você encontrou a minha mãe? — Mas Ulrika não ficou surpresa. Selene gozara de uma reputação preciosa ali em Roma. A notícia de seu paradeiro chegaria ao lugar onde fora tão querida.

— Você pode escrever para ela. Eu sei para onde enviar uma carta.

— Ah, Timonides, isso é uma grande notícia!

— E como foi a sua ida à Judeia?

Sebastianus contou que encontrou Rachel no oásis nas proximidades do mar de sal, onde ele e Primo haviam reverentemente transferido os restos mortais de Jacob para um baú de cedro, no qual Rachel antes guardava suas roupas. De lá, foram para o litoral e pegaram um navio mercante e atravessaram o Grande Verde, tendo chegado a Brindisi uma semana antes, no primeiro dia de outubro. Lá eles compraram cavalos, carroças e novos suprimentos e pegaram a Via Ápia, a estrada que ligava as principais cidades da Itália. Oitenta quilômetros ao sul de Roma, eles se separaram de Primo e Rachel, crendo que os dois estariam mais seguros sozinhos, e Primo tinha um velho amigo, um centurião reformado a quem fora subordinado, que lhes ofereceria um abrigo seguro em seu vinhedo na encosta de um morro.

— Para onde vai levar os restos mortais? — perguntou Timonides.

— Pensamos em levar para um homem chamado Simão Pedro, amigo de Rachel.

Timonides balançou a cabeça negativamente.

— Sua amiga Rachel não está segura aqui. Ouvi falar nesse tal de Simão. Ele lidera um grupo de judeus que aguardam a chegada do Messias. Como são um grupo fechado e fanático, Nero decidiu culpá-los pelo incêndio que destruiu grande parte da cidade. Eles foram todos presos e aguardam execução na arena.

— E como foi o incêndio? — perguntou Ulrika.

— Terrível! Aconteceu três meses atrás, na noite de 18 de julho; começou na parte sudeste do Circo Máximo, em lojas que vendiam material inflamável. O fogo alastrou-se rapidamente e ardeu por mais de cinco dias. Centenas de casas e lojas foram reduzidas a cinza. Nero começou a reconstruir imediatamente, mas são projetos extravagantes. Está construindo uma belíssima residência para ele próprio, chamada a Casa Dourada... projeto que certamente levará o Tesouro à falência, como vocês podem imaginar pelo nome. Sabia que Nero se proclamou um deus? Ele insiste em ser venerado ao lado de Júpiter e Apolo. Venha comigo, mestre. Vou levar você e Ulrika para um lugar seguro.

Sebastianus virou-se para Ulrika:

— Vá com Timonides. Dê notícias a Primo e Rachel. A Itália não é mais um lugar seguro para eles.

— E você?

— Eu tenho negócios a tratar com o imperador. Ulrika, vá com Timonides...

Ulrika fez que não com a cabeça.

— Eu vou com você.

Timonides falou:

— Mestre, eu também vou. Você foi enganado pelos meus falsos horóscopos. Se há alguma acusação de traição, ela deverá recair sobre mim. Isso é algo que eu tenho que fazer.

— Muito bem, mas precisamos achar um meio de entrar no palácio.

— Está uma loucura, mestre. Este é o ano do jubileu de Nero. Vieram emissários de todo o império para trazer presentes para ele. Não dá sequer para chegar perto do Palácio Imperial. É melhor deixar um *daqueles* ali levar vocês — disse Timonides, estendendo um braço em direção ao guarda romano.

Mas Sebastianus replicou:

— Não vou aparecer diante de César acorrentado. E, principalmente, não vou querer que a minha esposa desfile acorrentada. Somos cidadãos livres de Roma e merecemos ser ouvidos antes de sermos condenados. — Ele passou uma mão nos pelos curtos acobreados do queixo. — O problema é como entrar no palácio sem arriscarmos ser presos. Porque, se formos presos, poderemos definhar na prisão por dias ou mesmo semanas antes de sermos levados à presença de César, e de o nosso caso ser ouvido. Basta entrarmos por aquela porta. Mas como?

— Sebastianus — interveio Ulrika. — Primo nos disse que contou em seu relatório a Nero que você foi à Judeia procurar um tesouro escondido. Basta que você chegue à entrada e dê o seu nome. Se Nero está realmente desesperado por dinheiro, ele vai mandar que levem você à presença dele imediatamente.

— Mas não tem nada para dar a ele — protestou Timonides. — Eu vi os visitantes chegarem ao palácio. Eles trazem presentes magníficos para César. Não vão deixar você entrar de mãos vazias.

Sebastianus sorriu.

— Mas eu tenho um presente para Cesar. Um presente muito raro e sem igual que somente eu posso dar.

Timonides franziu o nariz.

— O que poderia ser?

— Você mesmo me deu essa ideia, velho amigo, numa coisa que acabou de dizer. Mas precisamos nos apressar.

Eles foram primeiro a uma hospedaria, onde tomaram banho e vestiram as roupas que Timonides comprara para eles no mercado — Sebastianus só admitiria que ele e Ulrika chegassem à presença do imperador usando os trajes mais finos. Ulrika trajava um vestido de várias camadas, todas do tom do sol nascente, e um véu da cor do narciso, que ia do topo da cabeça aos pés, drapeado artisticamente sobre seu braço direito. Sebastianus usava uma túnica preta que ia até o joelho, bordada em ouro, combinando com uma toga preta que caía em dobras sobre seus ombros largos e braços. Complementando com sandálias novas com tiras enlaçadas até as panturrilhas e cintos caros feitos com o mais macio couro de cabrito, Sebastianus ficou satisfeito por ele e Ulrika formarem um casal elegante, aristocrático o suficiente para passar pela minuciosa inspeção de qualquer mordomo ou camareiro do palácio. E agora que Timonides havia readquirido toda a saúde que perdera na China e vestia túnicas brancas limpas que ressaltavam seus belos e longos cabelos brancos, ele passava por um servo digno do nobre casal.

Antes de deixarem a hospedaria, Sebastianus tomou o rosto de Ulrika em suas mãos e beijou-a nos lábios.

— Aconteça o que acontecer hoje, meu amor, lembre-se de que sempre a amarei. Para onde quer que o destino nos conduza de agora em diante, eu a levarei em meu coração para sempre. Escute o que vou lhe dizer. Deixe que eu falo. Não diga nada a César. Não tente se defender. Encontrarei uma maneira de livrá-la da acusação de bruxaria. E, principalmente, não revele o seu dom, porque Nero vai querer ficar com você para ele. Dizem que está obcecado com os deuses e com a previsão do futuro. Ulrika, se ele souber de seu dom espiritual, você será mantida prisioneira no palácio, e Nero a atormentará com a insanidade mental dele. Prometa que não dirá nada.

— Sebastianus, qual é o seu presente para César? Ele tomou tudo. Não temos mais nada a não ser a roupa do corpo.

— Não tenha medo, meu amor. Pelo que sei do nosso imperador, é algo a que ele não resistirá.

Era uma caminhada curta até o Fórum e a base do Monte Palatino, mas o caminho estava repleto de espectadores alinhados na ampla avenida, só para ver os visitantes que chegavam continuamente na esperança de ter uma audiência com o imperador. Mas Sebastianus conseguiu, junto com seus dois companheiros, passar pelo labirinto de mordomos e camareiros e, enfim, entrar no próprio palácio.

A antessala do salão de audiência imperial estava tão lotada de pessoas e animais que era impossível atravessá-la. Os visitantes, na esperança de impressionar Nero, haviam trazido presentes fabulosos e extravagantes, enchendo o hall colunado com um espetáculo colorido de anões comicamente vestidos, usando coleiras douradas; trupes de dançarinos com tambores e tochas; cães treinados, vestidos como leões e tigres; baús enormes repletos de plumagens de pássaros raros e peles de animais; estátuas cinzeladas com a imagem do imperador. Uma equipe de camareiros arrogantes, trajando impressionantes túnicas azuis longas, bordadas com fios de prata, determinava a sorte dos visitantes. O hall ressoava com o ruído abafado de muitas vozes misturadas a latidos e uivos peculiares de animais exóticos que aguardavam ser presenteados ao imperador. Os camareiros verificavam as listas de chamada, os que haviam sido convidados e os que deveriam ser expulsos. Sebastianus Gallus e Ulrika não estavam em nenhuma das duas listas.

O mordomo gordo, que se postava diante das gigantescas portas duplas e dava a última palavra, os examinou de cima a baixo. Tinha numa das mãos um bastão de ébano alto, com a ponta em ouro, para bater no chão e atrair a atenção.

— Está dizendo que tem um presente para César? Não parece estar carregando nada.

— É para os olhos de César apenas — respondeu Sebastianus.

O homem esperou, chupou um dente, mudou seu pesado bastão para a outra mão.

— Não vou subornar você — disse Sebastianus. — Vou simplesmente mandar dizer a César que, graças à negligência e ganância de certo mordomo, identificado por uma marca cor de framboesa no pescoço, um dos mais antigos e queridos amigos de César foi impedido de presenteá-lo com um prêmio acima de todos os outros.

O camareiro cravou os olhos em Sebastianus com o ar de quem já enfrentara muitos visitantes arrogantes e ameaçadores.

— E você deverá nos acompanhar pessoalmente — completou Sebastianus.

O camareiro arqueou as sobrancelhas, de fato, surpreso. Chupou os dentes outra vez, avaliando o trio incomum, e em seguida disse:

— É melhor eu chamar um guarda. Não estou vendo nenhum presente para César. Principalmente, nenhum mais valioso do que qualquer *daqueles* ali. — E apontou na direção de trinta escravos africanos que levavam sobre os ombros enormes presas de elefantes.

— Aparentemente — falou Sebastianus, tranquilo —, você goza de uma intimidade especial com o nosso imperador para saber o que ele preza acima de tudo.

Sebastianus manteve o olhar no camareiro, que o encarou por um instante e em seguida pigarreou antes de dizer:

— Venham por aqui.

Atravessando uma porta menor, eles seguiram o camareiro que os conduziu ao salão de audiência, recordação de dez anos antes, e juntaram-se à cacofonia do aglomerado de pitorescos seres humanos. Os convidados de Nero eram, em sua maioria, da classe aristocrática romana, a julgar pelos vestidos e togas elegantes e pelos penteados das mulheres, que pareciam competir por altura e número de cachos. Eles aguardavam conversando baixo entre si, viravam-se às vezes, quando um convidado estrangeiro era admitido e olhavam cobiçosos para os presentes deitados aos pés de Nero. Escravos jovens de túnicas nos tons azul-claro e cinza passavam entre os convidados portando travessas com copos de vinho, ou petiscos saborosos, como pardais assados e figos no mel.

Ulrika foi transportada para a última vez que estivera naquele salão, dez anos antes. Lembrava-se de ter tido a mesma visão que lhe surgira no campo quando tinha 12 anos — uma mulher correndo, a boca aberta num grito silencioso, os braços e as mãos manchados de sangue. Ulrika não entendeu por que a visão aparecera quando esteve naquele salão de audiência e ainda não entendia. Mas, se acontecesse de novo, dessa vez ela teria controle sobre a visão e descobriria o seu significado.

O grupo de pessoas era denso, então Sebastianus permitiu que Timonides e Ulrika fossem primeiro seguindo o camareiro, e ele foi logo atrás deles, protegendo-os dos cotovelos e dos pés. Ulrika tentou ver o imperador do outro lado do salão abobadado, mas não conseguiu enxergar por cima da cabeça de tanta gente.

Uma figura importante, contudo, atraiu sua atenção.

As Virgens Vestais eram as sacerdotisas de Vesta, deusa do lar, padroeira e protetora de Roma. As Vestais eram dispensadas das habituais obrigações sociais de casar e educar os filhos e faziam voto de castidade, a fim de se dedicarem à vigilância do fogo sagrado de Vesta, cuidando para que nunca fosse extinto. A Vestal Superior, que atraiu a atenção de Ulrika, estava sentada num trono alto, cercada de criadas, e trajava um magnífico vestido de várias camadas em tons de azul, verde-mar e verde-peridoto. Era a sacerdotisa mais poderosa de Roma, e sempre vista em acontecimentos importantes, em corridas de bigas ou sendo transportada pela cidade de Roma em sua cadeirinha particular por ocasião de grandes negócios.

Embaixo de sua admirável coroa, imponente e pesada sobre a cabeça, e coberta com um longo véu verde-claro que caía em cascatas sobre seus ombros, um rosto impassível observava o espetáculo, e ela não deu a mínima atenção aos dois camareiros que haviam iniciado uma discussão a respeito do protocolo.

Ulrika deduziu pelos gestos do mais importante deles, alto e magro, usando uma túnica curiosa, com mangas e saia pregueada, que os três recém-chegados deveriam aguardar a sua vez.

— Mestre — murmurou Timonides —, se formos forçados a esperar, isso pode levar *dias*.

Mas agora estavam próximos ao imperador e podiam ver o trono dourado que ele ocupava, o estrado que o elevava acima das pessoas, os homens à sua volta, usando túnicas e togas brancas com bordas roxas. A imperatriz Popeia Sabina, Ulrika notou, não estava presente, e ela se perguntava por quê.

Nero estava irascível.

— Não quero anões, nem dançarinos! — disse ele rispidamente. — Será que ninguém entende a minha situação? Roma precisa voltar a ser bela. Será que posso pagar por esse feito com contas e plumas?

Durante a caminhada que haviam feito da hospedaria, Ulrika vira ruínas queimadas que restaram do grande fogo. Os escombros estavam sendo apressadamente limpos por grupos de escravos, e, ao longo de esqueletos de prédios queimados, novas construções estavam sendo edificadas com rapidez, com andaimes que pareceram a Ulrika de resistência duvidosa, apoiando pedreiros, ajudantes, carpinteiros e pintores. Até o Palácio Imperial estava sendo renovado, também a um ritmo frenético, como se o imperador Nero estivesse correndo para permanecer à frente de uma calamidade iminente. O salão de audiência no qual Ulrika se encontrava havia sido transformado; ela não podia acreditar que um cômodo tão majestoso pudesse se tornar ainda mais majestoso. Ela olhou para o teto que, dez anos antes, era um domo de quadrados geométricos, mas que agora era um panorama resplandecente do céu noturno, com a imagem de Nero num trono, no centro de um círculo de signos zodiacais. O mosaico retratando Nero havia sido executado num arco-íris de cores, e as constelações eram compostas de ladrilhos de ouro e prata. Ulrika se perguntava quanto tempo teria levado para a obra de arte ser entregue, pois não podia imaginar Nero tendo muita paciência com sua execução.

A atmosfera, também, era diferente de dez anos antes. Ulrika sentia a tensão no ar. Não havia nada do otimismo que um imperador jovem gerara. Os olhos do povo estavam irrequietos com desconfiança e ansiedade enquanto Nero permanecia sentado num novo trono feito em ouro maciço sob um dossel roxo decorado com borlas e franjas douradas. Ele ainda era bonito, pensou Ulrika, com um nariz imponente, cabelos ondulados e espessos, e uma barba elegante que decorava seu pescoço mas deixava raspado seu queixo. Ele usava túnicas, uma toga de seda roxa e uma coroa de louros na cabeça. Era o homem mais poderoso da terra, e tinha 26 anos.

Sebastianus e seus companheiros observavam os dois camareiros discutir, quando de repente ele seguiu em frente, passou pelos guardas e pelos camareiros e, parando sem hesitar diante de Nero, declarou:

— Saudações, nobre César, de Sebastianus Gallus!

— Espere! — gritaram os aflitos camareiros, e membros da elite da guarda pretoriana de César deram um salto à frente.

— Gallus! — Nero ergueu uma mão para interromper a ação dos outros e estudou o insolente visitante através de seu famoso monóculo de esmeralda. — Sebastianus Gallus é um traidor do povo de Roma. Por que este homem não está acorrentado?

O camareiro gordo com a marca cor de framboesa no pescoço sumiu, enquanto aqueles que estavam por perto ficaram calados. A Vestal Superior virou a cabeça devagar, como se sua pesada coroa tivesse o peso da própria Roma, e observou com olhos semiabertos quando Sebastianus disse com voz autoritária:

— Vim por vontade própria, grande César, e me apresento diante do senhor não apenas como um amigo, mas como seu embaixador, pessoalmente escolhido, na distante China. Minha missão foi um sucesso, César, e estou de volta com um presente.

Nero fez sinal para que os pretorianos se mantivessem em sua posição.

— Qual é esse presente, Sebastianus Gallus?

— O meu presente é este: saudações pessoais ao Nobre César, de Sua Magnificência, o Imperador da China.

Nero encarou Sebastianus.

— É só isso? Isso é tudo o que trouxe? Uma *saudação*?

— O imperador Ming de Han convida César a enviar os deuses de Roma à China. Templos serão construídos para eles. Isso incluiria seu próprio divino ser, César, para ser venerado por muitos chineses.

Nero resmungou.

— Eles são um povo atrasado. Não quero nada com a China.

— Pensei que César ficaria satisfeito em ser venerado por outra raça.

— Pensou errado, Gallus. Eu repito: O que mais trouxe para mim?

— O senhor examinou os produtos na minha caravana, César. Já ouviu falar de tudo o que eu trouxe da China, e viu com seus próprios olhos.

— Quais pedras preciosas? — perguntou Nero, levando o monóculo de esmeralda ao olho.

— Jade...

— Sem valor! — Nero inclinou-se para a frente, colocando um cotovelo no braço de seu trono de ouro. — Sebastianus Gallus, ouvimos dizer que você se demorou na Babilônia sem razão, mantendo o seu imperador na espera. Seu imperador, que estava *necessitado*. Como pode se explicar, e por que não devemos considerar isso um ato de traição?

— Meu mestre é inocente, grande César!

A atenção voltou-se para o companheiro de barba branca de Gallus.

— Quem é você? — rosnou o imperador.

— Sou Timonides, o astrólogo do meu mestre. Por razões pessoais e egoístas falsifiquei os horóscopos do meu mestre, conduzindo-o na direção errada, forçando-o a se desviar do caminho de Roma. Sebastianus Gallus não é culpado de traição, apenas de confiar em seu antigo servo.

— E o que me diz da Judeia, meu velho? Aconselhou seu mestre a ir lá?

Quando Timonides titubeou, não tendo esperado a pergunta, Sebastianus falou:

— Fui por minha própria conta, grande César, numa incumbência pessoal.

— É sabido que não sou respeitado na Judeia, e que Roma é desprezada naquela região. Por que, eu me pergunto, alguém leal ao seu imperador visitaria um lugar que é desleal para com esse mesmo imperador? A menos, claro, que fosse para buscar um tesouro para o seu imperador, o que, nesse caso, não seria um ato de traição.

— Não havia tesouro, César. Fui à Judeia para ajudar uma amiga.

— Eu acho que está mentindo. Todos sabem que o templo de Jerusalém era cheio de ouro e pedras preciosas, e que os judeus colocaram tudo em lugar seguro quando a Babilônia foi invadida. Você encontrou isso e escondeu em algum lugar.

— Não havia tesouro, César.

O camareiro-mor subiu no estrado e disse algo ao ouvido de um dos auxiliares de Nero, que, por sua vez, sussurrou ao ouvido do imperador. Nero fez um movimento afirmativo com a cabeça e, um instante depois, uma porta ao lado foi aberta. Para surpresa de Ulrika, Primo e Rachel foram levados à presença do imperador, amarrados com cordas pelos pulsos. Atrás deles, um soldado carregava um pequeno baú de cedro, onde antes Rachel guardara suas roupas.

Nero disse a Sebastianus:

— Meus agentes viram vocês em Brindisi e o seguiram até Roma. Você achava mesmo que poderia voltar às ocultas sem que o seu imperador soubesse, ou que poderia esconder seus parceiros na traição?

— Eles são apenas amigos, César — disse Sebastianus. — Não há traidores aqui.

Nero apontou para o baú de cedro.

— E o que há aí dentro?

— O baú contém os ossos de um homem que deseja ser enterrado junto ao seu povo.

Nero ordenou que o baú fosse aberto enquanto todos olhavam com grande ansiedade. Dizia-se que o lendário tesouro judaico era tão grandioso que até as correntes dos escravos eram feitas em ouro.

Quando o pretoriano abriu a tampa, Nero ficou de pé, seus olhos fixos ambiciosamente no baú.

— O que é isso? — perguntou ele asperamente. — O que você está vendo?

— É como Gallus disse, César. Somente ossos.

O imperador fez um ar de repugnância e voltou a sentar-se.

— Você vai pagar por esse engodo, Sebastianus Gallus, e por achar que poderia fazer o seu imperador de tolo.

— Se me der a palavra, César — disse Primo, dando um passo à frente. — Eu sou Primo Fidus e servi nas legiões romanas durante muitos anos antes de me reformar e prestar serviços a Sebastianus Gallus. O relatório foi meu, escrito por mim e despachado para o embaixador Quintus Publius na Babilônia, que o levou a pensar que meu mestre fora para a Judeia em busca de um tesouro. Eu estava enganado. Fui mal informado.

Nero disse:

— Eu li seu relato. Você estava enganado em relação à bruxa também?

Os olhos de Primo tremularam em direção a Ulrika.

— Estava, César.

— Muitos enganos para um homem que sobreviveu a um grande número de campanhas estrangeiras. É de admirar que ainda esteja vivo. — Um som abafado de risadas espalhou-se pela multidão. — Onde está essa mulher que você *erroneamente* chamou de bruxa? Ela está em Roma?

Diante do silêncio de Primo, Nero fez um sinal com sua mão direita, e um pretoriano avançou e deu um golpe com a ponta de sua lança na cabeça de Primo. Primo caiu de joelhos, e, imediatamente, o sangue começou a escorrer de sua cabeça.

— Onde está a bruxa? — repetiu Nero, e o pretoriano ficou de prontidão.

— Sou eu, César — disse Ulrika, dando um passo à frente para ficar ao lado de Sebastianus e Timonides diante do imperador. — Mas eu não sou uma bruxa. Foram boatos e rumores espalhados na Babilônia. Esse homem não tem culpa. — Ela olhou para Sebastianus e murmurou: — Desculpe-me, porque agora eu preciso falar.

Ulrika viu a maneira como o imperador forçou a vista para olhar para sua cabeça.

— Você tem cabelos claros como um bárbaro — comentou ele. — Não sabe que estamos em guerra com bárbaros insurgentes?

— O povo do meu pai vive na Renânia — falou ela, seu coração acelerado. Se ele perguntasse por sua mãe, o que ela diria? A verdade, que sua mãe fora uma amiga de Cláudio César, o predecessor de Nero que ele assassinara?

Ela se preparou para a pergunta, mas, em vez disso, Nero disse desinteressadamente:

— Eu sei que você é uma cherusci. Estava escrito naquele estúpido relatório. A menos, claro, que ele estivesse enganado também sobre isso!

Mais risos abafados.

— Não negue que você fez declarações absurdas na Babilônia — disse Nero, apontando um dedo para Ulrika —, de que é capaz de ver os mortos. Eu sei disso, porque esse idiota não foi o único que me mandou relatos. Recebi um relatório mais detalhado de suas representações na Babilônia do meu embaixador lá, que me escreveu acerca de milagres e curas. Mostre-me como fala com os mortos. Quero uma demonstração.

— Não é tão simples assim, César — explicou Ulrika, lembrando-se de como Sebastianus a prevenira contra demonstrações de seus talentos a Nero, que a tornaria prisioneira para sua própria distração. — Mas eu não sou uma bruxa. Não lanço feitiços, nem...

Ele acenou uma mão impaciente.

— Nada disso me importa. Você pode falar com os mortos ou não? Responda.

Um jovem escravo aproximou-se de Nero, trazendo uma travessa com cogumelos fritos ao alho. Ele esperou pacientemente para que a comida fosse percebida. Nero olhou despreocupadamente para o prato, em seguida pegou um garfo que tinha dois dentes e era feito de prata e, num gesto relâmpago, o cravou no abdome do rapaz.

Um suspiro coletivo soou entre os espectadores, mas ninguém fez nenhum outro som quando Nero inclinou-se para a frente em seu trono para ver o jovem morrer.

Então se empertigou e disse a Ulrika:

— Ele está morto. Fale com ele. Pergunte alguma coisa.

Ela estava assustada demais para falar.

— Talvez seja *você* quem fala do túmulo — ameaçou ele, erguendo o maldito garfo. — Se eu a matasse agora, você falaria *comigo*? Afinal, eu sou um deus.

Ulrika tentou pensar numa resposta que satisfizesse Nero quando, de repente, a seu lado, Sebastianus disse em voz alta:

— O grande César não me deu a oportunidade de terminar o meu relato, pois eu trago outro presente, além das saudações da China. O senhor me perguntou sobre as pedras preciosas. Eu tenho uma pedra que é mais preciosa até mesmo do que a esmeralda que usa em seu olho.

Nero lhe deu um olhar desconfiado.

— Por que não disse isso antes?

— O senhor perguntou por gemas, grande César. O que eu lhe ofereço não é uma gema.

— É mais valioso? Como pode ser?

— Sebastianus, não... — começou Ulrika.

Sebastianus deu um passo à frente, estendendo um braço.

— Está vendo esta pulseira de ouro? É decorada com uma pedra simples, algo comum na aparência. Mas na verdade é um pedaço de uma estrela.

Nero sentou-se ereto, seu rosto espelhando interesse.

— Como pode ser isso?

— Muitos anos atrás houve uma chuva de estrelas na minha terra, a Galiza, e, quando fui para o campo onde caíram as estrelas, encontrei este fragmento, ainda quente da queda.

Nero olhou para seus conselheiros, de um para o outro, que asseveraram que aquilo era possível.

— Se a pedra é de fato o que você diz ser, então eu aceito o seu presente.

— Eu gostaria de negociar com o senhor, César. Eu lhe darei esta pulseira em troca de algo.

— E o que seria isso?

— A libertação desta mulher.

Um misto de risos, sons de surpresa e murmúrios irrompeu entre os espectadores.

— Esta estrela que caiu dos céus é sua, César, se libertar a minha mulher.

— O que me impediria de simplesmente tomá-la de você?

— Porque, César, esta pedra foi um presente dos deuses. A menos que eu a presenteie de livre vontade, o homem que a roubar causará uma grande ofensa aos deuses. Ela traria a essa pessoa muitos anos de má sorte.

Nero pensou sobre isso e depois disse:

— Vamos autenticá-la. Se a sua pulseira tem realmente um fragmento de estrela e você a presentear livremente a mim, esta mulher é sua e ambos podem ir embora.

— César, essas pessoas não lhe causaram nenhum mal — acrescentou Sebastianus, apontando para Rachel e Primo. — Como pode ver, eles são membros da comunidade de cidadãos que muito o admiram. Ao libertá-los, e entregar os restos mortais do marido desta mulher, confirmará tudo que toda a Roma já sabe: que é o protetor e benfeitor das massas.

Nero acenou com a mão.

— Vocês todos podem ir. Isso não significa nada para mim. Mas primeiro o meu astrônomo deve examinar a pedra.

O astrônomo principal, seus três assistentes e três respeitáveis astrólogos foram trazidos à presença de Nero. Eles pegaram a pulseira e retiraram-se por trás de uma porta simples, voltando de vez em quando com perguntas: Em que lugar na terra precisamente a estrela caíra? Qual foi o dia exato e a hora? De que direção veio a chuva de estrelas e quanto tempo durou?

Enquanto aguardava o veredicto, Sebastianus se encheu de confiança, sabendo que Nero aceitaria a pulseira, pois fora exatamente como a caldeia da Babilônia previra, que Sebastianus abriria mão de seu bem mais precioso.

Os astrônomos finalmente retornaram confirmando a autenticidade da pedra, pois os registros mostravam que tinha havido uma chuva de estrelas naquele exato local e preciso momento. Os astrônomos também reconheciam o toque, o peso e a aparência de estrelas caídas.

Nero disse:

— Eu quero para mim esta pedra que, como você disse, deve conter um grande poder, o que a torna mais valiosa do que qualquer das gemas que possuo.

— Então eu a presenteio ao senhor espontaneamente — declarou Sebastianus.

Quando Nero colocou a pulseira no pulso, pausando para admirá-la, ele decretou:

— Sebastianus Gallus, eu o declaro culpado de traição e ordeno que seja executado na arena.

— Mas... fizemos um acordo!

— Você mesmo disse que esta pedra veio dos deuses, Gallus, e, como um deus, eu a tomo de volta em nome das divindades minhas companheiras. E pensarei numa alegre diversão para as massas, que, como você diz, muito me admiram. Sim, o cidadão comum me adora. Baixei os impostos, baixei o preço dos alimentos, distribuo pão de graça e jogos gratuitos na arena. E o povo adora ver um homem valente ser derrubado. Alguém com a sua fama, riqueza e estatura trará multidões recordes ao Circo Máximo. Metade da população de Roma se apinhará nas arquibancadas a fim de ver sua execução.

Antes que Sebastianus pudesse protestar, Ulrika falou, dizendo:

— Poderoso César, o senhor pediu uma demonstração dos meus poderes. Eu farei uma aqui. Mas somente se libertar este homem.

— O que é isto? — ironizou Nero. — Dia de mercado? De repente eu me vejo negociando como se eu fosse um vendedor de vinho.

Seus auxiliares riram.

Mas Ulrika permaneceu inabalada.

— Eu posso me comunicar com os mortos, como lhe disseram, César. Mas isso tem um preço. Se estiver satisfeito com a minha demonstração e acreditar que meu dom é genuíno, então ficarei aqui e serei seu canal ao mundo dos mortos. Mas somente se Sebastianus Gallus for libertado.

Nero disse jocosamente:

— Você me dá um homem morto em troca de um vivo?

E um de seus conselheiros, um senador corpulento, com uma toga de barra roxa, acrescentou:

— Os mortos são invisíveis, César. Como sabe se vai fazer uma troca justa?

Seus camaradas riram. Um deles gracejou:

— Talvez o que a moça "veja" seja com seu olho mental!

— É isso aí, Marcus!

Ulrika voltou-se para o homem chamado Marcus e olhou para ele por um longo tempo, desacelerando a respiração, segurando sua concha de vieira e imaginando a chama interior de sua alma. Depois de intensa concentração, ela falou:

— Então como explica o menino que estou vendo ao seu lado, de uns dez a doze anos? Ele está falando comigo. Está dizendo que seu nome é Faustio.

O auxiliar chamado Marcus piscou e seu sorriso sumiu.

— Devo continuar? — perguntou ela.

Nero fez um sinal com uma mão.

— Você está inventando essa história! Não há como provar o que está dizendo.

Mas Ulrika notou que Marcus não sorria mais com desdém.

— Consegue ler objetos? — perguntou Nero. — Um dos meus videntes vê o futuro quando segura um objeto pessoal.

— Eu tenho experiência, César.

— Você vai fazer uma leitura para mim, e eu tenho o objeto perfeito — disse o imperador, encantado consigo mesmo e com aquela nova diversão.

Ele entregou seu monóculo de esmeralda a um auxiliar, que o passou para Ulrika.

— Você consegue ver o futuro? — perguntou Nero com impaciência.

Ulrika pegou nas mãos o cintilante cristal verde. A gema fora incrustada numa base de delicada filigrana de ouro, com uma haste comprida feita de marfim. Todos os olhares voltaram-se para Ulrika enquanto ela contemplava a pedra. O salão ficou em silêncio.

Ela estudou a superfície da esmeralda, áspera em alguns pontos e lisa em outros. A pedra tinha uma forma irregular, com algumas manchas nebulosas. Mas era de um verde deslumbrante como Ulrika jamais vira, e os pequenos espaços que eram transparentes refletiam luzes extasiantes.

"Espírito da esmeralda", ela rezou em silêncio, "por favor, mande-me uma mensagem. Envie-me um sinal, ou palavras que eu possa transmitir a este homem que tem em suas mãos a vida do meu amado marido."

O salão de audiência imperial ficou em silêncio e desapareceu de sua visão periférica, e, diante de seus olhos, surgiu uma aparição. *Um tecido macio... painéis de material diáfano... Tapeçarias sobre uma porta. Ulrika está do outro lado, examinando um suntuoso quarto. Uma mulher está lá, em seu toucador, removendo os cosméticos da face. Agripina, viúva de Cláudio e mãe de Nero. De repente, leva um susto. É interrompida. Alguém entra. Um homem. Ele empunha uma adaga. Ela levanta-se. Não amedrontada, desafiadora. Sabe que ele veio para assassiná-la. Volta-se para ele e diz desdenhosamente: "Se tem que cometer este ato, então me atinja no ventre e destrua essa parte do meu corpo que deu à luz um homem tão abominável."*

A visão desapareceu, e Ulrika oscilou brevemente. Sebastianus amparou-a. Pressionando uma mão contra a testa, Ulrika inspirou e se firmou.

Nero inclinou-se para a frente em seu trono.

— Bem! — exclamou. — O que você viu?

Ela tremeu. Sabia que acabara de presenciar o assassinato da imperatriz Agripina e que seu filho estivera espiando por trás das cortinas do quarto. Ulrika lembrou-se do boato de que Nero havia contratado um assassino para matar a mãe e que depois matou o assassino para evitar que ele falasse.

"Ninguém sabe o que Agripina disse em seus últimos momentos. Mas Nero sabe. E agora eu sei também..."

Ulrika olhou para Sebastianus, Timonides, Primo e Rachel. Sentiu centenas de olhos recaírem sobre ela, e os do imperador, à medida que se estreitavam com desconfiança. Ela não sabia o que dizer. Nero queria que ela lhe dissesse alguma coisa que somente ele soubesse e que, portanto, provasse que ela, de fato, tinha um dom. Mas o que a esmeralda lhe dissera era algo que a colocava em perigo — qualquer sinal de que ela sabia que fora ele o mandante do assassinato de Agripina colocaria a sua vida em risco.

— Fale! — rosnou Nero. — O que a esmeralda lhe diz?

"Mas a prova de meus poderes libertaria Sebastianus, porque Nero não poderia negar que eu, de fato, me comunico com o mundo dos espíritos."

— Grande César — começou Ulrika. — Eu vejo uma mulher...

De repente, as maciças portas duplas que eram a entrada principal do salão de audiência foram escancaradas, e todas as cabeças se voltaram.

Quando os legionários entraram com passos pesados, suas sandálias de tachas ressoando no chão de mármore, Nero ficou em pé de um pulo e gritou:

— Quem se atreve a entrar aqui desta forma sem ser anunciado e sem a minha permissão?

Ulrika virou-se e seus olhos escancararam-se quando um homem imponente surgiu por trás da unidade de soldados, plumas vermelhas enormes destacando-se em seu elmo brilhante. Ele usava uma túnica branca com as bordas em ouro e, por cima, um peitoral branco de couro com um leão de ouro bordado na frente. As grevas em suas canelas e os punhos que protegiam seus antebraços eram também de ouro, o que o tornava uma visão enquanto ele seguia em frente com passos largos, empertigado e confiante, a mão direita no cabo da espada.

— Sebastianus — sussurrou Ulrika à medida que o homem se aproximava. — É o general Vatinius!

A expressão de Nero foi de perplexidade.

— Vatinius? De que se trata? Você chega sem convite e sem ser anunciado. Explique-se!

— Eu trouxe um presente especial para César — declarou o general numa voz tão alta que ecoou no teto abobadado.

Vatinius virou-se e estendeu um braço, e outra unidade de soldados entrou no salão de audiência conduzindo um prisioneiro de mãos atadas no meio deles.

— Grande César — bradou Vatinius —, em homenagem ao seu Ano do Jubileu, eu lhe dou o bárbaro insurgente que conduziu campanhas contra Roma durante trinta anos. Wulf, que se proclama filho de Arminius!

Ulrika aproximou-se de Sebastianus quando o homem acorrentado foi conduzido em meio à multidão. A visão dele lhe encheu os olhos — era um homem alto, ombros largos, seus cabelos louros longos entrançados e em desalinho com mechas grisalhas, a barba comprida e grisalha. Ele usava uma túnica marrom-escura de tecido áspero feito em casa, perneiras de couro e botas de pele que iam até os joelhos. Um homem de quase 60 anos, de porte ereto e altivo. Ele não olhava nem para a direita nem para a esquerda, mas diretamente para César.

Ulrika perdeu o fôlego. Lá estava o homem com quem ela sonhara desde criança, sobre quem fantasiara e que ansiara por conhecer. Ele enchera sua infância com pensamentos que atravessavam sua imaginação em proporções heroicas. Ela procurara por ele. Fora informada de que ele estava morto.

Ela viu um olhar de prazer no rosto de Nero e, de repente, seu estômago ficou embrulhado. Sabia o que aquele sorriso malicioso significava.

Toda a cidade de Roma propalava boatos sobre a incapacidade de Nero de garantir vitórias em seu nome. A guerra com a Pártia terminara um ano antes, com Roma assinando um acordo de trégua, e, embora Nero tenha conseguido suprimir o levante na Britânia conduzido pela rainha Boudica, ele foi privado de uma celebração de vitória quando Boudica cometeu suicídio. Todos no salão de audiência entenderam o significado do presente surpresa de Vatinius para seu imperador.

Nero deu um espetáculo ao levantar-se de seu trono e se encaminhar em direção ao general.

— Como eu não fui informado disso?

Vatinius sorriu.

— A captura foi recente, César, e os poucos homens que tinham conhecimento dela juraram segredo. Eu queria fazer uma surpresa.

— Muito bem, nobre Vatinius! — exclamou Nero enquanto rodeava o prisioneiro, examinando-o de cima a baixo com satisfação. — Realizarei jogos em sua homenagem, general. Você é um herói do império.

Os espectadores deram gritos de aplauso e Ulrika gelou de medo.

— Quanto a você, bárbaro — disse Nero com alegria —, reservaremos uma punição especial na arena. Talvez eu ponha Sebastianus Gallus contra você. Um bárbaro contra um patrício romano. E veremos quem vence!

O coração de Ulrika voltou-se para seu pai. Desejou correr para ele, abraçá-lo e protegê-lo.

"Trinta e três anos antes, meu pai foi levado prisioneiro durante uma batalha na Germânia e vendido no mercado de escravos. Três anos mais tarde, ele deixou a minha mãe na Pérsia, a pedido dela, e voltou para a Renânia para lutar contra o general Vatinius. E então, dez anos antes, o general Vatinius jantou na casa de tia Paulina e alardeou sobre sua estratégia militar contra meu pai, prometendo o fim da insurgência germânica de uma vez por todas. E agora aqui estamos."

Não pode terminar desta maneira.

Retomando a fala, Ulrika disse:

— Grande César, a esmeralda se comunicou comigo. Uma mulher deseja ser ouvida. Uma mulher muito poderosa tem uma mensagem para o senhor. Mas agora devo exigir um preço mais alto em troca.

Vatinius virou-se e olhou intrigado para Ulrika.

O bárbaro também se virou. Ele olhou por um longo tempo para o rosto dela, uma expressão de perplexidade em seus olhos azuis. E então Ulrika viu os lábios dele moverem-se, e ela leu neles uma palavra silenciosa: "Selene...?"

Nero franziu o cenho, irritado com a interrupção, mas também intrigado.

— Eu não negocio. E, se me convencer de que você possui os poderes que declara possuir, eu a manterei aqui no palácio, como meu canal ao mundo espiritual.

Ulrika balançou a cabeça negativamente.

— Não, César, não pode se apoderar de mim como se apoderou da pedra estelar de Sebastianus Gallus. Não posso ser forçada a usar o meu dom contra a minha vontade. Tenho uma mensagem do mundo espiritual para lhe dar. Se quiser ouvi-la, insisto na libertação de Sebastianus Gallus. E então, César, se estiver convencido de que eu possuo o poder de falar com os mortos, de ser uma mensageira entre este mundo e o próximo, ficarei espontaneamente neste palácio e lhe servirei pelo resto dos meus dias. Mas, como eu disse, meu preço agora é mais alto. Não apenas peço que liberte Sebastianus Gallus, grande César, mas também o bárbaro. Em troca, falarei com os mortos em seu nome, receberei as mensagens deles e as comunicarei ao senhor. Eu lhe mostrarei o futuro. Direi em quem poderá confiar.

Quando o general Vatinius começou a protestar, Nero ordenou que se calasse.

— Mostre-me o que você pode fazer. Se me convencer, atenderei ao seu pedido e libertarei esses homens. Quem é esta poderosa mulher que me envia uma mensagem?

"Perdoe-me, Sebastianus", ela pensou. "Talvez seja por isso que a Deusa tenha me trazido para este lugar neste exato momento — para libertar você e o meu pai."

— Grande César — disse Ulrika, enquanto todos observavam, aguardando ansiosamente sua mensagem do mundo dos espíritos. Enquanto preparava-se para a reação do imperador às palavras finais da mãe, "me atinja no ventre", ela foi distraída por um movimento no canto do olho. Alguém teria dado um passo à frente? Ela virou o rosto.

O lobo estava lá, sentado ao lado de seu pai. Olhos dourados fixos nela.

Ulrika olhou surpresa. Teria sido de fato o espírito do lobo?

— Termine logo com isso! — vociferou Nero.

Sim, *era* o espírito, porque ninguém mais viu a criatura.

Ele está aqui por uma razão...

Ela olhou para o pai e pensou: "O nome dele é Wulf. E 29 anos atrás, na hora do meu nascimento, recebi o nome Ulrika, que significa poder do lobo. Havia uma razão para isso, e agora eu sei qual era."

Todas as coisas estão conectadas. *Nós* estamos conectados.

Então, naquele momento, Ulrika lembrou-se de outro lobo e percebeu que os deuses tinham vindo em seu auxílio.

Ela acalmou-se. Aquele era o momento para o qual havia nascido. Desde a hora do seu nascimento na distante Pérsia, por todos os quilômetros e anos que viajara, todas as pessoas que encontrara, auxiliando-a ou atrapalhando-a, todo o aprendizado, o despertar da consciência e o amor do homem mais maravilhoso da terra — seu caminho a levara para aquela hora crucial.

Mas de repente não era Agripina com quem ela entrava em contato.

— Bem! — exclamou Nero, impaciente.

— Grande César — falou ela —, estamos num lugar sagrado. Seu palácio foi construído no local mais sacrossanto de Roma. Rômulo e Remo foram amamentados neste monte por uma loba.

— Qualquer criança sabe disso — retrucou Nero, referindo-se à lenda dos irmãos gêmeos Rômulo e Remo, considerados filhos do deus Marte e de uma Virgem Vestal. Porque a mãe deles havia quebrado o voto de castidade, os bebês foram colocados numa gamela de madeira e postos nas águas do rio Tibre. Os bebês foram levados pela correnteza para fora do rio e foram encontrados por uma loba. Em vez de matá-los, o animal tomou conta deles e os amamentou com seu leite. Eles cresceram e quando adultos tornaram-se os fundadores da cidade de Roma.

— A mulher que está aqui — prosseguiu Ulrika — querendo ser ouvida... o nome dela é desconhecido por mim. Ela fala numa forma de latim arcaico.

— Qual é o nome do espectro? — Dúvida e desconfiança em seu tom.

— Ela se chama Rhea Silvia. Ela traz uma mensagem.

— Pare!

Todos voltaram-se para a Vestal Superior, que fez um sinal para Ulrika.

— Aproxime-se.

Quando Ulrika chegou à sua presença, a sacerdotisa disse:

— Você se atreve a dizer que está em contato com a primeira Vestal Superior de Roma?

— Ela está em contato *comigo*, respeitável senhora. E traz uma mensagem.

— Então me comunique a mensagem — disse a sacerdotisa. — Sussurre em meu ouvido para que ninguém mais possa escutar.

Ela inclinou-se para a frente e, removendo o véu para expor a orelha, ouviu quando Ulrika sussurrou a mensagem. A Vestal Superior ficou pálida.

Recostando-se no trono, a sacerdotisa cruzou as mãos no colo e disse suavemente:

— O que acaba de me dizer é conhecido apenas pelas Vestais. Está registrado em nossas crônicas sagradas, o Livro das Profecias, passado para nós através dos tempos. Nós Vestais somos as escolhidas para manter os segredos de Roma. Você entende?

— Entendo.

— E você sabe que o que acabou de descobrir, se viesse a conhecimento público, faria recair sobre Roma uma calamidade. A cidade mergulharia num caos. Você entende isso?

Ulrika fez que sim solenemente.

— Então você deve jurar agora, para mim, em nome do que lhe é mais sagrado, que jamais dirá uma única palavra sobre isso a ninguém.

— Mas, respeitável senhora, preciso demonstrar os meus poderes para o imperador para que ele liberte o meu marido.

— Providenciarei a libertação do seu marido, dos seus amigos e do bárbaro.

Ulrika sabia que a Vestal Superior tinha esse poder. Ulrika olhou para Sebastianus e prometeu, levada por seu amor por ele:

— Tem a minha palavra. O segredo de Roma está seguro.

A Vestal virou-se para Nero.

— César, deve libertar essas pessoas e deixar que elas se vão em paz.

Depois voltou-se para Ulrika e acrescentou em voz baixa:

— Quando deixar este palácio, não estará mais segura. A minha proteção vai somente até aqui. Você precisa deixar Roma e não voltar nunca mais.

— Sim... — começou Ulrika.

Mas Nero, levantando-se do trono, protestou:

— Não vou libertar essas pessoas. Elas são culpadas de traição. E esse bárbaro — prosseguiu, apontando para Wulf — é um conhecido inimigo do império.

— Você não pode afrontar os desejos de Vesta — contestou a sacerdotisa, com um olhar de sofrimento no rosto. — Se fizer isso, César, se arrisca a trazer uma calamidade para o seu povo. Vesta retirará a proteção se você a ofender.

— Eu sou mais poderoso do que Vesta — declarou Nero, e um suspiro coletivo soou na multidão. Aqueles que se encontravam no fundo do salão e próximos às portas começaram a recuar e a procurar uma saída rápida. — Levem os prisioneiros! — ordenou Nero ao chefe da guarda pretoriana, estendendo um braço em direção a Ulrika, Sebastianus, Timonides, Rachel e Primo, que estava ajoelhado, e Wulf. — Julguei-os e os declarei culpados. Eles serão executados no Circo Máximo!

As pessoas mexiam-se, murmuravam e trocavam olhares. Não havia dúvida da expressão de horror no rosto da Vestal Superior. A má sorte iria atingir Roma.

E então, de repente, um estrondo, como se um trovão tivesse ribombado sobre os sete montes de Roma. O piso do salão de audiência começou a tremer, e depois as paredes, e um ruído surdo espalhou-se pelo ar. As estátuas balançavam e tombavam, espatifando-se. As pessoas gritavam. Nero levantou-se abruptamente do trono e foi para trás de uma gigantesca estátua de mármore de Minerva, enfiando-se entre a efígie, imóvel e pesada, e as paredes, levando os braços à cabeça para se resguardar. No momento em que um busto de ônix oscilou num nicho acima, ameaçando tombar, general Vatinius correu para proteger o imperador, tirando Nero do caminho, quando o busto espatifou-se no chão.

Rachel caiu de joelhos e envolveu o baú de cedro com os braços. Primo ajoelhou-se ao lado dela e pôs seu torso corpulento sobre a mulher, amparando-a dos fragmentos que caíam.

Enquanto as pessoas corriam de um lado para o outro, procurando saídas, escapando de serem esmagadas por estátuas que tombavam, enquanto elas empurravam, atropelavam e pisoteavam aqueles que caíam, Wulf escapou dos guardas e fugiu para a galeria externa, onde árvores plantadas em vasos balançavam e água esguichava da fonte. Os pulsos ainda acorrentados, ele subiu pela balaustrada, preparou-se para pular, mas então parou e olhou para trás. Seus olhos cruzaram-se com os de Ulrika. Ele hesitou. Então, de um salto, voltou para a galeria. Ao correr dentro do salão, ele se segurava nas paredes, mas o chão tremia. Ele se desequilibrou e teve que se agarrar a uma pilastra para não cair.

E então os mosaicos de ouro e prata começaram a despencar do teto abobadado.

Sebastianus olhou para cima e viu pequenos objetos brilhantes caindo como uma chuva de prata. Puxou Ulrika de encontro a si, cobrindo-a com sua toga para protegê-la. Ela o abraçou e encostou o rosto em seu peito enquanto imaginava o enorme palácio desmoronando sobre eles. Sebastianus tinha os olhos fixos no teto, incapaz de desviá-los. As constelações começavam a se separar. Ele olhava admirado enquanto as peças de mosaico em ouro e prata se soltavam do teto, fragmento após fragmento, e caíam. Mais e mais caía, expondo o reboco cinza por trás, os signos do zodíaco desintegrando-se enquanto Nero em seu trono no centro começava a partir-se e cair em pequenos pedaços brilhantes.

— Ulrika! — exclamou Sebastianus. — Olhe!

Ela colocou a cabeça para fora da proteção do manto de Sebastianus e ergueu o rosto.

— Ora... é uma chuva de estrelas!

— Exatamente como aquela da noite em que Lucius morreu — disse Sebastianus ao observar as estrelas caírem do teto abobadado.

Nero César começou a gritar:

— Vão embora! Estão livres! Todos vocês! E levem o maldito bárbaro com vocês.

— César! — gritou o general Vatinius. — Não pode fazer isso!

— Que Vesta nos poupe! — bradou Nero e se agarrou ao general como um homem se afogando.

— Por aqui! — indicou a Vestal Superior. Ela encostou-se numa parede e puxou para o lado uma tapeçaria pesada, revelando uma porta.

O terremoto cessou e por fim parou, mas ladrilhos e poeira continuavam a cair sobre os poucos que permaneceram no imenso salão. Sebastianus correu e libertou as mãos de Wulf enquanto Primo apanhava o baú de cedro. Os seis correram para a porta, onde a Vestal Superior disse:

— Esta passagem os levará ao Sagrado dos Sagrados no templo de Vesta. Vão rápido.

Estavam todos cobertos de pequenos ladrilhos brilhantes, seus cabelos e roupas cintilando enquanto seguiam apressados pelo caminho. Ao correrem pelo corredor, onde as tochas tremeluziam nas arandelas e bustos e estátuas permaneciam em nichos de mármore, Ulrika viu que o terremoto não abalara aquele lugar. E quando chegaram ao final, onde o corredor se abria para um santuário silencioso, eles viram à frente, através de uma área cheia de colunas, que a cidade não fora afetada pelo terremoto. Roma estava tranquila e tudo permanecia como de hábito.

— Por aqui! — disse Sebastianus.

Eles atravessaram o templo colunado, onde as sacerdotisas os observavam surpresas, desceram os degraus e se misturaram ao povo no Fórum. Na outra extremidade, onde degraus conduziam ao Monte Palatino e de lá ao Palácio Imperial, Sebastianus viu guardas pretorianos descendo.

— Vatinius mandou os soldados nos seguirem.

— Sigam-me — comandou Primo, e os cinco aceleraram o passo atrás do veterano militar que atravessava o mercado apressado, levando nos braços o baú de cedro. Sebastianus ajudava Rachel, para que ela os acompanhasse, enquanto Wulf cuidava de Ulrika e do idoso Timonides.

No centro de Roma, entre os montes Palatino e Capitolino, o Fórum Romano era uma construção retangular cercada de templos e prédios do governo. Lugar de procissões triunfais e eleições governamentais, local de palestras públicas e núcleos de negócios comerciais, o Fórum era o coração pulsante do império. Ali, estátuas e monumentos honravam a memória dos grandes homens da cidade, dos deuses e deusas. Era também um mercado, onde barracas eram montadas entre os prédios de mármore e vendia-se tudo, de livros a tapetes.

Primo conduziu os companheiros ao longo do Caminho Sagrado, passando pela Cúria, pela Casa do Senado de Roma e pelo lado do Templo de Castor e Pólux, onde encontraram uma pequena gruta que entrava pelo monte, com uma fonte gotejando água e trepadeiras que desciam do alto. Um altar de mármore fora construído na pedra muito tempo antes, e uma placa de barro acima do altar exibia um homem jovem montado num touro, embaixo do qual se lia: *Sol Invictus Mithras*. Era um santuário a Mitra, e ali eles podiam permanecer escondidos enquanto observavam o avanço dos pretorianos.

— Selene — soou uma voz grave. Ulrika voltou-se e olhou para os olhos azuis cheios de perguntas. — Mas não... Você se parece com ela.

Fazia muito tempo que ela não falava alemão, mas facilmente as palavras lhe vieram aos lábios.

— Selene é a minha mãe, e o senhor é o meu pai. — Ele era tão belo, tão forte e heroico, como se vivesse normalmente com Thor e Odin. Ela entendia por que sua mãe se apaixonara por ele.

Uma verdadeira surpresa estampou-se no rosto dele.

— Eu sou seu pai? — Os olhos dele percorreram os cabelos dela, seus traços. Ele sorriu. — Você é a filha de Selene, sim, mas agora eu vejo a minha mãe em seus olhos, seu queixo. Eu não sabia...

Ele tomou-a nos braços e envolveu-a num forte abraço. Manteve-se assim por um longo tempo, enquanto Ulrika ouvia as batidas fortes do coração do guerreiro. Ele então afastou-se e disse:

— Sua mãe está bem? Nosso tempo juntos foi curto, mas foi memorável.

— Minha mãe está em Éfeso. E creio que esteja bem. Como Vatinius o capturou?

Ele sorriu.

— Eu já não sou mais tão rápido como era.

— Este é Sebastianus — anunciou ela. — Meu marido. — Ulrika então apresentou o pai a Timonides, Primo e Rachel, e, enquanto explicava como todos eles haviam chegado a se apresentar diante de Nero, pensou: "Que mistura estranha, nós somos: um rico comerciante espanhol; um veterano do exército romano; um astrólogo grego; uma viúva judia; um herói da rebelião germana; e eu, uma moça que esteve perdida, mas que encontrou seu caminho!"

— Para onde vão daqui? — perguntou Wulf num latim vacilante, e Sebastianus respondeu: — Vamos para a Galiza.

Primo resmungou:

— Não iremos a lugar nenhum, se não descobrirmos um melhor esconderijo. Os pretorianos estão se aproximando.

Wulf revelou preocupação.

— É a mim que eles querem, não a você e seus amigos. Vatinius não descansará enquanto não me recapturar. Se eu for embora, eles irão atrás de mim, e vocês podem seguir livres o seu caminho.

— Não!

— Ulrika, eu preciso voltar para a Renânia, e você deve ir com este homem que é o seu marido.

— Wulf, meu amigo — disse Sebastianus —, viaje conosco até o porto de Óstia, pois lá posso providenciar para que lhe arranjem um disfarce e provisões, e consigo colocá-lo numa caravana segura, com um chefe confiável. Conheço todos eles, e muitos me devem favores.

Wulf concordou com um gesto de cabeça e foi montar guarda com Primo, que mantinha a atenção nos grupos que enchiam o Fórum e nos guardas que davam uma busca em meio a eles.

Ulrika procurou verificar se Rachel estava bem, e viu que Timonides já tomava conta dela e que havia limpado o banco de mármore das folhas do outono para garantir que a viúva de Jacob estivesse bem. O baú de cedro, com seu precioso conteúdo, foi colocado em segurança ao lado do altar de Mitra.

Ulrika voltou-se para Sebastianus, que também vigiava com atenção as pessoas que passavam entre os templos e os prédios governamentais.

— Por que vamos para a Galiza? — indagou ela.

Na intimidade daquela gruta antiga e pequena, Sebastianus pôs as mãos nos ombros de Ulrika e olhou-a nos olhos, um olhar longo e profundo, antes de dizer:

— Ulrika, alguém pode dizer que foi a coincidência de um terremoto e da inabilidade profissional que fez cair aqueles mosaicos. Mas eu chamo aquilo de milagre, pois os ladrilhos caíram como uma chuva de estrelas semelhante à que ocorreu na minha terra natal na noite em que Lucius morreu. E não apenas salvou as nossas vidas, Ulrika, mas também apontou a direção. Creio que foi um sinal para indicar que devo voltar para casa depois de todos esses anos de viagens. Além disso, é a resposta para onde devemos levar os restos mortais de Jacob. Para o altar de Gaia, que é um lugar sagrado.

Ulrika voltou-se para Rachel e alertou:

— Aqui em Roma, você não vai estar segura.

Rachel concordou.

— Levaremos Jacob para esse lugar sagrado.

— Mestre — disse Primo —, precisamos ir embora. Não podemos mais ficar aqui. Os pretorianos estão procurando em torno do prédio do Tesouro. Este é um bom momento para uma rápida fuga.

— Mas para onde vamos? — perguntou Timonides, levantando-se do banco de mármore. — Nero confiscou os seus bens e a sua caravana. Deixou o senhor sem nada.

— Não tenha medo; tenho muitos amigos que nos ajudarão.

— Eu também — garantiu Primo.

— E há membros de minha fé — acrescentou Rachel — que ajudarão.

Ulrika abriu a mão e descobriu, para sua grande surpresa, que ainda segurava a esmeralda. Timonides assobiou.

— Isso deve valer um bom preço!

— Mas não com Nero à nossa procura — contestou Primo, preocupado. — Não demora, e ele vai se arrepender de ter deixado que nós e o bárbaro escapássemos. Vai enviar legiões atrás de nós.

Mas Ulrika, olhando para o coração verde da pedra, balançou a cabeça e disse:

— Nero não vai nos procurar. Depois de hoje, sua popularidade vai diminuir rapidamente. Quando espalharem a notícia da maneira como ele tratou o general Vatinius, roubando-lhe um desfile de vitória com seu prisioneiro acorrentado, o exército vai se voltar contra o imperador. Em quatro anos, vai se tornar tão impopular que o Senado o declarará inimigo público e ordenará a sua execução. Nero morrerá pelas próprias mãos, com uma adaga no pescoço.

— Está na hora de irmos — disse Sebastianus, acenando para seu pequeno grupo. — Os pretorianos não nos verão. Conheço um homem que mora ao norte. Ele nos hospedará por algum tempo. Eu lhe fiz um favor uma vez...

41

— *C*hegamos! — anunciou Sebastianus ao fazer seu cavalo galopar, enquanto Ulrika seguia em seus braços.

Eles haviam deixado Óstia de barco, atravessado o Grande Verde e chegado à colônia romana de Barcino, no litoral nordeste da Hispânia. Dali, a caravana de cavalos, mulas, carroças e pessoas seguiu na direção oeste pelas recém-construídas estradas romanas e antigas trilhas abertas havia muito tempo por ancestrais esquecidos. Em suas trilhas, passaram por pequenos vilarejos, fazendas espalhadas, vilas romanas isoladas e o ocasional posto militar. O terreno variava, ora plano, ora montanhoso, verdejante ou rochoso, com um céu azul profundo, repleto de densas nuvens. Ventos imprevisíveis sopravam em suas costas e rostos, enquanto as noites refletiam um brilho gelado e os dias irradiavam calor. Ao longe, na direção norte, avistaram a enorme cadeia de montanhas cujo nome é uma homenagem à princesa mitológica Pyrene, além da qual se encontrava a terra dos gauleses.

Após semanas de viagem, a exausta caravana havia finalmente chegado ao topo do último monte da jornada, e agora eles viam abaixo um campo verdejante de um verde tão profundo e maravilhoso que aos olhos de Ulrika parecia irreal. Entre encostas íngremes e arborizadas existiam prédios caiados ao lado de pastos e pomares. As casas eram distantes umas das outras, com passagens conectando-as, e mais à frente um mercado em plena atividade, com uma ferraria, pequenas oficinas para trabalhos em metal e pedra, e uma fortaleza de madeira para soldados romanos. Um povoado a caminho de se tornar uma pequena cidade. Outros montes arborizados ondulavam o horizonte e eram salpicados de moradias, pastos e hortas.

Sebastianus, do alto de seu cavalo, tinha os olhos rasos de lágrimas e, por um momento, não conseguiu falar. Ulrika ficou em silêncio enquanto ele a envolvia num abraço apertado.

— Aquela é a casa da minha família — anunciou ele por fim, apontando para uma enorme vila com diversas construções, jardins e animais em cercados. — E naquela direção — prosseguiu, indicando o lado oeste — está o fim do mundo, que os romanos chamam de Finisterra. É uma viagem de um dia a pé. Do alto de um promontório rochoso pode-se apreciar um oceano que segue a perder de vista. Depois disso não há mais terra.

Ulrika deu um sorriso radiante.

— De Luoyang a Finisterra, você abarcou o mundo.

Antes que Sebastianus pudesse dar o sinal para a caravana prosseguir, um som agudo atravessou o ar da tarde.

— Olhe, mestre! — chamou Timonides, apontando. Ele montava um burro, e atrás dele Rachel era levada numa carroça puxada por bois. — Vem alguém ali!

— Minha irmãzinha — falou Sebastianus, desmontando e ajudando Ulrika a descer do cavalo. — Vejo que ela andou fazendo tortas. Espero que goste de cerejas, Ulrika — acrescentou ele com um sorriso aberto. — Meu cunhado se orgulha dos pomares dele.

Ulrika olhou espantada, quando viu subir o morro em direção a eles, segurando as saias enquanto corria pelo gramado, a moça gordinha de sua visão no passado. Ulrika viu então que ela não estava *fugindo de nada*, e sim *indo em direção* a algo, e que a boca aberta gritava de alegria, não de medo. O "sangue" nas mãos dela era o suco da fruta vermelha.

Ulrika viu o irmão e a irmã se encontrarem num abraço caloroso, rindo e chorando ao mesmo tempo.

— Recebemos a sua mensagem dias atrás e desde então temos nos preparado para a sua volta! — disse Lucia ofegante.

Quando eles desembarcaram em Barcino, Sebastianus mandou um cavaleiro veloz, acompanhado por um soldado armado, com saudações para a família, anunciando sua chegada. Ulrika sabia os nomes e as histórias de todos os membros da família, que eram numerosos, pois suas três irmãs moravam naquela vila com maridos, filhos e uma grande quantidade de parentes.

Lucia parecia bem de vida, pensou Ulrika, observando a semelhança entre os irmãos, vendo o brilho acobreado de seus cabelos compridos. Ela voltou-se para Ulrika com olhos brilhantes. Falava latim com forte sotaque, e então Ulrika percebeu que precisava aprender o dialeto da região. As cunhadas abraçaram-se e outras pessoas vieram correndo ao encontro deles, homens usando túnicas curtas, mulheres de vestidos longos, crianças e cachorros, todos dirigindo-se ao irmão e tio que retornava.

A caravana continuou e chegou à vila num encontro barulhento de boas-vindas e apresentações, todos falando ao mesmo tempo. Seguiu-se uma festa animada, que entrou pela noite — uma comemoração com música e dança, muito vinho, generosas porções de mariscos ao vapor, polvo cozido, lula frita e uma infinidade de tortas de cereja.

Depois, quando Ulrika estava nos braços de Sebastianus, no quarto que ele dividira com o irmão Lucius anos atrás, ela pensou na carta que enviara de Óstia à mãe, aos cuidados de um comandante de navio que ia para Éfeso e que prometeu entregá-la pessoalmente. Ulrika enchera a carta com todas as extraordinárias notícias sobre sua vida e finalizou-a com um convite, rezando para que Selene viesse para aquele canto a noroeste da Hispânia para uma longa visita.

E agora a família de Ulrika estava completa. Ela viajara de Roma à Óstia com o pai, tempo durante o qual haviam falado sobre suas vidas, e Ulrika finalmente conheceu o grande Wulf.

Um passeio pela vila era obrigatório na manhã seguinte, com as crianças saltando e correndo excitadas, e depois a refeição do meio-dia, após a qual Sebastianus anunciou que chegara a hora de visitar o antigo altar.

Eles subiram o morro sozinhos pela encosta arborizada, seguindo um antigo caminho, em meio a álamos, carvalhos e pinheiros — um paraíso silvestre que lembrava a Ulrika o lugar onde vira as piscinas cristalinas de Shalamandar. Ninguém diria que aquela mistura de pedras e conchas no fim do caminho era o altar de Gaia, pois parecia estar ali por acaso e ter sido largado. Mas Ulrika fechou os olhos e enviou seu espírito para a clareira protegida e sabia que estavam em solo sagrado.

— Depositaremos aqui os restos mortais do Venerável Jacob — falou. — Reconstruiremos o altar e em seguida um templo para que as pessoas possam vir e procurar a ajuda e o conforto da Deusa, e prestar homenagem ao homem santo que descansa aqui.

Quando pôs a mão no altar, Ulrika fechou os olhos, acalmou a respiração, repetiu seu mantra e teve uma visão.

— Daqui a alguns anos — disse ela —, uma casa de oração magnificente será erigida neste lugar, e milhões de peregrinos virão de todos os cantos da terra para prestar homenagem aos restos mortais do Venerável Jacob, a quem se dirigirão como Santiago. E este lugar será lembrado pelas estrelas que caíram nas proximidades, o *campus stellae*.

Sebastianus se pronunciou:

— Tornarei novamente segura a rota da peregrinação. Colocarei sinais indicativos e construirei locais de descanso. Porei uma guarda por toda a rota para patrulhar as estradas, pois sei agora que esta é a minha missão, ser o protetor dos peregrinos. Essa é a verdadeira razão por que fui enviado à China, para ganhar experiência na condução de caravanas e aprender a manter a segurança dos viajantes.

Pensando na China e na sua visita àquele país, que agora parecia quase um sonho, Sebastianus sabia que, por causa da loucura de Nero, não haveria mais expedições para a China. Talvez não durante anos, ou mesmo séculos. Sebastianus sempre se lembraria com carinho de sua estada lá. Ele caminhara sobre o solo amarelo de Luoyang, trocara ideias com o sábio imperador, fizera amigos, como Noble Heron e Pequeno Pardal. Mas agora Sebastianus deveria voltar seu olhar para o futuro.

— Ulrika, por muito tempo pensei que eu estava fadado a desejar explorar novas terras enquanto sentia saudades de casa. Mas agora estou em casa, com meu verdadeiro trabalho prestes a começar. Percebo também — continuou ele — que há tanto ordem e previsibilidade no mundo quanto aleatoriedade. A vida não é nem uma coisa nem outra. Assim como há estrelas fixas e estrelas cadentes, em nossos corações temos convicção de algumas coisas e dúvidas em relação a outras. Talvez nunca entendamos por quê; tudo que sabemos é que, enquanto estivermos nesta terra, devemos fazer o melhor que pudermos e viver em paz e com amor.

Ulrika removeu a concha do pescoço e colocou-a sobre o altar.

— Este é o fim do meu caminho, pois serei a guardiã do santuário. Quando as pessoas vierem em busca de conforto e respostas, ensinarei a minha meditação. Talvez todas as pessoas tenham o dom da Clarividência. Simplesmente terá que ser descoberto e entendido. Ou, talvez, no final, a Clarividência não esteja relacionada a encontrar lugares sagrados, mas a encontrar o sagrado no interior de cada um. E ensinarei outras pessoas a identificar os Veneráveis, pois certamente São Judas e São Tiago — acrescentou ela, usando seus nomes romanizados — não são os únicos.

Uma voz familiar sussurrou em sua mente: "Você fez bem, filha. Eu não vou visitar você novamente, porque já não precisa da minha proteção."

"Uma pergunta, Respeitável Senhora," disse Ulrika em pensamento. "Por que veio a mim? Por que não ir a Sebastianus, pois é ancestral dele, e este é também o destino dele?"

"Porque não sou ancestral dele, sou sua ancestral. A família Gallus veio tarde para a Galiza, e, embora você seja filha de mãe romana e pai germânico, sua linhagem data de tempos imemoriais, no litoral rochoso da Galiza, onde construí um altar de conchas de vieira. Você é minha descendente, Ulrika da Galiza. E, embora não me veja, fique certa de que estarei sempre com você. Adeus, filha, e lembre-se de guardar o segredo do Livro das Profecias."

O misterioso segredo que Rhea Silvia lhe contara, e que Ulrika, por sua vez, sussurrara ao ouvido da Vestal Superior: que o reino dos deuses de Roma estava chegando ao fim. Ulrika se perguntava se colocar Jacob para descansar naquele antigo altar era parte dessa mudança, pois ele fora o seguidor de uma nova crença religiosa, acreditara em um único Deus e agora estava enterrado em solo sagrado para a Deusa. Talvez não uma mudança, ela pensou, não um final, mas uma junção...

Ulrika tomou a mão de Sebastianus nas suas e disse:

— Muito tempo atrás fiz uma pergunta a uma vidente. A que lugar eu pertenço? O meu lugar de origem me define? Ela não me deu uma resposta, mas agora eu sei que quem a pessoa é não depende de onde ela está. É algo que levamos conosco para onde vamos.

Sebastianus sorriu.

— E agora nós estamos aqui. Em casa...

Este livro foi composto na tipologia Minion Pro
Regular, em corpo 11/14, e impresso em
papel off-white no Sistema Cameron da
Divisão Gráfica da Distribuidora Record.